名 家 经 典 散 文 丛 书

生命的旅程

（德）叔本华　著
张　宁　译

江苏凤凰文艺出版社
JIANGSU PHOENIX LITERATURE AND ART PUBLISHING, LTD

图书在版编目（CIP）数据

生命的旅程 / (德) 叔本华著 ; 张宁译 . -- 南京 : 江苏凤凰文艺出版社 , 2018.4 （2024.2 重印）
（名家经典散文丛书）
ISBN 978-7-5594-0662-0

Ⅰ . ①生… Ⅱ . ①叔… ②张… Ⅲ . ①散文集 – 德国 – 近代 Ⅳ . ① I516.64

中国版本图书馆 CIP 数据核字 (2017) 第 136383 号

书　　名	生命的旅程
著　　者	（德）叔本华
译　　者	张　宁
责任编辑	黄孝阳　王　青
出版发行	江苏凤凰文艺出版社
出版社地址	南京市中央路 165 号，邮编：210009
出版社网址	http://www.jswenyi.com
印　　刷	三河市双升印务有限公司
开　　本	880 × 1230 毫米　1/32
印　　张	11.25
字　　数	270 千字
版　　次	2018 年 4 月第 1 版　2024 年 2 月第 4 次
标准书号	ISBN　978-7-5594-0662-0
定　　价	69.80 元

目录 CONTENTS

人世的命运

人类的命运无论有着多么丰富多样的面目，总有一些相同的因素存在。因此，所有的人生几乎都是一样的：无论是在简陋的农舍，还是豪华的宫殿，在嘈杂的兵营，还是隐逸的修道院。尽可能地按照你自己的心愿去改变世界吧！大胆地尝试新奇的冒险，体验成功与失败。人生就像一个糖果铺，里面装满了各种各样的糖果——奇形怪状、五颜六色，但它们却是由同一种糖浆制成的。被人们称为成功的人，与其他许多失败的人在本质上并没有多大的差别。这个世界的千变万化如同万花筒的变幻，每一次新的画面的出现都会吸引到你的目光，但其实，你眼前所见只不过还是从前看过的老一套。

一位古代作家曾确切地说过，世界上有三种伟大的力量：智慧、力气和运气。我认为运气最为灵验。

人生的旅程犹如一条船的航行，运气（好运或坏运）则像风帆，既可以使船加速前进，也可以让船偏离航线。而人们对此所做的一切，都是徒劳无益的：就像是船上的舵手，如果不断地努力工作，也许可以帮助船只顺利前行；但是，一阵突来的狂风却可以使所有努力全然无功。然而，如果风向适宜，即便无人掌舵船只也能顺利航行。对命运之力最恰当的表述莫过于一句西班牙的谚语："若是运气好，扔进大海也死不了。"

但同时，运气也是一种可怕的、危险的力量，我们应尽可能少地依赖它。除了运气，哪里还有这样的赠予者：在赠予我们东西时，明确无误地告诉我们说，得到赐予并非因为我们有任何权利或美德功绩，而完全是由于赐赠者的仁慈和恩惠；同时，又让我们怀着无比的谦卑之情，满是欢欣地期盼着从同一双手中获得更多不应享有的赐予。他懂得用一种王者的谋略艺术来向我们这些受惠者表示：与其高贵的仁德、恩惠相比，我们的一切功绩都是毫无力量、微不足道的。

当一个人回首他走过的人生之路——那充满了坎坷不平的道路时，就会看到他的生命中有很多好运擦身而去、不幸接踵而来的转折点；这时，他很容易过分自责。因为人生绝不是仅仅由他自己就能决定的，而是由两个因素——一系列事情的发生及他对事情的解决——共同作用的结果，这二者之间不断地相互影响、彼此调节。除此之外，另外一种因素也限定了一个人的眼界和视野，使他或对将要实施的计划缺乏远见，或无力预知未来事件的发展，这就是：他的知识仅限于应对现时的计划和眼前的事件。因此，只要一个人的目标稍微遥远一些，他就感到难以掌控；于是他不得不满足于一个大概正确的方向，然后在沿着这个他认为对的方向前进时，再不时地小心调节方向。

一个人所能做的所有事情就是决心与他自身的处境时时保持协调一致，期待这样就能够向其最终的目标迈进一步。通常情况下，我们所在的处境和我们想要达成的目标类似于力量不同、方向相异的两种趋向，我们的人生旅程就相当于它们的对角线或合力。

特伦斯曾说，人生就像一场掷骰子游戏，如果出现的数字不是你所期待的，你仍然可以设法改进它、使用它。或者，更简单地说，人生就像一场纸牌游戏，洗牌和发牌都由命运来掌握。但就我现在的论述而言，最贴切的比喻应该是：人生好比一盘棋局，我们走动棋子的路线取决于对手的走法——在人生中就是取决于命运的意志。我们常常被迫修改策略，以至于达到这样的程度：当计划贯彻完成时，已几乎看不到一点它原来的面目。

除此之外，我们的人生中还存在着另外一种影响力。这是一句老套的、却久被证明真实的话：即我们往往比自己想象的更愚蠢。但在另一方面，我们也常常比自己认为的更聪明。然而，这是那些真正诚实的人才能作出的发现，而且这一发现耗费了他们长久的时光。大脑并非我们身上最具智慧的部分。在人生中的重要时刻，当一个人决定一个重大的举措时，他的行动与其说是遵循任何对正确做事的清楚认识，不如说是出自于某种内心的冲动——你可以将其称为本能——生发于他生命的最深处。过后，如果他试图批评自己的行为——根据那些苛刻的眼光和只是理论上正确的观念——这些观念只是死记硬背得来的，或者只是从别人那里借来的，毫无用处；如果他开始将那些指导过别人的普遍规则运用到自己身上，而没有认真考虑“对别人有利的未必对自己有利”这句箴言，那么，他将遭受使自己得到不公正待遇的危险。事情的结果将显示出正确道路之所在。一个人只有到了知天命的幸福之年，才能恰如其分地判断自己或他人的行为。

也许这种冲动或本能是一种预言之梦（一旦醒来，我们就会将梦遗忘）的无意识产物，它为我们的人生注入一种整齐划一的基调、一个戏剧性的统一，这是摇摆不定的意识所无法产生的，因为意识的多变极易使我们误入歧途，或做下错事。正是凭借这样的预言之梦，一个人会觉得自己注定将在某个特殊的领域取得非凡的成就。从青年时起，他就在内心秘密地觉得这是他真正的人生道路，并为此而勤奋努力，就像蜜蜂出于本能建造自己的蜂巢一样。这种冲动，巴尔萨泽·格雷西安称之为“伟大的道德鉴别力”：人本能地感觉到这是他的救星，一旦失去了它，人就会变成迷途的羔羊。

按照抽象的原则来行事是一件困难的事情。即使你偶然获得了成功，也需要在之前进行大量的实践；而事实常常是，这些准则并不适合你的特定情况。但每个人都有一些与生俱来的具体原则——就像是他血管中流动的血液，是他全部思想、感情和意志的结果。通常，他没有任何关于这些原则的抽象形态的认识。只有当他回顾自己一生历程的时候，才会意识到自己原来一直在受它们的引导——它们犹如一条无形的线索，使他不知不觉地追随。

时间造就沧桑巨变，所有的事物在其本质上都是稍纵即逝的——这是永远不能忘记的真理。因此，无论在任何情况下，我们都应想象到相反的情形：成功之时，不忘提醒困顿的存在；获得友谊时，不忘还有敌人；在灿烂的日子里，想到阴霾的天空；在感受爱的温暖时，想到可怕的仇恨；在信任他人之时，想象因背叛而带来的悔恨；同样，当身处最险恶的困境时，也要知道光明终会到来。——人世间真正智慧的不竭源泉就在这里！如此，我们应该不断地反思，以不再轻易地受骗上当。因为，通常来说，我们需要预计未来将要发生的变化。

也许在学习认知世界万物都是反复无常、瞬息而逝的所有知识中，个人经验尤其是不可或缺的。任何事物在其自身空间和持续时间内都是必然性的产物，因此都能够被充分地证明它的存在。而且，正是这一点使得每一年、每一月甚至每一日的一切事物看起来似乎都有维持其永恒存在的权利。但我们知道事实绝非如此，在一个万物皆稍纵即逝的世界里，只有变化才是永恒的。一个明智的人不仅不会被表面的稳定现象所蒙骗，而且能够预测事物发展的趋向①。

但人们通常认为，目前的一切状态都将持续，而且，事物将会一成不变地延续下去。他们的错误源自这样的事实，即他们不明白所见事物产生的原因——这些原因并不像它们所产生的结果，而是本身就包含着变化的种子。人们所能理解的只是结果，而且他们固执地坚持这一假定，即那些产生了目前结果的不可知的原因，同样能使这些结果维持现状。这是一个非常普遍的错误，而且事实上这一普遍性并非没有好处：这意味着人们总是共同一致地犯错，因此，由错误导致的灾难也会普遍地涉及各人，于是就变得容易忍受。相反，如果一个哲学家犯了错误，只是他自己承受错误，如此就处在双重的不利当中②。

然而，说到我们应当预测时间所能带来的后果，我的意思是我们应该在心理上预测将会发生什么样的结果，以做好精神准备；而非在实际中采取预防措施，要求立即实现那只有时间才能实现的诺言。若有人提出这种要求，他将会发现没有比时间更恶劣、更苛刻的高利贷者了。如果我们强迫时间提前预支，那就要付出比犹太人索取的还要厉害的利息。这是可能的，例如，通过给一棵树施加生石灰和人工热能，就可以使它在短短

---

① 运气在一切人类事物中发挥着如此巨大的作用，以至于当一个人试图以目前的牺牲来避免将要发生的危险时，这一危险却常常因某种新的意外事件而消失不见。如此，这种牺牲除了成为完全的损失外，还会带来一种新的变化，在面对这一新变化时，牺牲本身也会成为一种危险的根源。因此，在采取预防措施时，最好不要看得太远，而应相机行事；而且要勇敢地面对危险，希望它们像暗藏雷雨的乌云，未及发作便已飘过。——原注

② 这里我插入一句，所有这些都是对《作为意欲和表象的世界》（第一卷，第94页：第四版）中已确立原则的进一步证实：错误总是产生于错误的推论中，即产生于将一个给定的结果归咎于某些并非其产生原因的事物中。——原注

的几天内长叶、开花甚至结果；但之后这棵树就会枯萎、死亡。年轻人滥用精力同样如此——也许只是短短的几个星期——如在他 19 岁时就去做本应在 30 岁时完成的事情，或许时间会满足他的要求；但是，他将不得不付出高昂的利息：以其以后年月的精力，甚至一部分的生命作为代价。

有些疾病，只能让其自然发展，才能完全恢复健康；然后它就消失得不留下任何痕迹。但是，如果患者急躁不安，在其未好时坚持说自己已经痊愈，这种情况下，时间仍然会答应他的要求，病情也许可以摆脱；但终生虚弱的身体和反复发作的痼疾将是他不得不付出的代价。

此外，在战争或混乱时期，一个人可能立刻需要现金，于是不得不以正常价格的三分之一甚至更少，来卖掉他所投资的地产和公债。如果他愿意等待市场恢复正常（这将在合适的时机出现），他就可以得到这些资产的全价。但是他强迫时间借贷资金，那他的损失就是必须要付的利息。或者，他需要一笔钱以进行一次长途旅行：在一两年的时间内他就可以积累足够的数额，但他不愿意等待，于是向别人借钱或者从自己的本金中提取；换句话说，他让时间提前借贷给他。那他所支付的利息就是：混乱不清的账户和不断增加的赤字，且似乎永远难以弥补。

这就是时间放出的高利贷，所有那些不愿等待的人都是它的受害者。没有比试图超越时间的步伐更为无益的行为了。因此，要小心，莫成为时间的债务人。

在生活的日常事务中，你会有很多机会认出普通人与明智者之间的典型差别。在评估一项事务的风险可能性时，普通人仅局限于对这类风险是否发生过的考察；而明智者则会向前看，考虑到将来可能会发生的一切事情，牢记着西班牙的一句谚语：“以前没有过的事，将来未必不发生。”

当然，上述这种差别的产生是很自然的。因为对各种可能性的判断需要一定的洞察力，而看到已经发生过的事则只需要感官就可以。

不要忽略了要为邪恶之神作出牺牲。我的意思就是，一个人应该毫不犹豫地花费时间、精力、金钱，放弃舒适的生活，限制自己的目标愿望，克制自己，如果这样就能够关闭不幸产生之门的话。最可怕的灾难往往也是最不可能和最遥远的——发生的可能性最小。我所说的这条规则可以在保险业上得到最好的说明，因为保险就是众人奉献给邪恶之神的祭品。因此，准备好你的保险政策吧！

无论什么样的命运降临到你的头上，都不要大喜、大悲。首先是因为一切事物都充满变数，你的运气也可能随时改变；其次是因为，人们很容易被自己关于利弊、好坏的判断所蒙骗。

几乎所有的人都有过这样的切身经历：他所为之悲伤不已的事后来却被证明是一件天大的好事，而他所为之欣喜万分的事却变成他极度痛苦的根源。对这种心态，莎士比亚有过精细的描写：

我已经尝惯人世的悲欢苦乐，
因此不论什么突如其来的变故，
也不能使我软下心来，
流泪哭泣。

——《终成眷属》第三幕，第二场

而且，通常可以这样说，如果一个人可以在不幸来临时镇定自若，那是因为他知道在人生的旅程中可能会有无数可怕的灾难发生；所以，他将眼前的困难仅仅看作是这些灾难中的一小部分。这就是斯多葛学派的人生态度——绝不要对人生的悲惨命运漫不经心，而要始终记住我们的存在充满了悲哀和痛苦：因此我们所遭受的灾难和痛苦是不计其数的。一个人无论身在何处，只需稍微环顾四周，就可重现人类苦难的感觉：他眼前所见，都是人类在痛苦中奋力挣扎的景象——而所有这些仅仅是为了求得一种悲惨的生存，贫乏无力，徒劳无功。

如果牢记这些，人们就不会期待从生活中获得很多，而是学会使自己适应社会——这个一切都是相对的、没有完美状态存在的、总是面对不幸的社会；如果他无法逃避灾难和不幸，就勇敢地接受它们。

永远不要忘记，灾难和不幸——不管是大是小——是我们生活不可或缺的组成部分。但这并不能成为一个人沉浸于烦恼抱怨的理由，像贝雷斯福德在其《人生的苦难》中那样拉长着面孔，无时无刻不在哀叹；或甚而至于，连跳蚤咬一下也要呼唤上帝。我们的任务应该是好好照顾自己，勇敢地面对灾难以逃离它，通过避免生活中的不快之事——不管它们来自于我们的同伴，还是来自于外在的客观世界——来获得一种完美、纯净的状态，像一只聪明的小狐狸般，灵巧地躲开各种大大小小的灾难；别忘了，灾难一般来说只是经过伪装的小小困难和不便。

如果我们一开始就认为灾难的发生并不是不可能的，并且，如常言所说，对此有所准备，那么当灾难真的降临时，就不会显得那么严重。主要原因就在于：假如在灾难来临之前，我们已经冷静地考虑过它发生的可能性，了解它可能达到的范围和程度，那么，我们至少可以判断它会造成多大的影响。所以，当它真的到来时，也不至于完全击垮我们——其真实的分量不会被夸大。但是，如果对灾难的发生毫无思想准备，而它却突然降临了，那么我们的大脑在瞬间就会陷入一种恐惧的状态，无力去判断灾难会涉及多大的范围。它看起来是如此的影响深远、广泛，受害者很可能感到这种灾难是无法控制的；无论如何，它的程度是被明显地放大了。同样道理，昏暗不明和无法确定也常常会增强危险的感觉。当然，如果我们充分地考虑了灾难发生的可能性，那么同时应该也会考虑到将来要向谁寻求救援和帮助；或至少，我们已经使自己习惯了灾难可能会发生的这一观念。

要想做到沉着冷静地面对与忍受生活中的灾难和不幸，最好的办法就是确信：所有发生的事情——不管是多大还是多小——都是必然性的[①]。一个人会很快接受不可避免的事物，即那些必然发生的东西。如果他知道任何事物的发生都有其必然性，他就会明白事物原来只能如此，而不能成为别的东西；甚至世界上最奇特的偶然变故，也只是必然性的产物，就像那些遵循众所周知的规律、完全在人们意料之中发生的事情一样。在此，请让我提及我曾经在别处说过的话：认识到一切事物都是必然性的产物、是不可避免的这一真理后，我们的心灵就会感受到慰藉和宁静[②]。

如果一个人深谙这一真理，就会首先去做力所能及的事情，然后甘愿忍受他所必须承受的东西。

---

① 这是我在我的获奖论文《论意志的自由》中坚定不移地提出的真理。在那篇论文中，读者可以看到对这一真理赖以存在的基础的详细阐释。见此书第 60 页。——原注

② 参见《作为意志和表象的世界》第一卷，第 361 页（第四版）。——原注

我们可以把生活中不断发生的小烦恼，当作为了训练我们忍受巨大灾难的能力而设计的东西，这样我们就不会被自己成功的人生历程而弄得筋疲力尽。一个人应该像西格弗里德那样，全副武装地对付每天生活中的小麻烦——与同伴之间的小分歧，与他人的无谓争端，别人的不当举止，无聊的闲言碎语，以及许多其他类似的烦恼。他应当完全不为这些所动，更不要说把它们放在心上、念念不忘；而应该对它们敬而远之，像对待前进路上的石头一样将其推开，并从此不再想到这些繁琐之事。

人们通常所称的命运，不过是他们自己愚蠢行为的结果。在荷马的诗中[①]有段精彩的论述，说明了这一结论的真理性：诗人在这里赞美了“公正的裁判”；他的建议值得我们高度重视。因为，如果人们的罪行只能在彼世遭到报应，人们的愚蠢行为则在此世就会受报应——尽管罪犯有时会得到宽恕。

让人害怕、恐惧和预感到危险的不是凶猛残暴，而是狡猾奸诈。确实，人的大脑是比狮子的利爪还要可怕的武器。

世界上最完美的人遇事绝不优柔寡断，忙乱慌张。

对于获取幸福而言，勇气是仅次于聪明睿智的一种必不可少的精神品质。事实上，没有人可以赋予自己这两种品质：因为人的聪明遗传自母亲，而人的勇气遗传自父亲。同时，如果拥有这些品质，人们也可以通过毅然坚定的实践来使其得到发展与完善。

在这个盛行掷骰子游戏的世界，一个人必须拥有钢铁般的意志，披着盔甲迎受命运的打击，拿着武器清扫阻碍前进的道

① 参见《伊利亚特》，第二十三节。——原注

路。人生是一场漫长的斗争，我们前进的每一步都需要奋斗。伏尔泰说的很对：我们的胜利是依靠着武器的威力；即使死亡，我们的手中依然紧握武器。一看到暴风雨即将来临，甚至天空刚飘来第一片乌云，就胆怯退缩、惊慌失措、沮丧心灰的人，无疑是懦弱的。我们的格言应该是："绝不屈服，永不向人生的苦难低头；而要从苦难中汲取勇气和力量，勇往直前。"（维吉尔语）

任何充满危险的事情，只要其结果仍悬而未决，只要还有一线得到完满结局的机会，人们就不应该胆怯、犹豫，而应抗争到底，——正如一个人只要还能看到一点蓝天，就不应该对天气感到绝望。我们对待灾难的态度应该是："哪怕是世界沦陷为废墟，我们也不应当害怕颤抖。"（贺拉斯语）

我们的整个生命——更不要说它的赐福了——都不值得我们为之如此地胆怯不安、战战兢兢。因此，让我们勇敢地面对生活，坚定不移地迎接命运的挑战。

但是，勇气若超过了一定限度，就可能沦为轻率和鲁莽。而且甚至可以说，一定程度的胆怯是必需的，如果我们想要生存在这个世界上；懦弱只不过是胆小过度夸大了而已。培根在描述天然的恐惧时，已对这一真理做了极好的论述。他对恐惧的含义所做的语源学上的阐释，明显优于从古代保存下来的普鲁塔克的解释。他将这一表述与"潘"——这一人格化的大自然联系起来，发现胆怯是一切生物与生俱来的本性，而且，事实上，这种胆怯有利于生物的保存。但是，它很容易毫无正当理由地发挥作用，尤其是人类常常受到它的骚扰。这种天然的恐惧的主要特征是：没有任何明晰的线索将其与某一确定的危险联系起来，它只是假定、而并非知道危险的存在；甚至，在需要的情况下，就以恐惧本身作为害怕的理由。

生命的旅程

生命的每一时期都有它的独特之处，如果一个人的精神状态与他的年龄阶段不相一致，那他就完全感受不到幸福。伏尔泰对此有过精妙的论述：

> 谁要是没有他那个年龄的意气精神，
> 就必然有这一年龄的种种不幸。

因此，倘若我们洞悉了生命旅程中的每一阶段的不同机遇，那么我们将可以对幸福的本质做出更加贴近、适当的考察。

我们的整个一生都活在现在，而且唯有现在，是我们实际上所拥有的。唯一的区别就是：在生命的开始，我们期待着一个漫长的未来；而当生命结束的时候，我们则回首漫长的往昔。我们的性格保持不变，但我们的气质和心境却经历了某些众所周知的变化，从而使“现在”这一时刻在生命中的每一阶段呈现出了不同的色彩。

我曾在别处（指《作为意志和表象的世界》）说过，在童年时期，我们是更多地运用理智而非意志，而且，我也解释了何以如此的原因[①]。也正因此，在生命的第一阶段，我们是如此幸

① 叔本华认为在童年这一人生阶段，人的大脑和神经系统要比身体的其他部位发展得快很多。

福——以至于许多年后我们回首观望，它就像是失去的伊甸园。在童年时，我们与他人的关系较为有限，需求也不多，——简言之，就是我们的意志很少受到刺激。所以，我们关注的主要是知识的扩展与积累。智力发展得很早——如大脑在 7 岁时就已长到成人一般的大小，虽然还需要时间慢慢成熟。它不断地探测周围的整个世界，寻求给养；对它而言，生存本身就充满了新鲜和喜悦，万物都散发着新奇天真的魅力。

因此，童年就像一首令人陶醉的长诗。因为，与其他艺术一样，诗歌的本质就在于把握柏拉图式的理念。也就是说，通过领悟某一事物的根本性质，即它与其他同类事物所共有的特性来理解这一特定的事物。所以，每一单个的事物都代表了一类的事物，对其的观察结果也就适用于一千个事物。

也许有人认为，我的论述有悖于事实，因为我们在童年时期只关注那些时不时在眼前出现的单个的物体或事件，甚至只注意那些暂时引起我们兴趣或激发了我们意志的事物。但事实并非如此。在人生的早期，生命——就其完整的意义而言，是如此新奇、鲜活、富有生机，它反复带来的感觉是那么敏锐、强烈。而在对万物没有明确意识的探求中，童年时的我们总是通过个别的场景和经验把握生命的基本特征和一般要点，不声不响地就抓住了生命自身的本质。或者，用斯宾诺莎的话来说，“儿童正在学习以普遍永恒的视角来看待人与万物。”

我们越年轻，认识到的每一单个的事物就越能代表它所从属的一整类。随着年龄的增长，这种情况逐渐消失。这就是为何事物在年轻时留下的印象与在老年时的印象差别如此之大。这也是为什么我们在童年时期和青年时期获得的些微知识和经验，构成了以后学习的所有知识永久的类目和方向。那些早年获得的知识形式转化为了类别和范畴，将以后习得的知识和经验加以整理归类。虽然在这样做的过程中，我们并不总是清楚地意识到这一点。

所以，我们的世界观——无论它是深刻还是肤浅——是在童年时期奠定基础的。尽管这种世界观在以后的人生中会得到扩展和完善，但其本质是不会改变的了。由于这种纯粹客观、因而充满诗意的世界观——这是童年时期的基本特征，并得益于意志力的尚未完全发展，在还是孩子的时候，我们对纯粹知识的获得，远比对意志力的训练要关心的多。因此，拉斐尔在描绘他的小天使时——尤其在《西斯廷圣母》这幅画中，非常喜欢运用的那种严肃、认真、专注的眼神，是在很多孩子身上都能够找到的。这就是为什么童年时光总是充满了幸福欢乐，而对它的回忆总是伴随着眷恋与不舍。

在我们如此热切地专注于学习外在的直观事物，以此作为理解周围事物的基本方法的同时，教育也在试图向我们灌输种种的概念知识。但是，概念并不能带来关于事物真正本质的任何素材，而这种素材又是形成所有知识的基础根本和真正内容，只能通过直觉的方式来获得。这是一种绝不能由外界向我们灌输，只能通过我们自身的体验和努力才能得到的知识。

因此，一个人的智力以及道德品质都来源于他自身的本性深处，而不是外在环境影响的结果。任何教育体系——无论是裴斯泰洛齐还是其他人的教育方法，都不能将一个天生的傻瓜变成一个有头脑的人。这是不可能的事情！他生来就是一个愚人，到死的时候也仍然是一个愚人，无法改变。

正是这种生命早期对外部世界深刻、强烈的直观认识和把握，说明了为什么儿时的经验能够在我们的记忆中留下如此深刻难忘的印象。年少的时候，我们的整个身心都投注在周围的环境中，没有什么可以把我们的目光从它们身上移开。我们似乎将眼前的事物看作这类事物的唯一，仿佛除了它们，其他的什么都不存在。而到后来，当我们发现世界上的事物原来是如此繁多的时候，这种精神的原初状态就会逐渐消失，连同我们的耐心也一起消失。

我在《作为意志和表象的世界》中已经阐述过，作为客体的世界，亦即客观地呈现在我们眼前的世界，一般来说都是令人愉悦的；但是，作为主观的世界，亦即它的内在本质——意志，则充满了痛苦和烦恼。简单地来说，也许可以这样表达：这个世界表面上来看是光彩夺目的，实际上却是丑陋恐怖的。

因此，我们可以发现，在童年时期，我们更多的是认识和了解世界外在的或客观的一面——即意志的表象，而非世界的内在本质——即意志本身。因为世界的客观方面是令人愉快的，而其神秘可怕的内在、主观的一面，还未被我们所知，所以智力正在发展的、年轻的我们，将眼前所见自然的或艺术的一切形式的美，视为众多愉悦幸福之物的存在。从外面看起来，它们是如此地美丽，于是我们心想，它们的内在一定更加迷人。这样，世界在我们眼中就像是另一个伊甸园，我们就诞生在这个阿卡迪亚[①]的世外桃源。

稍后，这种心态就会引发我们对现实生活的渴望——一种向往行动和体验的冲动，将我们抛入喧嚣、骚动的现实世界中。在这里，我们了解到世界存在的另一面——其内在的一面即意志，我们每前进一步都会受到意志的阻碍。然后，伟大的幻灭、觉醒时期就将来临，这是一个非常缓慢的成长期。但是它一旦开始了，人们就会说：我已经完全抛弃了过去的虚妄观念，“幻想的时代已一去不返。”这还仅仅只是开端，随后，这种幻灭感会不断地增强

① 阿卡迪亚（Arcadia），原为古希腊一地名，位于伯罗奔尼撒半岛，人们在此安居乐业。现在被西方国家广泛用作地名，引申为“世外桃源”。

威力、扩展影响，越来越多地影响我们的整个人生。

因此，可以说，在童年时期，人生看起来就像是远处舞台上的布景；而到了老年时期，则像是近距离观看的同样的一幅布景。

最后，童年的幸福还得益于这样一种情形：正如初春时树上的嫩叶有着同样的颜色和形状，在生命的早期，我们也都彼此相似、和谐一致。但是随着青春期的到来，我们的差异和分歧也开始蔓延，像是一个圆圈不断向外辐射扩散，我们的距离越来越远。

青年时期是我们前半生的最后部分，它比后半生拥有很多的优势。但是对幸福的追求，依然给我们带来了无数的烦恼和痛苦。我们仿佛觉得，一定能够在生命的某个地方找到幸福，然而，这一美好的希望总是破灭，于是导致我们的不满与失望。梦幻中未来幸福模糊不清的影像，犹如海市蜃楼般在我们眼前飘荡，我们便在现实中徒劳无功地追寻。所以，青年人无论处于何种境况，总是对其感到不满。他将自己的不满与失望主要归咎于生命最初阶段所遇到的事物与境况，那时，他期待的生活是与现在完全不同的景象。而这，只是他第一次体验到无处不在的人生的苦难和空虚。

如果在一个人年轻的时候，教导他根除这样的错误观点——即世界已准备了大量的美好事物要赏赐给他，那对他将是大有裨益的。但是，通常教育的结果却是加强了这一错觉，我们对于生活的最初认识，一般是来源于虚构的文学作品，而非现实生活。

在璀璨绚丽的青春时光，生命的诗篇在我们眼前展现出华丽非凡的场景，期待它们成为现实的渴望使我们备受折磨。我们甚至想要抓住美丽的彩虹！青年人总希望自己的人生像是一部充满趣味的浪漫传奇，这就蕴藏着将来失望的萌芽。这些幻象之所以如此富有魅力，正是因为它们是想象中的、不真实的。在观照它们的时候，我们只是仅仅满足于纯粹知识的范围，而逃避了现实生活中的嘈杂与奋争。试图将这些幻象变为现实，就是让它们成为意志的对象，这一过程不可避免地会带来痛苦①。

如果说我们前半生的主要特征是对幸福永不满足的渴望与追求，那后半生的主要特点则是对不幸的恐惧与担忧。因为，随着年龄的增长，我们或多或少会清楚地认识到：幸福本质上是虚妄不实的，只有痛苦才是真实的。因此，到了晚年，我们——或至少是其中的小心谨慎者，会更倾向于消除生活中的痛苦，保护自己不受烦扰的状态，而不是积极追求快乐幸福。我注意到，在老年的时候，我们能更好地预防不幸的发生；而在年轻的时候，我们能更好地承受不幸的发生。

在年轻的日子里，每当听到门铃敲响，我都会异常欣喜，心想：又有好事到来了！但到后来，同样的情形却又令我害怕，心里会想：上帝保佑！我该怎么办？对人世的这种感情巨变，在任何人身上都会发生，无论他是多么优秀卓越、与众不同。也正因此，他们确切地说并不真正属于这个世界；他们越是出类拔萃，就越是孤独地存在。在青年时期，他们觉得自己被世界遗弃；但后来，又觉得自己超越了尘世。前者是一种令人不快的情感，因为对人生的无知；后者是令人愉悦的，因为此时他们已经了解了这个世界。

这样的结果就是，与前半生相比，人的后半生就像一个乐章的第二部分，激情和渴望减少，更多的是宁静与平和。之所以如此，原因很简单：年轻时，我们总幻想着世上有无数的欢乐和幸福，只不过难以获取。而到老年时，我们才知道世上根

① 如果读者对这一话题感兴趣，可以参阅《作为意志和表象的世界》第37章。——原注

本没有这样的欢乐和幸福。于是平静安心地对待这一切，尽情地享受当下的时刻，甚至从平淡无奇的琐事中也能找到快乐。

我们从人生经验中获得的主要成果就是观念的明晰。这是一个人成熟的标志，使他发现世界完全不同于他在童年和青年时期所看到的那样。只有到这时，他才能将事物看得清楚明白，以其本来的面貌客观地看待它们。而在之前，他看到的只是一个虚幻的世界，是他自己头脑中的奇思怪想和承袭来的偏见谬误的错觉共同拼凑成的幻象——这时真实的世界被隐藏或歪曲了。因此，人生经验的第一要务，就是使我们摆脱头脑中的虚假幻象——那些在青年时期接受的错误观念和荒谬看法。

能够完全阻止这些谬误进入青年头脑的，一定是最好的教育方式——尽管它的目标是消极的，但这却是一个十分艰难的任务。要做到这一点，首先，要尽量将儿童的视野限制在最小的范围之内，而且在这个范围之内，只教给他们明晰、正确的观念。只有当孩子完全理解了这个领域内的所有事物后，才能将其逐渐扩大。一定要始终小心谨慎，不能让孩子留下任何模糊不清、一知半解或者荒谬错误的认知。这种训练的结果就是，儿童关于人与事物的认识都是狭窄、简单的，但同时也是清晰、正确的，只需要扩展，而无需纠正。这种教育方式要一直持续到青年时期，并且要特别强调禁止小说的阅读，而代之以适宜的传记文学作品，例如富兰克林的传记及莫里茨的《安东·赖泽》等。

年轻的时候，我们幻想着自己生命中的重大事件和在其中的重要人物，会大张旗鼓、闪耀夺目地一一出现。但到了老年，当我们回首往事的时候就会发现，他们的到来都是悄然无声的，仿佛是从侧门悄悄溜进来的，几乎无人发觉。

从我们到此一直持有的观点来看，人生也许可以比作一幅刺绣作品。在人的前半生，看到的是刺绣的正面，后半生看到的则是反面。反面不如正面那么漂亮美丽，但却更富有教益，因为它显示了针线连接、拼成图案的方法。

卓越的智力，即使是最为高超、天才的智力，也只有到了40岁之后，才能让一个人在言谈中显出明显的优势。因为，尽管年龄和经验永远不能替代智力，但却远比智力重要得多。即使是最为平庸无能的人，其年龄和经验也可能让他与一个绝顶聪明的人相抗衡——只要后者是年轻人。当然，我这里指的仅仅是个人才能，而非一个人由作品获得的地位和名声。

过了40岁之后，任何才智稍微出色的人——任何不属于那些大自然只赐予了少得可怜的智慧、占了人类六分之五的人，都很难不表现出一定的厌世情绪。因为，很自然地，此时他已从对自我的考察中推断出别人的品性，结果是逐步失望地发现，别人在思想（脑力）和感情（心力）方面——甚至通常在两个方面，都无法达到他的水准。所以，他就不愿与他们交流、来往。因为一般来说，每个人都会喜爱或者厌恶孤独——即他自己的小社会，这正与其自身的内在价值相一致。康德在他的《判断力批判》一书（第1部分，第29章）中曾对这种厌世倾向有过论述。

对于一个年轻人来说，如果他很早地就洞察人事、谙于世故，如果他很快就懂得如何与人交接、周旋，胸有成竹地步入社会，那么不论从理智还是道德的角度来考虑，这都是一个不好的迹象。这预示着他的本性平庸。相反，如果一个年轻人对世人的行为方式感到诧异和惊讶，并且在与他们的交往中表现得笨拙、乖僻，则显示出他有着高贵的品质。

年轻时的喜悦欢快与活力生机，一定程度上是由于这样的事实：在我们攀登生命的山峰时，看不到死亡的阴影——因为它在另一面的山脚下。然而一旦我们到达山顶，就看到了之前只是听说过的死亡的真面目。这使我们异常沮丧，萎靡消沉，因为此时我们觉得自己的生命活力已开始衰退。一种沉重肃穆的感觉取代了青春年少时的生机无限、朝气蓬勃。这种变化是如此明显，以至于在人的脸上就能轻易地看出来。只要我们还年轻，那么不管别人乐意怎么说，我们都依然觉得生命是永无止境的，毫不在乎地挥霍时光。但年龄越大，就越懂得珍惜宝贵的时光。在走向生命终点的过程中，我们度过的每一天，都像是罪犯在一步步地迈向末日的审判。

从青年人的角度来看，人生似乎是一个无尽延展的漫长未来；而从老年人的角度来看，人生只是一个极其短暂的往昔。所以，在最初的时候，生命所呈现出来的是一幅距离我们非常遥远的图画，犹如我们颠倒了手中的望远镜来看的样子。而在人生将要结束的时候，一切又都近在眼前。一个人必须要等到年华老去，亦即生活了足够长的时间之后，才能知道生命是多么短暂。

此外，随着时间的流逝，所有的事物都显得越来越小。在我们年轻时曾有过如此坚定稳固的根基的生命，如今看起来也只不过是转眼而逝的无数瞬间，每一时刻都是虚幻不实的。我们终于明白，整个世界都是虚无！

在我们年轻的时候，时间的步伐极为缓慢。因此，生命中最初四分之一的阶段不仅是最幸福的，而且也是整个生命旅程中最悠长的，它留下了最多的美好回忆。如果一个人要讲述自己的人生，他一定会告诉你很多这一时期的事情，远远超过之后人生的经历。生命的春天如同大自然的春天一样，日子冗长得令人难熬；而两者的秋天依然相似，虽然短暂，却更舒适、明朗。

但是，为何对于一位老人来说，他过去的生命显得如此短暂？因为他的记忆是简短的，所以就误以为他的生命也是短促的。他不再记得生命中那些无关紧要的事情，更遗忘了许多令人不快的事情。于是，留存下来的记忆就所剩无几了。因为通常来说，人们的记忆力和智力一样，是不完美的。如果我们不想让之前所学到的东西和经历过的事情逐渐沉入遗忘的深谷，就要不断地回想、重温它们。不过，我们并不习惯去刻意回想那些无关重要的事情，或者是令人不悦的事情。但是如果要保留对它们的记忆，这种回想就是必需的。然而，可以称之为无关紧要的事情在不断地增加，许多最初显得很有意义的事情，由于持续的重复也逐渐变得不重要了。所以最后，我们已数不清同样的事情到底发生过多少次了。因此，相比晚年，我们更容易记得早年生活中的事件。我们活的时间越长，可以称之为有意义有价值、值得我们反复追思的事情就越少；而只有经过追思回想，它们才能在我们的记忆中保存下来。也就是说，事情一旦过去，就立刻被我们忘记了。就这样，时间飞逝而去，却没有留下多少痕迹。

而且，在通常情况下，我们不会有意地去回味那些发生在自己身上的不愉快的事情，尤其是伤害了我们的虚荣心的事情。因为对于那些落在自己头上的不幸或麻烦，我们一般都难辞其咎。所以人们非常愿意忘记那些不愉快的和微不足道的事。

正是由于上述的双重原因，我们的记忆才显得如此短暂。而且，一个人经历的事情越多，他能回忆起来的事情就相对越少。我们曾经做过的事情、以往的时光岁月，就像海岸边的物体，在随着航船前行的水手眼中，每一分钟都变得更加渺小、更加难以辨认。

有时候，我们的记忆和想象会唤醒很久以前的一幕幕场景，好像昨天刚刚发生过的那样清楚分明、栩栩如生，以至于有关它们的事情看起来离现在是那么地近。之所以这样的原因就是，我们不可能同样鲜明生动地回想起从那时到现在这一期间的所有事情，就像没有一个身影能够让我们看一眼就可以完全记住。而且，在此期间发生的大多数事情都会被忘却，在我们记忆中剩下的只是从生活中学到的常识——仅仅是存在的抽象概念，而不是直观认识和经验。正是因此，才导致很久之前的某个事件又变得无比清晰，好像就发生在昨天。与此相关的时间消失了，整个人生也显得如此短暂，令人难以置信。步入老年之后，我们会在偶然的某一瞬间，几乎不相信自己已经走过了如此漫长的岁月，或怀疑那过去的长久时光是否真实地存在过。这种感觉主要是由于我们看到的总是当下的时刻，它似乎是固定不动的。诸如此类的心理现象最终可以追溯到这一事实：不是我们的存在本身，而是它的外在现象，依存于时间；而当下此刻正是作为主体的世界与作为客体的世界的连接点。

为什么在年轻的时候，我们会觉得人生是那么漫长，似乎永远看不到边际和尽头？因为我们要努力寻找时机去获得我们人生中期望得到的所有东西。我们在整个生命的过程中塞满了无数的目标和计划，要将它们全部付诸实现，也许活到玛土撒拉[①]的年纪也不够。另外，是因为年轻时的我们喜欢根据自己度过的短暂年岁，来衡量整个生命的长度。在早年的时光中，一切事物对我们来说都是新鲜的、似乎无比重要的。甚至当它们发生过后，我们依然会不断地思索、回味，反复回想。因此，青年的生活仿佛总是充满了各种各样的重要事件，于是就成为一个漫长的期间。

---

① 玛土撒拉（Methuselah），《圣经·创世纪》中的人物，以诺之子，据传享年969岁。泛指非常高寿的人。

有时候，我们确信自己是在渴望某一个遥远的地方，然而实际上，我们只是在怀念、想要重温曾经的时光——那些我们比现在更年轻、更富朝气时度过的时光。那时，时间戴着空间的面具嘲弄了我们。如果时光能够倒流，我们就会明白自己被骗的有多重。

要想获得高寿，可以有两条途径，二者都需要有一个健康的体魄作为必要的前提。这也许可以用两盏油灯来加以说明：一盏灯的灯油很少，但却燃烧了很长时间，因为它的灯芯很细；另一盏灯的灯芯虽然粗大，但却同样能燃烧很长的时间，因为它有足够多的灯油供给。这里，灯油就好似人的生命力，灯芯的区别就是人们使用生命力的各种不同方式。

在36岁之前，我们对自己生命力的消耗如同某些人靠吃利息过活：他们今天花费的金钱，明天就又能重新得到。但是过了36岁之后，我们的处境则犹如那些开始动用自己本金的人。起初，他几乎感觉不到什么变化的迹象，因为大部分的花费都可以由投资的利息抵消。如果亏空额很小，也不会引起他的注意。但是财政赤字在不断增加，直到他清醒地意识到现实情形日益严重、每况愈下：他的处境越来越危险，他觉得自己越来越穷困，而他从来没预料过自己的财源竟然会枯竭。他从富有到贫穷的转变之路每一刻都在加快，就像从高空一坠而下的物体，最后，他的钱财终于消尽，变得一无所有。如果这里所比喻的两者——人的生命力和财富——真的同时处于日益消耗的状态，那他的处境确实是非常悲惨凄凉的。正是对这种巨大灾难的恐惧担忧，才使得人们年龄越大，对财富的爱惜就越加增长。

相比之下，在生命的早期，即在我们成年之前甚至稍后的短暂时间，我们的生命力逐渐增强，好像那些每年都有利息获得并将其存入自己本金中的人。换句话说，不仅他们的利息能够定期获取，而且他们的资本也在不断地增加。如果有某些诚实可靠的监护人的细心呵护，那么健康与钱财的这种日益富足的美好结果，就有可能实现。哦，快乐的青年，悲哀的老年！

然而，尽管如此，青年人也要爱惜地使用自己的精力。亚里士多德注意到，在那些奥林匹克比赛的获胜者中，能够在青少年和成年之后两个阶段都获奖的人寥寥无几。原因就是，过早的努力训练消耗了他们大量的生命能力，以至于到成年后无以为继。肌肉力量是这样，精神力量更是如此，而所有的智力成果都是精神力量的体现。因此，那些早熟的神童就像是温室里培养的花朵，以他们童年时的聪颖非凡震惊了我们，但随后却沦为了非常普通的平庸之辈。不仅如此，那种强迫孩子过早地学习古代语言的错误方法，也许是导致众多博学者枯燥乏味、严重缺乏判断力的原因。

我已经说过，几乎每个人的性格都会跟他人生中的某一阶段特别合拍，所以当到这一阶段的时候，一个人就会达到他一生中的最佳状态。有些人在年轻的时候很是可爱，但随后就不那么迷人了；有些人在中年时特别活跃、精力无限，但随着时光的流逝这些都消失不见。大多数人是到了老年才表现出最好的状态，因为此时他们已富有人生经验，处事能够泰然自若，所以性情也变得更加从容、温和。这种情形在法国人身上常可见到。

这种特殊情形肯定是因为，人的性格中有某些与青年、中年或老年时代的特质相类似的东西，这些东西与人生中的某一阶段吻合一致，或者对其不足之处加以修正、调整。

水手只能通过海岸边物体的逐渐远去和明显缩小，来发觉自己船只的前行。同样，当一个人觉得比他年长的人看起来还很年轻的时候，就会意识到自己已经变老了。

上文已经论述并解释过，一个人活得越老，他之前的见闻、行为和经验在他头脑中留下的记忆就越少。因此，在这个意义上可以说，一个人只有在年轻的时候才具有完整的意识来生活，而到了老年他只带有一半的意识活着。随着年岁的增长，他意识中关于周围事物的记忆逐渐淡忘，生活中的事情匆匆而过，几乎没有在他心里留下任何印象，就像一件艺术品看过千遍后再也没有什么感觉。一个人完成他手边的事情，而过后却忘了自己是否做过这件事情。

随着人们对生活的意识逐渐削弱，距离意识完全停止的那个死亡之点越近，时间的步伐就走得越快。童年时，生活中的任何事物和一切场景对我们来说都是新鲜奇妙的，足以唤醒我们对生存的真切意识。因此，那个年龄的每一天似乎都是无限延长的。同样的情形也发生在我们旅行的时候：这时的一个月似乎比在家时的四个月还要漫长。不过，尽管在年轻时代和旅行途中的时间显得分外漫长，对事物的新奇感并不能阻止现实中我们时而感受到的时间的重压，这种感觉甚至要比我们年老时或在旅途中时更强烈。但是，长时间的习惯于这样的感觉印象，我们的智力就会逐渐下降，于是更多的事物会在我们脑中不留下任何痕迹地匆匆而逝。这就使得时间越来越不重要，由此就变得越来越短：孩童时候的一小时比老人的一整天都要长。因此，年龄越大，时间流逝得就越快，犹如一个球滚下山坡。或者像是一个旋转的圆盘，距离中心越远的点转动得越快。生命之轮同样如此，一个人距离生命的起点越远，时间的流逝对他而言就越快。由此可以说，就我们对时间的直接印象与感觉来说，任何特定一年的长度与此时对我们整个一生的划分次数成正比。例如，50岁时那年的长度，似乎只是5岁时一年长度的十分之一。

时间流逝速度的这种变化，对我们人生每一阶段的存在本质产生了决定性的影响。首先，它使童年——虽然只有短短的十五年时间——似乎成为了人生中最为漫长的时期，因此也是记忆最为丰富的时期。其次，它使得人们越年轻，就越容易感到无聊。例如，儿童总是不断地需要做事以消遣时光——不论是功课还是游戏。如果他们完成了功课、做完了游戏，一种可怕的无聊空虚感就会随之而来。即使到了青年时期，人们也完全没有办法摆脱这种无聊的倾向，一旦无事可做就会感到恐慌。成年之后，无聊厌烦感就会逐渐消失。而到了垂暮老年，日子像离弦的箭般飞逝而去，人们就会觉得时间如此短暂了。当然，必须说明，我这里谈论的是人，而非衰老的牲畜。到了中年时期，随着时光流逝的日渐加速，无聊感也大都随之消失了。同时，人们的感情欲望及随之而产生的痛苦也都沉寂消散了。只要我们能保持健康，那么总的来说，中年的生活重负要明显比青年时的轻得多。所以，正是这一时期——恰恰在衰弱多病的老年之前的一段时间，被人们称为人生中“最好的时光”。

从那些年月所带来的舒适愉悦的感觉来看，这也许是一个名副其实的称号。除了青年时期——这时我们的意识非常活跃，极易接受各种印象——也有它的特殊优势之外：这是播撒思想的种子并开始萌芽的时期，是精神蓬勃发展的春天。青年人可以感知、领悟到深刻的哲理，但自己不能挖掘、创造出真理，也就是说，他们得到的最初认识是直观的，是由某些瞬间的印象而引起的。而且这种印象必须要强烈、鲜活、生动、深刻，才能得到这样的认识。如果我们想要熟知深刻的哲理，那么一切都取决于我们如何正确地利用自己的青春年华。在中年时期，我们也许能够更好地影响他人、影响世界，因为此时我们的个性及自身已变得成熟、圆满，不会再为外界新奇的事物或看法而左右，这时的世界也很少能够再对我们产生影响。这些年月是付诸行动、做出成就的时候，而青年时代则是形成基本观念、奠定思想基础的时候。

年轻的时候，外部的直观事物最吸引我们；年老的时候，思索和追忆则在我们的头脑中占据统治地位。因此，青年是属于诗歌的岁月，老年则是哲学沉思的季节。在实际事务中也同样如此：一个人年轻的时候往往根据他对外界的印象来做出决定，年老的时候则是由思想来决定他的行为。这在一定程度上是因为，只有到老年，一个人才能积累足够数量的外部事物的直观印象，并根据它们所代表的含义、所反映的概念而将其归纳分类。而这一过程反过来又可以让人们更充分地理解这些概念各方面的含义，并对其价值和可信度进行精确的判断、取决和固定。同时，他也渐渐习惯了丰富多彩的生命现象所带来的直观印象，它们对他的影响已不再那么强烈。相反，在青年时期，事物带来的直观印象，亦即生命的外部现象，是如此强烈、深刻，尤其是对那些生气活泼、富有想象力的人来说。这些人将世界看作一幅图画，他们关注的主要是自己在这幅画上留下的身影，即他们所显现出来的外部形象，却对这幅画的内容范围毫无所知。这是一种自我炫耀的心态，在青年人的个体虚荣心以及喜爱华美的服饰等方面反映了出来。

无可置疑，人的智力发展最为迅速、精力最旺盛的时期，就是青年时期，这一时段最迟可以延伸至35岁。35岁之后，人的精力就开始衰退，虽然这是一个逐渐变化的缓慢过程。不过，即使到了中年甚至老年时期，人的精力也并非没有进步。只有到了这个时候，人们的经验和知识才能真正地达到富有、成熟，然后有足够的时间和机会从各个方面观察和思考人生，有能力对事物加以比较，发现它们之间的差异和关联，从而正确地理解事物之间的真正关系。此外，到老年的时候，我们在年轻时学习获取的知识也会得到深化、加强。此时的我们对于之前获得的每一概念有了更多的认识和解读，对于年轻时自以为了解的事情有了真正的理解。而且，此时，我们的知识范围也更宽广了，并且在每一方面的拓展都是彻底深刻的，从而形成一个稳固相联、贯通一致的统一体。而在青年时期，我们的知识则是残缺不全、零碎散乱的。

一个人只有到了老年之后，才能对人生获得充分、完整的理解。因为只有阅历深远的老人才能洞悉整个人生，了解生命的自然历程。老年人不仅像其他人那样熟悉生命的开端，而且也了解生命的终点，因此，唯独他们能够完全理解生命彻底虚无的本质。而其他人则始终坚持不懈，误以为一切事物最终都将变得完美。

另一方面，青年人更富有想象力，虽然所知不多，却可以从中想象出很多的东西。而在老年阶段，占优势的则是判断力、洞察力及深刻的明辨力。青年时代是积累素材，以形成自己关于世界的独特知识和对于人生的原初认识的时期，换句话说，是一个天才积累留给世人的遗产的时期。然而，他必须到中年之后，才能真正成为这些素材的主人。因此，我们发现，伟大的作家通常在50岁左右才能为世界奉献出非凡杰作。不过，即使知识之树必须要枝繁叶茂之后才能结出果实，但其根基却是在青年时代扎下的。

每一代人，不管他们是多么卑微渺小，都会觉得自己比前一代的人要聪明得多，更不用说距离遥远的古代了。在生命旅程中的各个阶段，我们同样如此。但是，我们对这两者的看法，常常是错误的。在身体发育成长的时期，我们的智力逐步发展，知识日渐增加，容易形成一种看重今日、轻视昨天的习惯。这种习惯在我们头脑中顽固生根，甚至持续到年老体弱、智力下降时——而此时应该是今天尊崇昨天了。所以，我们常常过分地贬低青年时代取得的成就，以及当时的判断力。

从这里可以观察到，尽管一个人的智力（或头脑）与他的性情（或心灵），就其本质而言是与生俱来的，但是，才智并不像性格那样是不可改变的。事实上，智力容易遭受很多变化情形的影响，而这些变化一般来说都是按规律出现的。之所以如此，一方面是因为智力在体格方面拥有深厚的根基，另一方面是因为智力所处理的素材是由经验提供的。因此，从生理学的角度可以发现，一个人的特定才能在开始是逐渐增长以至达到顶峰的，随后就进入缓慢衰退的过程，直到最后变得痴呆愚蠢。但是，我们也不能忽略这样的事实：供给我们的智力并保持其活跃状态的素材——即思想和知识的内容、经验、学识，探究事物本质的训练，及完美的精神洞见，它们形成的总量是不断增加的，直到最后我们的才智衰竭。这两种明显不同的因素结合为同一特征的方式——一个绝对不可改变，一个因其相互对立的两个方向而容易改变，解释了何以在不同的人生阶段我们会表现出不同的精神态度和价值倾向。

同样的道理可以在更为广泛的意义上来表达：人生的前 40 年如同一本书的正文，后 30 年则提供了对正文的注释和评论。没有评注，我们就无法正确地理解文本的真实含义和其中的前后关联，以及它所包含的道德寓意和书中的各种微妙之处。

生命临近结束的时候，犹如一场进入尾声的假面舞会——所有人的面具都要摘下了。这时，我们可以看清自己在生命的旅程中曾邂逅、接触过的是些什么样的人。因为，到生命的终点时刻，人们的性格会暴露无遗，各种行为也产生了相应的结果，成就得到了公正的评价，所有羞辱也都烟消云散。要走到这一步，时间是必不可少的条件。

而最奇怪的事实就是，也只有当生命将要到达终点的时候，一个人才能真正认识和理解他真实的自我，明白他生命中追寻的目标和方向，尤其是他与别人及世界的关系。正是由于这种认识，人们通常会发现自己处于一个比原先设想的要低很多的位置。但是也有例外的时候，即人们偶尔也会给予自己比先前认为的更高的地位。这是因为我们之前对这个世界的庸俗卑劣没有足够的认识和了解，于是为自己设定了一个比其他人高出很多的目标。

生命的历程向人们展示了自己的内在构成。

人们习惯于把青年时期称为生命中幸福欢乐的季节，将老年时期视为生命中悲凉伤感的时光。如果是激情才能使人快乐的话，那这一说法就是真实的。但事实并非如此。年轻的时候，人们总是被激情左右煎熬；它给人带来的痛苦很多，快乐却很少。年老的时候，激情冷却，使人得享平静安宁，随后陷入沉思默想之中；心智得到自由解放，占据了上风。而且，由于智力本身超越了痛苦的范围，所以，只要理智在一个人的意识中占主导地位，他就会感到幸福。

要明白激情绝不是幸福的源泉，老年虽然少了许多欢愉也仍然是值得羡慕的，我们只需记住这一点：所有的快乐都是否定、消极的，痛苦才具有肯定、积极的本质。因为每一种欢乐都不过是某种需求或欲望的满足而已，需求一旦停止，欢乐也就结束。这就犹如一个人刚吃过饭后不能再继续吃东西，或刚美美地睡过一夜无法再入睡一样，是不值得抱怨的。

青年时期并非是人生中最幸福的阶段，柏拉图对此有更为深刻、真实的评论。他在《理想国》的开头说，老年才是最幸福的。因为到那时，一个人才能最终摆脱那不停烦扰他的动物式的激情。不仅如此，我们甚至可以说，那些来源于激情的无数繁杂情绪和丰富情感，会使人产生一种轻微的疯狂状态。而且，只要这个人仍然受制于冲动激情的影响，屈从于这一似乎无法摆脱的恶魔的操纵，这种精神错乱的状态就会一直下去。因此，在激情彻底熄灭之前，他永远不能成为一个真正理智的人。

毫无疑问，一般来说，除了个别情形和特殊境况之外，青年人身上都带有某种忧郁、伤感的特质，而老年人则具有某种亲切、温和的特征。其中的原因只有一个，就是青年人仍然受着激情恶魔的控制和驱迫，不断地劳碌，几乎没有片刻属于自己的时间。追根溯源，几乎所有降临在人类头上或威胁他们的灾难和不幸，直接或间接地都是由于这一原因。而老年人在长久地束缚于激情的枷锁之后，终于从中解脱，可以自由随意地活动了，因此就显得轻松、愉悦。

不过，我们也不能忘记，一旦激情消退，生命的真正内核也就消失了，留下的只是一副躯壳。或者，从另一个角度来看，此时的人生就像一出喜剧，开场是由真人表演，随后则由穿着真人衣服的机器人继续表演，直到终场落幕。

无论如何，青春是骚动不安的时期，暮年是恬静安详的季节。由此，我们可以推知属于不同阶段人群的幸福。孩子伸出小手，贪婪地想要抓住一切映入眼帘的漂亮东西，为这个色彩斑斓的世界所迷惑，因为他所有的感觉意识是那么地稚嫩和新鲜。青少年也同样如此，而且他们会以更大的力量去追求和探索。他们同样迷恋周围的一切美好事物和令人愉悦的东西，而且，他们丰富的想象力能够幻想出这个世界绝不能给予实现的种种欢乐。所以，他们的心中充满了对自己并不了解的快乐的强烈渴望，这不仅夺走了他们的安宁，也使幸福变得不可能。但当步入老年之后，所有的这些都会结束，平息下来。这一方面是因为此时热血已经冷却了许多，感觉意识也不再那么容易地被诱惑。另一方面是因为到了这时，经验会揭示出事物的真正价值和欢悦的徒劳空虚。于是，幻觉逐渐消失，曾经遮蔽和歪曲了人们对世界自由、真实看法的异想和偏见也被一扫而光。结果是人们终于可以更公正、清晰地认识世界，以事物的本来面目看待它们，并或多或少洞悉到人世间所有事物的渺小和虚无。

正是这一点，使几乎所有的老人——无论他的才智如何平庸，都具有某种区别于年轻人的智慧气质。但是，所有这些变化带来的主要结果，还是随之而来的心灵的宁静——这是获得幸福的重要因素，实际上也是幸福的必要条件和本质。当年轻人幻想着世界上有无数奇妙美好的东西，一心想到得到它们的时候，老年人则沉浸在传道者“万物皆空”的真理中，清楚地明白无论人生的外壳多么闪亮发光，其内在却是空的。

只有到了晚年，一个人才能真正理解贺拉斯的箴言：“对一切皆无动于衷。”并直接、真诚地坚信万物都是虚无的，世上所有的繁华荣耀都是微不足道的，此时他的幻想已全部消失。他不再错误地认为，在世界上的某个地方（如豪华的宫殿或简陋的农舍）有着某种特别的幸福，超过了他摆脱肉体和精神痛苦之后所享受的那种幸福。伟大与渺小、高贵与卑微，这些世俗的划分区别对他来说已不再存在。在这种宽容平和的心境中，老者面带微笑地蔑视所有荒谬错误的观念和想法。他已经彻底醒悟了，清楚地知道无论怎样粉饰、美化人生，它琐屑不堪的本质都可以很快从其闪闪发光的装饰物中显示出来。尽管人们给人生涂上绚丽的色彩、镶上璀璨的珠宝，它的本质在任何地方都是一样——不过是一种除了摆脱痛苦就毫无任何真正价值的存在，我们永远不能以欢愉的是否存在来评价它，更不要说用生活的奢华炫耀来评估了。

幻灭与觉醒是老年的主要特征。因为到那时，赋予生活迷人魅力、刺激我们心灵追逐活跃的幻象消失了，人世间的华美辉煌也被证明是空虚无益的了，庄严堂皇也褪色消逝、毫无意义了。人们将会发现，在自己想要得到的众多事物、渴望追求的大部分愉悦享乐后面，其实几乎是空无一物。因此，人们逐渐领悟到，我们的整个存在都是空洞、虚无的。一个人只有到70岁后，才能完全明白上述传道者的话。这也再次说明了为何老者有时也会心情烦恼、忧郁。

人们通常认为，疾病缠身和无聊厌倦是老年人不可避免的共同命运。其实，疾病并不必然伴随着老人，尤其是当他已活到很高的年岁之后。因为随着年龄的增长，健康和疾病的几率也在增加。至于厌倦或无聊，我在上文已经说过为何老年人比青年人更少遭到这种恶魔的侵袭。无需解释，老年人容易感到孤独，但无聊、厌倦也绝不是孤独的必然因素，它只是那些除了从感官满足和社会交往中获得愉悦、对其他乐趣一无所知的人的不幸命运。这些人心神闭塞、蒙昧，才智完全还未开发。的确，伴随着老年的逐渐来临，人的智力也会同时衰落。但是，只要他的才智原本是强健丰富的，那就有足够的力量来抵御无聊的冲击。而且，正如我在前面所述，经验、知识、反思，以及与人交往的技巧和能力等，这些因素的相互融合可以使老年人更加精确地看待世界。他的判断力变得非常敏锐，他对人生有了清晰连贯的看法，他的精神视野涵盖的范围更加宽广。通过不断地发掘原有知识的新用途，并尽力利用每一次机会丰富自己的知识，人们始终坚持着内在的自我教育和修养——这种自修使人的精神才智得到了充分的运用和满足，而心智的全部努力也因此得到了应有的回报。

所有这些在一定程度上都是对老年人精神日渐衰竭的一种补偿。此外，正如我已说过的，当我们进入老年的时候，时间似乎消逝得更加迅速，这本身也就预防了无聊感的产生。体力的衰退，对一位老年人来说并不是多大的损害，除非他要依此谋生。年老贫困确实是一大不幸。如果有人能避免这种不幸，并能保持身体健康，那么暮年时期或许就是人生中一个相当不错、很可忍受的阶段了。晚年最需要的是舒适安定、富裕宽松。因此，金钱在这时就显得越发宝贵，因为它是体力衰退的替代品。被维纳斯爱神遗弃的老者，喜欢转向酒神巴吉斯求得快乐。观物、旅行、学习的需求和兴趣没有了，取而代之的是发表意见和教诲别人的欲望。如果一个人在老年时能依然保留着对学习、研究的兴趣，对音乐、戏剧的热爱，如果他仍然对周围的事物充满好奇、十分敏感——事实上，不少老人在晚年依然如此，那这不啻是一大幸事。在人生的这个阶段，一个人的“自身拥有”所带来的好处是在之前任何时候都无法比拟的。

当然，大多数人都是生来愚笨迟钝、毫无长处可言的，这些人到老年之后，就越发像是机器人了。他们所想、所说、所做的总是和旁人一样的事情，如今无论发生什么事都无法改变他们的思维方式或行为习惯。与这样的老年人谈话，犹如在沙上写字，即使能给人留下什么印象，也会立即消失。对这种老者而言，晚年时期只是生命的“残骸”，人生必不可少的一切东西都不复存在。在有些情况下，大自然让老人第三次长出牙齿，显然证明了这样的事实：老年是人生的第二个童年时期。

随着年华的衰老，人们的才智、精力以日益加快的速度不断消失，这无疑是令人伤感的；但这又是不可避免，甚至是有所益处的安排。否则，由于没有心理准备，死亡就会变得让人难以承受。所以，对于到达耄耋之年的高龄老人来说，最大的福音莫过于安乐死——安然去世，无疾而终，免除了一切痛苦和挣扎[①]。因为，不管一个人活多长时间，他所关注的也只是现时、此刻，而绝无其他。在晚年时期，由于记忆力的快速遗忘，我们精神的日益损耗，远远超过了重新获得的东西。

青年与老年之间的主要区别永远在于：前者憧憬着人生，后者面临着死亡；前者拥有短暂的往昔和长远的未来，后者恰恰与此相反。的确，人到老年，等待他的只有死亡；而在青年时期，则拥有漫长的人生。这就产生了一个问题：两者之中，何种命运更危险？如果生命不是作为一个整体来看，那么是前半生的那个好，还是后半生的那个好？《旧约·传道书》不是说过，“死亡之日比出生之日更美好”吗？渴望长寿显然是轻率幼稚的[②]。因为正如一句西班牙谚语说的：“活得越长，经历的不幸就越多。”

---

① 参见《作为意志和表象的世界》，第二卷，第 41 章。里面有关于安乐死更详细的阐释。——原注

② 严格说来，人的生命不能说漫长或短暂，因为它只是我们用来衡量其他事物存在时间的最终标准。在吠陀的《奥义书》中，人的自然寿命被定为 100 年。我相信这是正确的。因为我已观察到，只有超过 90 高龄的人才能获得安乐死，即没有疾病、中风或抽搐，毫无任何痛苦地安详死去；甚至有时连脸色也并不苍白，常常是在饭后以坐姿去世。也许可以说，他们只是停止活着，而不是死亡。在 90 岁之前去世，就意味着死于疾病，亦即过早的夭折。

现在的《旧约全书》将人的寿命定为 70 岁，最长也只是 80 岁。更引人注意的是，希罗多德也持同样的看法。但这却是错误的，它只是基于对日常生活经验粗糙、肤浅评价的结果。因为如果人的自然寿命是 70 到 80 岁的话，那么人们在此时就会自然的老去死亡。但现实情况并非如此：在这个年纪死亡的人，如同年轻人一样，是死于疾病；而因疾病死亡是不正常的。因此，这时的死亡不是生命的自然终结。只有在 90 到 100 岁之间，人们才能自然老死。即没有遭受任何疾病的折磨，没有显示出任何临死挣扎、痛苦呻吟、浑身抽搐或脸色灰白等迹象——所有这些不属于安乐死的现象。人的自然寿命应该是 100 岁，《奥义书》对此的限定是正确的。

人一生具体的经历并不是像占星术所说的那样，可以从对星相的观察中推断出来。但是生命的整个历程，就其不同的时期而言，或许可以比作行星的交替运转：因此可以说，我们是在这些行星的影响下依次度过人生的各个阶段的。

10岁时，犹如信使星（水星）冉冉上升。这个时候的少年，就像这颗星一样，在一个狭小的范围内极为活跃地转动，即使一件细微的小事也能对他产生重大的影响。但在如此机智、灵活的信使神的引导下，他将轻易地学到很多东西，取得巨大的进步。20岁时，维纳斯女神（金星）掌管人生，这时一个人会完全屈服于爱情。30岁时，战神（火星）取得统治地位，这时的人们精力充沛、力量强大，大胆、好斗、傲慢、狂妄。

当一个人到达40岁时，他就处在四小行星的控制之下。也就是说，他的人生已得到扩展、充实。他变得节俭，亦即在谷神星的帮助下，懂得欣赏实用的东西；他有了自己的安乐窝，这得益于灶神的影响；小智神星告诉他，什么东西是他需要知道的；而他的妻子——他的朱诺——则作为女主人主宰着家里。

但在50岁时，朱庇特星（木星）则具有主导的统治地位。在这个时期，一个人已经比同时代的大多数人多活了些时候，并感觉自己比身边的人更加优越。他仍然充分享受着旺盛的精力，丰富的经验和渊博的知识。如果他有任何的权力或者地位，他就拥有了高于周围人的权威。他不再愿意接受他人的命令，而是希望自己能够发号施令。此时最适合他的工作，就是在他自己的领域内成为指导者和统治者。这时木星的影响达到了高潮，而50岁也正是一个人一生中最好的时候。

大约在60岁的时候，农神星（土星）拖着铅一般沉重的步子，沉闷、缓慢地到来了。

可是上了年纪的老人，大多像死人一般，
手脚滞钝，呼唤不灵，慢吞吞地没有一点精神。
——《罗密欧与朱丽叶》第二幕第五场

最后，天王星出现了。正如俗语所说，一个人升上天堂了。

我不能为海王星找到一个合适的位置，人们对它的命名实在太过轻率大意，因为我可能不会按其应有的名字“厄洛斯”来称呼它。否则，我就应指出人生的开始与结束是如何相遇的，生命与死亡的联接是如何地密切、隐秘：奥克斯（冥王之神）或埃及人所说的阿门特斯，不仅是万物的接受者，也是万物的给予者。死亡是生命的伟大源泉。一切事物都来自于奥克斯，现在具有生命的所有事物都曾经存在于那里。如果我们真的理解了这一伟大的奥秘，一切就会真相大白了。

论人世的痛苦

除非痛苦是人类生活最直接和最主要的目的，否则我们的生存就完全没有目的可言。此外，如果认为这世上无处不在的无穷痛苦——这些痛苦源自与生命本身不可分离的必要需求——没有任何目的，仅仅只是意外，那就是荒谬的。无疑，每一个不幸在其降临时，似乎总是特殊情形；但在总体上，不幸却是必然的规律。

大多数的哲学体系宣称痛苦、不幸就其本质而言是消极的，在我看来，这种说法荒谬得无以复加。莱布尼茨尤其致力于维护以上荒谬观点，他企图用显而易见和微不足道的诡辩来加强自己的论点①。但其实，痛苦、不幸恰恰是积极的东西，由此使得人们感觉到它的存在。而所谓的幸福、幸运，却是消极、否定的。换句话说，幸福和满足总是隐含着欲望的实现（亦即取消），和痛苦的终结。

这就说明了这样的事实，即我们常常觉得快乐并没有我们期待的那样完美，而痛苦的沉重之感则远远超出我们的想象。

曾有人说，世上的快乐要比痛苦多；或至少，二者之间总

① 参见《神正论》第153节。莱布尼茨认为不幸是一种消极的因素，即幸运的缺乏。它积极或貌似积极的特性是偶然的，而非其本质的基本组成部分。他说，冷只是热能的缺乏，冰水膨胀的动力是偶然的，而非冷本质的基本组成部分。事实上，冰水膨胀的动力只是在其分子中斥力的增加。叔本华把其全部论证称作诡辩，是相对正确的。

要达到某种平衡。如果读者想立刻检验这种说法是否正确，那他只需在一只动物正吞吃另一动物的时候，比较一下两只动物各自的感受即可。

对任何不幸或痛苦的最好安慰，莫过于看到还有人比我们更加不幸。这种自我安慰的方式，适用于每一个人。但对于整个人类来说，这是一种多么可怕的命运啊！

我们就像牧场里的羔羊，嬉戏在屠夫的注视之下，却不知随后将一个个地被其宰杀。因此，在美好的日子里，我们对不幸一无所察——毫不知晓命运此刻正在为我们准备怎样的灾难：疾病、贫穷、伤残、失明，抑或疯狂。

生存的最大痛苦和煎熬就在于：时间不停地逼迫着我们，几乎不给我们从容喘息的机会；它像一个挥舞着鞭子的监工，紧紧地跟在我们后面。只有当我们坠入无聊烦闷的深渊时，时间才会停止它鞭策的手。

但是不幸，亦有其用途。正如失去了大气的压力我们的身体就会爆炸，如果人生能解除所有的需要、艰难和困境，如果人们做任何事情都很顺利成功，那他们的骄傲之心就会极度膨胀——尽管不会达到爆炸的程度，但也会让人做出一系列肆无忌惮的愚蠢行为，甚至从而走向疯狂。进而，我们可以说，一定数量的痛苦和烦恼对于任何时候的任何人都是必要的。没有压舱物的航船是不稳定的，也不能直线前行。

确实，正是工作、烦恼、操劳、忧心构成了几乎所有人的命运生涯。但是，如果人们的所有愿望都能即时得到满足，他们又该如何填补自己的生活呢？他们又将怎样打发这一生的时光呢？如果这个世界是一个充满奢华和安逸的伊甸园，是一块流溢着乳蜜甘琼的乐土——在那里，每个少男都能很快找到自己心爱的少女，并毫不费力地拥有她，那么，人们必定会无聊至死，或者自缢身亡；或者互相挑起战争、屠杀和谋害，以致最终制造出比大自然如今给予他们的更多的苦难。

年轻时，我们憧憬着未来的生活，就像在剧院里等待大幕拉开的小孩，兴高采烈、极度热切地盼望着好戏的开场。我们对即将要发生什么一无所知，这实在是一大幸事。因为，即使我们能预知未来，也是像成为无辜囚犯的孩童——虽然没有被判为死刑，而是被判继续为生，但他们对这一判决的含意茫然不懂。然而，尽管如此，每个人还是想获得长寿高龄，虽然那种生活状态只能这样来形容："今日不好，明日更糟；每况愈下，直至终老。"

如果我们竭力想象，太阳在运转过程中照耀了多少苦难、悲痛和忧伤，那我们就会承认：如果太阳能使地球像月亮一样不能产生出生命，如果地球的表面仍处于结晶状态，那样的话会更好。

同样，我们也可以将生活看作一段毫无裨益的插曲，扰乱了虚无世界的平静安宁。而且不论怎样，即使生活一帆风顺，但随着年龄的增长，我们会越加清楚地意识到：生活本质上只是一种失望，甚至是一种欺骗。

如果两个少年时的挚友在阔别了半世之后暮年重逢，当他们甫一相视，心中涌现的主要情感就是对整个人生完全、彻底的失望。他们的思绪将被带回从前：那时一切还是那么美好，生活犹如黎明玫瑰色的阳光，在他们眼前美丽伸展。——生活允诺我们的如此之多，可真正兑现的又如此之少。这种情感完全压倒了他们心中其他的感觉，甚至无需诉诸言语。他们彼此对这种情感心照不宣，而它却成为他们所有谈话的基础。

一位经历了几代变迁的人，就像一个经常到集市上坐在魔术师摊前的观众，一次一次地目睹表演。这些表演技巧原本只能观赏一次；当它们不再新奇、不再能迷惑心目之后，就失去了其魔力效果。

生活中真正值得我们羡慕的人是很少的，而命运悲惨、值得痛惜的人却数不胜数。

生活是一个必须完成的任务。因此，得以安息是一件好事——这意味着某人已经完成了他的工作。

如果孩子只是因为一种纯粹理性的行为才来到世上，那么人类还会继续生存下去吗？难道没有人极大地同情将要分担生存重负的下一代吗？或无论如何也不愿冷酷无情地把这种重负强压给下一代？

我想肯定有人会说我的哲学让人不快——因为我说出了真相，而人们则更愿意相信上帝创造的一切都是美好的。那就去找牧师吧，不要理睬我们这些哲学家了！无论怎样，不要要求我们用自己的学说来迎合你们所受的教诲。只有那些冒牌哲学家和流氓骗子才会这样做，他们会提供任何你们想要的学说，让你们满意。你们大学里的教授必定宣扬乐观主义，但要推翻他们的理论却是一件轻而易举且令人愉快的事情。

我已经提醒过读者，每一个幸福的状态，每一种满足的情感，就其本质而言都是消极的。也就是说，它包含着痛苦的解脱，而痛苦则是存在的积极因素。因此，衡量任何人生活的幸福与否，不是根据其快乐的多少，而是根据其脱离痛苦的程度——亦即脱离积极的不幸的程度。如果这是真实合理的观点，那么较低级的动物似乎享有一个比人类更为幸福的命运。我们不妨更详细地考察这一点。

不论幸福和苦难的形式如何变幻，引导人们追求幸福、逃避苦难的物质基础却只是身体上的快乐或痛苦。这一基础相当有限，仅仅是健康、食物、免受风雨寒冷的袭击、性欲的满足；

反之，就是缺乏这些东西。因此，仅就肉体上的快乐而言，人并不比动物优越多少，除了人更高级的神经系统让其对各种快乐更为敏感；但同时也要注意，人对各类痛苦的敏感程度也随之提高。与动物相比，人内心中被激起的情感是多么强烈！感情的深沉和激烈程度又是迥然相异！然而，无论怎样，人最终也是为了获得和动物同样的结果，即健康、饱暖等。

这些情感的主要源泉，就是人对过去和未来的思考。这种思考伴随着人类，并对其所有行为产生重要影响；这也是人类忧虑、希望、恐惧等情感的真正根源——这些情感对人的影响要比当下体验到的欢乐和痛苦深刻得多，而动物则只能体验到当下的苦、乐。拥有回想、记忆以及预见的能力，人就如同拥有一台能够凝聚、储存他的欢乐和悲伤的机器。但动物丝毫没有这样的能力。对它们来说，无论何时遭受痛苦，都好像是第一次受到这样的痛苦，哪怕这种情形已经多不可数。动物没有总结自己情感的能力，所以它们具有一种无忧无虑、宁静平和的脾气。这是多么令人羡慕！相比之下，人的深思回想能够调动起他所有的情感。于是，本是人与动物所共有的基本的欢乐与痛苦，在人那里却得到了更为敏锐和强烈的感受：前一分钟还在享受致命的欣喜，下一分钟就跌入绝望和自杀的深渊。

如果我们更进一步地分析，就会发现，人的需求在其原始状态下，并不比动物的需求更难以满足。但为了得到更多的快乐，人们有意地增加自己的需求——数量更多，难度更大。于是，种种奢华应运而生：珍馐佳肴、烟草鸦片、名贵烈酒、豪华服饰等等远超于他生存所必需的无数什物。

除此之外，人的快乐和痛苦还有一种独特而奇异的源泉，而且同样是人深思回想的结果——这就是人内心自建的雄心、荣誉感与羞耻感；简单说就是他很关心别人对自己的评价。出自这一源泉的快乐与痛苦超乎常规地占据了他的整个人，甚至超过了其他苦、乐的总和。于是，争取别人的好评成为人几乎所有努力奋斗的目标，为此他不惜采取任何千奇百怪的形式，虽然这个目标已远远超出了满足纯粹的身体苦、乐的目的。的确，除与动物所共同的快乐之源外，人还有精神的快乐存在。这种精神的快乐有着不同的层次级别，从无聊琐事或随意闲谈，到最高的精神伟业。但是，伴随着这些快乐而来的也有痛苦，那就是无聊。无聊是动物不能感知的一种痛苦，至少对于自然状态的动物来说是如此；动物中只有那些最聪明的在被驯养之后才会显现出一点无聊的痕迹。但对于人来说，无聊就彻底变成鞭笞般的痛苦刑罚了。那些以填满他们的钱袋为生活的唯一目标，却从不知要充实头脑的可怜可悲的人们，就为我们提供了因无聊而饱受折磨的最好例证。他们的财富已经变成一种惩罚，将他们投进无所事事的苦海之中。为了逃避无聊之苦，这些人四处奔走，到处旅行。每到一地，他们就急切地打听有什么可供消遣的，就像乞丐寻求到哪儿能得到施舍！毫无疑问，欲望和无聊是人生的两极。最后，我想提一下两性关系，每个人限于特殊制度的安排，这种安排迫使其必须要选择一个人作为伴侣。两人的这种感情逐渐就会演变为或多或少的情爱，而这正是快乐减少、痛苦增多的根源。

仅仅多一点思考就可以将人类所有的痛苦与欢乐铸成一座高大的建筑，岂不是一件令人惊异的事。并且，与动物共有的这种悲欢、苦乐的狭窄感情基础，常使人陷入激烈的情绪，遭受无数的感情风暴和情感震撼。而这一切都记录在了他的脸上，人们可以从他脸上的皱纹中清楚地读出。但到头来，人们终会明了，他所为之奋力追求的东西，与动物所获并无两样；而且，动物只付出了微不足道的感情与痛苦代价。

但是，所有这些使得人生所遭受的痛苦要比享受到的快乐多得多。而死亡的不可避免，更让人感受到痛苦的愈发强大。动物本能地逃避死亡，但它们并不真正知道死亡这回事，也不会像人那样，天性喜欢思索死亡，且死亡之景常在他们眼前挥之不去。所以，虽然只有少数动物得以自然死亡，大多数的动物仅有足够的时间来繁殖后代，然后，或早或晚，就成为了其他动物的猎物——而唯有人才可以基本上终于天年，当然，也有很多例外——但尽管如此，基于上述理由，动物仍较人具有优势。事实上，人同样像动物那样难享终年，因为不自然的生活方式和来自于工作和情感的压力，导致了人类种族的退化，所以人们不能常达尽享天年的心愿。

动物比人更易于满足生存的状态，植物对此更是全然满足；而人对生存的满意度，则视其愚钝程度而定。因此，与人的生活相比，动物的生活既少了许多的痛苦，更少了许多的欢乐。究其原因，一方面是动物没有忧烦、焦虑的折磨，另一方面是动物完全不懂希望为何物。于是它们分享不了生活中给予我们的极大欢乐，如对未来幸福的期盼，幻想的神奇美妙，而这些都应归功于我们的想象能力。如果动物摆脱了忧虑的烦恼，那么在此意义上可以说，它也没有希望可言。因为动物的意识只局限于现时此刻，局限于眼前实际所见。动物是现时刺激的化身，因此它们本性中蕴含的恐惧和希望是很短暂的——仅仅产生于在刺激范围之内的眼前所见之物。而人的视线则涵盖了他的整个一生，甚至延伸至过去和未来。

正因此缘故，动物在某一方面比我们更具有真正的智慧——我指的就是，它们能够心平气和、安稳宁静地享受现在的时刻。似乎只有动物才享有的这种心灵的安宁常让我们感到羞愧，因为我们的忧心和思虑常常让我们骚动不安并心生不满。

而且，事实上，就连我一直提到的希望和期待所带给我们的快乐，也不是凭空得来的。一个人在希望和期待某些特定满足时产生的快乐，只不过是提前享受到了实际中全部快乐的一部分，这部分快乐随后将被扣除。因为期待越多，真正实现时所得到的快乐就越少。但是动物的快乐是没有被预期的，因此也不会遭到扣除，所以当它真正降临时是完整无损的。同样，不幸也只是以其固有的重量压迫动物，而人对将要发生的不幸的恐惧，却使这种压力严重到十倍以上。

正是动物这种完全沉浸于现时当下的独特方式，使我们从家中所养宠物的身上得到很多快乐。它们是当下时刻的化身，并在某些方面让我们感受到能够摆脱焦虑和烦恼的每一时刻是多么可贵——由于沉湎于忧心思虑，我们通常对这些时刻漠然无视。然而，自私无情的人类却滥用了动物这种比我们更易于满足生存的品性，甚至常常达到这样的程度，即迫使动物除了仅仅还拥有生命以外一无所是。鸟儿生来是为了遨游天空飞遍世界的，却被人囚禁在一尺见方的空间里，在对自由的渴望和哀号中慢慢死去——因为笼中的鸟是唱不出欢乐之歌的。每当我看到人们虐待自己最忠诚的朋友——狗，给这聪明的动物系上锁链时，我就会对它产生最深切的同情，对其主人感到极大的愤慨。

稍后我们将会看到，从一个更高的角度来说，证明人类的苦难是完全可能的。但这种证明并不适用于动物，动物的痛苦大都是人所造成的，并且常常超出它们的能力可以忍受的范围。因此，我们不得不问，这一切的痛苦和折磨为什么会存在？它们存在的目的又是什么？这里没有任何东西能够使意志暂停，它也不能随意否定自身以便得到补偿。只有一个原因可以解释动物所遭受的痛苦。那就是，作为整个世界一切现象的基础的求生意志，必须自我啖食以满足自身的欲望。求生意志便这样造就了现象世界的等级，而每一等级的存在都要以牺牲另一等级为代价。然而，我已经说过，动物对痛苦的忍受能力不如人类。对它们命运的任何进一步的解释都将存在假设的性质，如果真的说不上神秘的话。这些问题，我还是留给读者自己去思索吧！

据说，梵天（印度教的创造神）是由于失误而创造了这个世界，为了弥补他的过失，他必须把自己遗留在尘世里，直到他能设法补偿为止。以此来说明万物的起源，是多么绝妙啊！根据佛教的教义，世界的产生是由于涅槃的神圣宁静受到了某些莫名其妙的骚扰，而涅槃这种天赐的状态是由长期遭受的赎罪而来——这种变化的发生，源自于某种宿命。这种说法虽然在自然科学领域内可以为某种精确的平行理论所阐释，即将太阳的起源归结于远古时代的一团云雾，令人茫茫不知所然；而从根本上讲，这种解释还须从道德的涵义方面来理解。但是后来，由于一系列的道德过失，这个世界逐渐变得越来越坏——物质世界的秩序同样如此——直至达到今天阴郁悲凉的凄惨状况。真好啊！希腊人将世界和诸神看成是某种不可思议的必然性的结果。这是一个差强人意的解释：在没有得到更好的说法之前，我们或许可以满足于此。此外，奥尔穆兹德[①]和阿里曼[②]是一对敌手，常常战斗不已，这并非坏事。但是，像耶和华这样的神应该创造一个充满苦难和悲哀、又不耽于纯粹幻想的世界；而且，因为他喜欢这样做，他应该拍手称赞自己的工作，并宣布一切都是完美无缺——而这却是不可能的！在对世界起源的解释中，犹太教比任何其他文明民族所信奉的宗教教义都

① 奥尔穆兹德（Ormuzd），善神，代表正义、生命的光明之神。

② 阿里曼（Ahriman），恶神，代表邪恶、死亡的黑暗之神。

较为逊色；也正是因为这样，只有在犹太教的教义中才找不到任何关于灵魂不死的痕迹。

莱布尼茨宣称我们这个世界是所有可能存在的世界中最好的，即使他这种说法是正确的，也不能证明是上帝创造了这一世界。因为上帝不仅是世界的创造者，也是可能性的创造者。因此，他应该具有合理的可能性，承认有更完美的世界存在。

有两件事情使人无法相信这个世界是某种全智、全善并全能的存在所创造的成功作品：第一，这个世界到处都充满着苦难；第二，其最大的杰作——人——有着明显的缺陷，与其本应成为的形象相比，他就像一个滑稽剧中的小丑。这些事实与任何类似的信仰都是不相符合的；相反，却为我之前所说的话提供了证据。它们为此提供了权威：即把这个世界看作是我们自身罪孽的结果，看作是某种最好不曾发生过的东西。在第一种情形下，这些事实相当于对造物主的辛辣指控，并提供了进行讽刺挖苦的材料；在第二种情形下，它们对我们的本性和意志提出了起诉，告诫我们要谦逊礼让。这些事实让我们看到，就像是一个放荡者的孩子，我们来到这个世界上就带着罪恶的负累。而且正是因为必须不断地赎罪，我们的生存才如此悲惨，只有死亡才是苦难的终结。

人世间沉重的罪孽导致了人世间沉重的苦难，这是一个毫无疑问的普遍真理。这里我指的并不是这两者在经验领域之间的自然联系，我的意思是形而上学的。因而，在《圣经·旧约》中唯一让我倾心的就是有关人的堕落的故事。依我看来，这个故事是此书中唯一的形而上学的真理，虽然它是以寓言的形式写出来的。我认为，对于我们的存在没有比这更好的解释了——即人生只是某些失误和罪孽的结果，而我们正在为此遭受惩罚。我忍不住要向那些有思想的读者推荐一篇克劳狄乌斯[①]关于这一主题的论文，它既通俗易懂又寓意深刻，从根本上展示了基督教的悲观精神，论文的题目是：《诅咒是因你的缘故》。

在希腊人的伦理学和印度人的伦理学之间，有着明显的反差。对于希腊人来说（但必须承认，柏拉图除外），伦理学的目标是使人过上幸福的生活；而对于印度人来说，伦理学的使命是将人从生活中完全释放和解脱出来——正如《数论颂》中第一真谛里所昭示的那样。

同样，希腊人和基督教徒关于死亡的观念，亦有着鲜明的对照。这可以在佛罗伦萨美术馆精美的古希腊石棺上明显地看出，它用浮雕的形式展示了古代婚礼仪式的全部过程，从正式的求婚起，一直到结婚之夕，爱情的光芒照耀新婚之人步入洞房。而与此相比，基督教徒的棺木上则披挂着充满悲哀气息的黑布，覆盖着耶稣受难的十字架！这两种在死亡中寻找慰藉的方式蕴涵了多么丰富的含义。二者相互对立，却又分别正确。其一指向对求生意志的肯定，无论其形式如何快速变化，都能始终保持对生活的确信。其二则以痛苦和死亡的象征指向对求生意志的否定，指向对这个世界——死亡和罪恶王国的救赎。在对求生意志的肯定和否定这个问题上，归根到底还是基督教较为明智。

根据基督教会的观点，《新约全书》与《旧约全书》存在着反差，这种反差同样存在于我的伦理体系和欧洲的道德哲学之间。《旧约全书》代表着人生活在法律的统治之下，在这里没有救赎的说法。《新约全书》则宣称法律已经失效，使人从法律的统治中解放出来，代之以神圣的天国，而天国的获得则有赖于

---

① 马蒂亚斯·克劳狄乌斯（Matthias Claudius，1740—1815），是18世纪德国杰出的抒情诗人，感伤主义的重要代表之一。

信仰、爱怜和完全牺牲自我。这是从罪恶的世界中求得拯救的道路。《新约全书》的精神无疑是禁欲主义的，无论新教徒和理性派怎样歪曲这一精神以求满足他们的目的。禁欲主义是对求生意志的否定。从《旧约全书》过渡到《新约全书》，从法律统治到信仰统治，从根据行为进行宣判到通过耶稣获得救赎，从罪恶和死亡之地到基督教中的永生，就其真正意义而言，都是从纯粹的伦理德性转向对求生意志的否定。我的哲学展示了人类的正义和爱的形而上学的基础，并指出了这些美德必然导向的目标——如果它们能够被完全实践的话。同时应该坦率承认，一个人必须背对世界，且对求生意志的否定就是获得救赎的方式。因而，这种看法就与《新约全书》的精神真正契合，而所有其他的体系则都隐含在《旧约全书》的精神中；也就是说，不论在理论上还是在实践上，它们的结果都是犹太教——纯粹的专制一神论。所以，在这个意义上，我的学说或许可以被称为唯一真正的基督教哲学——无论这种说法在那些看问题片面肤浅而非深入事物核心的人眼中是多么地自相矛盾。

如果你希望有一个安全的罗盘引导你的人生，并以之来消除所有的疑虑、寻找到正确的道路，那么，最好的办法就是使你自己习惯于把这个世界当作一所监狱，或一个罪犯流放地，就像早期的哲学家所称的“作坊”。在基督教长老中，奥利金以值得称赞的勇气坚持这一点，生活确定而又客观的理论也进一步证实了这一观点。我这里所指的并不仅仅是我本人的哲学，而且也是所有时代的智慧：正如婆罗门教和佛教中所表达过的，正如恩培多克勒和毕达哥拉斯等希腊哲学家所说过的；同样，西塞罗也曾论及，过去的智者经常教诲人们说，我们降生到这个世界是为了偿还在另一生存国度所犯下的罪孽——这一学说形成了神秘教义开创的重要部分。又如瓦尼尼——被其同时代人所烧死，因为他们觉得这样比驳斥他更为容易——同样以极为有力的方式说明了这一点。他说："人的命运充满了种种苦难，如果这不与基督教相矛盾的话，我将大胆地肯定若有邪恶的精灵存在，那它们现在已进入人体，并正在为自己的罪行赎罪。"而且，真正的基督教——就其本来意义而言——同样把我们的存在看作罪孽和谬误的结果。

如果你习惯了这种人生观，你就会依此调节对生活的期望，不会再把生活中大大小小所有的不快——痛苦、忧虑、不幸、悲伤等当作不正常的现象。而且，你还会发现一切事物都是按照它原来的样子存在于世上，这里，我们每个人都在以各自独特的方式来承受生存的处罚。在罪犯流放地的罪恶当中，是一个由各类囚犯组成的社会。如果读者值得相伴，他将用不着我多费唇舌去提醒他目前所应忍受的是什么。如果他的灵魂超乎常人，或他是一个天才，他将会不时感到自己像是某些高贵的政治犯，被判与普通犯人在一条船上共同劳作；因此，他将追寻自己的榜样，努力与那些人隔绝开来。

无论如何，通常来说这种人生观会促使我们对绝大多数人所谓的缺憾仔细思量，思量他们道德上和智力上的缺陷及由此产生的相似面容，没有惊奇，也无愤慨，因为我们将永远不会停止思索我们所在的地方。我们周围的人都是因罪孽而设想和降生的存在物，活着就是为了偿还罪恶。这就是基督教所指的人类罪恶的天性。

"宽恕所有的人吧！"① 不管人们犯下怎样愚蠢的错误，不管他们有着怎样的缺陷和恶习，我们都应忍受。要记住，当这些缺点在其他人身上出现时，在我们自己身上也能看到这样的愚

①《辛白林》第五场，第五幕。——原注

蠢和罪恶。它们是我们所属的整个人类的缺憾，为我们每一个人所分担。即使现在我们也许会对某些谬误万分愤慨，那也只是因为它们暂时还没发生在自己身上。它们并不是表面的缺陷，而是扎根于我们的本性深处，一旦被什么东西唤醒，它们就会呈现出来，就像现在我们在别人身上看到的一样。诚然，一个人也许会有他的同伴所没有的缺点；但不可否认的是，不良品质的总量在某些情况下是非常巨大的，因为人与人之间的个性差异是难以衡量的。

事实上，认为世界和人类最好是不曾存在过的东西的信念，能够让我们彼此之间互相体谅、宽容相待。因而，从这一点出发，我们也许会更好地考虑称谓的恰当方式，不要说“先生、大人”，而应说“我苦难的同胞”。这也许听起来很奇怪，但却是符合事实的。它能使别人体悟人生，并提醒我们注意人生中最重要的东西——宽容、耐心、互敬、爱人，这些是每个人都需要的，因而也是每个人都当对他的同伴所尽的义务。

论生存的虚无

事物所有的存在方式，都在向我们展示着生存的虚无。它表现在时空之无限与个体存在之有限的相对论中；表现在现实存在的唯一方式——转瞬即逝的刹那一刻中；表现在万事万物的相互依存和互相关联中；表现在绵绵不断的“有”化为“无”的永恒变易中；表现在人的无休希冀和永不满足的欲念中；表现在形成人类历史的长期斗争中——面对阻碍，努力不息，奋斗不止。时间吞没一切，万物都在时间的长河中消逝得了无踪影。时间是一种形式，在此形式中，作为自在之物恒常不灭的生命意志，展现了自己所有努力的徒劳无功。时间的魔力使我们手中的所有东西化为乌有，并丧失其所具有的任何真正的价值。

昔日存在过的东西，如今不复存在。它们犹如从未存在过似的，没有留下一丝痕迹。而现在存在的一切，在下一瞬间，也将成为“曾经”的存在。因此，哪怕是之前再为至关重要的事情，与现在那些平淡琐屑的事情相比，也会显得微不足道。因为后者是一种真实存在，它与前者的关系，如同“有”之对于“无”。

一个人无比惊诧地发现，自己在经历过千万年的茫然虚无后忽然获得了存在。而他的生命，甚为短暂。随后，他将重返虚无，回到那同样久远的漫漫长夜之中。他的心灵对此予以抗拒，觉得这不可能是真的。最原始朴素的理智不能对这个问题作出思辨，因为它缺乏这样一种先知先觉：时间本质上是一种理想性的东西。而且，时间和空间的这种理想性，是理解任何一种真正的形而上学体系的关键。因为它提供了另外一种事物秩序，这种秩序与我们在自然领域中遇到的情形完全不同。康德发现了这个真理，这就是他的伟大之处。

我们生命中能够诉说的每一件事，都只是一瞬间的存在。而后，就属于过去了。每当黄昏之时，过去的一天总让我们更感贫乏。想到短暂的人生时光如飞般的倏忽而逝，或许会使我们发疯。如果不是在生命的最深处悄然发现永恒的生命之泉是可以耗尽的，那么我们准会一次次地希冀从中重获生命。

经由以上论述，我们确实可能会接受这样一种信念：最伟大的智慧是享受现在，并将其作为人生的最高目的。因为这才是唯一的真实，其他一切都只是幻想而已。不过，从另一方面来说，这种举动也许会被称为最愚蠢的行为。因为，那些像梦幻一样转瞬即逝继而消失得无影无踪的东西，不值得我们付出那样认真的努力。

我们生存的全部基础，就是现在——瞬息而过的现在。它以永恒运动的形式存在于人类生存的本质之中，为此我们永远得不到那个奋力追寻以待喘息的休止时机。我们就像一个跑着下山的人，只能不断奔跑而不能停步，倘若停止就会摔跤；或像一根在人的指端保持平衡的竹竿；或像一颗行星，假如不沿着轨道快速运行，便会坠入太空之中。生存的标志，就是躁动不安。

在这个世界上，一切都是动荡不安的，一切都令人难以忍受，一切都被卷入急速变化的漩涡中。一个人若想生存，必须不断地前进，不停地运动，就像走钢丝的杂技演员那样——在这样的世界里，幸福令人难以置信。正如柏拉图所言，连续变化、永不存在是生存的唯一方式，幸福又能驻在哪里呢？首先，一个人从无幸福可言，却穷其一生去追寻那些他认为能使自己幸福的东西。不说他很难达到目的；即便达到了，也只是失望而已。最终，他很可能像一艘遇难损毁的船只，丢帆少桅地驶入港湾。其次，一个人无论他曾经是幸福抑或不幸，结局总是同一的。因为他的生命也只是不断消逝的短暂瞬间；并且，现在，已经结束了。

同时，令人惊异的是，与普通的动物世界一样，产生并维持着人类世界这种多姿多彩、变幻无穷的永恒运动的动力因素也只有两个——饥饿以及性本能。或许，无聊也会对此产生些许的作用；但除此之外就再无其他动力可言。在人生的大舞台上，这些足以形成戏剧效果的原始动力一旦发挥作用，将会出现多么奇妙丰富的场面！

更进一步地观察，我们会发现无机物在化学力量之间呈现出连续不断的冲突，并最终使其分解消亡。与此同时，有机物也必须保持常变状态，如果它失去外界的不断援助，便无法存在。这就是终极的领域。与之相对的是一种无限的存在，它不受外界侵扰，无需任何外在的支撑。这是一个永恒宁静的王国；也是一种无限永存、恒常不变的状态，千篇一律，单调无味；对此的消极认识便构成了柏拉图哲学的基调。对生命意志的否定，所开辟的也正是通往这类国土的道路。

人生的画面，如同一幅粗糙的镶嵌画，近看毫无感觉，远观才能发现它的美妙之处。因此，当我们得到曾经热切渴望的东西之时，也就是发现它是多么空虚无益之时。尽管我们常常生活在对美好事物的憧憬之中，同时却又心生悔恨留恋过往，并期待历史重演。而当“现在”存在之时，我们仅仅把它看作某种不得不忍受的东西，和达到我们人生目的的途径。故而，对大多数人而言，如果在弥留之际回顾过去，将会发现自己一直而来只是暂时存在的。他们会惊诧地发现，那些他们曾漠视、错过的东西，恰是他们毕生所期待的。有多少人直到投入死亡的怀抱时才恍然明白，正是希望愚弄了他的一生！

而且，人是多么贪婪的生物啊！每一次欲望的满足都为他埋下了新的欲望的种子，因此，个人意志的欲望是永无止境的。为什么会这样呢？真正的原因很简单，即就其本质而言，意志是整个世界的主宰，一切皆从属于它。所以，任何一种事物都不能使其满足，除了无穷无尽的整个世界。尽管如此，当我们想到作为世界主宰的意志以个体形式出现时获取的东西是多么少——常常仅足以维持肉体的生存时，还是会兴起同情之心。这就是人类为何如此悲惨的原因。

生活主要表现为一项任务——这项任务，就是生存，即挣钱谋生。这一任务完成之后，生活就成为一种负累。于是产生了第二个任务，即用已有的生存条件来摆脱无聊烦闷。这就像盘旋在我们头顶准备猎食的猛禽，随时扑向那无忧无虑、似乎安全的生灵。第一个任务是获取东西，第二个任务则是消除满足感；不然生活就成了累赘。

人生定然是某种形态的错误。这个道理是极其明显的，因为人是一种欲望和需求均难以满足的复合物。即便他得到了满足，也不过是一种没有痛苦的状态，除了陷入无聊之中，别无所获。这直接证明了生存本身毫无价值可言——无聊不正是对生活空虚无物的真切感受吗？如果生活——对它的渴望正是我们生命的本质——具有任何真正、积极的内在价值，那就不会有无聊、厌烦这类东西的存在了。那样的话仅生存本身就可使我们得以满足，我们不会再别有所求。但事实上，除非在为某物奋争或专注于某类纯智力游戏时，我们从生存中得不到任何快乐。奋斗时，遥远的距离和重重的障碍，使得心目中的目标似乎能够满足我们。而一旦达到目标，这种幻影就即刻消失了。沉醉于纯理智的活动时，我们像极了在欣赏一出戏的观众，踏出现实人生的舞台而从外部来观察它。甚至连感官愉悦的本身也只是意味着斗争和渴望，目的达到之时也就是快乐消逝之时。一旦我们脱离这些追逐活动而专注于生存本身时，就会清楚地意识到它的空幻虚无和毫无价值——这种感觉，就是无聊。对奇异和非凡事物的热切追寻，是人性中一种与生俱来且无法根除的天性。这就说明了为什么当任何无聊透顶的事物中断时，我们是那么的欣喜!

这种对生存意志的最完美的表现，是人体及其精巧复杂的机器的运转，最终必然会化为灰烬，连同其本身及其所有的奋争归于消亡。一向真实、诚挚的自然女神以这一天真纯朴的方式宣告：生存意志的全部抗争就其本质而言，是空洞无益的。如果生命本身寓含了某种价值，寓含了某种无条件的绝对的东西，那么，它是不可能在纯粹虚无中就此终结的。

如果我们不把世界看作一个整体，尤其是，不将一代一代的人们视为短暂的虚假生存，随后便一个个地快速消失；如果我们转而观察生活中的细节——就像在喜剧中表现出来的那样，那所有的一切看起来是多么地荒谬可笑啊！这就像是显微镜下一滴布满纤毛虫的水珠，或是一块长满了肉眼看不到的蛆虫的奶酪。看到他们在如此狭小的空间里忙忙碌碌，你争我夺，我们该怎样的捧腹大笑！而在人生短暂的旅程中，这种可怕的行为如在显微镜下一样，也会产生一种喜剧的效果。

不过，唯有在显微镜下，我们的生命才显得如此巨大。生命只是一个微小的点，却被时间和空间那魔力强大的镜片拉长、放大了。

“灵魂不朽”对话录

斯诺思麦克斯（简称“斯”）——斐拉里瑟斯（简称“斐”）

斯：现在，请用一句话告诉我，我死后会变成什么？拜托一定要简洁、准确。

斐：所有和无。

斯：正如我所料。我给你提出一个问题，你却以一个自相矛盾的说法来解决它。这实在是一套陈旧的老把戏。

斐：是的，但你提出的是先验的问题，却期待我用一种只适用于经验知识的语言来回答。矛盾必然会随之而至。

斯：你所说的先验问题和经验知识是指什么呢？当然，我以前也听到过这种术语，它们对我来说并不新鲜。因为我的教授经常使用这种说法，但也仅仅用于表述上帝。而且他的哲学也只讲上帝，不谈其余，所以它们的使用是十分正确和适宜的。举例来说，如果上帝在人世间，他就是经验之内的；如果上帝存在于世界之外，他就是先验的。这点很清楚，也很容易理解。你当然知道自己身在何处。但是你们这种康德式的陈旧学说早已过时了，现在已无人能够理解。德意志文化中心早已涌现出了一大批的学术名流——

斐：（旁白）他指的是德国哲学界的骗子。

斯：如著名的施莱尔马赫和伟大的黑格尔。如今，我们早已摒弃了这种无谓之说；或者说我们已经远远地超越了它，它与现在的思想已格格不入，以至于我们无法再忍受了。既然如此，这种说法还有什么用处呢?

斐：先验知识是超出了可能经验的范围、努力去确定事物本身性质的知识。而经验知识是局限于可能经验的范围之内的知识，因此只能适用于实际的现象。作为个体，死亡将是你的终结。但是你的个体并非你真正的、本质的存在，实际上它只是你本质存在的外在表现。它不是事物本身，而只是以时间的形式表现出来的现象，因此才会有开端和结束。而你的真实存在根本不知道时间的概念，也不知道开端、结束，更不知道一个特定个体的有限性。因此，真正的存在无处不有、无人不有，任何个体都不能离开它而生存。所以一方面，死亡之后作为个体的你就消失了；另一方面，真正的你仍然存在于世界万物之中。这就是我为什么说死后你将变成所有和无。很难再给你找出一个比这更为准确、简要的答案了。我承认这种回答是自相矛盾的，但这只是因为你的生命是有限的，而你的灵魂是不朽的。你也许会说，人的不朽灵魂是不能在时间中延续、也会随生命一起消亡的。于是，就又陷入到另外一个矛盾中了。这就是把先验知识带入经验知识的范围之内产生的后果。对先验知识的误用将会导致对经验知识的歪曲，因为前者并不适用于后者。

斯：请注意，除非我死后仍能保持个体的存在，否则对于你灵魂不朽的高论，我连一苏（法国旧辅币）都不会付给你。

斐：请允许我进一步加以解释。假设我保证你死后仍能保持个体，但有一个条件就是，在你醒来之前得有三个月完全失去知觉。

斯：我没有意见。

斐：好吧。不过你要知道，在一个完全没有意识的状态下，人们就不会再考虑时间的问题了。因此，死亡之后，无论是三个月还是一万年，在你的意识中都是一样的。不管是哪种情况，当你醒来后都必须接受并相信别人告诉你的一切。所以，在三个月或者一万年的间隔之后，你的个体是否恢复都是无关紧要的了。

斯：这确实是难以否认。

斐：但是，假若一万年之后没有人想起去唤醒你的话，我想你也会对那种漫长的无知觉时期习以为常。在短暂的生存之后，这也并非是多么大的不幸。无论如何，你对此肯定是一无所知的。而且，如果你知道赋予你现在生命现状的神秘力量，在那一万年之中从未中断过产生其他个体现象并赋予他们生命的话，一定会感到莫大的安慰。

斯：的确！所以你觉得可以用这样的花言巧语来欺骗我，让我放弃自己的个体吗？但是你骗不到我。我已告诉过你，失去了个体我就无法生存，即使那些你所谓的“神秘的力量”和“现象”也不能使我得到安慰。个体是我最宝贵的东西，我不能没有它，也决不会放弃它。

斐：也就是说，你认为自己的个体是如此地令人愉悦，如此地光辉杰出、十全完美、无与伦比，甚至没有什么比它更好的东西。那么，如果确定世界上有一种更优越、更持久的东西，你也不会拿它去换吗?

斯：请看这里，难道你不明白我的个体就是我自己吗？对我来说这是世界上最重要的东西。

“因为，上帝是上帝，我是我。”

是我，我，我要生存！这才是我所关心的，而不是那种首先需要证明才知道是属于我的存在。

斐：看看你在做什么吧！当你说“我，我，我要生存”的时候，并不是你一个人在这样要求。所有事物都有这样的要求，的确，任何稍有意识的事物都想生存。因此，你的要求并非个体的，而是一切事物共同拥有的，没有什么区别。它不是来自个体的呼声，而是来自生存本身的呼声。这是一切存在事物的本质，也是任何事物产生的根源。这种要求只关注并满足于一般的存在，特定个体的存在并非它的目的。因为这种要求——这种意志——只有在个体的存在中才能被意识到，所以看起来似乎它只与个体相联系。这只是一种幻觉，一种让个体难以摆脱的幻觉。但是，只要思索一下，我们便可打破幻影获得自由。个体具有这种强烈的生存愿望，仅仅是间接的。只有生存意志才真正地、直接地具有这种愿望，这种万物皆有的愿望。因此，生存是意志自由的工作，甚至仅仅是意志的反映。生存不能脱离意志而存在，而意志也在生存本身中暂时得到了满足。因为意志是从不懈怠一往无前的，是永远不能完全满足的。意志并不顾及个体，个体与意志无关，虽然看起来如此。因为个体绝不能直接意识到意志，除非它存在于个体本身之中。由此带来的结果就是使个体小心翼翼地维持自身的生存，否则，人类的繁衍就无从保证了。由上所述，可以清楚地看出，个体并非一种完美的形态，而是一种有限的形态。因此，从个体中解脱出来并不是损失，而是获得。不要再为此自寻烦恼。一旦你完全、彻底地认识到自己的本质，认识到你的真实存在即普遍的生存意志，那么所有的问题在你看来都会显得幼稚可笑、荒谬滑稽了。

斯：像所有的哲学家一样，你自己就是幼稚可笑、荒谬滑稽的。如果像我这样严肃的人和这样的愚蠢之人交谈上哪怕一刻钟，也只不过是为了消遣和打发时间而已。我还有更重要的事情要做呢，再见了！

自由意志与宿命论

任何有思想的人应该都不会怀疑，在我的获奖论文《论道德自由》中所得到的这个结论，即道德自由绝不能在自然中找到，而只能存在于自然之外。唯一存在的自由是形而上学的。在物理世界中，自由是不可能的。因此，虽然我们的行为一点也不自由，但是每个人的个性则被看作一种自由的行为。他之所以是一个这样或者那样的人，就是因为他的意志决定了如此。意志在其本身，及其体现在一个个体身上，及由此而构成的这一个体原初的、基本的欲望，是独立于一切知识的，因为它是先验于这些知识的。它从意志中所获得的一切，都只是一系列的动机。通过这些动机，意志不断地发展它的本性，使其自身成为可辨识的、可感知的。但是意志本身，作为某种超越时间的东西，只要它存在，就永远不会改变。所以，每一个人，在特定的时间里所成为的人和所处的情形，都是出于严格的必然性；在这个时刻，他只能做出这样的行为，而不可能是别的。因此，一个人生命的整个历程，包括其中所有或大或小的事件，就像时钟的行走轨迹一样，都是必然地预先确定的。

之所以如此的原因主要在于，我所描述的这种形而上学的自由行为，往往成为一种认知意识——一种敏锐的直觉，它受到时间形式和空间形式的制约。通过这些形式，行为的统一性和不可分割性就具体地表现为一系列分离的状态和事件，这些状态和事件受制于充足理由律的四种形式——而这正是必然性所包含的意思。但是，必然性的所有结果都设定有一种道德色彩。这就是说，通过我们的所作所为，我们知道了自己是什么；通过我们所遭受的痛苦，我们知道了自己所缺乏的是什么。

由此，就导致了一个人的个体性并不仅仅是依赖于个体化的原则。因此，就其本性而言，并不是现象的综合。相反，个体性是植根于事物本身，植根于构成每一个体本质的意志。个体的特征本身只是个体的、个人的。不过，对于个体性的根源延伸究竟有多深这一问题，在此我并不打算作答。

在这方面，值得一提的是，甚至连柏拉图也以他自己独特的方式，论述了人的个性是一种自由行为。他认为自己来到这个世上是必然的，这种必然性是源于早已附着在他身上、与灵魂转生论相一致的情感和性格的结果。婆罗门哲学家同样是以一种神秘的方式，来表述内在本性的这种不可变更的稳定性的。他们说，在一个人降生的时候，梵天已将他未来的所作所为和要遭受的苦难，一一撰刻在了他的颅骨上，他的人生也据此构成了雏形。他们指出，颅骨缝隙间的锯齿状边缘就是梵天书写的证明；而这书写的内容，则取决于一个人前世的生活和行为。同样的观点似乎也构成了基督教的基础，或者说，构成了保罗教——这一宿命论教条的基础。

但是，这一被日常经验普遍证实过的真理，却还伴随着另外一种结果。这就是，所有真正的美德，无论是道德方面的还是智力方面的，在其起源上都不仅仅是物理的或者经验的，而是形而上学的。也就是说，它是先天赐予的，而不是后天获得的；其根源不单纯只是一种现象，而是事物本身。因此，每个人一生中所做的事情、所取得的成就，只是早已植根于他本性中的不可改变的东西，或者说是他与生俱来的东西。的确，才智能力需要不断发展，正如许多天然的产品需要加工、完善，以便我们能够享受它们带来的乐趣或者使用它们。但是，正如一件没有经过加工的天然产品就只能作为原始材料一样，智力若不发展也是只能保持它的原始状态。这就是为何仅仅是获得、习得或外界强加给的品质——无论是道德上的还是智力上的，都只是后天的；它们不是真实、真正的，而是肤浅、表面的，是没有任何价值的。这是一个真正形而上学的结论，而经验也告知了一切能够透过现象看到本质的人这一点。甚至，我们对自认为与内在品性密切相关的面相和外貌的极端重视，更加证明了这一点。例如对一个卓越异常、与众不同的人，我们会充满好奇地急切希望看到他，就是因为这个缘故。肤浅平庸的人肯定会，甚至普通平凡的大众也有充足的理由，去反对这一观点。这样，如果有任何的失败和挫折，他们就可以在心里说“事情会好起来的”，从而安慰自己。

所以，世界并不只是一个战场——在这里，胜利和失败会在将来得到它们应得的补偿。不是这样！世界本身就是最后的审判。每个人都生来带有他应得的奖赏和惩罚——这只是婆罗门教和佛教的教义，这是他们的灵魂转世学说所讲授的道理。

这里就产生了这样一个问题，即当两个在荒野中独自生活的人首次相遇之后，他们会做些什么呢？对此，霍布斯[①]、普芬道夫[②]和卢梭分别给出了不同的答案。普芬道夫认为，他们将会彼此靠近，成为朋友。与此相反，霍布斯则认为他们会成为敌人。而卢梭觉得，他们将互不搭话，在沉默中擦肩而过。三个

---

① 霍布斯（Hobbes，1588—1679），英国政治家、思想家、哲学家。他创立了机械唯物主义的完整体系，提出“自然状态”和国家起源说，反对君权神授，主张君主专制。

② 普芬道夫（Pufendorf），17世纪德国法学家和史学家，以对自然法的辩护而闻名。其思想引起18世纪政治家、法律思想家的广泛关注，洛克、休谟、卢梭及亚当·斯密等人均受到他一定程度的影响。

人的说法，都是对的，又都是错的。这种情形，正是由于在一个个体与其他个体之间内在道德倾向上不可胜数的差异而造成的。这种差异是如此强烈，以至于这里提出的问题也许应该被视为衡量它的标准和尺度。因为，有的人一旦看到别人，心中就会立即生出一种敌视的情感，他们内心深处的本性会立刻大声呼喊：那不是我！有的人一看到别人，心中就会立马唤起一种共鸣和同情之心，他们内心深处的本性会告诉自己：那是我的再现！而在这两者之间，还有无数不同程度差异的反应和态度。在这个最为重要的事情上，我们的表现是如此迥然不同，这实在是一个很大的问题，甚至可以说是一个神秘的问题。

关于道德品质的这种先验性，丹麦作家巴斯特霍姆在其题为《野蛮时代的人对知识的历史贡献》的著作中，提出了另一个问题。他为这样一个事实而震惊了：即智力文化和道德品质是相互独立、完全不相干的，而不是像我们通常认为的那样彼此依赖的。正如我们将会发现的，之所以这样的原因仅仅在于，道德品质绝不是起源于由智力文化发展而来的反思，而是根源于意志本身——意志的构成是与生俱来的，它本身也很难因任何后天教育的影响而改变。巴斯特霍姆认为，绝大多数民族都是非常邪恶、不道德的。但另一方面，他也陈述了某些野蛮人身上所具有的优良品质。例如，奥罗特彻斯人（Orotchyses），萨沃（Savu）岛的居民，通古斯人（Tunguses），帕劳（Palau）岛人等。因此，他试图解决当周边的邻居全都邪恶不善时，一些部落何以还能如此善良的问题。

在我看来，这一难题也许可以这样解答：我们知道，道德品质是可以遗传的。一个与世隔绝的部落（如前所述的那样），大多可以追溯到某一个家族，并最终可以追溯到某一个祖先，而这个祖先又恰好是一个善良的好人，于是这种纯粹性就流传了下来。在很多不愉快的场合中，如拒绝偿付公债、掠夺攻击等，英国人总是提醒北美人不要忘记自己是英国刑事殖民地苦囚的后裔，不正是如此吗？不过，这种非难谴责只能适用于一小部分的人。

每个人的个性（亦即一定的品质与一定的智力的结合）是如此精确地决定了他所有的行为和思想，以至于决定了最不重要的琐屑小事、细枝末节，就好像一种染料，弥漫、渗透了他们的全身；由此，一个人的整个一生——也就是说，他的内在与外在的生命历史，就与其他人的完全不同。这是多么不可思议！正如植物学家由一片叶子就可以了解到某种植物的全部，正如居维叶[①]凭借一根骨头就可以重构出一只动物的全貌，因此，从一个人某一孤立的个性化的行为，就可以准确地获知他的整个性格特征。也就是说，在某种程度上，他自身就是通过这种行为塑造出来的，即使这种行为产生的结果完全微不足道。不仅如此，这种由小见大的方法在所有的检测方式中也是最完美的。因为，在重要的事情上，人们往往会十分小心谨慎；而在微小的事情上，则会不加考虑地顺应他们的自然喜好。这就是为什么赛涅卡的一句话“哪怕是极细微的小事，也能从中看到一个人的性情。”是如此正确。如果一个人在小事中表现出卑鄙无耻、自私自利、毫无公正之心，那么即使在一个便士的交易中，他也不能得到信任，除非有安全的保证。谁能够相信一个整日在一切事物（与财产有关的例外）上都表现出不公正，在许多日常生活琐事（没有受到监督、审查）中凸现出无限的自私自利的人呢？这就像从一件破旧夹克衫的洞眼中可以看到里面的脏衬衣一样。试问，有谁会相信这样的人能够在与人与

---

① 居维叶（Cuvier，1769—1832），法国自然科学家，比较解剖学的创始者。

己有关的事情上没有任何其他动机、仅仅出于正义，而光明正大地行事呢？一个在小事上没有道德的人，遇到大事的时候也肯定是一个流氓无赖。如果我们忽略了性格上的细微特征，那么当以后得知这种性格会对我们人生中的大事造成极其不利的影响时，就只能责怪自己了。基于同样的准则，倘若我们所谓的朋友表现出性格上的邪恶、卑劣和粗俗——即使只是在无足轻重的小事上，我们也要立即与他们断交，以避免随时会降临到我们身上的厄运。同样的道理也适用于仆人。让这句话永远成为我们的座右铭："宁愿独处，也不要与叛徒为伍。"

在人类所有的知识中，有一个首要的、也是最重要的真理，就是要确信一个人的行为——无论是作为一个整体，还是各个要素和部分，并不是由他的理性或他因理性而做出的决心来支配的。无论怎样热切，任何人都不能按照自己的意愿，成为这样或那样的人。他的行为根源于他与生俱来的、不可改变的个性，更直接、更明显地取决于他的动机。因此，一个人的行为是他个性与动机相结合的必然产物。这可以通过行星的运行过程来加以说明。行星的运行是它受到的轨道切向力和太阳向心力共同作用的结果。在这个比喻中，切向力就代表性格，向心力则说明了动机的影响。但这并不只是一个简单的比喻。确切地说，切向力是行星的运动之源；而另一方面，这种运动又是受引力控制的。从一种形而上学的角度来看，行为是意志自身在人身上的体现。

理解了这一事实，就可以明白，对于在将要发生的不同情形下我们会做出怎样的行为，我们脑中从来都只是设想，尽管我们常常将这种设想当作决心。例如，在实施一项计划时，一个人可能怀有极大的热情甚至无比的渴望，去承诺在未来某些事件发生的情况下做这样或者那样的事情。但这并不意味着他一定会完成这个承诺。除非他所做出的承诺本身，无论在任何地方、任何时候，都足以为他提供有效的动机，如通过对荣誉的考虑等外在的压力，迫使他去完成。除此以外，根据对一个人的性格以及他将面临的外部环境真实准确的了解，我们就可以预知他在某种特定的事件发生的时候会做些什么，甚至可以完全肯定能从中知道他将会做什么。不仅如此，如果他曾经遇到过与此类似的情形，那么这种预知就变得更加容易了。因为，他将不可避免地再次重复相同的行为，假若他对第一次发生的情况有着真实而完整的认识的话。正如我时常提到的那样，“决定一个人行为的最终原因，并非是真实存在的，而是已知的。”他第一次不能认识或理解的任何事物，对他今后行动的意志将不会产生丝毫的影响。正如当受到某种绝缘体的阻隔之后，电流就停止了传导一样。人的个性不可移易的本质特征，和随之而来的我们行为的必然性，清楚地表明了在任何给定的场合下，一个人为何不能像他应该做的那样去行动，而是表现出要么缺乏决断或忍耐，要么缺乏勇气或其他当时需要具备的品质。过后，他懂得了当时应当怎样做，并且为自己的错误行为感到真切诚挚的懊悔。尽管他在心里对自己说:“假如再给我一次机会，我一定不会再那样做。”但当机会再次来临的时候，他还是会犯同样的错误。他将万分惊讶地发现，自己又再次做出了完全相同的傻事。

关于上面所谈论的这个真理，莎士比亚的戏剧从各个方面为其提供了最好的例证。他被这一真理自始自终地彻底激励着，并以他的天才智慧将之具体生动地表现在自己的每一页作品中。这里，我将举一个例子，说明莎士比亚是如何清晰明确地表达这个真理，形式上却丝毫没有显露出任何人为造作的痕迹。因为他是一位真正的艺术家，从来不会从通常的观念出发。他的方法显然是已经达到心理真实的程度，他直观、本能地抓住了这种真实，而不管有没有人注意或领悟到这一点，更不考虑某些愚笨肤浅的德国佬将来有一天会大肆宣扬他的写作是为了阐释日常道德。我所指的就是诺森伯兰伯爵这个角色，我们可以在前后连贯的三部剧中发现他的身影，虽然他在每一部中都不是主角，甚至只是出现在分散于十五幕中的少数几场中。因此，如果读者不是特别细心关注的话，这个出场间隔如此之大的角色，以及他的道德身份，就很容易被忽略。不过，莎士比亚这位诗人当然没有忽略这个角色。他让这位伯爵在任何场合都表现出高贵优雅的骑士风度，并且说出合乎自己身份的得体话语，甚至有时将非常漂亮优美的语句赐予他讲出。相比而言，莎士比亚的创作风格与席勒的差距甚远。席勒喜欢描绘黑暗、邪恶的一面，他对自己笔下角色的道德好恶，从这些角色自己所说的话中就可以判断出来。而对于莎士比亚和歌德来说，每一个角色，只要他站在舞台上表演、说话，那他看起来就是正义高尚的，即使这个角色本身是个大坏蛋。在这方面，读者可以比较一下歌德笔下的阿尔巴公爵，和席勒笔下的阿尔巴公爵，这同一个角色有何区别。

我们是从《理查德二世》这部戏剧中，认识诺森伯兰伯爵的。在这部剧中，他是第一个图谋反对国王、支持波林波洛克（即后来的亨利四世）的人，甚至对后者大献殷勤（第二幕，第三场）。接下来，他因称呼国王“理查德”之名，对其有失尊重而受到惩戒，尽管他辩解说这只是为了简洁起见。不久之后，他的阴险狡诈迫使国王屈服。在下一场戏中，当国王被迫放弃王位的时候，诺森伯兰伯爵以一种极端尖刻、蔑视的态度对待国王，不幸的国王完全垮了，忍无可忍地大声斥责他：“魔鬼！我还没有下地狱，你就这样折磨我！”（《理查德二世》第四幕，第一场）剧终时，诺森伯兰伯爵向新国王宣布，他已经把前国王追随者的脑袋送到伦敦去了。

在下一部悲剧《亨利四世》中，诺森伯兰伯爵用同样的伎俩策划了颠覆新国王的阴谋活动。在第四幕中，我们看到反叛者们已经联合起来，为翌日的决战做好了准备，只是焦急地等待着诺森伯兰的到来和命令。但是到最后，他只派人送来一封信，说他病了，并且也不能把他的部下委托给任何人；但不管怎样，其他人都应该勇往直前，英勇战斗。那些人确实这样做了。但是，由于诺森伯兰的缺席，反叛力量大为削弱，导致他们彻底溃败。他们的领头人大部分被俘获，连同诺森伯兰自己的儿子，勇猛无畏的霍茨波，也落在了威尔士亲王的手中。

在接下来的《亨利四世》第二部中，我们可以看到诺森伯兰伯爵由于儿子被杀而怒火中烧，复仇的渴望使他变得疯狂。因此，他发动了又一次的叛乱，反叛队伍的首领们再次汇聚一堂。在第四幕中，正当反叛者们要发起战斗，只等诺森伯兰参加的时候，他们又等到了他的一封信，说他还未组织起足够的力量，为安全考虑他暂时还要留在苏格兰；不过，尽管如此，他仍然坚定热情地衷心祝愿他们的英勇战斗能够取得最大的成功。随后，这些反叛者在国王的一纸条约下屈服了；但是这个条约并没有履行，于是他们全军覆没了。

人的性格只是合理选择与深思熟虑共同作用的结果。在一切行动中，理智仅仅表现出意志的动机，而不再做别的。此后，在人生的发展历程中，理智就只是作为一个旁观者和见证人，并与动机对特定性格的影响相一致。生命中所发生的一切事情，严格说来，都与钟摆的运动一样，有着同样的必然性。在这一点上，可以参考我的一篇获奖论文《论意志自由》。在这篇文章中，关于“在人的每一次行为中意志都是完全自由的”这一顽固幻觉的真实含义和起源，我已经做了解释，并指明了这种幻觉产生的真正原因。这里，我将只对这种自然幻觉再补充一点目的论的说明。

人生中的每一次单独行为看上去好像都具有自由性和独创性，但这实际上只是人的性格使然，而正是人的智力对此的理解决定了他的一生。既然每一次单独行为中原初的东西看起来似乎总是经过重新组织的经验意识，那么一个人在他的生命过程中就可能接受到最有力的道德教育。在此之后，而不是之前，他就会彻底清楚地意识到自己性格中所有不好的方面。在每次行动中，良知就会告诫他："你应该采取与之前不同的行为。"尽管它的真实含义是："你应当成为与现在不同的人。"由于性格这种顽固不变的特征，以及性格不断置于其中的一切环境所具有的严格必然性，每个人的生命过程就都这样有始有终、丝毫不差地被决定了。但是，不管怎样，总会有一个人的人生比其他人的人生幸福、高尚、有价值得多，无论是从主观的还是客观的角度来看。除非是排除掉一切正义的观念，否则我们就只能走向被广泛接受的婆罗门教和佛教的学说，即每个人出生时的主观条件和客观条件如何，都是他前世修行的道德结果。

对哲学思辨似乎毫无兴趣的马基雅维利①，却以他敏锐、独特的洞察力，专注于一些具有真正深刻内涵的事物的观察。他对"性格和动机一旦给定，一切行为也就被决定了"这一道理的内在必然性，有一种直观、清醒的认识。在他的一部喜剧《克丽齐娅》序幕的开头，马基雅维利这样写道："如果相同的人们以相同的方式、在相同的情境下再次来到这个世界上，那么一百年之后我们一定会发现大家又聚到了一起，并且将会做着

---

① 马基雅维利（Macchiavelli，1469—1527），意大利政治思想家、历史学家、诗人、剧作家。代表作有《君主论》、《论战争艺术》和《佛罗伦萨史》等。

与现在同样的事情。”他似乎已被奥古斯丁在其回忆录《上帝之城》第七卷第八章中的议论深深打动了。

同样，命运（或者古人所说的“eimarmenae”），也不是别的，而只是一种意识的确定性，即所有发生的事情都是牢牢地受制于因果链的。所以，一切事情的发生都有某种严格的必然性，未来已为某种绝对的必然性所确定，如同过去一样不能再发生丝毫的改变。也就是说，如果我们不考虑神秘的洞见或天眼存在的可能性的话，那么在古人的宿命论神话中一切被当作寓言传说的东西，都是对未来的预言。一个人与其用苍白肤浅的废话和愚蠢荒谬的托辞来解释宿命论的基本道理，不如努力去认识它、理解它。因为宿命论明显是真实的、正确的，并以一种极其重要的方式帮助我们认识生命中的神秘难解之谜。神定论与宿命论并没有什么本质的不同。它们的差别仅仅在于，神定论认为，人的先天性格和他行动的外在决心是来自于一个理性的存在；宿命论则认为它们来自于一个非理性的存在。但是，在这两种情形中，结果都是一样的：应当发生的，必然会发生。

另一方面，“道德自由”与“独创性”这两个概念是不可分割的。我们不能想象，一个人可以被说成是另一个人的制造品，与此同时还能保持意愿和行动的自由。那个从虚无中创造了他、使其存在的人，同时也创造、决定了他的本性，换句话说，就是决定了他的全部品性。因为一个没有创造出任何东西的人，绝不可能自我创造；也就是说，存在本身完全决定了它的所有特性。一个人所言所行的一切都必然地来源于这被决定了的内在特性，正是这些特性本身才使得人去行动。只需要某些外力的推动，它们就可以显现出来。一个人是怎样的，他就必定怎样做。所以，对一个人的指责或赞美，并不是针对他某一行为的，而是针对他本人及其内在本性的。

这就是为何有神论与人的道德责任之间是不相容的原因。因为责任总是要回归到人的创造者，在那里责任才能找到它的根源。试图通过道德自由的概念，在这难以融合的两者间架起一座沟通的桥梁，是完全徒劳无功的，这桥梁也一定会倒塌的。“自由的”也一定是“原初的”。假如我们的意志是自由的，那么它也一定是原初的要素；反之亦然。前康德哲学的独断论试图区分这两个范畴，于是假定存在两种自由，一个是宇宙论的，即第一原因；另一个是道德论和神学论的，即人的意志。康德在其《纯粹理性批判》的第三、四个关于自由的二律背反中，表述过这一思想。

在我的哲学中，对于一切行为的严格必然性这一特征有着清楚的认识，这种认识与下面的说法也是相一致的，即那种把自身体现在有机体甚至非理性世界中的东西，正是意志。如果不是这样的话，支配非理性事物行动的必然性在发挥作用时，一定会与意志起冲突。我的意思是指，如果真的有个体行动的自由这样的东西存在的话，并且它不会像行动所需的其他东西那样必不可少。但是，正如我刚才所说的，这种说法与一切意志行动都具有必然性的特征的学说是完全一致的。我们必须将人的生存及其存在本身看作是他的自由的结果，因此也是他的意志的结果。所以，意志必须是独立存在的，它必须要具备所谓的“自在性”。在与此相反的假设中，正如我所阐明的那样，一切责任都将化为乌有；道德就像物理世界一样仅仅是一部机器，为了寻求它的制造者设置在它之外某处的乐趣而开启运行。因此，真理就走到了一起，互相促进、共同完善；而谬误则被挤到了每一个角落。

道德教育对人的行为会产生怎样的影响，以及这种影响的限度是什么，这是我已经在《论道德的基础》这篇论文的第二十节中做了充分阐释的问题。就其主要方面来讲，道德榜样能够起到这样的影响，甚至，它能够比道德学说产生更强有力的影响。所以，在此值得对道德榜样做一个简要的分析。

大抵来讲，榜样的作用或者是压制一个人，或者是鼓励一个人。当榜样的力量使一个人被迫放弃他想做的事情时，它就发挥了第一种作用。这时，他看到其他人都没有这样做，于是觉得做这件事是不合适的，它可能会危及他的人身安全或财产安全，或者有损他的声誉。虽然未做此事，但他依然感到满足，并为自己经受住了考验而十分高兴。或许他还看到另外一个人，因为控制不住自己做了这样的事，而导致了严重的后果。这是具有威慑、阻碍作用的榜样。

榜样对一个人的鼓励有着双重的作用方式。一是劝导他去做自己原本不想做的事，因为他害怕一时的疏忽会以某种方式危害到他，或者别人的意见会伤害到他；二是鼓励他去做自己原本就很想做的事，只是由于担心带来危险或耻辱，而压抑着自己一直没做。这是起着诱导、激励作用的榜样。最后，榜样或许还会促使一个人去做他原来想都没想过的事情。很明显，在这种情况下，榜样主要是通过理智发挥作用的，它在意志方面的影响是处于从属地位的。如果榜样在这里能够起到效果的话，那就是归因于这个人自我判断的介入，或者是由于这个人对推荐榜样之人的信赖。

榜样的整个影响——这种影响是非常大的——取决于这样的事实：通常来说，人们太过缺乏自我的判断，拥有的知识也常常很少，不懂得如何自我思考、独辟蹊径；因此，就很乐意跟在别人脚步的后面，追随大流。越是缺乏知识、判断力、思考力等素质的人，就越容易受到榜样的影响。事实上，我们可以发现，大多数人的指路明星都是以其他人作为榜样。在他们的整个人生历程中，无论大事、小事，最终都是沦为对别人行为的模仿。即使在最微不足道的琐事上，他们也不能根据自己的判断来行事。模仿和习惯，几乎是人类所有行为的根源。原因就在于，人们畏惧一切形式的思考，而且对自己的判断力极不信任。与此同时，人类这种极为强烈的模仿本能，恰恰证明了其与猿类的亲属关系。

但是，榜样能够产生怎样的影响，也要依据一个人的性格而定。同一个榜样，既可能诱导一个人，也可能阻止另一个人。观察这一区别的最好机会，是在社会上某种粗俗无礼的行为开始流行并逐渐蔓延开来的时候。一个人第一次看到这种行为的时候，也许会对自己说："真丢脸！他怎么能这样做！多么自私自利，一点也不为别人考虑！说真的，我一定会小心注意，绝不做出这样的事。"但同时，也许有更多的人这样想："啊哈！如果他能这样做，那我也能这样做。"

就道德而言，榜样如同说教一样，也许真的可以促进文明或者法律的改良；但这并不是内在的改良，亦即严格意义上的唯一的道德改善。因为榜样永远只能作为一种个人动机来发挥作用，因此就只是假设了一个人是容易受到这种影响的。但正是人的性格对这样或那样动机的主导感觉，决定了其道德性是否真实和确切。不管是何种类别的道德，都始终是与生俱来的。一般来说，榜样作为一种手段可以促进一个人性格中或善或恶的品质的发展，但是榜样并不能创造出这些品质。正如赛涅卡的一句格言所说："意志是天生的，绝不是后天习得的。"这句话用在这里，同样适合。所有真正的道德品质，不管是善的还是恶的，都是与生俱来的。相比犹太教，这种思想与婆罗门教和佛教的灵魂转世说更加契合。这两种宗教认为，一个人的善行和恶行就像他的影子一样，会跟着他从一生轮回到另一生。而犹太教则主张，一个人来到这个世界的时候，在道德上犹如一张白纸，无善无恶，以便他能借助一种不可思议的自由意志，走向一个既看不到又难以避免的目标——一种无可无不可的自由选择。于是，作为理性思考的结果，他可以选择成为一个天使，也可以选择成为一个魔鬼，或者选择成为二者之间的任何一个角色。虽然我很清楚犹太教这样说的图谋是什么，但我完全不在乎它。因为我站在真理一边。我并不是什么哲学教授，所以我不认为自己有任何责任需要苦心竭虑地去建立犹太教的基本原理，即使这些东西永远都是通向一切哲学知识之路的障碍。在“道德自由”名义下的“无可无不可的自由选择”，只是在哲学教授们手中万分受宠的漂亮娃娃，我们还是把它留给那些聪明、高贵、正直的绅士们享用吧。

通往救赎之路

我们只有一个与生俱来的错误，这就是：以为我们是为了获得幸福快乐而存在。这个错误是天生的，因为它与我们的存在本身是相一致融合的，我们的整个生命只是对这一错误的阐释，甚至我们的身体也只是它的图案标识。除了生存意志，我们什么都不是，而不断地满足自己的所有意志和愿望，就是我们所认为的“幸福”。

只要我们坚持这个天生的错误，甚至因乐观的教条主义而顽固坚信这一错误，那这个世界在我们看来就是充满矛盾的。因为每走一步，不管是伟大的事情或微小的琐事，我们都可以从中体验到：这个世界和这种生活完全不是为了让我们幸福存在而安排设计的。没有思想的人只是感到自己在现实中受着痛苦的折磨，有思想的人则在体会到现实的苦楚之时，还会增加一种理论方面的困惑，即为什么这个世界和这种生活——其存在就是为了让我们获得幸福，与其目的是如此地不相符合呢？开始的时候，人们还会唉声叹气，发出一系列的感慨，如“啊！为何世界上有如此之多的眼泪？”（德国诗人克里斯蒂安·奥弗贝克《对忧郁的流泪者的安慰》）。但是接下来，他们就会心生不安地怀疑对那些先入为主的乐观主义的假设是否正确。这时，一个人就可能会将自己个人的不幸归因于环境或他人，或者归咎于自己的运气不佳，甚至埋怨自己的愚蠢笨拙，也可能清楚地知道是所有这些因素共同造成了自己的不幸。但是不管怎么样，这一结果是无法改变的：他没有实现人生真正的目的——即获取幸福。想到这样的事实，尤其在生命面临终结之时，是常常令人沮丧失意的。因此，几乎所有的老者，在脸上都挂着英语所说的"disappointment"（失望）的表情。除此之外，在迄今为止的生命的每一天，都告诉我们：欢愉和享乐本身都是虚幻不实的，即使得到了它们也是如此；它们并不能给予那些曾经许诺给我们的东西，也不能让我们的内心得到满足。而且，到最后，伴随欢愉和享乐而来或者由它们而产生的痛苦和烦恼，也会将得到它们的喜悦完全抵消。相反，痛苦与悲伤却是如此的真实，并且常常超出了我们全部的预期。所以，生活中的一切事物，都在让我们认清那个原始的错误，并使我们相信：我们生存的目的并不是享受幸福。实际上，如果我们不带偏见地、更加仔细地观察，就会发现人生似乎在故意向我们表明：我们是不会在生命中感到幸福的，因为它的整个本质带有某种令人不快的特性，我们必须要忍受这种特性，并尽力从中摆脱，就像逃离所犯的错误一样。于是，我们那渴望享乐的欲望，祈求长生的心愿，就会得到消除，并从此背对这个世界。从这个意义上来说，将生活的目的定位于受苦要比定位于享福更为正确。我在《论禁欲》一文中所作的思考和结论已经表明，一个人受的苦越多，就越早领悟到生活的真正目的；而一个人生活得越幸福，就越晚达到这一地步。赛涅卡最后一封信的结尾，正与我这里的说法相符合："当你看到最幸运的人也是最不幸的，你还会感受到自己的好运吗？"（《书信集》）当然，这句话应该是受到了基督教的影响。同样，悲剧之所以能够发挥出显著奇特的效果，根本上也在于这样的事实：即通过生动鲜明的伟大而又令人震惊的事例，展示出人类所有努力的徒劳无益及整个生存的虚无，揭示出人生的深刻涵义，悲剧动摇了我们那与生俱来的错误。因此，它被认为是最崇高的文学形式。任何一个通过这样或那样的途径从我们与生俱来的错误——我们生存的第一错误——中醒悟过来的人，很快就会从另一个角度看待一切事物，并发现世界与他的现在的视角是相一致的，虽然并不合乎他的意愿。各种各样、或大或小的不幸尽管仍会伤害到他，但却不会再使他惊讶，因为他已经明白，痛苦和悲伤正是生活的真正目的，是意志对生活的背离。这将会使他无论遇到什么事情，都能保持完美的镇定、沉着。就像一个需要承受缓慢和痛苦的治疗过程的病人，痛苦本身就是疗效的标志。在整个人类的生存中，痛苦清楚地表明自己就是生存的真正宿命。人生深陷于痛苦之中，无法自拔。我们是带着泪水来到人间，人生的历程在本质上是永远悲惨的，它的终点则更加如此。这里，有一个明确无误的主观意向。通常来说，在一个人的愿望和努力达到最高峰之时，命运就会以一种极为引人注目的方式在他的脑中闪现，于是，他的人生就具有了一种悲观的倾向。这样就更易于将他从强烈的欲望中解脱出来——每一个体的存在就是这种欲望的显现，并将他带入一种与生活分道扬镳、完全不再留恋生活及其乐趣的状态。事实上，痛苦就是一个净化的过程。在大多数情况下，一个人只有经过这种净化，才能变得圣洁，从生存意志的苦海中回头。与此相对应，基督教的读物中常常教导人们十字架和痛苦是如何有益。而且总的来说，把十字架这一痛苦（而不是功德）的工具，作为基督教的象征，是非常适合的。不仅如此，甚至犹太教那充满哲学意味的《传道书》，已正确地指出："忧愁强如喜笑，因为面带愁容，终必使心欢乐。"（《旧约·传道书》第七章）我在《作为意志和表象的世界》中所说的希腊词"第二条最好的途径"，是把痛苦作为一定程度上的美德和圣洁的替代品。但在这里，我必须要大胆地指出：仔细考虑所有事情之后可以得知，我们所承受的痛苦比我们所做出的功德，更有希望使我们得到救赎和解脱。拉马丁（法国浪漫主义诗人）在其赞美痛苦的《痛苦颂》里，优美精妙地表达过：

> 你无疑厚待我如天之骄子，因为你并没有少让我流泪。好！你给我的，我都接受，你的痛苦将是我的幸福，你的叹息将是我的欢乐。不费吹灰之力，在你的身上，我感受到某一神圣的美德。你并不是灵魂的死亡，而是灵魂的生命。但愿你的臂膀，在拍动时，能够复元、充满生机。
>
> ——拉马丁《诗歌和宗教的和谐》

因此，如果痛苦本身已经具有这样的神圣力量，那么比任何痛苦都可怕得多的死亡，则应拥有更高程度的神圣力量了。所以，每当我们看到一个人死去的时候，心里就会产生一种敬畏之情，犹如巨大的痛苦在压迫着我们。实际上，每一个人的死亡，在某种程度上都显示出一种神圣化的感觉。因此，在面对一个人的尸体时——不管他生前是多么微不足道，我们都不免发出敬畏之情。甚至，在每一个尸体面前，我们都会像持枪立正的士兵一样肃穆——虽然在此这样说有点奇怪。的确，死亡应该被视为生命的真正目的：在面临死亡的这一刻，一切都有了定夺，之前的整个人生历程只是死亡的准备和引进工作而已。死亡是生命的结果和概要，或者说是人生中点滴获得的个别教训综合起来的一次彻底表达。它表达了这样一个真理：表现为生存的人类的全部努力和挣扎，只不过是徒劳、空虚、自相矛盾的，从此回头就是一种解脱。就像植物整个缓慢的生长与其果实的关系一样——那果实一下子就做出了植物先前一点一滴逐渐取得的百倍努力，人的一生，连同其艰难挫折、破灭希望、失败计划和接连不断的痛苦，与死亡的关系也是如此——死亡的一击就摧毁了这一切，摧毁了人们所有的渴望，及在生命中获得的最高教训。生命即将终结的人，所作的对其人生整个历程的回顾，对那客体化在这垂死之人身上的整个意志产生的影响，正类似于一个人的动机对他的行为的影响。这种回顾，给这一客体化的意志（这个垂死之人）提供了一个新的方向，这一方向因此就是人生的道德和本质结果。正因为突发的死亡使这种回顾变得不可能，教会才认为这样的死亡是一大不幸，并祈祷人们可以避免这一不幸。因为这种回顾，犹如对死亡的准确预知一样，是以理智为前提条件的，而只有人具有理智，动物则没有，所以，也唯有人能真正体验死亡这杯苦酒。只有到了人类这一级别，意志才能否定自身，并完全从生命中回头、解脱。对于那种不能否定自身的意志，每一次的诞生都给它带来了新的、不同的智力，直到它领会到生命的真正本质，并因此不再希冀生存为止。

在生命的自然历程中，一个人到了老年之后，身体的衰弱是和意志的衰落同步吻合的。随着享受快感的能力的消失，追求愉悦享乐的欲望也在迅速消失。最激烈的意志活动、意欲的焦点即性冲动，是首先减弱、熄灭的。此时的人，就好像回到了生殖系统还没有发育之前的那种天真无邪的状态。那种能把空幻想象成最诱人好处的错觉消失不见了，取而代之的是对于世间所有福分都是虚无缥缈的真切认识。自私自利也不见了，代替它的是对自己孩子的爱。由此，人们就已经开始更多地生活在别人中，而不是在自己的小我中，自己的“我”也就很快不再存在了。这种自然的生命历程至少是可取的、令人满意的，这是意志的安乐死。为了得到这样的结局，婆罗门规定在一个人度过了生命中最好的几年之后，就放弃自己的财产和家庭，去过一种隐居者的生活（《摩奴法典》）。但是，如果事实与此相反，欲望的生存力超越了享受快感的能力，我们会为生命中错过的某些享乐而万分懊悔，而不是看穿所有快乐空洞、虚无的本质；如果此时，那些我们已无福消受的东西让位给金钱这一所有欲望的抽象代表，并且这一代表能够刺激起我们的强烈欲望，就像之前那些能够带来真正快乐的事物一样，也就是说在感官意识衰弱麻木之后，一种没有生命力、但却坚不可摧的东西同样能够激起我们不可毁灭的欲望；如果在别人心目中的存在取代了在现实世界中的存在和行为，并点燃了同样的激情，那么，意志就已升华为贪欲或野心，从而将自己推入那最后的堡垒，只能被死亡包围。这样，生存的目的就没有得到实现。

所有这些思考，都为“净化”、“意志的转化”和“解脱”等提供了更充分的解释和说明。这些“净化”、“意志的转化”和“解脱”，就是我在其他地方所指的“第二条最好的途径”，是由生命中的痛苦所引起的，并且毫无疑问也是最为常见的。因为这是我们这一类所有罪人采用的共同方式。另一种途径——也是通往同样的目标，则是通过认识整个世界的痛苦、并将这些痛苦化为自己的痛苦来实现的，这是少数天才和圣人所采用的狭窄路径，因此被视为罕见的例外。所以，如果没有第一种方式（即“第二条最好的途径”），那么我们大多数人就失去了得到救赎的希望。然而，我们却抗拒踏入这条道路，竭力为自己争取一种安全、舒适的生存方式。于是，我们就把自己的意志和生活更加牢固地锁在了一起。禁欲主义者的做法则是与此恰恰相反的。他们有意地使自己的生活尽可能的贫困、艰难、缺乏欢欣，因为他们有着自己心目中真正、最终的幸福。但是命运和事物的发展规律比我们自己更能照顾好我们，因为它们从各个方面击败了我们要过上乌托邦的极乐生活的企图和努力。我们这种幻想的愚蠢是显而易见的，从其短暂性、不确定性、虚幻性，以及最后以痛苦的死亡而终结中，就可清楚地看出。命运和事物的发展规律在我们前进的道路上铺满了荆棘，并让我们到处面对有益的痛苦和悲伤——这是治愈我们苦难的灵丹妙药。我们的生活之所以具有一种奇妙的、双重涵义的特性，就是因为在生活中有两个截然相反的目标不断地相互交叉。其一是个体意志的目标，它指向一种转瞬即逝、如梦如幻、虚妄不实的空想幸福；在这种目标中，那些过去了的事情，无论幸福或不幸，都是无关紧要的了，而现在却每时每刻都在成为过去。其二是命运的目标，它是明显要破坏我们的幸福，并以此消灭我们的意志，祛除那些将我们与这个世界的桎梏拴在一起的错觉与幻象。

现在普遍流行的、特别具有新教意味的观点，认为生存的目的仅仅、并直接在于高尚的道德品质，亦即在于公正和仁爱等品质的实践。这种观点明显暴露出了它的不足之处，通过这样的事实就可看出：在人类身上，真正、纯粹的道德简直少得可怜。我完全不是在说那种崇高的美德，如高贵、大度、自我牺牲等只有在戏剧和小说中才能找到的品质。我所指的只是那些每个人都有责任做到的美德。设若让一位老者回顾思量一下：在与自己打过交道的人里面，有几个是完全、真正诚实的？难道不是绝大多数的人都是与诚实完全相反的吗？哪怕有人对其诡诈或虚假稍有怀疑，他们就会不知羞耻地暴跳如雷、愤慨异常。难道卑鄙自私、贪婪无厌、毒辣的嫉妒、绝妙掩饰的欺骗、对别人不幸的冷酷和幸灾乐祸，不是如此地普遍流行，以至于最轻微的例外情形都会引起人们的震惊？至于仁慈和善举，除了把自己多余的、再也不会想起和需要的东西作为礼物送给他人，就极其罕有超过这一范围的了。难道存在的整个目的就在于如此稀少、微弱的道德痕迹？反之，如果我们认为存在的目的就在于借助苦难，将我们的这一本质（即刚才提到的导致那些恶果的性质）完全逆转，那么事情看上去就会大不一样了，也会与我们眼中所见的现实符合一致了。如此，生活就表现为一个净化的过程，这一过程的净化液就是苦痛。如果这个过程得以实施完成，那么在此之前的不道德和卑鄙邪恶就会像垃圾一样被抛弃清除。这时就会出现《吠陀经》中所说的那种情形："（谁要是一睹至高、至深的道理）就可心结尽开，疑虑尽释，所做的一切皆成泡影。"与此观点相映成趣的，还有梅斯特·艾哈德大师的第 15 篇布道，同样非常值得一读。

人的自身

我们已经大致知道，一个人的自身比他拥有的财产或别人对他的评价更能带来幸福。人是什么，即人自身所固有的东西，永远是我们应该首要考虑的事情。因为，一个人的个性时时处处都在伴随着他，他所有的经历和体验都涂上了自身个性的色彩。例如，在所有的享受中，快乐的感觉主要取决于他自己。对于肉体的快乐而言，所有的人都会同意这一点；而精神上的乐趣就更是如此了。英语的“to enjoy oneself”（自得其乐）这一短语，就是一个十分生动、恰当的表达。例如，没有人会说“他享受巴黎”（he enjoys Paris），而是说“他在巴黎享受自己”（he enjoys himself in Paris）。对于个性不健全的人来说，所有的快乐都像是美酒琼浆倒进了被胆汁弄得苦涩的嘴里，变了味道。因此，人生的幸运或不幸不是在于什么降落在了我们的头上，而是在于我们以什么样的方式对待它，也就是说，在于我们对事物感受能力的本质特性和强弱程度。一个人的自身及其固有的东西，即一个人的个性和所有与个性有关的东西，是唯一直接与他的幸福有关的因素。其他一切都只是间接的因素，因此其作用和影响是可以消解和清除的；但个性的影响却永远无法消除。这就是为什么由个人品性激发出来的嫉妒情绪是最难平息的，因此它也是人类小心、谨慎隐藏最深的一种情感。

此外，在我们全部的经历和磨难中，只有构成我们感觉意识的东西才是永恒持久的。人的个性几乎在生命中的每一时刻都在不断地发挥着作用，而其他方面的影响则是暂时、偶然、转瞬即逝、并且易于受到各种机遇、变化的制约的。正因此，亚里士多德才说：“永久长存的不是财富，而是品格。”出于同样的原因，我们更能够忍受纯粹来自于外在的不幸，却很难忍受由我们自身所招致的不幸。因为运气在不断地变化，个性、品格则不会。所以，自身的内在品质——高贵的品格、杰出的才智、优雅的气质、明朗的精神和健康的体魄，一句话，“健康的身体加上健康的心灵”才是对人的幸福起着首要、关键作用的最重要因素。因此，我们更应该注意维护和提升这方面的素质，而不应该只热衷于占有外在的财富和荣誉。

而在所有这些优良品质中，最能直接带给我们幸福的就是愉快而美好的心境，因为这一绝佳品质所带来的好处是即时呈现的。一个欢乐、快活的人总是有他快乐的理由，这理由即是：他就是一个快乐的人。只有这种品质，才可以完全补偿其他任何一种内在素质的缺失，而不能被它们替代。如果你认识一个年轻、英俊、富有而且受人尊敬的青年人，并想知道他是否幸福，那么就可以问他是否高兴、快活？如果他觉得快乐，那么年轻或者年老、腰板挺直或者弯腰驼背、贫穷或者富有，又有什么关系呢？——反正他是幸福的。在我年轻的时候，曾经翻阅过一本旧书，从中发现了这样一句话：“你若笑口常开，你便幸福；你若悲叹不已，你便不幸。”显然，这是一句非常简单朴素的话语；但正是因其如此简单，才让我一直难以忘记，即使这只是一个老生常谈的浅显道理。所以，如果快乐来敲门，我们一定要敞开大门欢迎它的到来——快乐的出现从来不是不合时宜的。但在现实中，我们却常常为是否接受它而顾虑重重、踌躇犹豫。我们想先弄清楚自己是否有充足的理由感到高兴和满意，然后又担心精神的愉悦会打扰我们严肃的反省和深切的忧虑。快乐是直接、即时的收益。它是幸福的现金，而不是像别的东西那样只是兑换幸福的银行支票。因为，它自身就足以让我们在此时此刻立即获得幸福。这正是我们人类的最高福祉——我们的存在就是连接在过去和将来之间的无穷小的现时此刻。因此，保护和促进这种快乐的感觉，应该成为我们追求幸福之路中所有努力的最高目标。

现在可以肯定的是，再也没有比财富对快乐的贡献最少的了，也没有比健康对快乐的贡献最多的了。难道不是在下层阶级、即我们所说的“劳动阶层”，尤其是生活在乡下的人们的脸上，我们才看到了欢乐和满足的神情？难道不是在富有的、上层阶级的人身上，我们看到了充满忧郁烦恼的脸庞？因此，我们应该尽可能地维持良好的健康，因为快乐就是健康长出的花朵。毋庸赘言，保持健康的方法就是：避免一切过度放纵的行为、所有剧烈的和令人不快的情感，及精神的过分紧张、劳累，坚持每日到户外运动、洗冷水浴，以及诸如此类有益健康的活动。如果一个人每天不进行适量的运动，那他就不能保持健康。生命的整个活动过程需要全部运动，才能完成其机能的正常发挥，而且不仅每一个部分需要运动，整个身体也都需要运动。因为，亚里士多德说的很对:“生命在于运动，生命的本质就是运动。”我们身体的每一部分都在持续不断地快速运动。心脏在复杂的双重收缩和舒张的过程中，强劲有力、不知疲倦地跳动着；它每搏动 28 次，就使身体的全部血液沿着动脉、静脉和毛细血管运行一周。肺部就像一台蒸汽机，一刻不停地呼吸；肠子像虫子一样在不断地蠕动；各个腺体始终在吸收和分泌；甚至大脑本身，随着脉搏的每一次跳动和我们的每一次呼吸，也在做着双重的运动。如果一个人完全不运动，像无数每日被迫坐在案牍前工作、极度缺乏运动的人那样，那他身体外部的静止与内在的骚动不安就会产生显著的、致命的不平衡。因为身体内部连续不停的运动需要外在某些运动的呼应和配合，这种需求所造成的结果就像是某种情绪在我们心内沸腾、却又不得不竭力压抑它的表露。即使是树，若想茁壮成长、枝繁叶茂，也必须要有风的吹动。这里所适用的法则，可以用一句拉丁文最简洁明了地表达出来：omnis motus，quo celerior，eo magis motus.（所有物体的运动都是，速度越快，动得越厉害。）

幸福在多大程度上取决于我们的心情，而心情又是多么依赖我们的健康状况，通过相同的外部事物或情境在我们健康、强壮的日子里，与在我们因疾病而抑郁苦恼的日子里所带给我们的不同印象和影响就可知道了。使我们快乐或者悲伤的，不是那些客观存在事物的本身，而是我们对这些事物的看法和感悟，即它们对我们而言意味着什么。正如爱比克泰德[1]所说："扰乱人们的不是客观事物，而是人们对客观事物的理解。"而且，一般来说，我们的幸福十之八九都取决于健康。只要有健康，一切都可以是快乐的源泉；没有了健康，任何事物——无论它是什么——都不能让人心情愉快。即使是其他人格方面的优点，如伟大的心灵、乐观的脾性，也会因健康的缺乏而大打折扣。所以，人们在相遇时首先要问候彼此的健康、并表达对他人身体健康的美好祝愿，就是很有道理的了。因为良好的健康的确是人类幸福的最重要条件。据此而言，最大的愚蠢就是为了任何其他的快乐而牺牲自己的健康，无论是财富、晋职、学问、名声等任何东西，更不要说为了稍纵即逝的感官享乐。我们应把健康放在第一位，其他任何事情都要排在它的后面。

然而，尽管健康能极大地增进我们愉快的心情——这种心

① 爱比克泰德（Epictetus，约55—约135年），古罗马著名的斯多亚学派哲学家。

情对幸福来说又极为重要，但是快乐的心情并不完全依赖于健康。因为一个人也许身体完全健康，精神上却忧郁悲哀、心情低落沮丧。对此的最根本原因无疑在于人们与生俱来的、因而也是无法改变的生理构成，尤其在于一个人的感觉能力与其肌肉活动和生命能量之间不同程度的关系。异常的感觉能力会导致精神的失衡，奔放的情绪不受控制地周期发作，出现挥之不去的忧郁颓丧的心理。天才的神经力量或者说感觉能力是极为超强的。亚里士多德已相当正确地观察到："在哲学、政治学、诗歌或者艺术中出色卓越的人，似乎都有着忧郁的气质。"西塞罗肯定也有这样的想法，他说："亚里士多德说，所有的天才都是忧郁的。"关于此处所讨论的这种显著的、天生的人类的不同气质，莎士比亚在《威尼斯商人》中曾有准确精妙的表述：

> 老天造下人来，真是无奇不有：
> 有的人老是眯着眼睛笑，
> 好像鹦鹉见了吹风笛的人一样；
> 有的人则终日皱着眉头，
> 即使涅斯托发誓说那笑话很可笑，
> 他听了也不肯露一露他的牙齿，装出一个笑容。
>
> ——《威尼斯商人》第一幕第一场

这正是柏拉图所形容的“快乐”和“抑郁”两种情绪的区别之处，他所依据的是不同的人对快乐和痛苦的印象所表现出来的敏感程度。因此，让一个人悲观绝望的事情，也许会让另一个人开心大笑。通常来说，一个人感受不愉快印象的能力越强，那他接受愉快印象的能力就相应越弱；反之亦然。当同一件事情有出现好或坏两种结果的可能的时候，“抑郁”的人会因为事情的不利结果而烦恼忧伤，也不会因最后的愉快结果而高兴开心。相反，“快乐”的人则不会为不妙的结果担忧烦恼，却会为它的愉快结果而十分欢喜。在做事的时候，“抑郁”的人即使十次有九次成功，也不会高兴，只是为其中的一次失败而耿耿于怀；“快乐”的人则与此相反，即使十次中只有一次成功，也会设法从这一次的成功中寻得安慰，并继续保持心情愉快。但是，这里又存在着另一个事实，就是几乎没有什么不幸和灾难是毫无所长的。“抑郁”的人——即性格悲观忧郁的人——所必须克服的不幸和苦难，虽然总体上要比无忧无虑、乐观开朗的人所承受的多很多，但这些更多的是他们想象出来的，因此就不如后者面对的苦难更加真实。因为，一个把一切看作漆黑一团、总是担忧最坏的事情发生因而随时采取预防措施的人，在这个世界上，就不会像那些总是看到事物的光明一面的人那样常常对现实感到失望。不过如果一个人天生忧愁多虑，再加上神经系统的疾病或消化器官的紊乱异常，那么这种与生俱来的忧郁倾向就可能达到这样的程度：持续不断的不安苦恼会使他厌倦人生，由此萌生出自杀的愿望。这样，哪怕是一件最微不足道的令人不快的小事，也会导致他的自杀。甚至，当这种倾向发展到最糟糕的地步时，即使没有任何的缘由，一个人也会选择结束自己的生命，仅仅因为他长期的闷闷不乐，于是就冷静、坚定地执行了自己的这个决定。正如我们所经常看到的：受到痛苦折磨的病人虽然处在亲人的监护之下，仍然会急切地等待每个不被监视的机会，然后利用这个最自然的、他求之不得的方式解脱，没有丝毫的畏惧、颤抖，也没有一丝的挣扎、退缩[①]。即使最健康的人，甚至最豁达乐观的人，在某些特定的

① 关于这种自杀心理的详尽描述，可以参阅埃斯基罗尔的《精神疾病》一书。——原注

情形下也会决心自杀。比如，当他遭受的苦难或者对某一不可避免的不幸的担忧之情如此巨大、严重，以至于超过了对死亡的恐惧之时，他就会选择自杀。唯一的不同之处就在于导致这种致命行为的痛苦程度的大小，对于乐观的人来说，所需的痛苦程度要很高；对于悲观的人来讲，只需很少的痛苦就可导致自杀了。一个人越是忧郁悲观，就越容易自杀，到最后，甚至没有任何的诱因也会如此。但如果一个人是乐观开朗的，而且身体健壮、精神健康，那就需要有极大的苦难才能引诱他自杀。有许多不同类型的自杀，但最极端的就是这两种：仅仅因为天生的抑郁倾向得到病态的加剧而导致的自杀；健康乐观的人的自杀，后者是完全有结束自己存在的客观理由的。

美貌与健康有着部分的关联。美貌被认为是个人的优势，虽然严格说来，它并不能直接给我们带来幸福。美貌只是间接地，通过留给别人印象的方式达到这一点；但它仍然是一个重要的优势，甚至对男人来说也是如此。美丽的容颜是一封公开的推荐信，使拥有它的人可以轻易地赢得他人的好感。对此，荷马的几行诗句说得很好：

> 天生的美丽容颜是不可轻易丢弃的，
> 这是只有神祇才能赐予的宝贵礼物。
>
> ——《伊利亚特》

对生活稍作考察就可知道，痛苦和无聊是人类幸福的两大天敌。更进一步说，当我们有幸摆脱了其中的一个时，就又接近了另一个。事实上，人生就是在痛苦和无聊这两个天平之间不断地摇摆。原因就在于，二者之间存在着一种双重的对立关系，一是外在的、客观的，一是内在的、主观的。外在的、客观的对立就是，困境和贫穷使人痛苦，而安逸和富足又使人无聊。因此，当处于社会底层的劳动阶级为了摆脱匮乏——亦即痛苦——而奋力挣扎时，上层社会的富人们则在不断地与无聊进行绝望的抗争。内在的、主观的对立产生于这样的事实：一个人对痛苦的感受能力和他对无聊的感受能力成反比，因为人的感受性直接与其精神力量相关。譬如，沉闷乏味的精神一般来说与麻木迟钝的感觉、不能被任何事物激活的神经是密切相关的。所以，这样的人就不能很强烈地感受到痛苦和焦虑，不管它是多么巨大、可怕。精神的迟钝麻木实际上就是灵魂的空虚，这种空虚烙印在了无数人的脸上，这是一种对于外界发生的各种琐屑事情表现出持久、强烈关注的精神状态。这是无聊产生的真正根源——人们无时无刻不在寻求刺激，以借助某些外在的事物填补他们的心灵和精神。人们为达这一目的而做的选择显示出他们毫无特别之处，只要看看他们的这些行为就知道了：追求贫乏、单调的消遣，和社交、闲谈的趣味；还有很多人站在门口和窗前向外张望。正是由于灵魂内在的空虚，人们才追求五花八门的社交、娱乐、消遣和奢华，这些东西导引很多人穷奢极欲，最后落得悲惨痛苦的下场。使我们免于这种痛苦的防范措施，最好的就是拥有内在的财富——即精神财富。因为精神愈富有，留给无聊的空间就愈小。这样，人的思想活力就会奔腾不息、永不枯竭。在自我和大自然各种各样的现象中寻找每一种新鲜的素材，有能力并愿意将其加以重新组合、获得真知，——这些，会让你的头脑精力充沛、精神振奋，除了短暂的放松时刻，绝不会陷入无聊的烦恼。

但在另一方面，这种过人的才智是以超常的感受能力（敏感性）、强烈的意欲和激情为根基的。这些因素结合起来，就提高了感情的强度，增强了人们对一切精神乃至肉体痛苦的感受程度，同时增强了人们对所有阻碍困苦的不耐烦和对任何不如意事情的不满、抱怨。所有这些感情的倾向，通过想象的力量、整个思想鲜明生动的特性，加上那些令人不快的事情，都会得到进一步的扩大。这适用于不同智力程度的人，从最愚笨的傻瓜到有史以来最伟大的天才。因此，无论从主观方面还是从客观方面来看，一个人距离人生某种苦难的根源越近，那他距离其他的苦难根源就越远。所以，每个人的天性都会引导他尽可能地使自己的客观世界符合自己的主观世界，也就是说，他会做好最充分的防范和准备以应对自己最易遭受的那种苦难。聪明智慧的人会首先寻求没有痛苦和烦恼的自由，追求宁静和悠闲，也就是追寻一种安静平和、纯真简朴的生活方式，尽量避免与人接触带来的骚扰。因此，在对所谓的同伴有所了解之后，他就会选择远离尘嚣的生活；如果他是一位极富智慧的天才，他甚至会选择孤独隐世。因为，一个人自身拥有的越多，他对别人的所求就越少，亦即别人能给他的就越少。这就是为什么一个智力超群、精神卓越的人，常常不喜与人交往。的确，如果社会交往量的增加能够使人变得更加聪明的话，那么生活在一个熙熙攘攘的大世界里也许就是值得的了。但不幸的是，一百个傻瓜加起来，也仍然不会产生一个聪明的人。

但是，处在痛苦的另一端的人，一旦稍稍摆脱了匮乏和需求之苦，就会不惜任何代价地拼命寻求消遣和人群，和他能遇到的第一个人相谈、交往，而最想逃避的就是他自身。因为在独处的时候，每个人都只能依靠自己，这是他自身的拥有就暴露无遗。衣着华丽的愚人在他可怜的自我的重压下叹息呻吟，这个负担是他永远无法摆脱的；而禀赋异常的智者则以其丰富活泼的思想改变他单调乏味的处境。赛涅卡曾说："凡愚皆苦于厌诸己。"这是千真万确的。同样，耶稣也说："对于愚人来说，活着比死去更糟糕。”因此，我们可以发现，一般来说，一个人越是智力低下、庸俗贫乏，就越喜欢与人交往。因为，在这个世界上，一个人要么选择孤独，要么选择庸俗，此外别无他选。

人的大脑可以看作是人的身体的寄生物，它就像一个帮佣，寄居在人的身体之中。而闲暇，即一个人可以自由享受自己意识和个性的时间，乃是人生存在的精华，除此的整个生存就只是辛苦和劳作而已。但是，大多数人的闲暇给他们带来了什么呢？——不是无聊、沉闷，就是感官享受或愚蠢。人们消磨闲暇的方式，显示出他们的闲暇是如何没有价值。正如阿里奥斯托[①]所说:“无知者的闲暇时光是多么无聊!”普通人想的只是如何打发时间，聪明人则想着如何利用时间。智力有限的人之所以容易感到无聊，就是因为他们的智力纯粹服务于意志，不过是意志的原动力藉以发挥作用的工具。无论何时，只要导致意志运动的诱因没有出现，意志就会休息不动，他们的智力也会放假歇息——和意志一样，智力也需要某些外部事物的刺激才能活动起来。这样的结果，就是人的一切力量都可怕地静止停滞，亦即无聊的产生。为了应付这种可怜的感觉，人们便去从事一些暂时可以获得愉悦的琐屑小事，希望借此刺激意志发挥作用，从而使智力运动起来——因为智力的任务本来就是落实意志的动机。这些动机与真实、自然的动机相比，就犹如纸币之于银元。它们的价值是随意性的——就像纸牌和诸如此类的游戏，都是为这个目的而发明的。如果没有任何别的事情可干，人们就会玩弄自己的拇指或不断地敲击手边的某一样东西以打发时光；雪茄同样是一种受欢迎的、思想的替代品。因此，在所有的国家，社交、聚会的主要消遣就是打牌。打牌反映了社

① 阿里奥斯托（Ariosto，1474—1533），意大利文艺复兴时期的著名诗人。代表作有长诗《疯狂的罗兰》等。

交聚会的价值标准，但同时也标志着思想的破产。因为人们彼此之间没有思想可以交换，他们只是交换纸牌，并想方设法赢取对方的钱财。真是可怜的白痴！但我并不想有失公正，因此我们可以为打牌作这样的辩护：它是一种对将来进入社会提供准备的演习机会，因为人们可以从中学到如何巧妙地运用那些偶然、又不可改变的情况（这里指牌局），从而尽量多多获取自己能够得到的东西。要做到这一点，人们必须先学会一些掩饰技巧，以及如何在情势恶劣的时候仍然装出一副高兴的外表。但另一方面，正是由于这个原因，打牌也是一种败坏道德的行径，因为它的整个目的就在于充分运用每一种诡计和机巧来赢得本属于别人的东西。这种在牌桌上学习、获得的习惯，会在人的现实生活中生根、蔓延。在每天的日常事务中，人们就会逐渐把“我的”和“你的”东西看作纸牌一样，依照打牌的习惯行事，认为自己可以尽量运用一切可以把握的优势——只要不违背法律。我这里所说的例子，在日常生活中俯拾即是。前面已指出，闲暇是人生开出的花朵，或者毋宁说是生命的果实。它使人得以拥有自身、把握自身，只有那些内心真正拥有某些价值的人，才能获得真实的幸福。但是从大多数人的闲暇中，你又能得到什么呢？——只不过是个一无用处的家伙，无所事事、极其无聊，成为自身的包袱。因此，让我们为之高兴吧，亲爱的朋友，“因为我们不是女奴的儿子，而是自由之子。”[①]

此外，正如一个不需要或只需要很少的进口物品的国家是最幸运的国家一样，最幸福的人乃是那些自身拥有足够的内在财富，不需要或极少需要从外在获取生活支柱的人。因为进口物品价格昂贵，又会对外产生依赖性，进而带来危险和麻烦。

① 出自《圣经》中《加拉太人书》。

说到底，这些东西只不过是本土产品的糟糕的替代品而已。任何人都不应该从别人那里期待太多，或者说从外部世界期待太多。一个人所能给予别人的东西并不多，到最后，每个人都只能孑然独立，重要的就是这个独立的人是怎样的人。因此，歌德在《诗和真》中所说的真理就适用于这里："无论任何事情，每个人最终都只能反求诸己。"或者，如戈德史密斯[①]在其《旅行者》一诗中所写的那样：

> 无论何时何地，我们都只能依靠自己
> 在自身中寻找或获得幸福。

一个人的"自我"是他所能成为最好的人或获得最多事物的伟大源泉。一个人越能做到这一点——即从自身发现的快乐的源泉越多，就越幸福。因此，亚里士多德的这句话的确是一大真理："幸福意味着自我满足。"因为，幸福所有的外在源泉，就其本性而言，都是不可靠、不稳定、转瞬即逝、并且受制于偶然巧合的。即使在最为有利的情况下，它们也会被轻易耗尽、终结。而且，这是不可避免的，因为它们并不总在我们的控制之下、触手可及。到了老年之后，所有这些幸福的外在源泉都必然干枯：谈情说爱、风趣俏皮、旅行的喜好、骑马的欢乐，以及应付社交的精力，都会离我们而去；甚至亲人和朋友，也会被死神从我们身边一一带走。此时，一个人的自身拥有比以往任何时候都更加重要。因为只有这种内在的东西才会长久地伴随着他，而且在人生中的任何阶段，它都是幸福唯一真正、持久的源泉。这个世界上的每个地方，都没什么可索取的了。

---

① 戈德史密斯（Oliver Goldsmith，1728—1774 年），生于爱尔兰的英国作家，有长诗《荒芜的村庄》等作品。

世界到处充斥着悲哀和痛苦，就算谁有幸逃脱了这些，无聊也正在每一个角落等待着他。不仅如此，在这个世上邪恶普遍占据着上风，愚蠢发出了最大的喧嚣。命运是如此残酷，人类是多么可怜。在一个这样的世界里，内心富足的人就犹如圣诞夜里一间明亮温暖、快乐幸福的小屋，而外面则是冬月夜晚的冰霜雪地。因此，毋庸置疑，世界上最幸福的命运就是拥有这种丰富内在的珍贵礼物，尤其是卓越的才智天赋。这是最幸福的命运，虽然它最终并不一定发展为辉煌灿烂的人生。

瑞典女王克里斯蒂娜在她年仅19岁时，对笛卡尔作了一个非常睿智的评论——她只是通过一些报道和笛卡尔的一篇文章，了解到这位独自在荷兰孤独地生活了20年之久的人，她说："笛卡尔先生是所有人当中最幸福的一位。在我看来，他的生活令人羡慕。"（《笛卡尔的一生》，巴叶著。）当然，要像笛卡尔那样，一个人必须拥有足够有利的外部条件，使他能够成为自己人生和幸福的主人。正如我们在《传道书》中所读到的："智慧加上一份遗产就更美好了，可以使人更好地享受阳光。"一个人若是被大自然和命运赐予了智慧的天赋，那他就要小心谨慎地确保自己内在的幸福源泉畅通无阻。为此，他必须要拥有独立和闲暇。为了获取独立和闲暇，他会心甘情愿地节制欲望、维护自身的内在财富。因为他并不像其他人那样，只能依赖外部世界以求得快乐。所以，他就不会因对职位、金钱、世人的青睐和掌声等的渴求而误入歧途，不会为迎合人们低俗的欲望和庸俗的趣味而牺牲自己。在这种情况下，他会遵从贺拉斯在给默斯那斯的书信中所说的建议：牺牲内在的自我而求诸于外，为了外在的荣耀、地位、头衔、名声而放弃自己全部或大部分的安宁、闲暇、独立、自由，这是一种极其愚蠢的行为。歌德就是这样做的，但我的守护神却引领我走向另一个与此不同的方向。

我这里所坚持的这个真理，即人类幸福的主要源泉在于内心，亚里士多德在《尼可马可伦理学》中的一个真知灼见可以对此论证，他说：每一种快乐都是以人的某种活动，以及人的某种能力的运用为前提的，否则就不能存在。亚里士多德的观点——即人的幸福在于无拘无束地展示他的最高才能，同样在斯托贝乌斯对逍遥派哲学的阐释中有过详细的论述。斯托贝乌斯说："幸福意味着在你所从事的一切事情中，充满活力并且取得成功。"他特别说明，他用的"活力"这个词指的是驾驭一切事物的能力。大自然赋予人类力量的最初目的，就是使人能够和所有困扰他的难题作斗争。这场斗争一旦停止，那些没有被运用的力量就会成为人的负担。他必须要为这些力量找到消遣——不带任何目的地运用它们，不然就会马上陷入另一种痛苦——即无聊——的深渊。因此，上层社会的富人们，正是无聊最大的受害者。关于他们的悲惨境遇，卢克莱修很早之前就已有过描述。他所描写的真实情形，在今天每个大都市的生活中都依然可以看到：

> 那厌倦于呆在自己家里的人，
> 常常离开他堂皇的大厦到外面去了，
> 但是他立刻又转回来，
> 因为在外面也不见得有什么好。
> 他驱着马疾驰而去，
> 疯狂地奔往他的乡村庄园，急急忙忙，
> 好像赶去帮忙救一座燃烧着的房子。
> 当他双脚一踏上门槛的时候，
> 他就立刻打起哈欠来，

或者昏昏沉沉地躺下睡觉，
寻求着把一切都忘掉，
或者再急急忙忙地赶回城里。

——《物性论》第三卷

这些人在年轻的时候，一定是体能过剩、精力充沛，但这些力量的充沛活跃并不能长久地维持。到了晚年之后，他们要么毫无精神力量可言，要么再也激不起想要做任何事情的力气，从而陷入了悲惨可怜的困境。不过他们还拥有意志，因为这是唯一永不枯竭的力量。他们试图通过激情和幸福来刺激自己的意志，例如孤注一掷的豪赌——这无疑是一种最为低级堕落的恶习。一般来说，如果一个人无事可做，他就会选择某种适合于自己特长的消遣，比如玩球、打猎、骑马、打牌、下棋、绘画、音乐、诗歌，或者研究哲学、纹章学，以及其他浅显涉猎的兴趣爱好。我们可以对这些爱好有条理地分类，通过将它们还原到其所代表的三种基本的能力或者因素——这些能力和因素形成了人的生理构造。进一步而言，通过单独考虑这些力量本身，剔除其可能产生的任何明确的目的，我们就可以把它们看作是引起潜在快乐的三个来源。每个人都会根据自己所擅长的方面或突出的能力，从中选择一种适合自己的快乐。

首先是由活跃的生命力，以及吃喝、消化、休息和睡眠等活动所带来的快乐；在世界上的有些国家，这些乐趣是全民性的、有着鲜明民族性的。其次是由发挥肌肉的力量所带来的快乐，如跑步、跳跃、摔跤、骑马、击剑、舞蹈，以及其他类似的体育消遣；这种乐趣有时采取运动的形式，有时则利用军事生活或真实战争的形式。第三，是由感觉、感性带来的快乐，例如观察、思考、感觉，阅读、默想、哲学，学习、创造、音乐，以及对诗歌和文化的热爱等。关于这些快乐的等级、价值及其所能持续的时间，也许有各种各样的说法，读者们也尽可以作出补充。但每个人都应该看到，我们所发挥的那种力量越高贵杰出，它所产生的快乐就越大。因为快乐总是与自己能力的运用方式密切相关，而幸福就在于快乐不断地重复相连。在这一方面，没有人会否认，即感觉的快乐比其他两种基本的快乐更为优越；因为后两种快乐同样存在于动物身上，甚至比在人身上的程度更高。正是在感觉方面的明显优势，将人和其他动物区别开来。我们的精神力量乃是属于感觉的形式，因此，卓越的感性能力可以使我们享受到与心灵相关的快乐，亦即所谓的精神快乐。感觉能力越是卓越、明显，就越能获得这样的快乐。

平庸普通的寻常之辈，只会对能激发起他的意志的东西产生浓厚的兴趣，也就是说，只会热切关注属于他个人兴趣范围之内的事物。但是意志的不断兴奋、刺激，从来都不是纯净、完美、不含杂质的，而是包含着无尽的痛苦。在“文明社会”随处可见的纸牌游戏，就是一种旨在提供这类刺激的手段。它带给人的是轻微、短暂的乐趣，而不是真实、长久的痛苦。因此，实际上，纸牌游戏只不过是对意志的简单骚动。

相比之下，精神卓越、智慧超群的人则能够对纯粹知识领域的事物产生浓厚的兴趣，而不夹杂任何意志的成分；甚至，这样的乐趣对他来说是必需的。这会使他处在一个完全与痛苦隔绝的地方——一个圣洁的天国，“神生活在那里，无比地安详。”

看看这样的两幅画面吧：芸芸大众的生活是一个漫长、单调的奋力挣扎过程，完全为了关乎自身利益的渺小、琐屑事务而苦苦奋斗。所以，这种生活充满了形形色色的痛苦。一旦那些微小的目的得到满足，一旦他们不得不返回自我、依赖自身，他们的生活就会被难以忍受的无聊所困扰。此时，只有意欲的疯狂烈火，才能让他们重新拾起对某项活动的热情。而在另一面，是那些拥有极大的精神力量、禀赋卓越的人，过着思想丰富、生气勃勃、意味无穷的生活。一有闲暇、自由的时候，他们就立刻全身心地投入到富有价值和趣味的事物中，从自身寻找到最高贵的快乐之源。这些人所需要的外部刺激是大自然的杰作，以及他们对人类事务和对所有时代各个国家天才人物的辉煌功绩所作的沉思。只有他们才能真正欣赏这些杰作功勋，他们是唯一能够充分理解、感受这些作品的人。因此，那些历史上的伟人实际上也只是为了他们而活，伟人的倾诉也只是向他们发出；其他人不过是偶尔的听者，对于天才及其追随者的思想仅仅是一知半解。当然，智者的这种天性意味着他们要比普通人多一个需求，这就是阅读、观察、学习、默想、实践的需求。简言之，就是对不受干扰的闲暇的需求。正如伏尔泰相当正确地说过："没有真正的需求，就没有真正的快乐。"他们的需要就是大自然、艺术和文学各种各样的美丽，这样的快乐是他们乐意接受的，却是被其余的人拒绝的。将这些快乐、美好堆放在那些既不想得到、也无法欣赏它们的人身旁，正犹如期待头发斑白的耄耋老者坠入爱河一样，是完全徒劳的。所以，拥有这种特殊天赋的人过着双重的生活，一是个体的生活，一是精神的生活。并且后者逐渐成为他真正追求的生活，前者只是实现它的一种手段。但对于其他的平凡大众来说，只有浅薄、空虚、充满烦恼的生存才是人生的目的。对于一位智者来说，其首要选择是精神生活。随着他们洞察力的不断增强和知识的不断增加，这种精神生活就会像一件慢慢形成、逐步完美的艺术品一样，获得一种整体的统一，永远鲜活、生动，并成为一个越来越完善的整体。与这种生活相比，那种汲汲于个人自身的安逸、舒适的生活，显得多么可悲可怜——这种生活也许可以增加生命的广度，但永远增加不了生命的深度。然而，正如我所说的，大众却把这种低俗基础的生活方式当作人生的目的。

我们的日常生活一旦没有激情、意欲的刺激，就会变得枯燥乏味、沉闷单调；一旦受到它们的驱动，又会很快变得痛苦不堪。只有那些思想禀赋超常的人，那些智力超出了服从意志所需要的程度范围的人，才是真正快乐、幸福的。因为这可以使他们在过着现实生活的同时，也过着一种精神上的生活，一种没有痛苦、充满趣味的生活。仅仅拥有闲暇本身，即理智不需要被意志所支配，是不够的；还必须要有真正充沛优裕的能力，能够摆脱意志的掌控，完全专注于理智活动，才能享有纯粹的精神生活。因为，赛涅卡说过："盲目无知的闲暇犹如死亡，将人活活的埋葬。"根据个人精神思想能力的大小，第二种生活——亦即精神生活可以有无数不同的发展方式：从简单的收集和描绘昆虫、鸟类、矿石、硬币，到创作出最杰出的文学和哲学作品，皆属于此。精神生活不仅能够抵御厌倦，而且能够使我们避免无聊的有害影响。它使我们远离糟糕的伙伴，以及许多的危险、不幸、灾难、损失和放纵、奢侈。如果一个人将自己的幸福完全建立在客观的外部世界之内，就会不可避免地遭遇到这些。因此，精神生活是必需的。例如，我的哲学虽然从来没有给我带来一分钱的好处，但却为我避免了许多的损失。

凡常之人将自己人生的幸福寄寓在身外之物上，诸如财产、地位、妻子、儿女、朋友、社会等等。因此，当他们失去了这些，或者这些东西令他们感到失望的时候，他们幸福的根基就彻底坍塌了。换句话说，他们的重心并不在自己身上，而是随着每一个愿望和想法的改变而不断地变换。如果他是一个富有的人，那他就会一忽儿想起构筑乡间别墅，一忽儿想着购买良马；一会儿要举办宴会招待亲朋，一会儿要出外旅行。总之，就是过着奢侈享乐的生活，原因在于他只能从这些外在的事物身上寻找快乐，就像一个失去了健康和力气的病人，希冀通过汤水和药物来重获它们，而不是想办法锻炼提高自己的生命力——这才是他失去之物的真正源泉。在讨论与此相反的情况之前，我们可以先看一下处在两个极端中间、较为常见的一类人吧。他们的才智并不那么卓越、突出，但又超越了泛泛的普通之人。他们会粗浅地涉猎某一门艺术，或者将自己的注意力投入到一些自然科学中，如植物学、物理学、天文学、历史学等等，并从这些研究中得到极大的乐趣。当外在的幸福之源枯竭或者不再能够满足他们的时候，他们就可以用这些事物来愉悦自己。对于这样的人，我们可以说他们的重心是部分地在自己。但是对于艺术肤浅的兴趣与创造性的艺术活动之间仍然存在着很大的差距，对于科学的业余爱好和追求也容易流于浅疏的表面，不能深入到问题的实质和中心。所以，这样的一个人不能完全投身到对艺术和科学的追求上来，也不会将它们填满自己的整个生命、完全渗透到自己的人生，以至于对其他任何事物都失去了兴趣。只有具备最高精神禀赋的人，即我们称之为“天才”的人，才能达到这样的境界，将所有的时间和存在纳入自己的课题，并努力表达出其关于世界的独特认识，把自己对生命的沉思通过文学、艺术或者哲学的方式表现出来。因此，对于这样的天才来说，不受打扰地完全占有自身，以及自己的思想和作品，是最为迫切的需要。孤独是他热切欢迎的，闲暇则是至高的赐予，其他一切都是不必要的，甚至只能成为负担。

唯有这样的人我们才可以说，他的重心完全在于他的自身之中。这也解释了为何这类人——他们的数目极为稀少，不管有着多么良好的性格脾性，都不会对朋友、家庭和通常意义上的大众群体，表现出其他人所常有的那种极大的热情和强烈的兴趣。因为他们拥有自身的内在，所以哪怕失去其他外在的一切，也不会沮丧悲哀。因此，这就使他们的个性染上了一种孤独的特质；由于其他人从来不能真正让他们感到满足，所以这种孤独就显得越发明显。因此，他们无法视别人为自己的同类。而且，由于不断地感受到这种无处不在的巨大差异，他们也就慢慢地习惯了作为另类的人生活在人群当中。而且在称呼一般意义上的人类时，他们脑中想到的词是“他们”，而不是“我们”。

因此，我们可以得出这样的结论：大自然赐予了无比宝贵的精神财富的人，才是最幸福的。确实，主观世界要比客观世界与我们的关系密切得多。因为无论客观事物是什么，它所起的作用都是间接的、次要的，并且还必须要通过主观事物的媒介。卢奇安①曾经准确精妙地表达过：

> 真正的财富只能是属于灵魂的内在富有，
> 其他一切财宝所带来的烦恼远多于好处。

一个具有丰富内在的人对于外在的世界别无所求，除了与之性质相反的宁静和闲暇。他需要不受打扰的闲暇去发展和完善自己的精神才能，亦即去享受自己的内在财富。总之，他只想要在生命中的每一天、每一时刻，完全地成为自己。如果他注定要把自己的精神印记留给整个人类，那么，他就只有一种

---

① 卢奇安（Lucian，约120—180），公元2世纪时的希腊修辞学家、讽刺散文作家。

标准来衡量自己是否幸福——这就是，能否使自己的才能臻于完美并完成自己的杰作和使命。除此之外的一切事物都无足轻重。因此，每个时代的伟大人物都把宁静和闲暇视为最可宝贵的东西，赋予其和个人本身同等重要的价值。“幸福似乎寄寓于闲暇之中。”亚里士多德这样说道。第欧根尼·拉尔修[①]告诉我们：“苏格拉底称颂闲暇是我们所能拥有的最美好的东西。”所以，在《尼各马可伦理学》一书中，亚里士多德把献身于哲学的人生称为是最幸福的人生；或者，如他在《政治学》一书中所说：“能够自由发挥自己的才能——不管这种才能是什么，就是幸福。”歌德在《威廉·迈斯特》中的说法亦与此不谋而合：“对于一个生来富有天才并注定要使用这些天赋的人来说，能够自由地发挥这些天分就是他最大的幸福。”

但是不受打扰的安静和闲暇，远远不是人们所能普遍享有的共同命运，它甚至与人的本性是格格不入的。因为，寻常人的命运注定就是要终其一生努力为自己和家人谋得生存所必需的东西，他是拼搏和匮乏之子，而不是一个自由发挥才智的人。因此，对一般的人来说，闲暇很快就会被厌倦。如果没有任何幻想的、人为的目标，如各种游戏、消遣和爱好等来填充闲暇的时间，闲暇就会成为人们的痛苦和负担。正是由于这个原因，闲暇也是充满危险的，因为这句话说的很对：“当一个人无所事事的时候，是很难保持内心平静的。”另一方面，假若一个人的智力极大地超过了普通人的水平，也是反常的、不自然的。但是如果这样禀赋异常的人真的存在的话，那他就是一位幸福的人，而且他会热切地欢迎闲暇、十分地珍视闲暇——尽管这种闲暇对他人来说是一种负担和危害。因为，假若没有了闲暇，

① 第欧根尼·拉尔修（Diogenes Laertius，约公元200年—250年），罗马帝国时代的古希腊哲学史家。以希腊文写作，编有古希腊哲学史料《名哲言行录》。

他就会像套上缰绳的柏加索斯①一样，闷闷不乐。如果这两种特殊的反常情形——外在的宁静闲暇，内在的伟大智慧——碰巧在同一个人身上统一起来，那就是这个人的极大幸运。如果一个人的命运如此之好，他就可以过上一种更高的生活，一种避免了痛苦和无聊这两个对立的人生苦难源泉的生活，一种摆脱了生存的疼痛和挣扎的生活，并不再无力忍受闲暇（闲暇本身就是自在的生存）。只有通过这二者的相互抵消与中和，我们才能从人生的不幸和痛苦中得到解脱。

然而，在现实中，某些情形却与这种观点有所违背。因为，优异的才智禀赋意味着大脑神经活动的极度紧张和敏感，于是导致对任何形式的痛苦的感受性都大为增强。此外，这样的天赋意味着气质的执着热烈，思想理念的更加鲜明、完整，这些东西如影随形地伴随着超强的理智能力，使其拥有者产生相应程度的强烈情感，即使是寻常人认为很轻微的小事，他们也会表现出无比激烈的感情。于是，对于这样的人来说，这个世界上引发痛苦的事情就远远多于引发快乐的事情。最后，才智禀赋的极大丰富会使人疏远他人及他人的所作所为。因为一个人的自身内在越富有，他在别人那里能发现、得到的东西就越少；普通大众觉得兴趣盎然、引以为乐的种种事情，在他看来却是肤浅、乏味的。这里，那无处不在的补偿法则也许又在发挥着作用。人们经常听到、自己也常挂在嘴边的一个似乎不无道理的说法就是：头脑狭隘、简单的人实际上是最幸福的，尽管他的这一幸运并没有人会羡慕。对于这个问题，我不愿先入为主地阻碍读者自己的思考和判断，尤其是索福克勒斯②自己也对此

① 柏加索斯（Pegasus），希腊神话中有双翼的飞马，被其足踩过的地方会涌出泉水，诗人饮之可获得灵感。所以，柏加索斯是诗人灵感的象征。

② 索福克勒斯（Sophocles）古希腊剧作家，古希腊悲剧的代表人物之一。

表达过两种截然相反的意见。他说:“智慧对人的幸福来说是最重要的因素。”(《安提戈涅》)但在别的地方，他又宣称:“头脑简单的生活是最轻松愉快的。”(《埃阿斯》)写作《旧约全书》的哲人们在这个问题上是同样的自相矛盾：

> 愚人的生活比死亡还要糟糕。
>
> ——《圣经外传》

又

> 越有智慧，就越烦恼；知识越多，忧伤越多。
>
> ——《旧约·传道书》

不过，也许我还要提及这样的一类人：他们因为心智狭隘、智力平庸而没有精神思想的需求，从严格的意义上来说，只能称为“菲利斯人”(philistine，庸俗、无教养的人)——这是德语里的一种独特表达，源自于大学里的流行词汇。后来，这一词语通过类比的运用而有了更深一层的含义，虽然仍有着原来的意义，但更多的是指与“缪斯的孩子”一语相反的意思，即被文艺女神抛弃的人。然而，我宁愿从一个更高的角度，将“菲利斯人”这个词语用于指那些总是严肃认真地专注于那并非现实之现实的人。但这样的定义还只是一个先验、抽象的界说，并不能为大众所普遍理解，因此在这篇文章中似乎有点不太合适，因为本文的目的就是通俗易懂、从大众的视角出发。相比之下，另一种定义也许可以更加容易阐释，并且可以圆满详细地揭示出“菲利斯人”的特点和本质。这就是，将其定义为“没有精神需求的人”。由此可以得知，首先，对于他们的自身，

“菲利斯人”不能感受到任何精神的快乐，因为我们说过，“没有真正的需求就没有真正的快乐。”他们的生活不会因为任何获取知识、探索真知、追求真理的热切欲望，或者体验那种与知识、真理密切相关的真正的美的渴望，而充满生机、活力。如果这类快乐成为时尚，为上流社会普遍欢迎，“菲利斯人”觉得迫于权威和流行的压力必须要关注这些，那他们就会强迫自己这样做，但是却不能从中得到丝毫的乐趣。对他们来说，唯一真正的快乐就是感官的快乐，他们觉得只有感官的快乐才能弥补其他方面的损失。在这些人看来，牡蛎和香槟就是生存的最高享受。他们人生的主要目的就是获得所有能够使其在身体上舒适、安逸的东西。如果这些能给他们带来一些小小的不便和烦恼，那他们就确实觉得很快乐了。因为如果生活的奢侈豪华满布身边，他们就会不可避免地感到无聊。而为了对抗无聊，他们会想出各种各样的方法，舞会、社交、看戏、打牌、赌博、赛马、饮酒、恋爱、旅行等等，无所不用其极。但是所有这些，都无法使他们摆脱无聊，因为没有精神需求的地方，也就不可能产生精神的快乐。“菲利斯人”的独特个性就在于，他们呆滞麻木，干巴巴地严肃沉闷，就像动物一样。没有什么事情能够让他们高兴、激动或提起兴趣，因为感官的乐趣很快就会消失殆尽，他们的社交聚会也将立刻成为负担，到最后甚至连打牌都会觉得厌倦无聊。但不管怎样，虚荣心还是被保留了下来。他们以各自不同的方式享受着虚荣心带来的快乐：或者尽力在财富、地位、权力、影响力等方面胜人一筹，由此赢得别人的尊重和敬仰；或者，至少可以去追随那些拥有上述优势的人，以依赖别人身上反射的光辉来照耀自己——这就是英国人所称的“势利鬼”。

从“菲利斯人”的本质中可以引出第二点，即对于他人，因为他们没有任何的精神需求，而只有物质的需求，所以在与人交往中，他们会寻求那些能够满足自己的物质需求而非精神需求的人。他们最不希望从朋友那里得到的，就是任何形式的智慧能力和精神思想。甚至，如果恰巧遇到了别人拥有这些东西，他们心中就会激起强烈的反感乃至憎恶。之所以如此，原因很简单：除了令人不快的自卑感外，他们的内心深处还有着一种呆笨、愚蠢的嫉妒心，他们小心翼翼地努力把这种心态掩藏起来——即使对自己也是这样。不过，这种妒忌有时会变为某种隐秘的苦涩和积怨。但尽管如此，他们也绝不会使自己的价值观念符合卓越精神品质的标准。他们依然看重地位、财富、权势、力量，在他们眼中，这是世界上唯一真正优越的东西。他们的愿望就是尽量让自己拥有这些。所有这一切都是因为，他们是没有精神需求的人。“菲利斯人”的巨大痛苦就在于，他们无法从理想的世界中得到快乐。为了逃避无聊，他们不断地寻求现实的事物。但是现实性的东西要么不能令人满意，要么充满危险。当他们一旦对这些事物失去兴趣，就会疲惫不堪。相比而言，理想的世界则是无限永恒、平和宁静的，“远离了人世的悲哀”。

在这些关于什么样的个人品质能给人带来幸福的论述中，我关注的主要是人的体力和智力方面的素质。至于人的道德品质怎样对幸福产生直接、紧密的影响，请参阅我的获奖论文《论道德的基础》（第 22 节）。

人的所有

伊壁鸠鲁将人的需求分为三类，这位伟大的幸福论者所作的划分是正确而又精妙的。第一类是自然、迫切的需求。如果不能满足，就会产生痛苦——如衣物和食物，这些很容易满足的需要。第二类是虽然属于自然但并不那么迫切的需求，比如某些感官的满足。不过，我在这里要补充一下，在第欧根尼·拉尔修的记载中，伊壁鸠鲁并没有指明他所说的感官是哪些；所以在这一点上，我对他这个学说的阐述会表达得更清楚、详细。这类需求的满足就相对比较困难一些了。第三类是属于既非自然、又非迫切的需求，如豪华奢侈、铺张挥霍的需要，炫耀门楣、辉煌显赫的追求等。这类需求永无止境，要满足它们是非常困难的。

要对我们渴求财富的愿望设定一个合理的限度，如果不是不可能的，那也是相当困难的。因为让一个人觉得满足的财富的多少，并没有一个绝对的或者确定的数量。这个数量总是相对而言的，也就是说，恰好维持在一个人所期待的财富和他实际获得的财富二者之间一个合适的比例上。仅根据一个人实际获得的东西、忽略他所期望得到的东西来衡量他是否幸福，就犹如在计算分数时，只考虑分子而忘记了分母一样，是完全无效的。当一个人从来没有对某些东西产生需求的时候，他就完全感觉不到它们的欠缺。没有这些东西，他照样过得幸福快乐。但另一方面，就算一个人拥有百倍的财产，如果他想要得到某样东西而不能，也会感觉抑郁不乐。事实上，在这一方面，每个人都有自己的视线范围，并且希望在这个范围之内可以获得尽可能多的东西。如果出现在视野中的目标事物，在他看起来是确信能够得到的，他就会觉得快乐；反之，如果目标事物的获取困难重重，他就会觉得痛苦。所有在他视线范围之外的东西，都不会对他造成任何影响。正是因此，穷人并不会因为得不到万贯家财而激动不安；而富人如果有什么愿望落空的话，那他的所有财富都无法使自己得到安慰。有人说，财富犹如海水，喝得越多就越觉得口渴。名声也同样如此。当一个人失去了财富荣华之后，只要挺住了最初的剧痛，他的心境就会慢慢回复到从前的状态。因为，一旦命运减少了人们的财富，那他们就立刻相应地降低了自己的要求。在遭遇不幸时，要减少我们需求的数量确实是痛苦万分的；但当我们完成了这个过程之后，痛苦就会越来越少，直至最后感觉不到，就像已经愈合的伤口。相反，如果好运降临到我们的头上，我们的期望就会越来越高，以致最后无法约束。快乐就来自于这种期望膨胀的感觉。但是，这一欢乐并不能维持太久。当整个膨胀的过程结束以后，快乐的感觉也会烟消云散。因为我们已经习惯了不断扩大、增加欲求，于是对能满足目前需求的财富就不以为然。荷马在《奥德赛》中（第18卷）的一段话就揭示了这一真理，这里我引述其中的两行：

> 凡人的心绪会随着神和人的父亲的
> 赐予，随着时日的来去改动。

我们之所以感到不满，就是由于我们在不断努力地提高自己的需求，但同时，却无力增加能够满足这些需求的事物数量。

当我们考虑到人类有那么多的需求，人类的整个生存都建立在这些需求之上的时候，就不会再惊讶于财富如此受人尊崇，甚至比世界上任何别的东西都更荣耀的事实了。我们也不会再迷惑怀疑，为何盈利成为了人生的唯一目的，任何不能达至这一目的的事物都被抛到一边或弃之不顾——例如哲学，在研究、信奉它的人手中就落得了这样的下场。人们对金钱的渴望高于一切，热爱金钱胜于一切，为此常常受到指责。但是，对于人来说，喜欢金钱是自然而然乃至不可避免的。它就像是不知疲倦的普鲁特斯一样，时刻准备着把自己变成我们飘忽不定的愿望和各种各样的欲求所需要的一切物品。其余的物品一般来说只能满足一种愿望和需求，如食物只有在人饥饿时才是美好的，醇酒只有在人能够享受的时候才是醉人的；药物之于病人，皮裘之于寒冬，爱情之于青年等等，都是如此。这些事物的好处都只是相对的，唯有金钱才具有绝对的好处。因为金钱不只是能够满足某一方面的具体需要，而且能够满足抽象意义上的一切需要。

如果有人生来富贵、衣食无忧，那么，他就会将手中的财富作为能够抵御种种可能发生的灾难和不幸的堡垒，而不会把它当作自己可以在这个世界上任意寻欢作乐的保证，或者认为这样恣情纵欲、挥霍钱财是天经地义的。而那些生来并不富贵、依靠自己的某种天赋才能——不管是何种才能——获得巨大财富的人，几乎总是错误地把他们的天赋才能当作永久的资本，以为自己获得的钱财不过是这一资本的利息而已。他们不会将赢得财富的一部分固定下来成为长期的资本，而是尽其所有地随意花掉自己挣得的全部。因此，他们常常又陷入贫困。他们的收入不断下降，或完全消耗一空，原因或者是时过境迁，他们的天赋才能已枯竭、耗尽——例如，在从事艺术的人群中就常常发生这样的情形；或者是他们的才能只有在某种特殊的环境中才可以发挥作用，一旦环境改变，就失去效应。对于那些依靠自己双手的劳动来谋生的人来说，如果他们愿意的话，没有什么可以妨碍他们大手大脚地花钱。因为他们的技艺才能是不会轻易消失的，即使丢失了，也可以用自己工友的技艺来替代。并且，他们所从事的工作，是任何时代都需要的。所以，有句谚语说得千真万确："一技在身犹如金矿在手。"不过，对于各个领域内的艺术家和学者专家来说，情况则大不相同，这也是为何他们获取的报酬是如此丰厚。他们应该将挣来的钱财储存为资本，但是却轻率鲁莽地仅仅把其看作利息，结局就是走向倾家荡产。相比之下，继承了大笔财富的人至少可以认识区分何为资本、何为利息，而且，他们中的大多数都会尽力维护自己的资本，使其免受侵占、损失。甚至，如果条件允许，他们至少会把利息的八分之一储存起来以备将来的不时之需。因此，这其中的大多数人都保持了自己的地位，过得充裕、富足。不过，这里关于资本和利息的些许讨论并不适用于商人。因为商人只是把金钱作为进一步盈利的手段，就像工人使用手中的工具。所以，即使他们的钱财、资本完全是自己辛苦挣来的，他们还是会妥善利用，努力保存这笔财产并使其增值。因此，财富最适宜待的好地方就是商人阶层的家里。

一般来说，那些对匮乏和贫穷有过切身体会的人，相比那些仅仅听说过贫困的人，会更加不那么害怕贫困，因此更容易倾向于奢侈浪费。事实上，那些出身富贵、成长环境良好的人，通常会比那些因为某种好运而突然从贫穷走向富贵的人，对未来更加慎重认真，过日子更加节俭小心。这样看来，贫穷似乎并不是真的像我们从远处觉得的那样糟糕。不过，真正的原因也许是来源于这样的事实：那些生来富有的人会把财富视为生活中不可或缺的东西，没有了它，他就像失去了空气一样无法生存。这样的人保护自己的钱财，如同保卫自己的生命般小心翼翼。所以，他通常喜欢过着有条不紊、稳健谨慎、勤俭节约的生活。但是那些生而贫困的人，则会把贫困视为一件十分自然的事情，如果偶因机遇发了大财，他会认为这样得到的财富只是一种多余的累赘，需要尽快将其享受或者挥霍掉。因为，如果钱财花光耗尽，他仍然可以像从前一样过得很好；而且，还少了一样烦恼。这就像莎士比亚所说的那样：

> 这句俗语一定可以获得印证：
> 乞丐骑马，马不累死不下马。
>
> ——《亨利六世》第一幕，第四场

但应该指出，这种人都有一个极其坚定和过分执着的信念——一部分是对命运，一部分是对帮助他们脱离贫困境地的特殊的能力或手段。这个信念不仅存在于他们的脑海里，而且还深深地扎根于他们的内心中。所以，他们不会像生来富裕的人那样，把贫困看作无底的深渊，而是认为，一旦他们用力蹬上几脚、重新触到地面，就可以再次浮上水面、振奋光彩；他们就以这种想法来自我安慰。正是人性的这一特征，解释了为何出身贫穷的女子，比那些为夫家带来丰厚嫁妆的女子，常常贪心更大、欲求更多，更加容易奢侈、铺张。因为一般而论，富家女子不仅带来了丰厚的财产，而且比贫家女子更多了一种极为热切的、得之于遗传天性的保护财产的愿望。如若有谁怀疑这一观点的真实性，认为事实恰恰与此相反，那么，他尽可以在阿里奥斯托的第一篇讽刺诗里找到支持他论点的权威说法。但另一方面，约翰逊博士则赞同我的意见。他说：“一个生而富有的女子，已习惯于处理钱财，因而会理智审慎地花钱。但一个在婚后才首次获得掌控钱财机会的女子，如此热衷于花费金钱，因而会大肆挥霍地扔掉钱财。”① 不管怎样，我要奉劝那些娶了贫穷女子为妻的先生们，不要将资产留给她们，而只让她们领取利息，而且要尤其注意不能让她们掌管孩子的财产。

在这里，我提醒人们要小心保护自己辛苦挣来或继承得来的财产，我相信无论如何，这不是一个不值一提的话题。因为，如果一个人一开始就有足够的资产来生活，那他就可以保持独立，即不必辛苦地工作就能过上舒适的生活——即使他的财产只能保障自己的生活而不能满足全家人的需要——也是一个无与伦比的优势。因为这意味着他可以免除人生无尽的贫乏之苦——穷困潦倒像瘟疫一样纠缠着人的一生，而且可以从被迫操劳的苦役中解放出来——这是每个凡夫俗子所不可避免的天然命运。只有得到命运如此的青睐和眷顾，一个人才能说是生而自由的，才能真正成为自己时间和力量的主人，才能在每一个早晨都可以说："今天是属于我的。"也正是由于这个原因，一个年收入一百万英镑的人与一个年收入一千万英镑的人之间的差距，和一个年收入一百万英镑的人与一个一无所有的人之间的差距相比，几乎可以小到忽略不计。不过，如果是一位具有极高的精神禀赋和思想天分的人继承了祖传的家产，且他所执着追求的生活与谋求钱财毫不搭边，那么这份遗产就能发挥出它最大的价值。因为此时，他就拥有了命运的双重馈赠，可以完全为自己的天赋而活。他可以取得别人所无法取得的成就，他可以创造出为世界增添光彩、为人类赢得荣耀的伟大作品。这样，他就以百倍的价值来偿还了自己对世人所欠的债务。而

①《约翰逊博士传》，鲍斯威尔著。1776 年出版。约翰逊博士（1709—1784），英国诗人、评论家、传记作者、散文家和辞典编纂者，是十八世纪中后期英国文坛执牛耳者。

拥有同样优越条件的其他人，则可能会选择用自己的财产去从事慈善事业，为世人做出一点贡献，从而有资格赢得大家的尊崇和敬意。但是，如果一个生来富有的人，不曾做过上述的任何事情，甚至也完全不想去做这些事情，而且从来没有尝试过要去学习某一门学科的知识、以支持和促进这一学科的发展，那么，他就是一个纯粹的无所事事者，一个懒惰、可耻的虚度光阴者。这样的人不会感到幸福，因为，对他来说，免除了需求匮乏之苦只会将他引入人类痛苦的另一个极端——无聊。无聊的致命之苦折磨着他，令其难以忍受。假如贫困缺乏能让他有事可做，那么他的生活也许可以过得更好一些。而因为无聊、烦闷，他就很容易走向豪华奢侈、挥霍浪费，于是他本不值得享有的优越条件便就此丢失。无数的有钱人发现自己最后沦入贫困的境地，原因就在于，他们在富有的时候大肆挥霍，他们花钱只不过为了从压迫自己的无聊感觉中获得片刻的解脱。

不过，如果一个人的目标是在政治上取得成功，那就是另外一回事了。因为在政治生涯中，最重要的是要获得别人的好感、能够支持自己的朋友和各种社会关系，以便依靠他们的帮助一步步登上晋升的阶梯，甚至升到最高的职位。对于梦想这种生活的人来说，身无分文地被丢弃到这个世上来反而更好。如果这个胸怀抱负、志向高远的人不是出生于高贵显赫之家，而只是一个拥有某些天分、才能的人，那么绝对的一无所有、穷困潦倒反而会更加有助于提高他的优势。因为所有的人在平常与人相处时，最喜欢的就是显露出自己的优越高贵、胜于他人，在政治生涯中尤其如此。而只有一个完全一文不名的穷光蛋，才会对自己在各个方面绝对、彻底、明显、客观的劣势深信不疑，对自己的无足轻重、毫无价值、低贱渺小深信不疑，因此才能不声不响地在政治舞台上获得一席之位。只有他才能够不停地向人弯腰致意，甚至在必要的时候完全鞠躬到九十度以至于看不到他的脸；只有他才能够默默地忍受一切，微笑着面对一切；只有他才清楚地认识到功德荣誉的毫无价值；唯有他在不得不与那些高处于自己头上或拥有地位影响的人交谈或通信时，高声大气，鲁莽冒失；倘若这些人随便涂抹了几笔，他就会立即大加称赞，将这拙劣的文字鼓吹为妙笔杰作；唯有他才懂得如何摇尾乞怜。因此，在很早的时候，即在刚刚走出少年进入青年时期的时候，他就已成为通晓这一隐秘真理的最高人物，是歌德将这一不为人知的真理揭示了出来：

> 抱怨卑鄙和下流是毫无用处的。
> 因为无论人们说什么，
> 都是它们统治了这个世界。

相比之下，那些生来衣食无忧的人，一般来说都是思想独立、难以管束。他习惯于高昂头颅，阔步前行，不曾学会上述卑躬屈膝者为人处世的艺术。或许他拥有某些引以为傲的天赋才能，但他也应该知道，这些才能与谄媚、庸俗的处世之道完全无法匹敌。随着时间的流逝，他终究会明白那些身居比自己更高位置的人是多么庸俗低劣；当他们试图侮辱、冒犯他时，他就会变得执拗倔强，感到羞愧难当。但生存在这个世界上，这并不是一个好办法。这样的人应该奉行那句伏尔泰自由勇敢表达的话："我们在这世上的时日不多，不值得浪费时间去取悦那些卑劣庸俗的流氓。"但是，唉！令人遗憾的是，"卑劣庸俗的流氓"这个词竟然可以适用于世上的很多人。尤维纳利斯[1]曾

① 尤维纳利斯（Juvenal，约 60—127），古罗马最后一位也是最有影响的一位讽刺诗人。

说过:“如果贫穷大于天分，那么德行和才华是很难展现出来的。”看来，这句话更适合追求艺术、文学的人，而不适合热衷于政治、社交的人。

这里，我并没有把妻室儿女包括在一个人所拥有的财产之中。因为，与其说他拥有妻子儿女，还不如说是他们拥有他。朋友也许更容易被划归在一个人的所有物之中。但是，一个人的朋友属于他，他也同样属于自己的朋友，二者完全是相等的。

论天才

没有任何等级、地位和出身方面的差异，能大过两种完全不同的用脑方式之间的巨大鸿沟。这鸿沟如天堑一般划分开了两类人：其一是数以百万的芸芸众生，他们运用自己的头脑只是为了填饱肚腹，换句话说，只是将其作为意志的一种工具。其二就是那些数目很少、极其罕见的人，他们有勇气说："不！头脑远远不只是为了那些的。我的头脑只为它自己服务，它要努力探求这个世界奇妙多姿、变化万千的各种景观，然后以某种形式将其再现出来——不管是以艺术的形式还是文学的形式，只要能符合我作为一个个体的独特性格。"这才是世上真正的贵族。其他人只是成天与土地打交道的农奴，也即土地的附属物。当然，我在这里所指的那些人不仅仅有勇气、无所畏惧，而且还富有感召力，因而也更具正义感，以此能够命令头脑不屈从于意志。而其结果也将会证明，这一牺牲是值得的。而对于那些只能部分运用这些能力的人，他们与天才的差距不是那么宏大。尽管他们的天资不高，但只要它是真实的，在他们与那些芸芸众生之间，就仍然存在着一条严格鲜明的分界线。

一个民族的艺术、文学与哲学著作，是其才华横溢的天才智慧的成果。

正确理解的话，天才与常人之间的关系或许可以这样最好地表达：天才具有双重的智慧，一种是为自己存在的并服务于他自己的意志；一种是为了世界而存在的，由于对世界纯粹客观的态度，他就成为了世界的一面镜子。天才所创造出的艺术、文学或哲学作品，也完全是这种沉思冥想态度的成果与精华，只是根据一定的技术规则阐述出来。

与此相反，常人只有一种单一的智慧，与天才的客观才智相比，可以称之为主观的才智。无论这种主观的才智如何敏锐，无论它有着多少种不同程度的完美形式，也绝不能与天才的双重才智相比拟。正如用胸腔发音时人的声调，不管有多高，在本质上也不同于运用假声的美声音调。这也像是长笛的高八度音与小提琴的和声一样，产生于同一曲调系列，而这一曲调中间被一个音节隔开，从而划分出了两个振动的音部。而胸腔发音时人的声调与长笛的低八度音，却产生于一个未被分割的曲调系列，这一曲调是作为一个整体而振动发音的。这个说明也许可以帮助读者更好地理解天才异于常人的明确特征，这种特征不仅明白无误地刻印在天才的作品中，甚至还显露在他为大自然所天赐的面相中。与此同时显而易见的是，天才的这种双重智慧通常也会阻碍在意志方面的作用发挥，这就解释了为何天才常常成为日常生活中的无能儿。而天才最不同凡响的特性就是，他丝毫没有单一智慧的普通人身上的那种性情的冷静克制，不管这种冷静克制是敏锐鲜明的，还是迟钝晦暗的。

人的大脑也许可以比作一种寄生物，它作为人体的一部分而得到滋养，但对人体的内部需求却不直接贡献什么。它安全地栖居在人体的最高层，在那儿过着自足独立的生活。同样，我们也可以说，一个人天生拥有巨大的精神禀赋，使他除了人类所共有的个体生活之外，还可以过另一种生活，即纯粹理智的生活。他不倦地致力于真正的系统知识和深刻洞察力的不断增强、修正和扩展，而非单纯学识上的增加；并且完全不为凌驾于他个人之上的命运所动，只要它不影响扰乱他专注地工作。

这样一种生活可以升华一个人，把他提升到高于命运及其变迁的位置。一个人不停地思考、学习、体验、实践他的知识，就会很快将这第二种生活当作生存的主要模式，将他单纯的个体生活作为附属的东西，只用于推进比它自身更高的生存目标的实现。

为这种自在独立、无视外物的生存方式提供了典范的，就是歌德。在法国的香槟省战争期间，处身于营房喧嚣吵闹的包围之中，他却在为自己的色彩理论做着观察。在那次战争无数的灾难中，只要一有机会获得回到卢森堡要塞短暂休息的时间，他就立刻拾起《色彩理论》手稿的撰写。歌德是我们这些作为万物灵长的人们要努力追寻学习的榜样，在追求理智生活的过程中，永远不要让任何东西扰乱我们的心灵，无论世界上会有多少暴雨雷霆侵扰、搅乱我们宁静的个人小环境，要牢记我们是自由的儿子，而不是它的女奴。因此，我提议用这样的一棵树作为我们人类的标志和徽章：尽管要经受狂风骤雨的猛烈摇撼，但仍然在每一根枝桠上挂满了鲜红的硕果。正如格言所说，“风愈围之，果愈熟之”，或“风摇树动，果实累累”。

个体的这种纯粹理智的生活，在整个人类中也有其对应的存在。因为在那里，真正的生活就是“意志”的生活，不管是经验意义方面还是先验意义方面的“意志”。人类纯粹的理智生活在于借助科学努力地增加知识，并渴望使艺术更加完美。于是，科学和艺术就这样一代代地缓慢发展，随着世纪的流转而逐渐成长，每一个民族都在这个历程中做出过自己的贡献。这种理智的生活如同上天的恩赐，环绕在世界的运动和变化之中；或者像一种甜美芬芳的香气，源源不断地产生于芳香素——即由意志主导的人类现实生活的本身。并且伴随着各民族历史以及哲学历史的发展，科学和艺术以一种纯朴的、和平的方式稳步发展。

毫无疑问，天才与常人的差别是一种量的差别——就其差异的程度而言。但我更倾向于把它视为一种质的差别，因为事实上，常人的心智虽然也有某些个体上的差异，但在思考的时候仍然有雷同的趋向。因此，一旦在相似的情形下，他们的思想会立即选取相同的方向，并沿着同样的一条线路奔跑。这就说明了为什么他们的判断总是一致的，而且这种一致并不是建立在真理的基础上的。这种情况如此严重，以至于人类在任何时候所获得的某种基本观点，总是在不断地被重复或重新提出，而各个时代的伟大天才都在公开地或隐秘地与他们对立。

天才是这样的人，他们脑中呈现出来的世界，正如镜中所反映出来的物体，但要比常人脑中所获得的映像清楚得多、明确得多。正是从天才那里，人类才有可能寻找到最为重要的启示与教导。因为对重要事物的深邃洞察力的获得，不是通过对事物细节的注意和观察，而是通过把事物作为一个整体来近距离地仔细研究。而且，如果他的思想趋于成熟的话，那他所给予的教导将会在不同的时刻以不同的方式来传达。所以，天才也许可以这样来定义：他们对普遍事物拥有一种非常突出的清晰意识，因此也对与其对立的自我有着清醒的认识。

世界敬重这样的天才，他不仅独赋异禀，而且热切渴望能学习、获得关于人生及其真正本质的某些知识。但是要想诞生一个天才，必须要有几种极其有利、适宜的外部环境与条件的完美结合，而这种情形是非常罕见的。因此，我们可以说，只是偶尔的甚至是一个世纪才有一次，诞生出一位这样的天才：他的才智如此突出地超越了正常人的衡量标准，以至于达到了那种似乎是偶然的、超乎意志关系之外的第二种能力的水平。由于愚昧和嫉妒的妨碍，他也许长时间得不到认同和赞赏。但是一旦越过了这些阻碍，人类就会众星捧月般围绕在天才和他的作品身边，希冀着他能够照亮他们生命中的某些黑暗无助，或者启迪他们对生命的认知。在某种程度上，他的训诫就是一种启示，而他本人就是一个更高级别的存在，即使他也许只是稍稍超越了普通的标准。

和普通人一样，天才也主要是为自己而活的。这是他本性的重要组成部分，而且这种情形是不可避免也无法改变的，即他为别人所做的事只是出于偶然，对他来说只是次要的。因此，人们只能从天才身上得到他思想的影像，只有当他与他们在一起并乐意向他们传授自己的思想时，他们才能得到他真正的思想。否则，他们所得到的只是一种异域移栽的植物，生长缓慢，孱弱不堪。

要得到新颖独创、罕见非凡甚至永传不朽的伟大思想，让自己与万物繁多的世界完全隔离开一会儿就足够了，这时那些最寻常的物体和事件也会呈现出相当新鲜、陌生的模样。在这种方式下，事物的真实本性就得以显露出来。或许，这里所说的要求并不是很难做到，但却绝非我们这些普通人的能力所及，这只是属于天才的领域。

天才自身并不能创造出真正新颖独到的思想，正如女人不能仅凭自身就生出孩子一样。天才丰硕思想的诞生，必需要有外在环境的孕育，正如孩子必需要有自己的父亲。

天才处身于常人之中，正如红玉包藏在宝石之中：前者发散出自身的光芒，后者只能反射他们接收到的光芒。天才与普通人的关系也可以这样来描述：一个是自力发电体，一个仅仅是电的传导体。

单纯的学者，倾尽其毕生的精力传授他所学到的知识，这样的人严格来讲并不能称之为天才，正如导电体并不是发电体一样。不仅如此，天才比之于单纯的学者，犹如一首歌曲中的歌词与曲调。一个博学的人是学习了很多知识的人；而一个天才，是我们从他那儿学到很多东西他却不向任何人学习的人。因此伟大的天才，在上亿人当中也难觅到一个，他们是照耀人心的灯塔。没有了他们，人类就会在布满可怕的险象和迷惑的无边苦海中迷失自己。

所以，单纯的博学之人，在其严格的意义上来说，只是一个普通的教授，比如说——他仰视天才就像我们瞄准一只野兔，这只野兔在它死后被烹饪一番是很好吃的。只要它还活着，就只能瞄准它。

那些想要赢得同时代人的赞赏之情的人，就必须调整自己的步伐以适应他们。但是，伟大的东西从来不会通过这种方式产生出来的。要想创造出伟大功业的人，就必须把自己的目光投注在后代人身上，并以坚定不移的信心来精心完善自己的大作，为了将来的后代子孙。毫无疑问，这样的结果可能就是他会一直不为同时代人所知，就像一个被迫在孤岛上孑然一身度过自己一生的人，竭尽全力在那里为自己建造一座纪念碑，以向未来的航海者传达他曾存在过的讯息。如果他觉得这种命运太过坎坷艰辛，那么让他想想普通人的生活境况，应该就会得到安慰。那些仅仅为了现实功用的目标而生存的常人，也常常遭受这样的命运，并且没有任何可以得到精神慰藉的希望。他也许处于安逸舒适的生活条件下，穷其一生的精力从事物质生产、赚钱、购物、建造、耕耘、规划、创立、安置、完善等等事务，以不懈的热情每日辛劳，并时刻想着是在为自己而辛勤工作，但最终，还是他的子孙后代得到这所有的基业，甚至有时并不是他的后辈得到这些。天才的命运同样如此。他当然也希望得到回报和荣耀；但到最后，才发现自己的辛劳只是为了造福后代。可以肯定，后代在物质和精神这两方面都从自己的祖先那里继承了大量的财富。

我刚才所提到的属于天才特权的精神慰藉，并不是在于他人，而是在于自身。瞬间的思想可以穿越几个世纪的喧嚣让人听到它的回声，还有什么比这更具真实意义上的存在呢？或许，对于天才而言，最好的事情莫过于不受骚扰、宁静地保持自身，在生命的每一天安心享受自己的思想和作品带来的愉悦之情，并只把世界作为自己永恒存在的继承人。然后，在他死后，世界才会发现他存在的标记，就像发现远古化石的标本一样。

天才的超越常人之处，并非只存在于他最高能力的活动之中。一个异常健壮结实、柔韧敏捷、轻快灵活的人，在任何运动中都将表现得格外轻松自在，甚至舒适愉悦，因为他可以从自己特别擅长的运动中获得直接的乐趣，因而就常常不自觉地练习它。进一步说，如果他是一名杂技演员或者舞蹈演员，那么他不仅能够做出其他人难以完成的飞跃动作，而且还能在那些常人也可以完成的简单动作——甚至只是普通的行走中，体现出非同寻常的灵活性和敏捷性。同样，一个才智卓越非凡的人，不仅能够创造出别人永远无法完成的思想和作品——并非只有在这方面才能展现出他的天才与伟大，而且对于他来说，知识和思想形成了一种极为轻松自然的活动模式，他可以始终沉浸在其中自得其乐，因而也就能够在理解那些常人能力范围内的小事件时，领会得更加轻松、迅速、准确。天才能够在任何一门知识的进步、任何一个难题的解决、任何一种机智的思想中，获得一种直接、生动的快乐欣喜，不管这些成果是他自己还是别人取得的。所以，除了永不停息的活动之外，天才的心中没有其他的目标。这是幸福快乐的不绝源泉；而那围绕在普通人身边的无聊厌倦的幽灵，是永远不会靠近天才的。

所以，过去的和现在的天才人物的杰作，完全只是为天才自己而存在的。如果把天才的一部伟大作品推荐给一个头脑简单的凡夫俗子来读，他的感觉如同一个饱受中风之苦的患者受邀观赏一场球赛一样，毫无乐趣可言。一个是出于礼节才勉强去看，一个是为了不被人视为落后无知才去阅读。因为，拉布吕耶尔的这句话是相当正确的：“对于一个愚笨的人而言，世界上所有的智慧都失去了它们的意义。”一位才智超群的人或一位天才的全部思想范围，与普通人的思想范围相比——即使所指向的对象是根本相同的，就像一幅光辉明亮、充满生命力的油画，与一幅只具有大概轮廓或粗陋草图的水彩画相比一样。

所有这些都是对天才的一部分回报，以补偿他在世界上的孤独存在之苦，他与这个世界格格不入，也毫无共鸣或赞赏之情。但是由于大小、高低都是相对的，所以不管我说恺撒是一个伟大的人，还是说恺撒不得不生活在悲惨可怜的小人物中间，结果都是一样的：因为布罗卜丁奈格和利立浦特（《格列佛游记》中的大人国和小人国）的区别只是从格列佛的出发点来说的。一位写下不朽著作的天才作家，无论他在后人心目中是多么伟大、多么值得尊敬、多么富有教益，但在他的有生之年，在他的同时代人心中，却显得那么渺小、可悲、寡淡无趣。这就是我以下要表达的意思：一座塔，从底层到塔顶是三百层，那么从顶层到塔底也正好是三百层。因此，天才也许应该感谢那些小人物的恩惠，因为正是由于这些小人物的衬托，他们才显得那么伟大。

由此，当我们发现天才通常都是孤僻厌世、与人不和的时候，就不必感到大惊小怪了。我们不能责备他们缺乏社交能力。他们在这个世界上所走的道路，犹如一个人在阳光明媚的夏日清晨随意的散步。他全神贯注地、满怀欣喜地凝视着大自然的清新美丽和勃勃生机，但是他只能完全从大自然中获得愉悦，因为在这里他找不到可以交流的人，除了躬身于土地劳作耕耘的农夫之外。因此常常发生这样的情形，一个伟大的心灵更喜欢独白，而不是与世人的对话。如果他偶尔屈尊于和凡夫俗子的谈话，那么谈话中的空虚乏味很可能立即将他拽回自己的独白中。因为他常常忘记对话者的存在，或者毫不在意谈话对象能否听懂他所说的话，他对别人的谈话，如同一个孩子在和自己的布娃娃讲话。

一个伟大心灵的谦逊虚心，毫无疑问，会让全世界感到高兴喜悦。但不幸的是，这是一种术语上的自相矛盾。因为，这将迫使天才为了迎合无数庸人的所好，而放弃自己的思想和观点，甚至方法与风格，将世人思想的价值置于自己思想的价值之上；而且，尽管他们之间的差距甚大，他还要将自己的观念与世人的观念调和起来，甚至完全压抑自己的思想，让别人占领这个领域。然而，在这种情况下，他要么是创造不出来任何东西，要么是他所取得的成就仅仅与世人的在同一个水平上。但是，真正伟大、非凡的杰作，只有当它的作者完全不理会同时代人的方法、思想和观念，安静专一地做自己的工作，将他们的批评置于脑后，也不屑于他们所称赞的对象的时候，才能取得。没有这样的傲慢或自负，任何人都是不可能成为伟人、天才的。就算他的人生和作品降落在一个没有人承认或赏识的时代，至少他对自己是真实的；就像某些高贵的旅客，被迫在一个破旧凄凉的小客店里度过漫漫长夜，然而当黑夜逝去、清晨来临，他又可以欣然、安心地去走自己的路了。

一位诗人或哲学家，如果他的时代允许他在自己的小天地里不受干扰地从事创作，那他就不应该对这个时代有何不满。同样，如果这个小天地足以使他履行自己的天职，而无需为其他人担忧，那他也不应该抱怨自己的命运。

大脑只是用来填饱肚子的一个工具，这几乎是所有不是靠双手劳作吃饭的人的共同命运，而且他们似乎对这种命运还相当满意。但这对于一个伟大的天才来说，却让他感到深深的绝望，因为他的智力远远超出了仅为意志服务的程度。并且，如果必要的话，他宁愿生活在最为狭窄简陋的环境中，只要它们能让他随意地利用自己的时间来开发、应用他的才能；也就是说，如果它们能给他最为珍贵无价的闲暇、自由。

对于普通人来说，情形就非如此了：他们似乎觉得闲暇本身是毫无价值的，甚至还是有害的。我们这个时代已达到前所未有的完美程度的技术工作，生产出了不断增加和花样繁多的奢侈用品，为命运的宠儿们提供了两种不同的选择：一边是拥有更多的闲暇和文化的生活，一边是豪华奢侈、活动众多的优越生活。普通人顺从自己的天性，选择了后者，他们喜爱香槟甚于自由。而且，他们坚持自己的选择。因为，对他们而言，不是为意志目的服务的一切心智上的劳苦，都是愚蠢的。他们将仅仅为自己的智力劳动，看作是一种古怪的行为。因此，他们坚持追寻意志的目标，与坚持满足口腹之欲，就是同一的。并且他们坚信，意志是世界的重点与核心。

但是一般来说，现实中很少有这样非此即彼的选择。譬如金钱，大多数人都没有什么结余，只是刚好能满足其生活所需。对于智力来说也是如此，他们所拥有的只是足够用来服务于意志，亦即足够维持他们的生计。由于天性所使，他们仅仅满足于对感官愉悦或孩子般幼稚娱乐的惊奇或沉迷，诸如玩纸牌和掷骰子等；或者，他们会以最枯燥乏味的方式来谈天、穿衣打扮或互相吹捧。哪怕是智力稍微有一点富余的人，都是那么地稀少！智力稍高的这些人与其他人一样，也寻求一种快乐，但这却是一种智慧的快乐。他们或者追求某种毫无功利目的的自由研究，或者致力于某种艺术的实践。通常情况下，他们可以对事物产生一种客观的兴趣，所以能够与这些事物进行对话。但对于其他人来说，最好不要与这些事物建立起什么关系。因为，除非他们是在讲述自己的经验，或介绍自己从事的工作，或至少是谈论他们从别人身上学到的某些东西，否则，他们的谈话将完全不值得一听。而且，如果要告诉他们些什么，他们将很难正确地把握或理解这些东西，并在大多数情况下与他们自己的观点也截然相反。格雷西安形象地将这类人描述为“不成为人的人”，布鲁诺也说过同样的话:“真正的人与那些仅仅按其形象和模样制造出来的东西相比，差别是多么巨大!”这句话与《库拉尔》中的论述真是惊人地吻合:“普通人看起来像是人，但我从来没见到过像他们这样的人。”如果读者能想到这些观念在思想甚至表达上的一致程度，以及这些作者在时代和国别之间的迥然相异，他就不能怀疑这些话所说的都是同一个生活事实。大约二十年前，那时还没有受到这些论述的影响，我一直想得到一个鼻烟盒，盒盖上绘有两个精致的栗子的那种，如果可能的话栗子最好是镶嵌上去的；旁边还要放一片树叶，以显示这栗子是七叶树上的果实。这一象征所代表的思想在我脑海中不断地闪现。假若有人希望找到某种乐趣，以赶跑他在孤独一人时的寂寞哀愁，那就让我向他推荐以狗为伴吧。狗的道德品性和智力素质，几乎足以给他带来欢乐和满足了。

但是，我们应该始终小心谨慎以避免不公。我常常为我的狗的聪明伶俐感到惊讶，又时而为它的愚笨不灵无比诧异。对于人类，我也有同样的感受。他们的无能、兽性和完全缺乏明辨力，无数次地使我愤慨异常、怒气冲天，以至于我不得不回想起一句古老的怨言:“愚蠢是人类的母亲和保姆。”但在另外的时候，我又常常为人类这样一个种族竟然能够创造出如此众多的科学和艺术杰作，为生活增添了如此丰富多姿的美丽和意义，而深感震惊，即使创造这些的永远都只是一小部分人。而且，这些科学和艺术成果已深深地扎下了根，并不断地充实完善自己：通过几千年不断地印制和珍藏他们的作品，人类持久忠贞地保守着荷马、柏拉图、贺拉斯以及其他伟大人物的影像，以使他们免于被人遗忘，尽管世界上曾发生了那么多的罪恶不幸和残酷暴行。这就证明了人类是懂得珍惜这些天才及其巨作的崇高价值的，同时也能够形成一种正确的观念来对待那些非凡的成就，或形成对判断能力和才智能力的正确估计。当这些发生在属于绝大多数的普通众人身上时，就是一件非常鼓舞人心的事。有时普通大众自身也会产生某种正确的观点，但这只有在他们的赞扬之声完全达到一致的时候才有可能。这就像是未经训练的嗓音发出的声音，当某个地方充满了足够多的这类声音时，也就显得十分和谐了。

那些从大众中脱颖而出、被称为天才的人，他们独自成为整个人类的精华与标识。他们所取得的成就，是其他人无法可及的。他们的独创性是如此地高超伟大，以至于不仅他们与常人的差别是如此突出，而且他们的个性也表现出如此强大的力量——历史上所有天才中的每一个，都曾经显示出性格和心灵的超凡特色。所以唯有他的作品，才能作为敬献给这个世界的礼物。正是由此，才使阿里奥斯托的比喻这样正确并为人广泛赞同："自然之神在为一个人标下天才的印记之后，就把模具给毁了。"

然而，人的能力总是有限的。没有人可以成为一名伟大的天才，如果他完全没有某些明显的弱点，这些弱点甚至是智力上的不足与缺憾。换句话说，在天才身上，也可能会有某些方面的能力还不如中等禀赋的普通人。如果这种能力是很重要的，就很可能变成一种阻碍，影响他擅长的才能的发挥。至于这个弱点是什么，永远很难明确地界定——即使在某种确定的情形下。也许间接地来表达，会更好一些。譬如，柏拉图的弱点正是亚里士多德的强项，康德的不足之处恰是歌德擅长的地方；反之亦然。

如今，人类总是喜欢崇拜某种东西。但这种崇拜通常都是指向了错误的对象，这种错误的崇拜一直延续，直到将来后人把它纠正过来。但是那些受过教育的公众，对天才荣誉的崇拜是很难纠正过来的，正如原本对宗教圣人的真诚爱戴，很容易沦为对圣人遗迹或文物的简单、盲目的崇拜。成千上万的基督徒虔诚地崇拜一个圣人先知的遗迹文物，却对他的生平和学说一无所知；而数以千计的佛教徒则更加狂热地崇拜佛齿及诸如此类的东西，例如盛放佛齿的器皿，或圣碗，或佛的化石足迹，或佛陀栽种的圣树，等等，却没有这样的热情去透彻了解佛教精深广博的知识，或忠实地践行佛陀的训诫。彼特拉克的故居在阿奎尔，塔索所设想的监狱在费拉拉，莎士比亚的故居和座椅在斯特拉特福，歌德的旧居和家具在魏玛，还有康德的旧帽子，伟人的亲笔签名等等，许多从未读过这些天才的作品的人，却对这些东西兴趣盎然、惊奇不已、心存敬畏。除了目瞪口呆，他们什么都不能做。

这些人中的聪明理智者，被另一种东西所感动，即他们希望能亲眼见到伟人曾习惯使用的物品。而通过一种奇怪的幻觉，这些物品会让他们产生一种错误的观念，以为他们借由这些物品而把伟人带了回来，或至少他的某些东西一定还存留在这些物品上面。类似于这些人的是另外一种人，他们极其热切努力地想使自已熟悉某位诗人作品中的内容，或者揭露澄清诗人生活中的个人背景和事件——这些背景和事件对理解他作品中的某些章节是有所启发的。这就好像是剧院中的观众，因为欣赏某一精美的场景，而冲到舞台上去观看支撑这一美景的脚手架。在我们这个时代，有很多这种批判的研究者的例子，他们充分证明了这一说法的真实正确性：人类感兴趣的，不是作品的形式——即它的论述形式，而是在于它实际的内容。他们关注的只是作品的主题。阅读一位哲学家的传记，而不研究他的思想，就如同忽略一幅画的本身的美丽，而只关注于画框的样式，争论它雕刻得是好是坏，以及如果给它镀上金粉的话要花多少钱等琐屑事情。

这些还都不算差。然而，还有另外一种人，他们的兴趣也是针对于作品的素材和作者的个人因素，但他们走得太远，以至于他们所有的努力都变得毫无意义、徒劳无功。因为一个伟人向人们敞开了他内心深处的宝库，而且尽最大努力地发挥他的才智能力，从而创造出了那些不仅可以使我们提升思想、启迪心智，而且还将惠及后世数十代人的伟大作品。因为伟人向人类馈赠了一份无与伦比的礼物，所以那些流氓无赖们才自以为是地胡乱评价他的个人品质，并试图在这里或那里寻找到伟人身上的污点，以抚慰自己灵魂的痛苦——因为看到天才是如此地伟大卓越，他们心中就深切地感觉到自己的毫无价值与贫乏空虚，而且这种感觉完全压倒了他们。

这就是那些冗长啰嗦的讨论的真正来源。这些讨论存在于数不清的书籍与评论中，存在于歌德生平的道德问题中，如争论他是否应该和这个或那个在他年轻时陷入情网的女孩结婚成家；或者，是否如果不是忠实地效力于自己的导师，歌德就不会成为人民中的一员、成为一位伟大的爱国者，值得在圣保罗教堂占有一席之位，如此等等。这种肆意的忘恩负义和恶毒诽谤证明了那些自我认定的审判官，只不过是道德上的无赖流氓，正如他们被公认是理智上的恶棍骗子一样。

一个有才能的人会努力寻求钱财和名誉，但是激励天才去创作自己伟大作品的源泉，并不是简单的为了成名。财富、名声和荣耀，都不是他想要的回报。只有一个法国人才正确地指出：荣耀是这样一种不确定的东西，如果你近距离地观看它，它就几乎毫无价值了。此外，它与你做出的努力从来不成正比，“付出与回报总是不平等的。”而且，它也不能给你带来真正的快乐。因为你所为之奋斗的东西，价值远远超过了这些。激励天才创作的源泉或许可以说是一种奇特的本能，这种本能驱策天才去为他所见所感的事物赋予一种永恒的形式，而完全意识不到其他更进一步的动机。大体来说，天才工作的必然性，正类似于果树结实的必然性：无需任何外在的条件，只要有支撑它茁壮成长的大地就足够了。

更深一层地观察，对于天才来说，作为整个人类精神的生存意志，在某些很罕见的短暂时间内，他可以更清晰地意识到、觉察到它，这时他就想努力抓住它，或至少得到它的成果——将其创作出来，为了天才这一个体在内在本性上也属于它的整个人类。因此，从天才身上发散出来的光芒，将可以刺穿芸芸众生意识中的黑暗和愚昧，照亮他们的人生之路。

出于这种方式，这一本能驱使天才去尽力完成他的作品，丝毫不考虑能否获得回报、掌声或同情；并将所有关于他自身利益的事情置之度外，将他的生活变为独自一人的勤勉奋斗，将其才智发挥到最高的限度。所以，天才考虑更多的是后代人，而非当代人。因为，后者只会让他误入迷途，前者才是未来人类的生力军，时间会逐渐带来那些能够赏识他的、眼光敏锐洞察深刻的精英。同时，天才就像歌德笔下描述过的艺术家一样，没有王侯贵族的守护者赞赏他的才华，也没有朋友与他共享欢乐：

君王奖我以才华，
朋友惠我以欢乐，
可惜这些我都错过。

天才的作品在某种程度上可以说，是一个神圣的目标和他生命的真正果实，他要将此贮藏起来留给更明辨的后人的目标，使这作品成为人类的宝贵财富。这一目标远远超越了其他所有的目标，为此，他忍痛戴着布满荆棘的草环，而这草环终有一天会绽放成美丽的月桂花环。他所有的精力都倾注在努力完成并捍卫自己的作品中，就像一只昆虫，在生命的最后时刻，拼尽全身力气保护它刚诞下的幼卵，尽管它再也不能看着它们成长。它把这些虫卵放在一个安全的地方——清楚地知道在这里那些小家伙可以获得生命和养料，然后就安心地死去。

论名誉

由于人性一种奇特的弱点，人们总是过于看重别人对自己的看法。尽管稍加思考就可明白，无论别人的看法怎样，对我们的幸福都并不重要。因此，很难理解为何每个人在看到别人给他好评或听到别人奉承他虚荣心的恭维话时，都会感到那么高兴。如果你轻抚一只猫，它就会满足地喵呜几声；同样，当你称赞一个人的时候，他脸上便会洋溢出甜蜜愉悦的微笑。而且，如果别人的赞美恰好是他引以为傲的地方，那么即使这种称赞明显地虚伪不实，也会让他异常欢喜。即使一个人遭遇莫大的不幸，即使他的生活中毫无幸福可言，但只要有别人的鼓掌和赞赏，他就会得到安慰。反之，令人惊讶的是，如果他的自尊心受到伤害——无论这种伤害的性质、程度、情形怎样，或者是被人贬低轻视、冷漠怠慢，他就必然会感到烦恼忧伤，甚至有时候还陷入深深的痛苦之中。

如果名誉感是建立在这种特殊的人性之上的话，那它就可以作为道德的替代品，对很多人的幸福产生积极的影响。但对于人们的幸福而言，尤其对与幸福密切相联的心灵的宁静和独立而言，这种名誉感起到的反而是扰乱与损害的作用，而非有益的效果。因此，对我们来说，这样做是十分明智的：即限制这一人性的弱点，正确恰当地考虑、评估它的真正价值，从而尽量降低我们对别人看法的敏感程度，不管这种看法是满足我们虚荣心的谄媚逢迎，还是引起我们痛苦的伤害批评，因为二者触及的是同一种感情。否则，人们就变成了他人意见的奴隶，于是要想扰乱或抚慰一个渴求赞美的心灵就很容易：

使一个渴求赞美的人闷闷不乐或兴高采烈的话语，
是多么的无足轻重！

——贺拉斯《书信集》

因此，假若我们可以适当地衡量比较自己本身的价值和自己在他人眼中的价值，这对我们的幸福将是大有裨益的。我们自身的价值包括了我们生存时间内所有的一切，亦即包括了前两章在人的自身与财产中所讨论过的所有好处；而发生在这个范围内的一切都存在于人们的自我意识之中。但是，我们在别人眼中的价值只是他人意识的结果，它是我们在别人眼中的影像以及由此而激起的想法①。但是这些东西对我们来说并不是直接的存在，而只能间接地影响我们——只要别人对我们的行为是依此而来；尽管如此，它也只有在能促使我们修正自身及自己的目的时，才可以影响我们。除此之外，别人意识中的一切对我们来说都是无关紧要的。一旦我们发现大多数人的思想是多么肤浅平庸，观念是多么狭隘偏窄，情操是多么卑劣低下，见解是多么颠倒偏颇，而且又是如何地错误百出；一旦我们从经验中得知一个人如果不需要惧怕某人，或认为自己的话不会传到他的耳中，就会肆意诋毁他时，我们就可以真正地对别人的评论漠然视之了。而且，假若我们有机会看到，古往今来最伟大的人物是如何被一群傻瓜轻蔑议论的时候，就会明白，太

① 请容许我在此插入一句，那些处于社会最高阶层，极尽奢华、铺张、炫耀、壮丽的人们也许会说：我们的幸福完全在于自身之外，而只存在于别人的头脑中。——原注

过看重别人的看法无疑是在抬高他们了。

不管怎样，如果一个人不能从他的自身和所拥有的财富这两种赐福中获得幸福之源，而只能从第三种方式中寻找，即不是从真正的自我而是从别人眼中的他是怎样的来寻求幸福，那他的处境就非常糟糕。因为，毕竟，我们存在的基础（因此也是我们幸福的基础），乃是我们的个体，幸福最重要的因素是健康，其次是保持独立和免于生活忧虑的能力。这些关键性的因素，是荣誉、显耀、地位、名声等——虽然我们给予它们很高的价值——所无可比拟更无法取代的。必要的话，每个人都会毫不犹豫地放弃后者而保全前者。我们的幸福会大有增加，倘若我们能够及时地认识到这一朴素的真理：每个人首要的和真实的存在是在自己的个体身上，而非在别人的看法、意见中。所以，我们个人生活的现实状况——健康、性情、能力、收入、妻子、孩子、朋友、家庭等，对于我们的幸福来说，要比别人对我们随心所欲的看法重要千百倍。如果认识不到这一点，我们的生活就会很不幸。假若有人坚信荣誉要比生命本身更可贵，那他的真正意思就是说：人的生存和安乐与别人的意见比起来是微不足道的。当然，这只是以一种夸张的方式来说明这一简单的道理，即假若我们要在这个世上安身立命、稳步前行，名誉——也就是他人对我们的看法，是不可或缺的。关于这点，容我回头再谈。当我们看到，人们穷尽一生，不遗余力，历尽千辛万苦和无数的艰难险阻的奋力追求，最终的目标不过是抬高别人对自己的评价；当我们看到，不仅官位、头衔、勋章，而且财富，甚至知识和艺术等这些人们拼命追求的对象，其最高目标也只是为了获得别人的更多敬意，是不是深切地感受到，这是向我们展示人类的愚蠢已达到多么严重程度的可悲的证据？过于重视别人的看法，是人类的通病。这一错误也许是植根于人类的本性自身，也许是文明和社会发展的结果。但是，不管其源头为何，它对我们的一切行为产生了极大的影响，而且对我们的幸福十分有害。在很多地方都可以看到这一点，从顾忌别人怎么说的胆怯畏惧，到使维琪涅斯[①]亲手将匕首插刺入女儿胸膛的那种情感，或诱使许多人为了身后的荣誉而不惜牺牲自己的安宁、财富、健康乃至生命本身的思想。毫无疑问，这种情感是那些要控制同伴的人手中的一个便利工具。因此，我们发现，在所有培养人性的方法中，维护并加强荣誉感的做法占据了十分重要的地位。但是它对幸福的影响，则是另外一回事，而幸福才是我们这里所讨论的目标。所以，我要奉劝大家，不要过多地在乎别人对自己的看法。然而，日常经验告诉我们，这正是人们一直在犯的错误。大多数人把别人对自己的看法当作最重要的事，他们关注别人的意见远甚于关注自己内心的想法，虽然后者是他们最直接地感受到的东西。他们颠倒了自然秩序，将别人的看法当作真实的存在，而把自己的意识看作模糊的影像。他们把次要的、派生的东西放在首要的位置，以为别人眼中自己的形象比自己本身更为重要。他们试图从一个并不直接真正存在的事物里得到一个直接真实的结果，于是就陷入了“虚荣”——这个词语恰当地形容了那种没有坚实的内在价值的心理和行为——的愚蠢之中。这样的人就像守财奴，热切地追求手段而忘了自己原来的目的。

事实上，我们对他人意见的重视以及为此而做出的不懈努力，与我们期望的合理结果完全不相平衡。所以，这种对他人态度的关注，也许可以看作是一种普遍流行的、每个人天生就遗传下来的疯狂。在我们做任何事情的时候，首先考虑的几乎

① 维琪涅斯（Virginius），公元前五世纪时的罗马平民。其女维琪妮娅为执政者克劳狄厄斯设计所陷而被奸污，维琪涅斯不忍视其忍辱偷生的痛苦，亲手将其杀死。

就是别人会怎么说，而我们生活中近半数的烦恼与困扰都是来自于我们在这方面的忧虑。这种焦虑植根于自尊心之中，而我们的自尊心因其近乎病态的敏感，极易受到伤害。对别人看法的关心忧虑，构成了我们的虚荣心、矫揉造作，以及炫耀卖弄、狂妄自大的基础。没有了它，现存的奢侈狂放将会大为减少。各种形式的荣誉、骄傲，无论其类别和范围有何不同，本质上都是对别人看法的焦虑，——这使人们付出了多大的牺牲啊！我们甚至在小孩身上都可以看到这一点；尽管这种焦虑在人生的每一阶段都有存在，但却随着年龄的增长而逐渐增强，到老年时最为强烈。因为到了晚年，人们享受感官乐趣的能力会大为削弱，只剩下虚荣和骄傲贪婪地分享它们的地盘了。法国人身上的虚荣骄傲最为明显，在法国人中这是一种普遍流行的心态，有时甚至会表现为最荒唐的野心，或最可笑的民族虚荣心和最不知羞耻的自吹自擂。不过，他们这样的做法阻碍了自己目的的实现，并因此受到别人的嘲笑，被称为“妄自尊大的民族”。

为了仔细说明这种过度重视他人看法的情形，我们可以看一下 1846 年 3 月 31 日《泰晤士报》上的一则消息。这则消息详细描述了对学徒托马斯·韦克斯执行死刑的过程，他出于报复的目的而谋杀了自己的师傅。这里的环境和人物性格都非常特殊、反常，但二者的结合却恰恰突出地展示了深深植根于人性的愚蠢，并让我们清晰地意识到它将达到多么严重的地步。报道说:“在执行死刑的那天早上，牧师很早就来到他的跟前。但是韦克斯举止异常安静，对牧师的布道毫无兴趣，只是急于要在那些将目睹他结束自己不光彩的一生的观众面前表现出勇敢的样子……韦克斯欣然快捷地走入队列中自己的位置，就像走进教堂一样，并且高声讲道——足以让旁边的几个人清楚听到：‘现在，就像多德博士所说的，我很快就要知道那个伟大的秘密了！’在上绞刑架时，这个可怜的家伙无需任何人的丝毫协助，独自登上了绞刑架的踏板，当他走到中心位置的时候，向观众鞠了两躬，台下围观的人群立即发出了雷鸣般的呼声。”

这真是一个绝妙的例子。当形式最为可怕的死亡近在眼前、之后就是漫漫无涯的永恒的时候，一个人竟然什么都不想，而只关心他留在一群无知的围观者心中的印象，以及他死后观众对他的看法。几乎同样的事情也发生在勒康普特身上，他因为企图刺杀国王而于1846年在法兰克福被处以死刑。在审讯中，他因不被允许穿着体面地出现在上议院而恼火不已；在行刑的那天，他更因为不能刮胡修面而分外悲伤。并不是在近代才有这样的事情发生。马特奥·阿莱曼在他著名的传奇小说《古斯曼·德·阿尔法拉切》的序言中告诉我们，很多执迷不悟的罪犯，在生命的最后时刻不是为灵魂祷告忏悔——这正是他们应该做的，而是忽略了这一责任，忙着准备、背诵一篇在绞刑架下要做的演讲。

我拿这些极端的例子作为我的观点的最好说明，因为它们可以让我们看到自己的本性放大后的影像。在大多数的情况下，我们所有的忧虑、困扰、烦恼、苦闷，以及无边愁海、万分努力，都是由于别人的看法而产生。在这方面，我们正如那些可怜的罪犯一样愚蠢。嫉妒和仇恨也往往出于类似的原因。

显然，幸福主要在于心灵的平静和满足，因此获得幸福的最好方法，莫过于将人性中的这种本能冲动减低到合理的范围之内——也许到只是现在的五十分之一的程度。只有这样，才能把这不断引起我们疼痛的荆刺彻底拔出来。但这是一个极其困难的工作，因为这种冲动是人性本身自然的、与生俱来的反常。塔西陀说："对名声的欲望是智者最难摆脱的。"[①] 终止这种普遍的愚蠢行为的唯一方法，就是清楚地意识到它是愚蠢的。要做到这一点，必须认识到这样的现实：人们头脑中大多数的意见和观点都是错误颠倒、荒谬夸张的，因此根本不值得关注；此外，在生活的大多数场景和事务中，别人的意见对我们很少有真正的、积极的影响。而且，这种意见通常都是有害的，如果一个人听到所有关于他的议论，或者别人谈论他时的语气和声调，一定会忧虑至死的。最后，我们也要清楚地明白，与其它事物相比，荣誉本身并没有真正直接的价值，而只有间接的价值。如果人们都能够超越这一普遍的愚蠢行为，那我们心灵的宁静和欢乐就会增加到现在难以想象的程度；人们也会更加坚定、自信地面对世界和生活，行为举止会更加自然，而不是拘谨不安。可以看到，幽静的生活方式对我们心灵的宁静平和大有益处，主要原因就在于我们不用再时时刻刻活在别人的眼光之下，不必再长久地担忧别人对自己这样那样随意的看法；一句话，就是我们能够回归自我了。与此同时，大量的不幸之事也可以避免，这些不幸是因为我们现在只知努力追求现实的阴影——确切的说是沉迷于别人不怀好意的愚蠢看法中而导致的。因此，我们应该更多地关注那些真实存在的事物，安静地、不受干扰地享受它们。但是，"好事多磨"，值得的事情总是难以做到的。

---

① 塔西陀《历史》，第 4 卷，第 6 章。——原注

论名声

名声和荣誉是一对孪生兄弟，就像双子星座的卡斯特和波鲁克斯①一样，一个是终究会死的，一个是永生不朽的。名声是不朽的哥哥，而荣誉是短暂的兄弟。当然，我所指的是最高级别、名副其实的名声。因为名声有许多种，有的只是昙花一现，极为短暂。荣誉关乎的素质是每个人在相似的情况下都会表现出来的，而名声关乎的素质则是无法求之于所有人的。荣誉是人们可以自封的，而名声则只能是别人赋予的。荣誉可以到达那些了解我们的人的那里，而名声则传得更远，其所到之处就会让人认识我们。每个人都能求得荣誉，但只有极少数人才能获得名声，因为只有那些做出非凡成就的人才能拥有它。

这些成就包括两种，一是行动（立功），一是作品（立言）。因此，名声的获取有两条开放的路径。要建立功业，主要需要一颗伟大的心灵；要著书立说，则需要一个卓越的头脑。这两种途径各有利弊，它们之间的主要差别在于功业是转瞬即逝的，著作则可以永远留存。即使最高尚的事功也只能影响一时，而天才的作品则具有永久鲜活的影响力，在任何时代都能给人教益、启人心灵。功业留下来的只有记忆，而且这种记忆会随着

① 卡斯特和波鲁克斯（Castor and Pollux），双子座中两颗最亮的星。在希腊神话中，卡斯特和波鲁克斯是同母异父的孪生兄弟（母亲是斯巴达国王丁达雷的王妃丽达），哥哥波鲁克斯的父亲是天神宙斯，因此是神，具有永恒的生命；弟弟卡斯特的父亲是斯巴达国王，因此只是凡人，终会死亡。

时间的流逝而逐渐淡化、模糊——与我们已无多大关联，直到最后完全消失；除非有历史记载它、保存它，把它凝成化石传给后世。而作品本身就是不朽的，一旦被写下来，就可以永远流传。对于亚历山大大帝，我们只知道他的名字和履历。而柏拉图、亚里士多德、荷马、贺拉斯则仍然活着，在今天仍然直接产生着影响，如同他们生前一样。《吠陀经》以及他们的《奥义书》，也依然和我们在一起；但当时的一切丰功伟绩却早已消逝得没有一丝痕迹了①。

行为业绩还有一个不足之处，就是它们需要依赖机遇才可能获得成功。因此，事功赢得的名声并不完全是来自于它们自身的内在价值，而且还来自于那些碰巧赐予它们重要性和光彩荣耀的情势机缘。同样，如果事功的名声纯粹是个人化的（例如在战争中），就要取决于少数目击者的证明；但这些证人并不总是存在的，就算存在，也并不都是公正无私、毫无偏见的。不过，事功的这一缺点也可以被它的优势所补偿，其优点就是它具有现实性，在普通人理解能力的范围之内。所以，一旦功业的事实得到了正确的报道，正义的判断也会随之而来；除非

---

① 因此，将一部作品冠以伟大功绩的名誉虽然有时是一种流行的做法，但实际上却是一种糟糕的恭维。因为作品在其本质上就是高于事功的。功业总是建立在动机的基础上，因此就是残缺不全、匆匆即逝的，它事实上是意志的一部分，而意志是世界法则中最普遍、最原始的要素。但是，一部优美伟大的作品则是永恒的，因为它具有普遍的意义，并且源自于智慧之力，就像一缕芳香升华起来，超脱于这个意志世界的谬误和愚昧。

当然，伟大功业的名声也有其优势，这就是它在开始的时候通常都是声势浩大，而且是如此浩大以至于全欧洲都能听到这种声响。相反，伟大作品的名声则是逐渐、缓慢地到来的。开始它的声音非常微弱，但是逐渐增长，直到最后（也许是百年之后），达到它最显赫的气势，然后就这样保持上千年，因为作品是永存的。但是事功的名声，当其最初的雷鸣之声结束之后，声音就会逐渐减弱，能够听到的人会越来越少，直到最后随功业本身一起消逝，只在历史的书页上留下朦胧的身影。——原注

对功业行为的动机没有正确的认识和了解。不明了背后的动机，就无法真正地理解任何行为业绩。

作品则恰好与此相反。它们的产生并不是依赖机遇，而是完全取决于作者本人；不管他们人品怎样、目的为何，他们都会随着作品的存在而存在。不过，要正确地评判这些作品却很困难，而且作品的级别越高，难度就越大。伟大的作品常常没有人能够理解，不带偏见、诚实正直的批评家也很缺乏。然而，作品的名声并不是仅仅取决于一个人的评判，而是可以提出上诉、换成他人来评断。正如我说过的，行为功绩传给后人的只有记忆，然后就只能成为传统的历史了。但是，除非有某些章节的缺失，作品流传下来的就是它们自身，如同它们开始出现时的面目一样。因此，事实就没有歪曲的余地，而任何原本对它们有所误解、偏见的情形，也会随着时间的流逝而消失。不仅如此，通常只有经过漫长的时光之后，人们才真正有能力正确地判断这些作品——卓越的人评价卓越的作品，继而分别给出有价值的意见，这些意见综合起来就会形成完全公正的鉴赏。虽然有时候需要数百年的时间才能产生这种公正的评判，但此后无论时光如何转换，它也不会被推翻。一部伟大作品的名声，就是这样的势所必然、牢不可破。

作者能否在有生之年看到自己名声的到来，要看外在的情势和运气如何。他们的作品越是崇高伟大，他们生前享有名声的机会就越小。赛涅卡有一句无比精妙的话语：名声跟随功德如同影子追随身形，忽而在前，忽而在后。然后他接着说道："虽然嫉妒让同时代的人一致沉默，但终有一天，会有人不带恶意或恭维地公正评价它的价值。"从这些话中，我们可以明显地看到，甚至在赛涅卡的时代，已有一些流氓无赖十分懂得如何压制有价值事物的艺术了：他们恶意地保持沉默，无视优秀作品的存在，并对公众隐藏它们，以利于那些低俗拙劣作品的流行。这种艺术在今天依然盛行，不管当时还是现在，它都以一种嫉妒的沉默来表现自己。

一般来说，一个人的名声越持久，它的到来就越缓慢，因为优秀的作品需要时间来发展、成熟。流芳于后世的名声如同橡树，只能慢慢地生长；那些短暂一时的名声，就像是一年生的草木，很快凋零；而虚假的名声则像是菌类植物，雨后春笋般瞬间而发，却如昙花一现转眼而逝。

为什么会这样呢？原因就在于：一个人越是属于后世，亦即属于普遍的人类，就越易为他的同时代人所不容。因为他的作品并不是为他们而写的，而是为整个人类所写的。他的作品中没有能够吸引他们的熟悉的地方色彩，他所做的一切，对他们来说都是陌生的，因此不能被他们认同。人们更欣赏那些仅描述自己短暂一生中的环境或者当下时刻的气息，属于这个时代、生于斯死于斯的人。

文学和艺术的通史告诉我们，人类精神文明的最高成就，在一开始都是不受欢迎的；直到它们获得智慧超群的天才的注意，才能摆脱这种默默无闻的状况。借助天才的影响力，以及天才赋予它们的权威，它们就取得了永久保持的地位。

如果要深究原因，我们就会发现：最终，人们只能真正理解和欣赏那些与其本性相近的事物。乏味的人喜欢枯燥的东西，平庸的人喜欢庸俗的东西，思维混乱的人对模糊不清的东西有兴趣，没有头脑的人被愚蠢荒唐所吸引。但最重要的是，一个人肯定喜爱自己的作品，因为作品的特色与其本人的品性是完全统一的。这是一个古老的真理，犹如传说中的埃庇卡摩斯[①]的

---

① 埃庇卡摩斯（Epicharmus；前540年—前450年），希腊戏剧作家、哲学家，对西西里、多里安的戏剧影响甚大。现代人对他的认识主要源于《苏达辞书》和阿特纳奥斯、第欧根尼·拉尔修的作品。

话一样古老：

假若有人孤芳自赏、自我满足，
我们绝不应该感到惊讶。
因为对于狗来说，
世界上最美好的生物莫过于狗；
而牛、猪、驴子，
当然也认为自己的同类最美丽。

即使最强壮的手臂，也无法将轻如鸿毛的东西推出多远。因为它仅靠接受到的一点外力，自己却没有任何力量作为动力，所以不能有效地加速并奋力冲击目标，只能很快地坠落地面。同样，伟大崇高的思想、天才的非凡杰作，如果只有一些卑微、懦弱、乖僻邪恶的人来欣赏，也会遭遇同样的情形——各个时代的智者都曾为此而悲叹。例如，约瑟之子耶稣曾说："给一个愚人讲故事，就像跟一个正睡着的人讲话一样。当故事讲完了，他会问：你说的是什么啊？"① 哈姆莱特也说："俏皮话在蠢人的耳朵里总是枉然的。"② 歌德也有同样的看法：

最明智的话语，
被蠢人听了也会遭到嘲笑。

又

假若人们对你的话呆滞无言，

①《圣经外传》，第22章，第8节。——原注
②《哈姆莱特》第4幕，第2场。——原注

也请不要灰心丧气。
要知道石头扔进沼泽地，
是不会激起涟漪的。

利希滕贝格问道：“当一个人的头脑和一本书发生了碰撞，只听到空洞的闷响，难道这空响总是由于书本吗?”他又说：“书籍就像一面镜子，如果是一个蠢驴来照镜子，你就不能期望从里面看到圣徒。”我们应该牢记老盖勒精妙动人的哀叹：

最好的礼物很少有人欣赏，
大多数人都把优、劣混淆颠倒。
这是一种人们已司空见惯、无法阻止的不幸，
如同一种无医可治的瘟疫。
也许只有一个方法可以补救，却又无比困难：
即愚蠢的人都变得聪明起来，
——但这是他们绝不可能做到的。
他们从不懂得事物的价值，
只知用眼而不用心观看万物。
他们称赞微不足道的东西，
因为不知道什么是好的。

由于智力的缺失，再加上人类普遍存在的道德劣根性——比如嫉妒，于是就产生了像歌德所说的情形：人们无力认识和欣赏真正优秀的东西。一个人赢得了新的名声，他的地位就高出于众人之上，那些人就相应地变得卑微渺小了。因此，所有显著非凡的功勋都是以牺牲其他人的毫无名声为代价的。正如歌德在其《西东胡床集》中所说：“赞美他人的同时也在贬抑自

己。”于是，我们看到，无论是多么优秀杰出的事物，一旦露面，就会受到无数庸人的攻击。他们联合起来反对它、抵制它，如果可能的话，就压倒它、消灭它。这一联盟的通行口令就是“打倒卓越和功绩”，甚至那些已经做出某些成就、享有一定名声的人，也不愿看到其他人再获得新的名声，因为新的名声很容易令他们丧失光彩。所以，歌德宣称：

如果我一再踌躇，
为别人的话而瞻前顾后，
那就无法活在这个世上了。
正如你所看到的，
那些人趾高气扬的神态，
就是为了炫耀自己，
藐视、忽略他人的存在。

相反，荣誉则一般都能得到人们公正的评判，也不会受到嫉妒的诋毁和攻击。不仅如此，荣誉是每个人都生来享有的，除非有不良的行为证明他不能拥有。但是名声必须要经过与嫉妒的抗争才能赢得，而且授予人们桂冠的裁判庭，都是由那些从一开始就对申请人带有偏见的不公正的审判员组成的。荣誉是我们愿意随时与别人分享的东西，名声则易受到侵犯，追随它的人越多，它就越是高不可及。此外，通过某些作品获得名声的难度与可能阅读这本书的人数成反比。因此，撰写学术著作的人要想成名，比仅仅为了人们消遣娱乐而写作的人要困难的多。而最困难的就是撰写哲学作品，因为它们的目标太过深远模糊，有些晦涩难懂，而且从功利的现实主义来看，又毫无用处。对它们感兴趣的读者，只能是那些自身也在从事哲学领域的研究的人。

所以，显然，从我刚才所说的赢得名声的难度来看，那些并不是出于对自己专业的热爱或在追求理想时得到的愉悦，只是因为野心的驱动才拼命苦干的人，是很少甚至绝不可能给人类留下不朽著作的。想要创作出真正优秀卓越的作品的人，必须要避免那些低俗的东西，时刻准备好反抗、抵制群氓大众的意见，鄙视他们领导者的错误言论。因此，这句话是非常正确的（尤其被奥索里亚斯所坚持）："名声总是回避那些追求它的人，却追逐那些躲避它的人。"这是因为前者只一味迎合同时代人的口味，后者却无视这些，坚守自我。

虽然名声的获取十分艰难，但对它的维护却很容易。这里，名声与荣誉又是截然对立的。荣誉是每个人都生来拥有的，不必费力去谋取，只需小心维护、谨防丢失就行了。但这是很困难的！因为一旦有一次不光彩的行为，你的荣誉就无可挽回地消失了。而相比之下，真正的名声却永不磨灭，因为赢得它的行为或作品是永远不会被消除的。而且名声会钟情于它的作者，即使他不再有新的佳作诞生。如果名声消散了、失去了，那就说明它是虚假的、不是名副其实的，它的获得只是由于人们暂时高估了一个人的作品。更不要说黑格尔所喜爱的那种名声了，利希滕贝格对此有过描述："由一群慕名而来的无知大学生的大肆宣扬，得到了一些空虚脑袋的响亮回应，这样的名声会让后人发笑的。因为它只是一座怪异可笑的言语大厦，一个鸟儿早已飞走的漂亮的窝巢；当后人敲开这座流俗因袭的腐朽建筑物的大门时，会发现里面一无所有，完全是空的！——甚至连一丝吸引路人进入的思想痕迹都没有。"

实际上，名声只不过意味着一个人与他人的比较而已。因此，名声本质上就是相对而言的，只具有间接的价值。因为当别人成为著名人士之后，自己的名声就相应消失了。一个人只有在任何情况下都能拥有的——这里即他自身直接拥有的东西，才具有绝对的价值。高尚的心灵和伟大的头脑，而不仅仅是名声，才是值得拥有的，也是有利于我们的幸福的。不是名声，而是藉以获得名声的东西，才是我们应该推崇的。的确，这才是真正的本质的东西，名声只是偶然意外的东西，它主要是作为一种外在的象征影响个人，使他更加坚定对自己的想法和评价。没有能够反射光线的物体，光就是看不见的；没有名声的沸沸扬扬，天才也得不到承认和肯定。但是名声并不能完全代表美德功勋，因为你也许只有功绩而没有名声，或者相反。正如莱辛巧妙地说过："有些人获得名声，有些人则应当获得名声。"

如果一个人是否有价值只能取决于别人眼中的看法，那这样的生存无疑是可悲的。但这就是一个英雄或天才的人生——假若他的价值只在于名声，亦即赢得整个世界的喝彩的话。但其实，所有的人都是独立地依靠自己而生存，所以，也主要是为自己而活。他是什么，他整个的生存方式如何，才是最重要的东西。如果他在自身方面缺乏价值，那在其他方面也同样没有价值。别人对他的评价和看法只是次要的、枝节的东西，受制于生命的偶然机运，最终只能对其产生极其间接的影响。此外，他人的头脑对自己真正的幸福而言，只是一个悲惨恶劣的栖身之所，也许在这里可以找到虚幻的幸福，但绝不能找到真正的幸福。

在世界名人的殿堂里，居住着怎样鱼龙混杂的各色人等啊：将军、大臣、江湖医生、杂耍艺人、舞者、歌手、百万富翁、犹太人！在这里，更真诚的赏识和由衷的敬意，赐予了这样的一些卓越突出者，而不是给予高度杰出的才智——哪怕是更高一级的才智，因为后者只能得到大多数人口头上的承认。

从人类幸福的角度来看，名声只是一种喂养人们虚荣和骄傲之心的稀有可口的美味佳肴，这种贪欲虽然被小心地隐藏起来，但在每个人身上都非常强烈地存在着，尤其是那些决心不惜任何代价要成名的人，最为明显。这样的人在获得机会证明自己的价值和让别人认可他们之前，一般要经过漫长时间和不确定性时机的等待。此时，他们会觉得自己遭受了不为人知的、不公正的对待[①]。

但是，正如我在本章开头所说的，人们对别人意见的重视程度，是完全不合理的、与其自身价值不相称的。霍布斯对此有极为强烈的看法，无疑，他是完全正确的。他说："当我们在与别人比较，并认为自己更优秀时，精神的愉悦和心中的狂喜之情就会油然而生。因此，我们可以很容易地理解，人们为什么如此看重名声，哪怕有一丝一毫的希望，也会不惜任何代价得到它。

名声（这高尚心灵的最后弱点）
使纯洁的灵魂蔑视快乐，
过着辛劳艰苦的日子。

——弥尔顿《列西达斯》

又

名声的骄傲殿堂在远处闪闪发光，

① 我们最大的快乐在于获得别人的赞赏和尊敬。但是，即使别人有充分的理由来欣赏我们，他们这种感情的表达也是姗姗来迟的。因此，不管怎样，都由衷地欣赏自己的人——只要别人能让他独处，才是最幸福的。——原注

要攀上它的顶峰是多么艰难！

因此，我们就可以明白，为什么最虚荣的人们总是把“荣耀”挂在嘴边，并绝对地相信它是激励伟大功业和不朽著作产生的促进因素。但无可争议的是，名声只是次要的东西，它不过是功绩的回响和反映，或者影像和表征。而且，在任何情况下，获得赞赏的事物要比赞赏本身更有价值。事实上，让人得到幸福的不是名声，而是为他带来名声的东西，即他的功绩，或者更确切地说，是他藉以获得功绩的素质和能力，无论这些素质和能力是道德方面还是智力方面的。一个人本性的最好方面，对他自己必定要比对别人更加重要：对它的反映，即别人头脑中的看法，对他的影响是极其次要的。那些应该赢得名声却未获得名声的人，实际上拥有幸福的最重要的因素，这足以安慰他在其他方面的损失了。我们真正赞赏的，不是由许多无知盲目、混乱迷惑的大众所捧出来的伟人，而是那些真正伟大的人。他的幸福并不在于被后人知晓、传颂，而在于他创造了值得万世珍藏、研读的伟大思想。

如果一个人做到了这一点，那他就拥有了某种别人不可剥夺的东西。而且，不同于名声，这种拥有完全取决于他自己。如果赢得赞赏是他的主要目的，那他就没有什么可称赞的了。而虚假的、名不副实的名声就是这样，因为它的获得者并不具有赢得名声的坚实基础，即名声这一外在象征所代表的实质性的东西。徒有虚名的人经常会对自己感到不满。因为虽然幻想可以让他自尊自爱，但总有一天，他会在自己并不适应的高峰感到头晕目眩，或者觉得自己是个伪造的赝品。他因害怕被人揭露真相、名声受辱而万分痛苦——因为他已在智者的额头上读出了后世的判决，就像一个靠伪造遗嘱而骗取了财产的人一样惶惶不可终日。

真正的名声，即死后才得到的名声，是从来不会为它的接受者所知晓的，但他仍然是个幸福的人。他的幸福不仅在于他拥有赢得名声的伟大品质，而且在于他有机会发展这些品质，有闲暇时间做他喜欢的事，献身于他所热爱、所倾心追求的事业。只有从心底里喜爱的工作，才能获得荣誉的桂冠。

是心灵的伟大和智慧的富足才使一个人觉得快乐幸福，例如，一旦他的智慧在作品上留下印记，就会受到将来无数代人的敬仰。曾使他幸福的思想，也会万年流芳，成为后世心灵高尚的人们永久的研究素材和快乐来源。身后名声的价值在于它的实至名归，这是它应该得到的回报。注定要赢得名声的作品，能否在作者生前获得名声，要看机遇、运气，但这并不是很重要。因为一般的人都没有自我评判力，更完全没有能力欣赏一部伟大作品的艰辛之处。人们总是受到权威的影响而左右摇摆，因而广泛传播的名声，有百分之九十九的人仅是由于信仰而认同它的。所以，如果一个人是明智的，而他在生前就闻名遐迩、广为人知，那他就不会太看重这个名声，因为这只不过是少数几个声音的回响而已，而这几个声音也只是由于某天恰巧遇到了欣赏他的人。

如果一位音乐家知道，他的观众几乎全是聋子，他们为了掩饰自己的缺陷，一旦看到有一两个人鼓掌就立即使劲拍手回应，那他还会为观众的热烈掌声而高兴激动吗？如果他知道，这一两个带头鼓掌的人，经常受贿为最蹩脚的演奏者制造最响亮的喝彩时，又会说什么呢？

由此就可以很容易明白，何以同时代人的赞赏很少能够转化为身后的名声。达朗贝尔对文学声誉的殿堂有过极好的描述："这座神圣的殿堂里住着很多死去的人，他们生前在这里毫无地位；另外还住有少数活着的人，但他们一旦死去就几乎全被驱走。”在此我顺便说一句，在一个人生前为他树立丰碑，就等于宣称不相信后世对他的评价。假若有人生前有幸看到他真正的名声，那也极少发生在他老年之前，虽然艺术家和音乐家有可能会例外，但哲学家一般都是如此。这可以从那些因其作品而闻名于世的人的肖像画中得到证明，因为这些肖像大都是在他们成名之后才画的，通常把他们描绘得年华衰老、头发花白，尤其是一生从事研究的哲学家。从幸福论的观点来看，这是一个十分恰当的安排。因为对于一个凡人来说，同时享有名声和青春实在是太奢侈了。生命是如此地贫乏，好东西必须要经济适宜地分开使用。年轻时，有青春已经足够了，也该满足它所带来的一切。但到了老年，生命的快乐和欢娱就像秋天飘零的落叶一样消逝了，名声则适时萌芽生长了，像是冬天长青的植物。名声就像整个夏季都在生长、到圣诞才能享用的水果。晚年时想到倾注了自己全部青春活力的作品会永葆年轻、绝不老去，就没有比这更大的安慰了。

最后，让我们来更加仔细地考察一下追求各种知识所获得的名声，因为这类名声与我的论述更加直接相关。

我想，广义上来讲，杰出的才智就在于理论的形成，即对现有的某些事实和素材做出新的组合。这些事实和素材各种各样、千差万别，但越是被人熟知、越是在日常生活中经常接触到，对它的理论研究所获得的名声也就越加重大和广泛。

例如，假若这些事实涉及的是数字、线条或某些专门的科学分支，如物理学、动物学、植物学、解剖学，或者是涉及古代作家的残篇断简，或用一些人所不知的字母所写的无法辨识的碑文铭刻，或历史上的疑难问题等，那么通过对这些素材进行正确整理和组合所获得的名声，就只能局限于少数专门研究这些知识的人。他们中的大多数都过着隐逸闲散的生活，并对在他们这些专业领域内享有名声的人心存妒忌。

但是，假若是人所共知的事实，例如，所有人都共享的人类感情和智力的基本特征，或我们眼前不断发挥作用的自然力量或自然规律的一般进程，那么，通过对它们进行研究、提出一个新颖且明显正确的理论而获得的名声，将会迅速地传遍整个文明世界。因为如果这些事实是每个人都能把握的，那关于它们的理论也就是可以为人普遍理解的。但是名声的大小取决于所要克服的困难。越是为人所熟知的事实材料，要将其形成一个崭新又正确的理论就越难。因为有很多人已经研究过这些问题，要想说出一些别人未曾说过的新东西是几乎不可能的了。

相比之下，那些并非所有人都能掌握的、只有经过大量的艰难困苦和辛勤劳作才能获得的事实和资料，几乎总可以构建为新的组合与理论。所以，如果将健全的理解力和可靠的判断力运用到它们身上——这并不需要多高的智力才能，一个人便可以轻易幸运地得到新的、正确的理论。但是，以这种方式获得的名声流传的范围，不会超出从事这一研究或对此内容有所了解的人群之外。要解决这类学科的难题，毫无疑问，需要付出大量的艰辛研究——仅仅获取资料就要这样了。然而在赢得举世瞩目的显赫名声的道路上，事实资料的获得几乎毫不费力。不过，要付出的努力愈少，所需要的天赋和才能就越多。在这些天分和辛勤努力之间，无论就它们的内在价值还是外在的评价来说，都是无法比较的。

所以，那些觉得自己具有良好的理解力和正确的判断力，又不自信拥有超高心智和卓越禀赋的人，不应当惧怕艰苦的研究工作。因为只有依靠这样的辛勤劳动，他们才能超越那些看到同样的事实材料却未深究的一般大众，到达那些只有勤勉的博学者才能涉足的偏僻领域。在这个领域里，竞争的对手很少，具有中等才智的人都可以很快有机会发现新的正确理论；而他发现的价值很大一部分是建立在寻找材料的困难上。不过来自少数同样研究这一学科知识的同行的赞扬声，对于遥远的大众来说是太过微弱了。如果我们深究这里名声，到最后就会发现，无需建构新的理论，只要找到最难发掘的材料，就足以建立名声了。譬如，某人到一个偏僻荒远、少有人知的国度旅行，他的所见所闻而不是他的所思所想就可以让他成名。这种名声的最大优势就在于，讲述自己的见闻，要比传达自己的思想容易得多；而且人们理解描述性的东西也比理解说理性的东西更容易，因此也更乐于阅读前者。正如阿斯穆斯所说：

一个人只要出门远航，
就会有故事可讲。

但尽管如此，在私下里与著名的旅行家交往、熟识之后，我们常会想起贺拉斯的一句话：

新景象并非总是意味着新思想。

——《书信集》

但是，如果一个人具有极高的天赋，那他就应该独自去解决最重大艰深的难题——那些关乎整个自然和全人类的问题。他应该把自己的视野延伸至各个领域和方向，而不要迷失在各种错综复杂的路径中，或进入鲜为人知的偏僻领域；换句话说，他不应让自己纠缠于某一学科的专门分支，更不要说去钻研那些细枝末节的琐碎东西。他不需要为了逃避众多的竞争者而寻找那些偏僻生冷的学科问题，日常生活中的普通现象就可以为他提供形成严肃、真实的崭新理论的足够材料。他所作出的贡献将会得到人类大多数成员的赞赏，因为他们也熟悉他所谈论的问题。研究物理、化学、解剖学、矿物学、动物学、语言学、历史学的学者，与探讨人生重大问题的诗人和哲学家相比，差别是多么巨大！

论批评

以下关于批评功能的简短评述，其主要目的在于显示在绝大多数情况下，都不存在批评这一事物。这是一种极为罕见的飞鸟，罕见得如同五百年才出现一次的凤凰。

当我们说到“鉴赏”（这只是一种随意的表达）的时候，我们所指的意思是发现，或者仅仅是认可，是对于抛开任何规则的制约、在美学上来说正确的事物的发现或认可。之所以如此，或者是因为还没有可用于正在讨论中的事物的规则，或者是因为就算有这种规则，但是还没有为艺术家或批评家所知。如果不是重复累赘的话，我们也许可以用“美感/审美意识”（aesthetic sense）这个词来代替“鉴赏”（taste）一词。

敏锐的批评鉴赏力之于女人，正如创造力或天才之于男人。虽然鉴赏力自身不能产生一些伟大的佳作，但它却包含着一种接受力（reception），也就是说辨别出一部作品是正当的、适宜的、优美的，或者是与此相反的；换句话说，就是从拙劣的作品里面区分出优秀的，发掘、欣赏精品，判别、拒斥糟粕。

在评价一位天才时，评论不能只关注于他作品的错误或不足，并由此而贬低他，而应该着眼于他最擅长的地方、他最优秀的作品。因为在智力的领域，如同在其他的领域一样，弱点和缺陷是如此牢固地粘附在人的本性之上，即使是最聪明的头脑、最杰出的人才也不能完全、永远地摆脱它。因此，哪怕是在最伟大的天才的作品中，也可能会有极大的瑕疵存在。正如贺拉斯所说:“智者千虑，必有一失。”

判断、识别天才的标准，应当是在适当的心境与合适的契机下他的思绪能够飞到多大的高度——那个让普通心智的人通常不能达到的高度。同样地，将处于同一领域内的两个卓越出色的人——比如，两位杰出的诗人，或音乐家，或哲学家，或艺术家等——拿来比较也是一件非常危险的事情。因为，这样做至少在此刻，会不可避免地对其中的一位不公。在做这样的比较时，批评家会注意到一个人身上某些特殊的优点与光芒，然后会立即发现另一个人身上缺少这种优点与光芒，于是后者便受到贬低。假若将上述过程颠倒过来，批评家从后者开始并发现了他特别的闪光点，而且这种闪光点与前者呈现出来的光彩截然不同，要在前者身上寻找这同样的光芒只能是徒劳无功，那么结果就是二人都遭受了不适当的贬损。

有些批评家私自以为，判定什么是好、什么是坏只能取决于他们这些人。其实，他们只是把自己的玩具小喇叭，错当成了名贵的长号。

药物如果用量过大，反而起不到应有的治疗效果。同样，恶意的批评与责难如果超越了公正的界限，也会产生有害的结果。

对于学术成果来说，其一大灾难就在于它必须要等待那些自己从未创作出优秀之作的人来臧否优劣；甚至可以说，它最大的不幸就是不得不从人类批判力的手中接受自己的荣誉之冠，而在大多数人身上这种批判力都表现甚微，因此真实只存在于大自然最珍贵稀有的恩赐中。这里，拉布吕耶尔①简练的话语不幸地言中了。他说:“明辨的精神，是世界上最稀有的钻石和珍

① 拉布吕耶尔（La Bruyère），法国作家。主要作品是讽刺性的《品格论》，这是法国文学史上一部划时代的散文名著，对后世影响甚大。

珠。”敏锐的洞察力，正确的批判力，这正是人们所缺乏的。人们不知道怎样区分真与假、谷粒与禾壳、金子与黄铜，也察觉不出天才与庸人之间的巨大鸿沟。因此，我们便看到一首旧体诗中描绘的悲惨情形：

那些为世界奉献出无数珍宝的人，
只有当他们死后才能为人所知。

当任何一部真正的杰作问世的时候，其面临的主要困境就在于，大量的拙劣之作已充斥在这个领域中，并被当作优秀之作而为大众所接受。然后，倘若这杰作经过长时间的艰苦奋争后终于取得了成功，在它证明自身地位和赢得声望的过程中，依然会很快遇到一些新的困难，即那些做作贫乏、愚钝笨拙的模仿者。人们把这些模仿者生拉硬扯过来，试图将他们放在圣坛上天才的旁边，完全无视二者间的天壤之别，还天真地以为自己是在推出一位新的伟人。这就是耶里阿特在他二十八则寓言中的第一行表达的意思："无知的大众总是良莠不分、好坏不辨。"因此，即使莎士比亚的剧作，在他逝世之后，也不得不立即让位于本·琼森、马辛格、博蒙特和弗莱彻等人，被迫放弃其至高无上的地位达一百年之久。同样，康德庄重严肃的哲学也曾被费希特、谢林、雅可比、黑格尔等人的胡言乱语挤出哲学的殿堂。甚至在一个众人皆知的领域里，我们也可以看到那些卑劣的模仿者是如何迅速地从沃尔特·司各特身上转移走了公众的注意力，尽管他是那么地无与伦比！因为，随便你怎么说，公众是完全不懂何为优秀卓越的，因此也不知道要找到这样的人的几率是多么稀少：他们是真正地能够在诗歌、哲学或艺术等方面有所建树，或者仅仅是他们的作品本身就完全值得全世界关注的人。那些浅尝辄止者，无论在诗歌还是在其他任何高尚的领域，都应该时刻被严厉警告：不管是神，还是凡人和书商，都不会宽恕他们的平庸——

唯独诗人若只能达到平庸，
无论天、人或柱石[①]都不能容忍。
——贺拉斯《诗艺》

他们就像是阻碍谷物生长的杂草，期望自己能够覆盖整个大地。这种情形已在福克特莱斯本[②]——这位英年早逝、为人悼念的诗人笔下得到了生动形象的描述：

人们总喜欢叫嚷“一切如故”，
而此时伟大的作品正在静静生长、慢慢成熟。
当它终于出现在世人面前，
却被淹没在喧嚣的尘埃中，
无人能听到它的声音，
看到它的面容。
于是它只有默默地走开，
带着淡淡的愁思与哀伤。

令人痛惜的批判力的死亡和消逝，在科学领域中也并不少见，众多虚假、错误理论的顽强生命力就显示了这一点。一旦它们为人们所接受，就会继续与真理抗争五十年、一百年甚至

---

① 柱石，古罗马习惯，新诗都张贴在书店外面的柱子上，此处实指书店、书商。
② 福克特莱斯本（Feuchtersleben，1806—1849），奥地利音乐家、诗人、哲学家。

更久，坚定得如同滔天巨浪中的稳固铁墩，毫不动摇。在哥白尼发表了他的日心说之后，托勒密的地心说体系仍然持续了一个世纪。正如读者可能在达朗贝《百科全书》的序言中所看到的那样，培根、笛卡尔和洛克的学术之路走得极其缓慢，他们在过了很长的时间后才被世人所知。牛顿也并没有幸运多少，这可从莱布尼茨在与克拉克的论争中对其（牛顿）引力理论的辛辣攻击和极端蔑视中得到充分的证明。尽管牛顿在他的《数学原理》问世后又活了将近四十年，但在他去世的时候，从某种程度上来说，其学说只在自己国家内得到认可，而在英国之外的其他国家，他的追随者还不足二十人——如果我们可以相信伏尔泰在阐释牛顿理论时所作的引言简介的话。的确，正是主要归功于伏尔泰的这篇论文，牛顿的理论学说才逐渐被法国人所知——在他去世大约二十年之后。直到那时起，笛卡尔流派才被认为是一种坚定、果敢的爱国主义；而仅仅在此四十年前，这种笛卡尔哲学在法国的学校中还是被禁止的；现在，达格尼索这位大学校长又反过来声讨伏尔泰赞许牛顿学说的论文了[①]。而在另一方面，在歌德的著作出版了四十年之后的今天，牛顿荒谬的色彩理论依然完全地占领着这一领域。此外，休谟，在他五十岁之前也一直被人忽视，虽然他很早就开始了自己的学术生涯，并且以一种相当平易通俗、普遍流行的风格来写作。还有康德，尽管他的一生都在努力著述、演讲，但仍然直到六十岁才成为著名人物。

当然，艺术家和诗人比思想家有更多的机会被世人所知，因为他们的读者至少比前者多上一百倍。但尽管如此，在贝多芬、莫扎特的生前有人重视他们吗？但丁，甚至莎士比亚的命

① 笛卡尔的著作曾在罗马和巴黎被列为禁书。1740 年，巴黎为了应对当时在法国流行起来的牛顿理论学说，才解除了禁令。

运又如何呢？如果莎士比亚的同时代人哪怕稍微认识到他的一些价值，那至少会有一幅关于他的良好的、可信的肖像画流传下来，毕竟在他那个年代绘画艺术曾经那么繁荣。然而现在，我们只有一些极为可疑的画像，一座拙劣的铜雕像，还有他墓碑上一个更加糟糕的半身像而已①。同样，如果莎士比亚曾得到充分的尊重，那他应该有大量的手迹保存完好地流传给我们，而不是像现在这样，仅限于一些法律文书上的签名。如今的葡萄牙人仍然为他们唯一的诗人卡摩安兹而骄傲自豪。然而在他生前，却是依靠一个他从东印度群岛带来的黑奴，每天晚上到大街上收集别人的施舍为生的。毫无疑问，最终正义将公平地对待每一个人。但是，它来得如此之慢、如此之迟，如同法庭上的公正判决一样。而且，它还有一个秘密的条件，就是正义的接受者必须已不再活在世上。耶稣——这位先知的儿子的训诫得到了忠实的遵循："一个人只有在死后才能被判进入天堂。"所以，那些创造了不朽作品的人，也许可以从巧用印度神话的格言中得到安慰：神仙世界的几分钟相当于尘世生活的好几年；因此，尘世间的漫长岁月也只不过是神仙世界的瞬息片刻而已。

批判洞察力的缺乏，同样也在这样的事实中显露出来：即任何时代都是尊崇它之前的杰出作品，而对自己时代的佳作却不能理解，本应关注它们的目光却落在了那些劣作的身上，情形正如每十年就要出现一次的循环运动。人们对于自己年代真正天才的认知速度是非常缓慢的，由此说明了他们既不理解、也不欣赏那些被长期公认的天才作品，更不要说真正认识到它们的价值，他们对其表现的推崇不过是因为权威的影响力。而最关键的问题是，一旦那些拙劣的作品——例如费希特的哲

① A. 威维尔《关于莎士比亚肖像的历史、真伪及特征的研究》，内有21幅版画。伦敦，1836年。——原注

学——赢得任何声望，其影响就会持续一两个年代，只有当它的读者数目极其众多的时候才会盛极而衰。

正如太阳只有在有眼睛注意的时候才会显露它的光芒，音乐只有在有耳朵倾听的时候才能流露出它的声音，所有在艺术和科学领域中的精妙杰作的价值，也是取决于读者的接受能力和他与作品精神的相近程度。只有具备较高的理解力和领悟力的人，才拥有激起、唤醒隐含在伟大作品深处的内涵与精神的魔力。对于普通的头脑来说，一部杰作就像一间神秘的、封闭的密室，——无论对自己评价多高，对于不熟悉的乐器，一个人只能弹奏出凌乱的音调。一幅画放在光亮之处，与放在黑暗的角落里，观赏的效果是多么不同！同样的道理，一部杰作给人带来的印象，也会随着读者理解力的不同而产生差异。

因此，一部优美的作品，需要有能够敏锐地感知它的美的人；一部深思的杰作，需要有能够进行真正的独立思考的人，如果真有这样的人存在的话。但是，唉！现实中常常发生的只有这样的情形：那些为世界奉献出优秀作品的人，随后就感觉自己像是一位烟火制造者，他将自己花费了大量时间和精力创造的奇迹之作，满腔热情地展现在世人面前，到头来却发现自己走错了地方，他幻想中的观众原来全都是一些盲人收容所的病员。然而尽管如此，这也比他的读者都是烟火制造者要好；如果是后一种情形，他的作品又精彩绝伦的话，很可能就会葬送他自己的生命。

源于同类的亲切感是一切欢乐和愉悦的源泉。即使是对美感的认识，在动物世界中，我们无疑也会觉得自己的种类、然后是自己的民族是最吸引我们的、最美的。同样，在与人交往的过程中也是如此，每个人都显示出对与自己相像的人的明显偏好：一个白痴将会发现与另一个白痴的相处要比与任何一名智者的相处愉快得多。每个人都必定要从自己的作品中获得愉悦，因为这是他心灵的镜子，思想的共鸣，而且随后就会引来与他相近的人。也就是说，一个愚钝、浅薄、乖张的人，一个喋喋不休者，只会将其真诚、热烈的赞扬之声给予那同样愚钝、浅薄、乖张、喋喋不休的人。另一方面，他也许会出于权威的力量而承认某些伟人作品的价值，因为他羞于说出自己的意见；事实上，这些作品丝毫不能给他带来愉悦。它们并不能吸引他，甚至会引起他的反感，但他是不会承认这一点的，哪怕对自己。天才的作品不可能得到所有人的欣赏，除非是那些特权阶层的人写的。然而，如果没有权威的支持，它们要想得到承认，就需要有卓越非凡的头脑来识别。

当读者考虑到这些之后，他将大为惊讶，他惊讶的不是杰作声誉的姗姗来迟，而是它完全赢得了荣誉。而且事实上，声望的获得只能是一个缓慢而复杂的过程。愚蠢的人是逐渐被迫地、似乎被驯服了似的认识到那凌驾于他之上的人的优势，而这之上的人又接着在其他人面前卑躬屈膝，这种情况一直持续，直到最后的优胜者压倒一切力量。这就是一切天才赢得声誉的条件。但是，直到此时，即使伟大的天才已经受了无数的考验和磨难取得成功，像一位国王似的被臣民簇拥在自己的国土之中，那些没有亲眼见过他的民众仍然不会听从他的指令；除非，他的首席阁员是他忠实的追随者。因为下属官员不可能直接接受王室的命令，他只知道自己顶头上司的签名，这种情形反复进行，直到最高等级。在这里，副秘书长证明部长的签名，部长再证明国王的签名。一位天才在赢得广泛的知名度之前，也要经历类似的阶段。这就是为什么他名声的获得最容易在一开始就停顿不前，因为最高的权威人士数目甚少，而且也很难见到；但是越到下层，那些只会按上层意思行事的人就越多不胜数，所以他的名声就难以引人注目。

对于这种情况，我们应该感到欣慰，即大多数人不能独自作出判断，而仅仅顺从权威的意见，实在是一大幸事！假若每个人都依据自己对柏拉图、康德、荷马、莎士比亚和歌德等人的理解和感受，直抒自己的意见，而不是被迫屈从权威恰当、适宜的说法——虽然他实际对这些权威的话很少赞同，那我们现在要对这些作家怎样评论啊。若非如此，任何领域内的真正杰作要想获得名声都是不可能的。同时，值得庆幸的是，每个人都有着很强的批评判断能力，这使他们得以识别位于自己上层的人的优越性，并进而追随这些人。这就意味着，多数人最终会服从权威的少数人，由此产生了批评判断力的等级制度，而这种制度又是一个稳固、广泛的声誉可能产生的基础。

公众中的最低阶层对一个伟大天才的超凡卓越完全无动于衷。对于这些人来说，只有一座纪念碑，才能在他们的脑海中有所印象，唤醒他们麻木的心神，使他们隐约了悟到此人的伟大。

文学报刊应该成为一个坚固的堤坝，来阻挡当代那些荒诞粗陋的胡乱涂鸦之作，以及日益增长的如同洪水般泛滥的拙劣非常、毫无价值之作。它们的判断与评价应当是廉洁公正、严肃认真的。每一个无能之辈撰写的作品都是低劣的，每一个脑袋空空的人所想的计谋都是荒谬徒劳的，也就是说，现有书籍中的十分之九，都应该受到无情的指责与鞭挞。文学报刊应该履行它们的职责，即抑制对写作的热望，监督对公众的欺骗，而不是以一种可悲的宽容来助长这些恶劣事态的发展——这虽然对作者和出版商有利，却是在劫掠读者宝贵的时间和金钱。

如果有我所说的这种报纸存在，那么，一切拙劣的作者、没有头脑的编辑者和抄袭别人作品的剽窃者，一切空虚无能的求职者、假冒伪劣的哲学家和虚浮感伤的蹩脚诗人，一旦想到他们的拙作在发表后必然受到众人嘲笑的前景，就会不寒而栗。这将使他那写出非但无益反而有害的拙劣之作的手指颤抖、瘫痪，无疑会有利于文学的真正繁荣。因为如今，大部分的书籍都是劣质的、本不应该写出来的。因此，赞扬应该像现在的批评那样稀少——基于个人因素的考虑，连同一句格言“近君子，赞美德”的影响，批评与指责已经受到很大的抑制。

试图将社会中普遍盛行的对那些到处都是的愚笨无知者的容忍引入文学界，是非常错误的。在文学领域中，这样的人是莽撞无礼的侵入者；而在这里，识别、谴责坏的作品是优秀作品的职责；因为一个察觉不出什么是劣的人，也必然分辨不出什么是优。温文尔雅、彬彬有礼，虽然在社会关系中有其自身的根源，但在文学中却是一种不相容的、且常常有害的因素，因为它迫使人们将不好的作品称之为好的。由此，科学和艺术的崇高目的就被直接践踏了。

理想的报刊无疑应该由这样的人来写，他应该能够将廉洁诚实的品格、世间少有的渊博学识和无人能及的敏锐判断完美地结合起来。所以，也许全国顶多能找到一个这样的人，甚至或许连一个都找不到。但他一定屹立在某个地方，像公正的亚略巴古山①一样，其每一位成员都必须由众人来选举。在当今盛行的体制下，文学报刊是由一个团体经营的，或许还秘密地由书商仅仅为盈利而经营。这些人通常都只是组成平庸拙劣者的联盟，专门阻碍那些真正富有才华者的成功。正如歌德曾经对

① 亚略巴古（Aeropagus），希腊的一座小山，罗马人之为“玛尔斯山”，以罗马战神玛尔斯命名。位于雅典卫城的西北，在古典时期作为雅典刑事和民事案件的高等上诉法院。在公元前5世纪以前，亚略巴古是希腊的元老委员会，类似于罗马元老院。

我说过的：没有比文学界更不诚实的地方了。

但首先，最重要的是，遮蔽一切文学罪恶勾当的匿名必须要彻底消失。匿名被人们以保护诚实正直、提醒公众的批评家的借口而大行利用，以此来抵挡作者及其朋友的不满与愤慨。但是，如果这种正当的情形出现一次，那种不正当的情形就会出现一百次：即匿名有时候仅仅是被某些言语不实的人用来逃避责任的手段，或者是成为那些为了赚钱而卑劣地向公众推荐一本书的人们的遮羞布。但其更为常见的作用，则是人们喜欢用匿名为幌子来掩盖他们批评的晦涩朦胧、强词夺理和毫无意义。一旦这些人知道他们在匿名的外衣下是安全的，他们所表现出来的厚颜无耻、所大胆犯下的文学欺诈罪过，就将是令人难以置信的。所以，我建议大家都来实行反批评，这是终止所有匿名评论——不管它是赞扬坏的还是贬抑好的——的一剂良方或灵丹妙药，这就是要求："流氓，把你的名字说出来！"因为，一个人把自己包装起来，并拉下帽子遮住脸，然后去袭击周围毫无防备的人——这不是绅士应有的行为，这是流氓、恶棍的行径。

一篇匿名的评论并不比一封匿名信更有权威性，二者同样都应该受到人们的怀疑。我们愿意成为这样的人吗——他同意负责严格意义上来说是一个匿名团体的事务，以此来保证他同伴的诚实？

甚至卢梭，在其《新爱洛漪丝》的序言中也宣称："每一位正直诚实的人都应公开承认他所出版的那些书。"简单来说，就是每一位高尚的人都应该在自己的文章下署名，那些不署名的就是不光荣的。其实，那种争论、攻击的写作是没有多少真实性的，而这又是评论文章的一般特征。因此，里梅尔在他的《歌德回忆录》中的观点是完全正确的。他说："一个公开的、与你面对面的敌人，是一个值得尊敬的人。他会公正地对待你，你们之间可以达成协议甚至言归于好；但是一个躲在暗处的敌人，则是一个卑劣怯懦的无赖，他没有足够的勇气承认自己的判断。他在乎的不是自己的意见，而是在他发泄了怨愤之后却没有人发觉他或处罚他的那种隐秘的快感。”这应该也是歌德的意见，因为里梅尔正是从他那里得到了这个观点。而且，事实上，卢梭的格言适用于任何一种出版物。难道我们可以允许一个戴着面罩的人对民众高谈阔论，或在任何集会上热烈地演说吗？难道我们可以允许他肆意攻击别人，伤害别人，压倒别人吗？

匿名是所有文学和新闻方面的恶棍行径的避难所。这种行为必须要完全禁止。每一篇文章，即使是发表在报纸上的文章，都应该署上作者的姓名，编辑人员也要对这种署名的正确性严格负责。因此，报刊等媒体的自由应该被严格地限制。这样，当一个人通过报纸广泛传播的媒介作用来公开发表言论的时候，他应该为此负责，至少要以他的名誉作为担保——如果他有任何名声的话；假若他没什么名誉可言，就让他的恶名来抵消其言论的影响。而且因为，即使是最无足轻重、最不起眼的人，在自己的小圈子中也是为人所知的，所以这种必须署名的措施的结果就是可以终止报纸上三分之二的谎言，并抑制很多毒舌厚颜无耻的狂言。

论教育

据说，人类的智力是这样构成的：一般概念来自于对具体观察的抽象，因此从时间上来说，概念出现在观察之后。如果情况确实如此，那么，一个完全依赖自己的经验来获得知识——既无老师也无书籍——的人，就应完全了解他的具体观察属于何种一般概念，由哪种观念来表达。他十分熟悉自己经验中的这两个方面，因此能够正确地处理他所面临的一切事情。也许，这可以称为自然的教育方法。

相反，人为的教育方法是听别人说、学别人的东西、读别人的书。因此，在你对世界本身有任何宽泛的认识之前，你的头脑中已经塞满了关于世界的各种概念，而你原本可以自己去认识它的。也许有人会告诉你，形成一般概念的具体观察在你随后的经验中会出现的。但是，在此之前，你总是错误地运用概念，以一种错误的观点来判断人与事情，用一种错误的眼光看待他们，拿一种错误的方法对待他们。所以，正是这种教育使人的思维和头脑扭曲。

这就解释了为何我们在青少年时代长期的学习与阅读之后步入社会时，仍然对事物茫然无知，不能正确理解它们的概念。所以我们的行为举止时而表现得焦虑紧张，时而又过分自信导致莽撞。我们的头脑中充满了一般概念，并跃跃欲试地想要运用这些概念，但却总是不能正确地使用它们。这是违背大脑智力的自然发展造成的结果，即主张先获得概念、后进行观察的方式是本末倒置的。教师不是培养孩子的洞察力，不去教他们怎样进行独立的判断和思考，而只是竭力地把别人现成的思想硬塞进孩子的脑袋。这种由错误地运用概念而导致的错误的人生观，会在孩子以后的漫长人生经验中得到纠正；但这些错误很难完全改正过来。这就是为什么具有生活常识的学者寥寥无几，而这些常识却是很多没有受过教育的人耳熟能详的。

获取有关世界的知识可以说是一切教育的目的；而且正如我上面所说，这种知识的获得关键在于正确的教育方法，即要从正确的一端来启蒙开导。这就意味着，首先，对事物的具体观察应先于它的一般概念；其次，是狭窄的、局部的概念先于广泛的概念。因此，完整的教育体系应该遵循概念本身形成过程的必然程序。如果跳过或忽略了其中的任何一个步骤，这种教育就是不完整的，所得到的概念也将是错误的；而且最终，将会导致一种扭曲偏颇的世界观产生，尤其对于个人来说——我们几乎每一个人都曾经有过——甚至很多人终其一生都保留着这种偏差的认知。没有人可以了解自己的内心世界，除非他明白只有到了一个相当成熟的年龄，或者在某些突如其来的情况下，他才能正确地理解或清晰地认识人生中的种种现象和事物，毕竟，它们并不是多么困难、复杂。但是在这个时候到来之前，这些现象和事物在他对世界的认识中仍然是模糊不清的地方，因为在他早期所受的教育中跳过了某些特定的课程——无论是传统的人为的教育方法，还是建立在个人经验基础上的自然教育方法。

因此，应该努力寻求严格意义上的自然求知途径，以使教育遵循着它有条不紊地进行下去。这样，孩子们才能熟悉世界的法则，头脑中不会产生种种错误的观点——这些谬误一旦产生就很难消除。如果采取这一计划，就得必须小心防止孩子们在没有清楚地理解词语的含义和用法之前，就运用它们。仅满足于词语本身而不试图理解事物——即只记住各种短语以备需要时使用，已成为一种致命的不良倾向。这种倾向作为一种规则，甚至在人的孩童时代就已存在；而且会持续到成年时期，从而使很多学者所谓的知识只不过是一堆空话。

然而，关键之处始终在于具体观察应该先于一般概念，而不是相反，像通常所见的不幸情形那样；就好像是婴儿出生时先露脚，或写作诗歌时先定韵律一样！普通的方法是，在儿童还没有对世界做具体观察之前，就将各种观念和意见——严格说来，就是偏见——印入他们的头脑。因此，他们以后就是通过这些现成观念的媒介，来认识世界、积累经验的，而不是像原本应该那样，从他们本身的生活经验中形成自己的观念。

当一个人以自己的眼光来观察世界时，他能看到很多事物，及它们的很多方面。但是这种学习方法，远没有那种对任何事物均运用抽象概念和草率归纳的方法来得简捷、快速。因此，经验对那些先入为主概念的修正将是长期的，或许这种工作永远无法完成。因为，当一个人发现事物的某方面与他已经形成的一般概念相矛盾时，他就会拒绝这一事实所提供的证据，认为是局部的、片面的；甚至会无视整个事物，根本否认这一事物与他的先入之见有任何矛盾，以使这些先入之见不受任何损害。所以，很多人终其一生都背负着谬见的沉重包袱——奇思、怪想、幻想、偏见，这些最终成为固定不变的思想。事实上，他从未尝试过从自己的生活经验、从自己观察世界的方法中形成个人的基本思想，因为他是从别人那里直接获得现成思想的。这就造成了他以及许多人，如此地浅薄和粗俗。

我们应该遵循自然规律来教育儿童，以代替这种人为的教育方法。除非是孩子自己发现的或至少是经过他亲身证实的，任何概念都不能预先进入孩子的头脑；这样，就算孩子只获得为数不多的观念，但却是有充分根据、正确无误的。他将学会如何用自己的而不是别人的标准来衡量事物，这样就可以避免许多奇思幻想和偏执成见，也不需要再去在今后的人生课堂上消除它们。通过这种方法，就可以使孩子的思维彻底地习惯于清晰的观念、全面的知识，并运用自己的判断公正地对待任何事物。

一般来说，在孩子们从生活本身中——不管他们关注的是生活的哪一面——了解到人生之前，不应该先从生活的副本（如书籍等）中形成自己的人生观念。因此，不要急切匆忙地只是把书本放到孩子的手中，而应该让他们自己逐步地了解事物，了解人类生活的真实状况。而且最重要的就是，要注意引导他们清晰、客观地认识世界，教导他们直接从现实生活中获取概念——这些概念应与现实生活一致；而不是从别处，如书本、童话故事、他人的谈话等获得这些概念，然后把这些概念直接套用在现实生活中。这就意味着他们的头脑充满了错误的观念，他们将以错误的眼光认识事物，或徒劳地试图改变世界以适应他们的观点，于是步入歧途；而且这还意味着，他们要么仅仅建构起自己的人生理论，要么只是埋头于生活的实际事务当中。早年在头脑中播下的谬误的种子，日后竟结出偏见的果实，这种错误所造成的危害之大令人难以置信。在以后的人生里，从现实社会中学到的教训和知识就不得不主要用于根除这些偏见。根据第欧根尼·拉尔修的记载，当安提西尼被问到什么知识是最为必需的时候，他回答说："忘却坏的东西。"我们可以明白他指的是什么。

任何不满 15 岁的孩子都不应该接触那些可能会包含有重大错误的学科教育，如哲学、宗教或其他需具有广博见识的知识体系。因为早年接受的错误观念很难摒弃，而且在人的所有智能中，判断力是最后一个成熟的。孩子们应该把注意力投向那些要么不可能包含谬误的学科，如数学；要么即使会产生错误也无大碍的学科，如语言学、自然科学和历史等。而且通常来说，在人生中的每一阶段所学的知识，应当与这个时期的智力水平相匹配，即可以完全理解。童年和青年时期是收集材料、对个别事物获得专门、透彻的了解的时候。在这种时候，要大规模地形成各种观点未免过早，最终的答案也要推迟到稍后的时期才能知晓。没有成熟经验的基础，判断力就无法发挥作用，所以应任其自然地发展；而且应注意不要以灌输偏见的方式加快判断力的成熟——这会使判断力永远瘫痪。

另一方面，记忆力在青少年时期是最旺盛、最牢固的，因此这时要充分使用它。但是在选择记忆的对象时，一定要小心谨慎、深思熟虑，因为年轻时学到的东西是终生难忘的。所以，要精心耕作这一宝贵的记忆沃土，以便结出更加丰硕的果实。如果你想到在你12岁之前认识的那些人是如何深深地植根在你的记忆中，那些年发生的事情在你脑中留下的印象是如何地难以磨灭，当时发生在你身上的大部分事情以及别人的忠告和教诲在你的回忆里是如何地清晰，那么，将那个时期头脑的灵敏性和记忆的牢固性看作教育的基础，似乎就是一件十分自然的事了。这也许可以通过严格遵循一定的方法，并系统地调节大脑接收到的印象来做到。

但是，每个人的青春时光都是很短暂的，记忆一般也都限于狭窄的范围；尤其对于个人的记忆力来说，更是如此。既然事实如此，那么把每一学科中最基础最关键的知识贮入孩子的记忆中，排除那些非精华部分，就是至为重要的事情。而确定哪些是最为基础、关键的知识，则应取决于各门学问中的大师们。而且他们的选择应该在最谨慎的深思熟虑之后才能做出，选择的结果一旦做出就被固定下来。这种选择应按照这样的顺序进行，即首先筛选那些通常来说一个人必须知道的最基础、最重要的知识，其次是那些对其从事某一特定工作或职业来说所必备的基础、重要的知识。第一类知识应按百科全书式的风格，分成不同等级的课程，以适应一个人在其所处环境下能够接受的文化程度和水平；它开始于初级教育最简单、最必要的课程，然后扩展延伸到那些哲学思想的所有分支课程。第二类知识则应留待那些各个学科的真正大师们精心挑选，而且这整个知识体系要为智力教育提供一个详细的规则和标准，当然，这一准则要每隔十年修订一次。这样的安排可以使年轻人充分发挥他们记忆力的优势，并为随后出现的判断力提供极好的素材。

当一个人所掌握的全部抽象概念与他实际感受到的事物建立起一种确切的对应关系时，他的知识才可以说是成熟的，也就是说，达到他作为一个个体所能达到的完美状态。这就意味着，他的每一个抽象的概念，都直接或间接地建立在观察的基础上，只有观察才能赋予概念以真正的价值；同时也意味着，他可以将自己的每一个观察纳入到属于它的、正确的抽象概念之下。成熟只能是经验的结果，因此需要时间。我们通过自己的观察所得到的知识一般都有别于以抽象概念为媒介所获得的知识，前者是由自然的方式获得的，后者是从别人的告知或我们所受到的或好或坏的教育中得来的。其结果就是，在我们青年时期获得的抽象概念和真正的知识之间通常并不一致，那些概念只是我们脑中的词语，而那些真正的知识则是我们自己观察的结果。只是到后来，这两种知识逐步接近融合，并伴随着相互修正；而且直到这种结合完成，知识才会成熟。知识的这种成熟或完美相对独立于一个人能力的完美，个人能力的完美程度也许或高或低——它取决于概念与观察这两种知识中任何一个所达到的深度和强度，而不是由这两者之间的一致性来加以衡量的。

对于一个注重实际的人来说，最需要做的事情就是获取关于世事人生准确而深刻的知识。但是，虽然这是最需要的，却也是所有学习中最令人厌烦的，也许一个人到老也不能完成这一任务。相反，在科学领域内，他在年轻时就可以掌握很多重要的知识。而在学习世事人生的知识方面，当他在童年或青年时代作为一个初学者时，这一最初也最难的课程就摆在了他的面前；而且即使到了晚年时期，也常常还需要继续学习这方面的很多知识。

这种学习本身已相当困难，但是小说又加重了这种困难，因为它展示的人生和世界的万象在现实中是并不存在的。年轻人是轻信的，很容易接受这些小说中的人生观念，而后这些人生观就逐步成为他们思想中的一部分。于是，他所面对的就不是纯粹消极的无知，而是确定无疑的谬误。这种谬误首先会产生一系列的错误概念，然后破坏人生经验给予我们的教育，并曲解我们由此教育中获得的知识。如果在这之前，年轻人没有明灯指路，那么现在就很可能被鬼火误导而陷入歧途；对于女孩来说，这种情形更为严重。小说的阅读强加给青年人一种虚假、错误的人生观，由此引发出他们种种永难实现的期望。这通常会给年轻人的一生带来恶劣的影响。在这方面，那些在年轻时没有时间或机会阅读小说的人——通常是从事体力劳动的人，则处于非常有利的地位了。只有为数不多的几本小说不应受到上述的指责，甚至产生了良好的作用和影响。首先，如《吉尔·布拉斯》及勒萨日的其他作品（确切地说是这些作品的西班牙原文)；其次，是《威克菲尔德的牧师》，以及瓦尔特·司各特的某些小说。《堂·吉诃德》则可视为对我以上所指错误进行讽刺揭露的作品。

论女人

席勒有一篇赞美女性的诗，叫《女性的尊严》，这是一首经过作者精心思索、反复推敲的诗，以其对偶工整、对比贴切吸引了读者。但是，作为对女人真正的恰如其分的赞美，我觉得此诗还稍微逊色于朱伊（法国作家）的几句话："假若没有女人，我们在生命的起点将失却襄助，在中年会缺少快乐，在晚年必无人慰藉。"在拜伦《沙达那帕鲁斯》的剧作里，对女性的赞美更是情意绵绵、动人心弦：

女性的胸怀孕育了人类的初生，
她柔唇微启教会你第一个词语，
她轻轻拂却你第一滴泪珠；
当你摆脱尘世纷扰走到生命之旅的尽头，
又是她在仔细倾听你最后一声叹息。

——第一幕，第二场

这两段话都是对女性的正确评价。

你只需要看一下女性的身体形态，就可知道女人天生就不适于从事沉重的劳动，无论是精神的还是体力的劳作。她并不是以自己的辛劳来偿还生命的债务，而是以她所遭受的痛苦、生儿育女的痛楚和对丈夫的顺从来偿还。对于丈夫来说，她必须是一个富有耐心、讨人欢心的伴侣。激烈、疯狂的大喜大悲不属于她，她也无需展示自己的强大力量。她的人生之河应该更和缓、平静、细致，但在本质上无所谓比男人幸福或不幸。

女人最适宜的工作就是看护和教育儿童，因为她们本身幼稚、轻浮、目光短浅。简言之，她们终生就是一个大小孩——介于儿童与严格意义上的成人之间的一种中间体。看看一个姑娘是怎样整日地陪伴、爱抚孩子，跟他们跳舞、为他们唱歌；再想想如果是一个男人，哪怕有最大的诚意、最多的耐心，处在她的位置上，该如何做呢?

在年轻女孩身上，大自然似乎运用了戏剧中所谓的“惊人效果”。在她们短暂的青春年华，大自然赐予她们美貌的财富，慷慨地给予她们迷人的魅力，却是以牺牲她们一生中其余时光的美丽为代价。于是，在这短暂的青春岁月里，她们总是可以使某些男人想入非非，迷恋得难以自拔，急切地对她们大献殷勤，关怀备至、体贴入微，甚至一生为之倾倒——如果理智能够支配他的思想的话，就绝不会走到这一步。因此，大自然在创造女人时，也像对其他生物那样为其配备了生存必须的武器和装备，而且只要她们需要，就可以一直拥有这些武器和装备。不过，在这里，与在别处一样，自然之神继续遵循她的经济法则，只对女人赋予有限的东西。就像母蚁，受孕之后就失去了翅膀，因为这时的翅膀已成了多余，甚至还会危害它的繁殖。出于同样的道理，一般来说，在生过一两个孩子之后，女人也都会失去年轻时的美丽。

所以我们发现，在年轻女子的心目中，并不把家务事或任何一项工作看作是一件正经的事，最多也只是处于次要的位置。唯一能使她们真正倾心、热衷的就是获得爱情、征服男子，以及一切与此相关的事情——如服饰、舞会等等。

越是高贵完美的事物，其成熟期的到来就越迟、越缓慢。男人的推理能力和智力功能，很少能够在二十八岁前达到成熟；而女人在十八岁时便已成熟。并且，对于女人来说，她们的理性能力是极为有限的。这就是为什么女人一生都保留着孩子气的原因。她只看到眼前的事物而不顾其他，她执着于现时当下，把现象当作本质，喜欢琐屑小事而不在乎大事。男人因其较强的理性能力，就不像动物那样只活在当下，而是环顾四周，反思过往，思虑将来。这就是男人深谋远虑的根源，也是在许多人身上都可见到的谨慎和焦虑的根源。女人因其理性能力的薄弱，由理性带来的有利或不利的因素对她的影响范围也就很小。事实上，女人也许可以被称为理智上的目光短浅者。因为，她虽然可以直觉地理解眼前的事物，但却视野狭窄，无法顾及远处。所以，那些眼下不存在的、业已逝去或尚未到来的事情对女人的影响，要比对男人的影响小得多。这也是为何女人更倾向于过奢侈生活，而且有时甚至达到疯狂的程度。在女人心中，挣钱就是男人的事，花钱则是她的事——丈夫在世时如果可能的话，若不可能，丈夫死后无论如何也要如此。尤其是丈夫为了维持家用而把薪金交给女人的事实，更增强了她们的这种信念。

不过，虽然女人的理智微弱有很多弊端，但至少还有一点长处，即女人比男人更加生活于现实之中，只要眼前生活尚能忍受，她们就会尽情享乐。这就是女人特有的快乐性情的来源，使她能够在男人休息时给他带来欢乐，而且，若需要的话，在男人被烦恼缠身、重负压垮的时候给他以慰藉。

在面对棘手的难题时与女人商议绝不是一个坏主意，古代德国人就常这样做。因为女人看待问题的方式与我们男人完全不同，她们喜欢寻求到达目的的最短途径，能够把目光投注在眼前事物上；而男人一般把目光投向远处，对鼻子底下的事物反而看不到。在这种情况下，我们需要被带回正确的原点，以恢复直接简明看待事物的眼光。

此外，女人在做判断时明显比我们更为冷静，所以，她们只看到真实存在的事物，而不会被纷乱的杂绪扰乱；但男人的激情一旦被触发，就很容易以夸张的方式看待事物，或幻想并不存在的东西。

女人理性能力的不足，也解释了她们为何能比男人给予不幸者更多的同情，对不幸者更加的仁慈、体贴。但同时也说明了，她们为什么在正义感上比男人要低很多，并且不那么高尚正直、诚恳认真。因为正是由于女人理性能力的薄弱，当下的境况才牢牢地控制了她们，那些眼前的、具体的事物才对她们施展威力，以至于抽象的思想原则、固定的行为准则、坚定的决心及对过去与将来的考虑等都无法抵消这种威力。因此，她们拥有形成美德的首要的和主要的因素，但却缺乏一些次要的品质——而这是形成美德必不可少的部分①。

因此，我们可以发现，女性最基本的缺陷就是没有正义感。主要原因就在于我上面所述的女性判断能力和思考能力的缺乏，但同时也可以追溯至大自然把她们指定为弱势性别的这一因素。她们依靠的是机巧而不是力量，因此，她们本能地狡黠灵巧，根深蒂固地有说谎的倾向。正如雄狮有锐爪利齿，大象和野猪有长长的獠牙，公牛长着坚硬的角，乌贼有大片的墨汁样的黑液一样，大自然赋予女人虚饰的艺术以保护、防卫她们；而自然之神以体力和智力的形式赐予男人的全部力量，就以这样的形式赐予女人。所以，掩饰是女人的天性，聪明的女人和愚蠢

① 这方面，她们可以与拥有肝脏但没有胆囊的动物机体相比照。在我的论文《论道德的基础》第 17 节中已经有过这样的论述。——原注

的女人并没有多大的差别。她们每时每刻都在运用这种力量，就好像遭受袭击的动物使用自卫的方式一样自然，她们觉得这样做似乎只是在行使自己的权力。所以完全真实、毫不掩饰的女人也许是不存在的。也正由于这样的缘故，女人可以很快地看穿别人的掩饰，因此以这种方式对待她们实在是一件不明智的事。但是女人的这种根本缺陷，连同它所产生的影响，最终引起了虚假、不忠、背信、忘恩等等行为。在法庭上作伪证的女人常常多于男人。实际上，是否应该让女人宣誓作证还是一件令人大为怀疑的事。人们到处都能发现这样的例子：有些并不需要什么的女士，却在无人注意的时候偷偷拿走商店柜台的东西，然后匆忙逃去。

大自然已经把人类繁衍的任务交给了那些身强力壮、年轻英俊的男子，以保证人类的种族不会退化。这是大自然在人类种族方面的坚定意志和目的，并通过女人的热恋而表现出来。世界上没有比这更古老、更强大的法则了。那些要求和利益与此规则冲突的男人，必定要遭受不幸。无论他说的是什么、做的是什么，都会在第一次认真的相会中被无情地打碎。因为支配女人行为的那种隐秘不清，甚至是无意识地发挥作用的内在准则，是这样的：我们欺骗那些自以为有权凌驾于全人类的男人是正当的，他们蔑视个人，即蔑视我们。人类种族的构成和幸福掌握在我们手中，由我们来负责，因为我们控制着下一代，他们的生命从我们这儿才得以继续。让我们认真履行自己的职责吧！但是女人并没有关于这个主导原则的抽象认识，她们只是在具体的事实中意识到它；她们也没有其他办法来表达这个原则，除了机会到来时才能将之付诸行动。于是，她们并不像我们想象的那样受到良心很大的困扰。因为在内心深处，她们知道自己虽然违背了对个人的责任，但却较好地完成了对整个人类种族的责任，而后者才真正是无限伟大的[①]。

因为女人的生存注定是为了人类种族的繁衍而不是其他任何东西，所以，她们一般是为了人类而不是为了个体生活，在她们心里，人类种族的事务远比个人的事务更重要。这给她们的整个生命和存在带来一种轻率易变的特性，使她们的性格趋向与男人的迥然不同，由此就导致了婚姻生活中的不和谐——这种司空见惯的情形。

男人之间的自然情感仅仅是冷漠罢了，而女人之间则往往充满了敌意。原因就在于同类相嫉。男人的猜疑嫉妒一般不会超出自己的职业范围，但女人的嫉妒则是针对所有的同类，因为她们只有这件事可做。即使偶然在街上相遇，女人们也会像归尔夫派和吉伯林派（拥教皇派和拥皇帝派）那样相互敌视。这是一个很明显的事实，当两个女人初次相识时，她们表现出来的拘谨和掩饰，要比男人在类似情形下表现的更多。因此，两个女人间的问候致意也要比男人间的更为滑稽可笑。此外，通常来说，一个男人在与人交谈时总是保持彬彬有礼、温文尔雅的态度，即使是对比自己地位低下的人也是如此。而一位贵妇人在对一个社会下层人（我指的不是她家里的女佣）说话时所表现出来的那种高高在上、不可一世的神态，真是令人难以忍受。这可能是因为地位的差别对于女人来说要比对于男人更不稳定。因为，男人有千千万万的想法，而女人只有一个，就是找到一个宠爱她的男人。而且，因为职业的片面、单一性，女人之间的相互关系比男人间的更为密切，这就使得她们更加看重地位的差别。

只有理智被性欲蒙蔽了的男人才会称那种矮小、窄肩、肥

---

① 对此问题更详细的论述，可参阅我的主要著作《作为意志和表象的世界》，第2卷，第44节。——原注

臀、短腿的人为女性，因为女人的整个美都与这种性冲动紧密相连。与其说女人是美丽的，还不如称她们是毫无美感的性别更为恰当。不论是对于音乐、诗歌还是美术，她们都没有任何真正的鉴赏力和敏感性。如果她们真要附庸风雅去欣赏这些东西，也只不过是拙劣可笑的模仿罢了。因此，女人不能对任何事物产生纯粹客观的兴趣。在我看来，原因是这样的：男人通过理解事物或迫使事物符合自己的意志，来试图直接掌控它们；但女人无论在何时何地都只能是间接地控制事物，即通过男人来掌控事物，所以她对任何事的控制必须受限于男人。因此，女人天生地把一切事情都看作是征服男人的手段。如果她还对别的什么感兴趣的话，那也只是伪装罢了——即通过卖弄风骚、装模作样来达到自己目的的一种迂回战术。因此，就连卢梭都这样宣称："女人通常是不热爱任何艺术的。她们没有任何关于艺术的真正知识，在艺术方面也不具备任何天分。"①

只要是稍能透过事物的表面看到本质的人，就能注意到同样的事实。这只需观察一下女人对音乐会、歌剧或者戏剧所表现出来的兴趣——例如，哪怕是演到最伟大作品的最精彩的片段，她们仍可以像小孩子一样幼稚无知，继续喋喋不休地闲聊。如果希腊人曾经真的禁止女人进入剧场的话，那么，他们这样做也是完全正确的——这样人们至少可以听清舞台上的对白。在我们现在这个时代，除了"请女人在教堂中保持安静"的规则外，更要加上"请女人在剧院中保持安静"的说法。或许，这句话应该在剧院的帷幕上用醒目的大字标写出来。

如果考虑到，即使是女性中最为杰出优秀的人才，也从未在真正伟大、纯粹、独创的艺术中取得什么突出的成就，或者

---

① 出自卢梭的一封信件，《致达兰贝尔》。

在任何领域内为世界贡献出具有永恒价值的东西，那么，你就不会对女人有什么期待了。这在绘画方面表现得尤为明显。女人对绘画技巧的掌握与男人不相上下，因此她们也勤奋努力地练习、培养这种技能，但是仍然没有一件值得夸耀的佳作。因为她们缺乏思想的客观性，而这在绘画中是不可或缺的。她们永远无法超越主观角度的限制，所以普通女子对艺术毫无真正的敏感性。因为自然是按照严格的顺序运行的，决不能突击跳跃。哈尔德在他的《关于天赋的科学考察》——这本享誉三百年的著作中，否认女人拥有任何高级的才能。这种情况是不会因某些特殊的例外情形而改变的。从整体上来说，女人仍然保留着彻底的庸人习气，简直不可救药。因此，由于让女人分享丈夫的身份和爵位的荒谬安排，她们就成了不断刺激男人的卑鄙野心的动力。而且，正是由于女人的平庸市侩，她们所领导和开创风气的现代社会，才会如此糟糕。拿破仑“女人无地位”的名言应该成为决定她们社会地位的正确立场；至于女人的其他品质，尚弗特说得也很中肯：“她们注定只能与我们的弱点和愚蠢进行交换，而不能与我们的理智交换。她们与男人之间的共鸣只是表面的，丝毫未触及到思想、情感或性格。”女人形成次等性别——在任何方面都逊于第一性别的第二性别。她们的弱点我们应该予以谅解，但若向她们表现出无比的尊敬则是极为荒唐的，也会降低我们在她们眼中的地位。大自然在划分人类的两性时，并没有画出一道精确的中轴线。这两种性别截然相反、互相对立，却是真的；但他们之间的区别不仅在质的方面，更是在量的方面。

这正是古代人对女人的看法，也是现在的东方人仍持的观点，他们对女人应处地位的判断要比我们正确得多。我们还保留着古老的法兰西对女人大献殷勤和无端尊崇的作风，这是日耳曼式基督教的愚蠢的最高产物。这些观念只会让女人更加地骄横跋扈、妄自尊大，令人们偶然想起贝那勒斯的圣猿——当这些猿意识到自己神圣、不可侵犯的地位时，就以为可以随心所欲了。

但是在西方，女人，尤其是贵妇人，却处在一个错误的位置。因为，被古代人正确地称为“次等性别”的女人，并不适于成为我们崇拜、尊敬的对象，或者将其置于与男人平等甚至高过男人的地位。这种不适宜的地位产生的后果也是极为明显的。因此，假若将人类的第二性别在欧洲降至她们原有的地位，终止那些令人讨厌的贵妇人的不当举止——她们不仅在亚洲是人们嘲笑的对象，在希腊和罗马也同样受到嘲讽，那这将是一件非常值得高兴的事情。这种变化，将为我们的社会、政治、文明带来不可估量的良好效果。那时撒利族的法典将没有继续存在的必要，它已成了多余的老生常谈。在欧洲，通常意义上的所谓“贵妇人”，是完全不应该存在的。她应该是一位家庭主妇，或者是一个想成为家庭主妇的女孩；她应该从小被教育要节俭、顺从，而不是傲慢自大。正是因为欧洲有这样的“贵妇人”的存在，那些社会下层的女人，也就是说绝大多数的女性，才比东方的女人更为不幸。甚至拜伦勋爵也说，古希腊时代女人的地位，是相当适宜的。而女人现在的地位，则是骑士制度和封建时代野蛮习气的残余，是人为的、非自然的。女人应该操持家务，由男人供给吃穿用度，而不能到社会上参与活动。她们应该受到良好的宗教教育，除了有关宗教信仰和烹调方面的书，不能阅读诗歌或政治等其他的书籍。闲暇时，也可以听听音乐、学学绘画、跳跳舞、种种花草等。我曾看到她们在伊庇鲁斯成功地修建了几条道路，为什么就不能去割晒干草、挤挤牛奶呢？

欧洲盛行的婚姻法认为女人与男人是平等的，这从一开始就是错的。在世界上我们这些实行一夫一妻制的地方，结婚意味着权利减半、责任加倍。那么，当法律赋予女人与男人相等的权利时，同样也应给予她们与男人相等的智慧。然而事实是，法律给予女人的荣誉和特权远超过了自然对女人的恩赐，所以相应地，能够真正享受到这种特权的女人就大为减少。剩余的大多数女人被剥夺了她们应有的自然权利，只是因为一小部分女人的权利大大地超出了其原有的份额。因为一夫一妻制的建立，及由此产生的婚姻法，通过把女人置于与男人完全平等的地位——实际上并非如此，而给了她一种非自然的特权。那些聪明审慎的男人看到这一点，就常常会踌躇犹疑，不愿为此做出巨大牺牲、顺从如此不公正的安排。

因此，在实行一夫多妻制的国家中，每一个女人都可以得到供养；而在盛行一夫一妻制的国家中，已婚妇女的人数则是有限的。于是，就有大批的女人没有归宿、无人供养。这些女人，如果出生在上层社会，就会变成郁郁寡欢的老处女，生命毫无意义和价值；如果置身于下层社会，就不得不从事极为艰辛繁重的工作，而这样的劳动对她们并不适合，甚至更有一些女人沦为烟花女子，过着痛苦、屈辱的生活。但在这样的社会环境下，她们的悲惨命运是不可避免的。她们的地位被公开承认，其特殊目的就是可让男人抵御来自那些已婚或者可望结婚的幸运女人的诱惑。仅在伦敦就有八万妓女。还有比生活在一夫一妻制下的女人的命运更悲惨的吗？这是一种可怕的命运：她们是一夫一妻制祭坛上的人类牺牲品。这里所描述的那些女人可怜的处境，与欧洲贵妇人的狂妄傲慢形成了鲜明的对照。因此，就整体来说，一夫多妻制才是对女人真正有利的。而且，从另一个角度来说，如果一个男人的妻子患有慢性疾病，或者不能生育，或已太过衰老，那他就没有什么理由不能纳妾。导致如此众多的人皈依到摩门教的动机，似乎正是那些反对非自然的一夫一妻制的思想。

况且，赐予女人非自然权利的同时也强加给了她们非自然的义务和职责，而违反这些职责将会给她们带来不幸。让我来解释一下吧。一个男人也许会经常想，如果他结了婚，他的社会和经济地位将会受到影响，除非他的联姻很英明。因此，他的愿望是在一定的条件下——例如，能够保障妻子的地位——选择自己心仪的对象，而不仅仅是结婚。不管这些条件是多么的公平、合理、恰当、适宜，如果女人同意并自愿放弃因结婚而带来的不当特权的话，那她在一定程度上就丧失了名誉，因为婚姻是市民社会的基础。而且她将会过着一种不幸的生活，因为人类的本性就是分外看重他人的意见，虽然这些意见并不一定有价值。反之，如果女人不同意的话，她将会冒着或者嫁给一个自己不喜欢的男人，或者成为孤立无援的老处女的风险，因为一个女人择定终身的时间是很短暂的。关于一夫一妻制这方面的问题，托马修斯有一篇立意深刻的论文《纳妾论》，非常值得一读。文章表明，直到路德宗教改革运动之前，在任何时代的任何国家，纳妾都是被允许的，甚至在一定程度上成为一种得到法律认可的制度，并没有什么耻辱可言。是路德教的改革运动，才使纳妾制度得以废除。这进一步证明了教士婚姻的正当合理性。从此之后，天主教再也不敢怠慢这种事了。

关于一夫多妻制的争论是没有用的，我们必须正视它到处存在的事实，唯一的问题在于如何监管、控制。哪里有真正的一夫一妻制呢？不管怎样，我们都曾经暂时、而且很多人是经常过着一夫多妻式的生活。所以，既然每一个男人都需要多个女人，那最公平的办法莫过于允许他供养多个女人，甚至将此视为他义不容辞的责任。这会使女人降至她真正而自然的地位，即作为男人的附属品。而贵妇人——这个欧洲文明和日耳曼基督教的愚蠢的怪物，也会从世界上消失不见；余下的只是女人，但不是现在的欧洲到处都有的那些不幸的女人。

在印度，任何女人无论何时都是不能独立的。根据《摩奴法典》的规定，她必须在家从父/兄、出嫁从夫、夫死从子。寡妇要为死去的丈夫殉葬而自焚牺牲，的确是一件可憎的事；但如果她与情夫共享亡夫的财物，则同样令人厌恶。因为这些钱财是她丈夫辛劳一生所得，饱含着他抚养孩子的寄托。幸福就是保持中庸之道。

母亲对孩子最初的爱，纯粹出于本能，人类和动物均是如此。所以，一旦孩子长大成人，能够自食其力时，这种爱就不复存在。之后，这种最初的爱便被基于习惯和理性的爱所代替；但后来的那种爱常常很难出现，尤其是当母亲不爱孩子的父亲时。而父亲对孩子的爱则与此不同，其往往更能持久。因为父爱建立在这样的基础之上，即父亲在孩子身上重新找到了内在的自我，也就是说，父爱在其根源上是形而上学的。

几乎在所有的民族中，无论是古代的还是现代的，甚至在霍屯督人中，财产都只能由男性后裔来继承。唯有在欧洲出现了变更，不过幸好还未发生在贵族阶层中。那些耗费了男人毕生的辛劳和血汗、历经艰难困苦才挣得的财产，如果落入缺乏理智的女人手中，就会很快被挥霍一空，或被人欺骗拿走，这是一种常见的不幸和罪恶，因此必须通过限制女人的继承权来防止它的发生。在我看来，最好的办法就是让女人，不管是遗孀还是女儿，绝不能接受超出维持生存所必需的财产；只有在缺少男性继承人的情况下，她们才能接受全部的资产。挣钱的是男人而不是女人，因此，女人既没有理由无条件地占有它，也不是保管它的适当人选。当财产——在其实际意义上而言就是资金、房屋或土地等，作为遗产而为女人所有时，也绝不能允许她们自由处置。在这种情况下，通常应该委任一个监护人；而且，只要可能，也绝不能允许女人随意支配她的孩子。女人的虚荣心，尽管也许不能证明比男人的更强，但仍然具有很大的危害——它会把女人带向完全的物质享受方面。譬如，她们卖弄自己的美貌，炫耀自己华贵的服饰，显耀自己富丽的家室。这正是为什么她们在社交界如此活跃的原因，也是她们为什么如此倾向于奢侈挥霍的原因。而且理智越薄弱，她们的这些行为就越严重。因此，我们发现一位古代作家在描述女人时认为她们一般都具有奢侈的本性。而男人的虚荣心则往往倾向于非物质方面，如才智、学识、胆略等。

在《政治学》一书中，亚里士多德阐述了斯巴达人对女人做出太多让步——给她们完全的继承权，以及过多的自由——的重大损害，也揭示了这种损害在斯巴达的衰落中起了多么大的作用。法国不也是这样吗？从路易十三开始，女人的影响逐渐增强，使法院和政府日趋腐败，最终导致了1789年的大革命，以及长时间的持续动乱。无论如何，女人以贵妇人制度这种最明显的方式占据的错误地位，是我们社会结构中的一个根本缺陷。这一缺陷来源于社会结构的中心，必将在各个方面传播其恶劣影响。

女人天性意味着服从。例如，我们可以看到这样的事实，每一个处在完全独立的非自然地位的女人，都要立即依附于某个男人，使自己接受他的引导和统治。因为她需要一位君王和主人。年轻的时候，这个君主是情人；年老的时候，就是牧师了。

论噪音

康德曾写过一篇《论活力》的文章，可我宁愿为这些活力唱一首挽歌。那些以敲敲打打、锤击碰撞等方式表现出来的过于丰沛的活力，已成为我生命中每时每刻都在遭受的痛苦。确实，有些人——甚至可以说很多人——可以对此仅报以一笑，因为他们对噪音并不敏感；但是，他们同时也正是这样的人：对争辩、思想、诗歌、艺术等一切智力活动也都不敏感。原因就是他们的大脑组织十分粗糙，不够精细。而对知识分子来说，噪音无异于是一种折磨。几乎在所有伟大作家的传记或个人言论的记录中，我都能找到他们对噪音的抱怨。例如，康德、歌德、利希滕贝格、让·保罗等，都是如此；如果有某位作家尚未提及这个问题，也只是因为没有机会罢了。

这种对噪音的厌恶，可解释如下：如果把一颗大钻石分割成小碎块，它将完全失去作为一个整体所拥有的价值；一支军队若被拆分为一个个小分队，其威力也将大大降低。同样，一个杰出的人才一旦受到干扰和阻碍，其注意力被分散或转移，他的智力也会降落到普通人的水平。因为他智力的优越高超取决于其精力的集中——即将所有的力量投注在一个主题上，就像凹透镜把所有的光线聚集在一个点上一样。而噪音的干扰则妨碍了这种集中。这就是为什么具有杰出头脑的人，总是对任何形式的扰乱都极端厌恶——这些扰乱会打断或分散他们的思路。在所有的纷扰中，他们最讨厌的就是噪音。但普通人对此，倒并不很在意。欧洲一个最敏感、理智的民族颁布了“严禁打扰”的法规，作为第十一条戒律。在所有形式的扰乱中，噪音是最不恰当、最无礼貌的一种。它不仅仅只是一种干扰，而且会严重搅乱思绪。当然，在没有可扰之物的地方，噪音也不会让人如此痛苦不堪。偶尔，在我能清楚地感觉到之前，也会有某种轻微但持续不断的噪音一度干扰、使我分心。当时，我只是觉得思考变得越来越困难——仿佛双腿负重而行一般。最后，我才终于明白是怎么回事。

现在，我们还是略过概念来谈谈具体的噪音吧。在所有的噪音当中，最难以容忍、最不光彩的就是抽打鞭子的声音——尤其是在小镇狭窄的巷道里响亮的鞭打声，真正是让人可恨。我谴责这种噪音，它使人们宁静的生活不可得，沉静的思考难以继续。在我看来，这种鞭打噪音的被允许存在，最清楚地显示了人类的本性是多么地愚昧无知和麻木不仁。任何正在沉思的人，都不可避免地会对这种突如其来的尖利鞭声感到万分痛苦，它使人的头脑被麻痹、思绪被打乱、思想被扼杀。每当这种噪音出现，定会妨碍上百个正在专心从事各项工作的人。无论它是多么地轻微，对思考者的影响却是灾难性的——切断了他的思路，比刽子手的屠刀将其身首异地还要痛苦。没有比鞭打更尖利刺耳、更能刺痛人的大脑的声音了。你会觉得鞭打的疼痛就在你的头脑中，它对大脑的影响就像触摸一株含羞草所产生的效果，就连持续时间的长短也是一样的。

一向敬重最神圣高尚的公共事业的我，实在不能明白为何一个赶着装满砂砾或粪肥的马车的伙计，竟有权扼杀成千上万人脑中可能会兴起的思想萌芽——他在小镇上驱车穿行半个小时，就会陆续影响到这么多人。锤击声、狗吠声以及孩子的哭声都令人厌烦，但是真正扼杀思想的凶手却是鞭声，它的存在似乎就是为了破坏人们偶尔享受到的宁静深思的愉快时刻。如果车夫除了鞭打就没有任何其他方法来驱赶马车的话，尚有情可原；但实际情况恰恰相反。这种可恶的鞭声不仅没有必要，而且毫无用处。它的目的是要对马在心理上产生一种督促作用，但是不断的滥用却使牲畜对其习以为常而感觉麻木愚钝，产生不了任何效果。马儿并不因此而走得更快。你也许看到过这种情况，出租马车夫不断地挥舞着鞭子，却缓慢前行以招揽乘客。如果他只是用鞭子轻微地触动马儿，该会产生更大的效果。假设鞭打对保持马的速度是绝对必要的，那么，也只需制造原来噪音的百分之一就足够了。因为这是一个众所周知的事实，即在视觉和听觉方面，动物对那些即使很细微的迹象也很敏感，它们能感觉到我们无法察觉的东西。这方面，受过训练的狗和金丝雀可以提供出最令人惊异的例子。

因此，很明显，我们必须要对这种纯粹放肆的行为做出处置；甚至可以说，要对体力劳动阶层向脑力劳动阶层的无理挑衅做出处置。这样的丑行居然能在城镇上得到容忍，简直是一种野蛮和罪恶。解决这个问题的最好办法，就是通过治安告示来规定“每根鞭梢都需打结”。提醒那些民众注意上层社会的人是从事脑力劳动的，这没有害处，因为任何一种脑力劳动对下层人民来说都是一种极大的痛苦。一个骑着闲置的驿马或驾着空闲的马车在人口稠密的城镇穿街走巷，并每走几步就用力甩响鞭子的人，应该被不时地拖下来，狠狠地抽上几棍。

就算世界上所有的慈善家和立法者分别召开会议，倡导并立法废除一切体罚，也不能说服我！因为，还有比我上面提及的更可耻的事呢。你应该可以常常看到一个车夫在大街上独自闲逛，虽然没有骑马，却仍不停地甩着鞭子。由于对这种行为予以毫无道理的容忍，可怜的人们已对之习以为常。如今，一个人的身体及其需求到处都能得到宽容的优待。而唯独一个善于思考的头脑，就不能获得一点同情和保护、受到应有的尊重吗？车夫、搬运工和邮差，他们是人类中受重负的劳动力，必须应受到公正合理、宽容慎重的对待；但也不能允许他们肆无忌惮地制造噪音，妨碍人类更高一层的精神奋斗。我很想知道，有多少光辉伟大的思想曾被葬送在这嘈杂的鞭声中？如果手中握有权利，我一定要让这些人知道若要挥舞鞭子，就要受到鞭打。

让我们希望那些更明智、高雅的民族能在这个问题上作出表率，然后，德意志就可以遵从效仿。同时，我想引用托马斯·胡德关于德国人的一句话："作为一个爱好音乐的民族，他们是我见到过的最嘈杂的。"他们之所以这样，并非因为比其他民族更喜欢制造噪音——如果有人这样问，他们一定会矢口否认——而是因为他们感觉愚钝；因此，即使听到噪音，也不会对他们造成多大影响。它不会扰乱他们的阅读或思考，因为他们并不思考；他们只是用抽烟来代替思考。对于不必要噪音（如砰地一声关上门，这种极不礼貌和缺乏教养的行为）的普遍容忍，直接证明了大脑养成的主要习惯就是迟钝呆滞和缺乏思考。在德国，似乎从来没有人去注意噪音，例如，毫无目的地不停击鼓。

最后，关于涉及本章主题的文学作品，我只有一本书可以推荐，但它是一部极好的作品，这就是意大利著名画家布龙奇诺以"第三韵律"写的书信体诗文。它详细地描述了在一个意大利的小镇上，人们是怎样受到各种噪音的折磨的。它以悲喜交加的风格写成，非常有趣。这部作品可在《伯尼·爱尔梯诺等人的笑话集》的第二卷找到，此集于 1771 年在乌德勒支出版。

关于疯狂

精神的健康一定程度上在于能够完美地回想。当然，这并不是说，我们的记忆力能够保留曾经的一切。因为人生过去的历程，会随着时间的流逝而收缩、变小，正如一位旅行者回顾他走过的路途，会由于空间而变得遥远、渺小一样。有时候，要想区别某些特定的年份和时间会十分困难，过去的大多数时日都已变得面目模糊。因为，同一或相似事件无数次的反复发生，它们在人脑中的印象就会互相交叠、隐藏，于是在记忆中混乱运行，使单独的个体事件难以辨认。不过，如果一个人的智力正常健全、活跃有力的话，那么对于任何特殊的或重要的事情，他都可以在记忆中重新找到。我认为疯狂就像一条断点的线，虽然仍在正常地运转，但是完整性和清晰度在不断地降低。下面的考察也许可以更好地证实这一点。

健康人的记忆，能够清楚、确切地记得他所目击的任何事件，这种记忆的牢固、稳定性就如他对目前事物的感知和理解一样。因此，一旦被他证实过的事件，就会在记忆的法庭上确立起来。相反，哪怕是精神稍微失常的人，他的见证和誓言都会削弱可靠性。而这，就在于健康心态和精神错乱（即疯狂）的判断标准了。当你怀疑你所记得的某件事情是否真的发生过的时候，你就有精神失常的嫌疑了：除非你确定这仅仅只是一个梦境。如果有人对你所叙述的目击事件的真实性感到怀疑，并且这种怀疑完全不是出于对你诚实正直品性的不信任，那么他就会认为你是有点疯狂了。还有一种人，对于原本是自己虚构出来的事物，因为不断地重复、述说，到最后连他自己也都信以为真了。在这一点上，他是真正的疯狂了。一个精神失常的人，也许仍然闪耀着机智的光芒，有着敏锐的思考力甚至正确的判断力，但是，他对过去事件的证言，却没有人会认为是可信、有效的。在描述佛陀释迦牟尼历史事迹的著名作品《方广大庄严经》中写道，在佛陀降生之时，所有的病人都健康了，所有的盲人都复明了，所有的聋人都能听到声音了，所有的精神失常者也都"恢复记忆"了。最后这句话在两个段落中都有提及。

根据多年的经验和观察，我觉得精神疯狂似乎更经常地发生在演员身上。他们是过分地滥用了自己的记忆了啊。每天，他们都需要学习一个新的角色，或者更新记忆旧角色的台词；这些角色之间毫无关联，甚至彼此之间相互矛盾、对立反差。每个晚上，演员们都必须努力把自己彻底忘却，成为与其本人完全不同的另一个人。这样就很容易导致精神失常。

文中所阐述的引起疯狂的原因，会变得更加容易理解，如果我们能想到这样的事实：对于极大地损害自己的利益、伤害自己的自尊心或阻碍自己愿望实现的一些事情，我们是多么地不愿想起；我们也很难下决心将这些事情置于理智之前，做严肃、认真的审查和研究；而只是轻易地、无意识地想要再次摆脱或者逃避它们。与之相反，愉快的事情却会经常浮现在我们的脑海，即使暂时消失，也会不断地重新进入，所以我们常常数小时地沉醉于此。在这种意志的抵抗中，它要允许与自己不相符合的事物在理智的引导下进入，这就为疯狂闯入人的心中打开了一个缝隙。每一个新的不良事件都要被理智同化，也就是说，它必须在有关我们的意志及其利害的真理体系中占有一席之地，哪怕它也许不得不调换位置以找到更为合适、理想的处所。当这些终结之后，我们的痛苦反而就已大为减少了。但这种过程本身则往往是非常痛苦的，而且，大都是顶着阻力、缓慢进行的。然而，只有这些步骤按序、合理地一一付诸实施的时候，精神的健康才能得以继续。反之，如果在某些特殊的情形下，意志对某些知识的领悟和理解力的抵制和反抗达到了如此大的程度，以至于使得这种过程不能完整地实施的时候，那么理智上的一些特定的事件或场景就会被彻底压制，因为意志完全不能忍受它。于是，为了精神上必要的连续性，由此产生的间隙就会被随意地补充、填满，从而导致了疯狂的出现。因为理智已经放弃了它取悦意志的本性，这样，人们就会陷入胡思乱想，幻想出很多实际并不存在的事物。而由此产生的疯狂，则犹如遗忘之河一样，成为了令人难以忍受的痛苦。这是对无聊厌倦的根源——亦即意志——的最后修正和补救。

这里，请让我再举出一个值得注意的例子，以作为说明我的观点的证据。卡洛·戈齐[①]在其《土耳其的怪物》一剧第一幕第二场中，描写了一个因喝了魔法药水而导致失忆的人，这个人的行为就完全像是一个疯子。

依据上面的论述，我们也许可以认为，疯狂的起因在于将某一事物猛烈地“赶出头脑”，然后再将另外的东西“填入头脑”来补充。还有一种过程，则与此相反，即先“填入头脑”某些东西，再将原有的一些事物“赶出头脑”。这种情形发生在疯狂的诱因不断萦绕在脑海、无法逃脱之时，例如，很多由于爱情而发疯的人，因为始终沉迷其中而难以自拔；此外，还有因为对某些突然发生的恐怖事件的惧怕而导致的疯狂。这样的

① 卡洛·戈齐（Carlo Gozzi，1720—1806），意大利剧作家。代表作有《三个橙子的爱情》等。

患者似乎不由自主地拼命抓着以前的思想和印象不放，因此任何东西、至少是与此相对的东西，都不能在他头脑中产生。不过，在这两种过程中，引起疯狂的根本因素却是一致的，即不能做出完整、连贯的回忆——而这又是我们健康、理性思考的基础。或许这里指出的关于疯狂产生方式的对比和差异，如果正确判断、适当运用的话，就可以为妄想症的适当划分提供一个敏锐而深刻的标准。

以上，我只是谈论了引起疯狂的心理原因，即由于外在的客观机缘所导致的诱因。然而，引起疯狂更为常见的因素，则是纯粹的生理原因，即大脑或脑膜组织的畸形变异或者部分瓦解，以及其他与大脑有关的器官病变的影响。后一种精神失常主要会带来虚假错误的直觉和幻想。导致疯狂的这两种原因一般是互为因果的，尤其是精神因素更能影响到生理因素。这就如同自杀的情形一样，很少会仅仅因为外在机缘而发生，而是有一定的生理不适做基础的。而且这种不适的程度，也决定了外在机缘的或大或小、或强或弱，只有这种不适达到顶点时，才会完全不需要外在的机遇。因此，没有任何不幸能够大到让人自杀的地步，也没有任何不幸可以小到让人希望它再次发生。我已经讲述了疯狂产生的心理因素，一个心理健康的人之所以精神失常，主要是因为遭遇了极大的不幸——至少从所有情形的表面现象看来。对于那些生理上已经有严重的疯狂倾向的人，一点点极细微的令人失望的事情，就足以促使疯狂的产生。例如，我记得在精神病院就有这样一个人，他曾经是一位士兵，因为长官称呼他为“埃尔”而精神失常（“埃尔”在德语中本意是“他”的意思，17 到 18 世纪中叶用为对“你”的尊称，现在则用在戏弄、揶揄或鄙视对方的场合）。生理上若有明显的疯狂倾向，一旦这种倾向趋于成熟，那么不需要任何的外在机缘就会让人发疯。而纯粹由心理因素导致的疯狂，则是因为思考的过程发生强烈的混乱和倒错引起的，并进而引发大脑的瘫痪或者大脑某些部位的败坏。这种瘫痪或瓦解必须要尽早除去，否则就会成为永久性的东西。因此，疯狂只有在刚开始的时候才能治疗，患病时间较长的话，就很难治愈了。

皮内尔[①]说有一种狂躁症，虽疯狂却心性不乱，这种观点被埃斯基罗尔[②]加以反驳。从那之后，对此论点支持或反对的声音很多，却始终没有定论。这个问题只有通过实验证明、由经验决定了。不过，如果真的有这种状态存在的话，那就应该用这样的事实来解释了：在这里，意志完全脱离了理智的支配和引导，因此动机亦失去了理智的引导，于是就显示出一股盲目、猛烈、摧毁性的自然力量，并相应地表现为一种消灭一切阻碍物的欲望。意志的这种解放，如洪水决堤，如野马脱缰，或者像一只钟表被放松了发条。这种情形的暂停，只能是由于理性的认识，而不是直观的知识。不然，意志将保持完全失序、没有引导的状态，人也因此不能活动。但是，疯狂的人也能理解客体事物，因此他也可以意识到自己当下的行为，过后也能回忆起来。但是他完全没有思考，没有任何理智的引导，因此也无力考虑或思量现在、过去和未来。当狂乱发作之后，理智重新获得了主导权，它的正当功能也得到回归。因为理智的合理运动始终没有被破坏或销毁，也不过是意志暂时找到了脱离理智支配的方式而已。

---

① 皮内尔（Pinel，1745—1826），法国医师、精神病学家。皮内尔是以人道主义态度对待精神病患者的先驱，现代精神医学之父。

② 埃斯基罗尔（Esquirol，1772—1840），法国精神病学家，皮内尔的继承人，创立现代临床精神病学的巴黎学派的成员。

论自杀

据我所知，除了信奉一神教者即犹太教徒外，没有人把自杀看作一种罪过。这就令人很惊讶了，因为无论在《旧约》还是《新约》中，人们都找不到任何对自杀的禁止或明显反对。所以，传教士们不得不将他们谴责自杀的理论建立在自己杜撰的哲学基础上。然而，这些哲学是如此荒谬，以至于其创作者必须努力加以补救，即通过对自杀行为深恶痛绝的强烈措辞和猛烈抨击来弥补他们论证的不足。他们说自杀是最懦弱的行为，只有疯子才会犯这样的过错，以及其他类似的乏味说教；或者大谈“自杀是错误的”等无谓谬论。而实际上很明显地，一个人在这世上享有的最为无可争议的权利就是对自己生命与肉体的处置权。

如我所述，自杀往往被判作犯罪行为。尤其在庸俗偏执谬论盛行的英国，随自杀者死后而来的就是屈辱的葬礼和财产的没收。也正因此，在遇到自杀案件时，陪审团几乎总是给出精神错乱的判决书。现在，就让读者以自己的道德情感去判断自杀是否属于犯罪行为吧。试想一下当你得知某个自己认识的人犯了谋杀、偷窃，或其他带有残忍、欺诈性质的罪行时的感觉，与当你听说他自杀时的感觉相比，有何不同？在第一种情况下，你心中定会涌起一股强烈愤慨和极端憎恶的感情，并且要高呼严加惩办、使之受到报应；在第二种情形下，你将为之感到悲痛和同情，并且夹杂着对他莫大勇气的钦佩之情，而不是像对邪恶行为的道德谴责。谁没有熟人、朋友、亲戚等自愿地离开这个世界，难道一想起他们就像想起罪犯一样地恐惧厌恶吗？当然不是！我认为，神职人员应该受到质疑并做出解释：他们有何权力登上布道讲坛，或以笔为枪，将许多我们深爱、敬仰的人选择的一种行为判定为犯罪，拒绝为这些自愿离开人世的人举行体面的葬礼。他们不能从《圣经》中找出任何关于谴责自杀的证据和权威，甚至也没有任何站得住脚的哲学论证。他们应该明白，我们想要的是论据，而不是简单的谩骂搪塞。如果刑法禁止自杀，那它在教堂里就是一个无效的律令。此外，这样的禁令也是荒谬可笑的。因为，对于一个连死亡都毫不畏惧的人，刑罚能让他害怕吗？倘若法律惩罚了试图自杀的人，也只是惩罚他因缺乏技巧而导致自杀行为失败。

并且，古人对自杀的态度与今人大不相同。普林尼[①]说："生命并不是那么美好，不值得为延长它而付出过多的代价。无论你是谁，都免不了一死，即使你的生命中已充满了憎恶和罪孽。对于一个陷入困惑烦恼的心灵，最主要的拯救方式莫过于享受大自然赐予人的最伟大的幸事：适时而死，而且，其最大优点就是适用于一切人。"[②] 他还宣称："即使是上帝也不能随心所欲；因为他不能决定自己的死亡，即使他情愿去死。而在我们充满苦难的尘世间，死亡是上帝赐予人的最好的礼物。"[③] 不仅如此，在马西利亚（现马赛）和科斯岛（希腊岛屿），能够为自杀提出正当理由的人，当地行政长官将当众赐给他一杯毒酒。而且在古代，有多少英雄、智者也都是自愿死亡。的确，亚里士多德

---

① 普林尼（Pliny，公元 23〔或 24〕—79），古罗马作家、博物学家，以所著《博物志》一书著称。

②《博物志》，第 28 卷，第 1 章。——原注

③ 引自同书（《博物志》）第 2 卷，第 7 章。——原注

曾宣称过自杀不是对个人而是对国家的冒犯，但在亚里士多德派的斯托贝斯对本派哲学的阐述中，却有这样的说法："当一个善人的不幸太多，一个恶人的运气太好时，他们都将了此一生。"他又说："因此，人就要娶妻生子、参与国家事务。并且通常，广施美德，继续生活。然后，若有必要的话，在任何遭受命运逼迫的时候，他都会离开人世遁入墓地的庇护所。"① 而且我们发现，斯多葛派实际上将自杀赞为一种崇高和英勇的行为，这在他们的很多著作中都可以看到，尤其是在赛涅卡的作品中，他极为赞同这种做法。众所周知，印度人把自杀视作一种宗教行为，尤其是当寡妇自焚殉夫时，或投身在世界主宰神的车轮下时，或被恒河里的鳄鱼吞食时，或被淹没在神殿的圣池中时，如此等等。而且，在人生的镜子——舞台上，同样发生着这样的事情。例如，在中国一出著名的戏剧《赵氏孤儿》中，几乎所有的高尚人物都以自杀而终，但没有丝毫的暗示，或给观众以任何的印象，表明他们犯了罪。在我们自己的剧院，同样如此。例如《穆罕默德》中的帕尔米拉，《玛丽·斯图亚特》中的莫蒂默，奥赛罗，德尔茨克伯爵夫人等，都是自杀而亡的。难道哈姆莱特的独白是一个罪犯的冥想吗？他只不过是宣称，如果我们必遭毁灭，那么死去要比活在世上更为可取。但是，这也存在困难！

一神教（即犹太教）的牧师们，以及那些迎合他们的哲学家，都提出了反对自杀的理由，但他们的理由只是一些轻易就可驳倒的脆弱诡辩。对其最彻底、最酣畅淋漓的反驳就是休谟的《论自杀》一文。这篇文章直到他死后才得以发表，但一出版就被查禁——因为当时英国盛行的盲目偏执观念和教会专制

① 斯托贝斯《伦理学诠释》，第 2 章，第 7 节，第 286、312 页。——原注

蛮横的统治。所以，只有少量的几本书被秘密地售出，而且价格昂贵。如今，我们从巴塞尔得到这位伟人的这篇论文及其他作品，真得感谢重印它们的人。而对于英国来说，这无疑是一个极大的耻辱。一篇纯粹的哲学论文，作者是英国最伟大的思想家和著作家，旨在冷静、理性地驳斥当时那些攻击自杀的世俗谬见，在这个国家里却像是罪恶的产物，不得不偷偷摸摸，难见天日，直到最后在欧洲大陆找到它的庇护所。同时，也可以看出，教会在这个问题上到底有多少“良心”。

在我的主要著作中，我已经阐释过在道德上反对自杀唯一正当的理由就是，自杀阻碍了最高道德目标的实现。因为自杀只是表面的解脱，而不是从这个苦难世界里真正地解脱出来。但是，错误与罪恶相距甚远，并不等同；而基督教的牧师们却希望我们把自杀当作一种罪恶。

基督教的内在核心就是：受苦——耶稣受难的十字架——才是人生真正的终点与目的。因此，基督教便对妨碍了这一目的实现的自杀行为加以谴责批判；而在古代社会，人们的看法较为粗浅，于是赞同自杀，甚至崇尚自杀。但是，如果这就是反对自杀的正当理由，那么它同时意味着对禁欲主义的承认。也就是说，它的正当只是比欧洲以往的道德哲学家们的伦理观要高明很多。如果我们放弃了这种较高的观点，在道德方面就没有可以谴责自杀的合适理由了。一神教的神职人员们以异乎寻常的精力和热情疯狂地攻击自杀，既没有《圣经》中相关章节的证明，也没有其他站得住脚的论点的支撑，因此看来似乎他们定有某种隐秘的理由支持自己的观点。也许是这样吗——对于一个声称“一切都是完美的”人来说，自愿弃世实在不是一种赞美和恭维？假若如此，那就又为这些宗教的极端乐观主义提供了例证，——谴责自杀以逃避因自杀而被谴责。

人们通常会发现，一旦对生活的恐惧超过了对死亡的恐惧，一个人就会结束自己的生命。但是死亡的恐惧又具有相当大的阻力，它仿佛是站在这个世界出口处的哨兵。如果生命的终结纯粹是消极否定的，是生存的突然中止，那么，也许那些尚未结束自己生命的人已经所剩无几了。不过自杀也有一些积极的东西，这就是肉体的毁灭。而人们畏惧这种毁灭，因为他的身体是求生意志的体现。

然而，与死亡哨兵的搏斗，一般来说，并不像从远处看来那么艰难，这主要是由于肉体疾病和精神疾病相互对抗的缘故。如果我们正承受着身体的巨大痛楚，且这种痛苦经久不消，那么我们就会对其他烦恼漠不关心，而一心想着恢复健康。同样，巨大的精神痛苦会让我们对肉体的痛苦感到麻木，并蔑视这种肉体的痛苦。不过，假若肉体的痛苦超过了精神的痛苦，它就会分散我们的注意力，而我们也欢迎它的到来，以缓解精神的痛苦。正是这种感觉使人容易自杀。因为在一个正备受精神折磨的人眼中，身体的疼痛已变得无关紧要。这一点在那些因极度的忧郁和苦闷而自杀的人们的案例中，尤其明显。任何试图克服他们这种情感的努力都是不必要的，他们自己也没有做出这种努力的要求。一旦身边无人守护，他们就会立刻结束自己的生命。

在一些阴森恐怖的梦境中，极度的恐惧会惊醒我们，于是就可以驱走黑夜里所有可怕的阴影。人生就是一场梦，当极度恐惧的瞬间到来，迫使我们惊醒时，人生的暗影也会消失不见。

自杀也许可以被看作一种尝试——一个人类向自然女神提出并迫使她回答的问题。这个问题就是：死亡会给人的生存及其对事物的认识带来什么样的变化？但这是一个笨拙的尝试，因为提出这个问题并等待回答的生命意识，因死亡而被毁灭。

关于性格

有些人总是渴望过一种快乐、精彩、又长命百岁的人生，而不是希求一种善良、有道德的人生。他们就像某些愚蠢的演员一样，总是希望一直出演最伟大闪耀的主角——那些辉煌荣誉、功名显赫的角色。他们根本不懂得，最重要的事情不是演什么和演多少，而是他们应该如何演。

既然一个人是不会改变的，并且他的道德品性也会丝毫不变地保留在他的整个生命中；既然他必须要演完自己所接受的那个角色，不能与这个角色的性格特征有一点点的偏差；既然无论是经验，还是哲学、宗教，都不能对他产生任何的影响。那么，问题就出现了：生命的意义到底是什么？在人所扮演的这场滑稽剧中，既然一切重要情节都是事先决定、不可更改的，那么它的目的究竟是什么呢？

正是通过这种扮演，一个人才能了解他自己，才能明白他寻求的是什么以及他希望成为怎样的人。他想要的是什么，也就决定了他事实上是什么样的人。这是一种必须从外界传授给他的知识。生命对于人——也就是对于意志来说，正如化学试剂之于物质。即：一个人只有通过自己的人生，才能展示他是什么，而只有借助于自己是什么的这种展示，他才能在事实上获得所谓的存在。生命是性格的具体表现，或者说，是我们借助“性格”这个语词所理解的某些东西的具体表现。人的性格所经历的变化，是生命过程给予他的自我认知的结果，它不在生命之中，而是在生命之外，并且外在于时间序列。人生只是一面镜子，一个人凝望这面镜子，不是为了看到自己的身影，而是为了能够通过这种影像来理解自己。他能够看到的东西，正是这面镜子所映现出来的东西。人生犹如一篇文章的校样，排字工的失误在上面一览无遗。这些错误是如何显现的，其程度无论是大是小，对于生命的最终结果而言都是无关紧要的。生命的外在表现毫无意义，人生的历史进程同样也没有任何意义。因为，一种错误一旦发生，不论它是大是小，从总体上来讲都是一回事。同样，一种被表现出来的罪恶品性，不论它是属于一个世界征服者，还是属于一个流氓恶棍，或者属于一个病态的利己主义者的，从本质上来讲也都是一回事。在一种情况下，从一个人身上可以看到所有人的特性。在另一种情况下，也许只能看到他自身；但是，他应当了解，这种自我审视意味着什么。

因此，如果一个人陷入利己主义的怪圈，并被它牢牢地纠缠、控制而不能自拔，那么，不管这种利己主义以何种方式表现出来——无论是快乐、狂欢、贪婪、渴望，还是烦恼、愤怒、恐惧、疑虑、极度悲伤，或是其他诸如此类的情感——总而言之，他已经落入罪恶的魔掌。至于他是如何深陷其中的，已经无关紧要了。重要的事情是，他应当尽快摆脱这些情绪的影响。而在这里，如何摆脱这种影响同样是无关紧要的。

我已经描述过，性格从理论上来讲是超越时间的意志的一种行为。在这一意志中，时间历程中的生命，或行动过程中的性格，都是时刻变化发展的。对于现实生活中的事情，我们都同时拥有关于生命和性格的不同问题，因为每个人都是由上述这两种东西构成的。性格决定命运，这种决定作用要比我们想象的大得多。所以，“每个人都是他自己命运的建筑师”这句话，只在一定程度上才是正确的。毫无疑问，我们的命运似乎完全是由外界决定的，某种命运从外部授予我们，正如音乐旋律从外界传入我们的耳朵，其方式完全一样。但是，只要我们回想一下过去，就会马上发现，我们的生命仅仅是由来自于同一主题——即性格——的种种变化构成的，仿佛同一首主旋律贯穿在整个乐曲中一样。这是一条重要经验，一个人能够、也必须在自身内并通过自身而获得它。

人的生命连同人的智力，都具有一种清晰明确的特征，只要他的智力主要是用于理论方面的事情。然而，并不是每个人都拥有这样的智慧。因为，我所描述的这种清晰的个性是一种天分——即一种关于世界的原初性的见解，它意味着一种绝对超越、异常杰出的个性，这种个性构成了天才的内在本质。人的智力品格是他所有作品得以不断变化的永久主题。我在魏玛写的一篇文章中，曾把它称为一种巧妙的诀窍、技艺，每一位天才正是依靠这种妙法才能写出各种各样、丰富多彩的作品。这种智力的品格决定了天才们的相貌（我将其称为“理论性的相貌”），并且赋予这种相貌以一种与众不同的突出特征——其非凡性主要通过天才的眼睛和额头表现出来。而对于凡夫俗子来说，他们的相貌与天才的相貌相比，哪怕连丝毫微弱的相像之处都不存在。从另一方面来看，所有的人都拥有他自己的实在的相貌，这种相貌仅仅是意志的标记、实际性格的符号、道德天性的象征；它主要通过人的嘴巴来表现自己。

只要理解了性格的本质，我们就会明白性格是高于并超越于时间的，因此，它在生命过程中是绝不会发生任何改变的。不过，尽管性格是有必要保持始终如一的，但它还是需要时间来展示自己，将其自身所具有的多种不同的方面表现出来。因为性格包含着两种因素：一种是生命意志本身，它是一种盲目的冲动，即所谓的原动力；另一种是约束力，它是个人意志在理解了世界之后所获得的——而这个世界，其本身也是一种意志。人们一开始也许会热衷于追逐欲望的满足，直到最后终究明白：生命是一种多么虚无空洞、飘渺不实的东西，生命中的快乐是多么地虚假朦胧，生命中又隐藏着多少阴险恐怖的事情。

正是悟透了这些道理，有些人才转而变成了隐士、忏悔者和抹大拉的玛丽亚[①]。不过，根据经验可以观察到，一个人在过惯了奢侈放纵、寻欢逐乐的生活之后，再想放弃它去过一种清静淡薄的生活——这种转变几乎是不可能的，除非这个人能主动拒绝感官的享受。一种糟糕透顶的人生，是不大可能转变成为高尚、有德行的人生的。拥有最美丽的灵魂的人，在他认识到生命恐怖可怕的那一面之前，也许已经尽情地啜饮了生命的美酒，所以能够永远保持天真无邪、干净单纯。他不能做出一件恶事，也不能为了取悦自己而让他人遭受痛苦。因为在这种情况下，就可以明显地看到，他到底要干什么事情。无论一个人多么年少，多么缺乏生活经验，他都可以清楚地领悟到别人的痛苦，正如明白无误地感受到自己的快乐一样。这就是为什么一件丑恶行为就足以导致其他无数罪恶行为的出现，只要现实条件给它们的产生提供了机会的话。曾经有人极为公正地向我说过，在每个人的天性中，都是既有非常善良、仁爱的一面，也有极端卑劣、邪恶的一面；他在现实情况中所显示出来的道德品性，是依他当时所受的是两者中哪一方面的影响而决定的。例如看到别人备受痛苦的折磨这件事，不仅在不同的人身上，甚至在同一个人身上，也会产生截然相反的情感：也许在某一

① 抹大拉的玛丽亚（Magdalenes），在基督教的传说中，抹大拉的玛利亚是一个被耶稣拯救的妓女。现在也有学者说她可能是耶稣在世间最亲密的信仰伴侣，或者是未被正史记载的受耶稣教诲最得其神髓的门徒。

时刻会涌出无尽的怜悯和同情，在另一时刻就可能流露出一种幸灾乐祸的满足感，而且这种满足感会随着别人的痛苦不断增加，直至达到最为残忍的快乐。我曾经反省过自己，发现在某一时刻，我会对整个人类都怀有一种深切的同情；而在另一时刻，我对他们又极为冷淡麻木、漠不关心；偶尔，我还会仇视人类，甚至会因看到他们受苦而感到高兴。

所有这些都非常清楚地表明了，对于这个世界，我们拥有两种不同的甚至是绝然相反的看待方式：一种是根据个体化的原则，把其他一切生灵都看成是完全陌生的、不属于我们同类的东西。我们对它们没有任何感情，除了冷漠、嫉妒、仇恨，以及看到它们受罪而觉得开心之外。另一种对待世界的方式，是根据一种或许我可以称之为“这就是你自身”的原则，把一切生物都看成是与我们同一的。因此在注视它们的时候，我们内心中就会唤出无限的怜惜与喜爱之情。

第一种方式是用不可跨越的鸿沟将个体之间分隔开来，第二种方式则是跨越这个鸿沟和障碍，将所有的个体融合在一起。在对待他人的时候，后者是使我们感到:“那就是我本身”；前者则会让我们觉得:“那并不是我。”但是，有一点是十分清楚的，那就是：看到他人遭受苦难时，常常会让我们感同身受，心中涌起深深的同情怜悯之意；而在看到别人无比幸福安乐之时，我们却根本不会产生这种共鸣。那时，我们总免不了生出几分嫉妒之心。尽管在某些情况下——例如，当处于幸福之中的人是自己的朋友时，我们不会产生这种情感。然而，我们对他们的幸福所具有的兴趣，是非常微弱、寥寥无几的，与他们遭受痛苦之时我们所感到的同情之心，完全不能相比。难道这是由于我们真的认识到一切幸福都只是一种假象，或者是一种达致真正福祉的障碍吗？当然不是！对此，我更倾向于认为，这是由于我们心中拒绝接受别人拥有财富和幸福的事实，这会使我们万分嫉妒；也就是说，我们只希望是自己拥有这份欢乐和财富，而不是他人。

只有第一种认识世界的方式，才是建立在任何可能得到论证的基础上的。另一种方式，在这个世界上似乎毫无立足之地。除其自身而言，它找不到任何可以支撑自己的证据，除非我的学说能够为其提供非常抽象、艰深的证明。至于为何第一种方式在某人那里居于主导地位，第二种方式却在另一个人那儿占有优势——尽管它并不是在任何人那里占有决定性的支配地位；为何会随着意志的驱动而产生此种或彼种观察世界的方式——这些都是非常深奥、难以理解的问题。古人说得好："黑夜与白昼之路是紧密相连的。"

这是一个事实，即一种先验性格与另一种先验性格之间存在着一种原初的、巨大的差别。这种差别从根本上来说，是以个人的意志与他智力之间的关系为基础的。这一关系最终取决于他父亲意志的等级与他母亲智力的等级；而他父母的联姻在很大程度上是具有一种偶然性的。所有这些都意味着，这个世界在本质上就存在着一种令人厌恶的不公正。如果父母与子女之间的这种差别不仅仅只是个别现象，那么，一切偶然性本质上都是必然性的反映。

对于意志的自由而言，倘若意志只是把自己完全体现在某一单独的行为中，那么这一行为就是自由的。但实际上，意志是将自己展现在整个生命过程中的，也就是说，它是体现在一系列的行为当中的。因此，这一系列中的每一个单独行为，都被决定了只是作为一个完整的统一体的一部分而存在的。离开了这个整体，它就不可能单独发生。相反，整个生命系列却是自由的，它不过是一个个体化了的意志的表现。

如果一个人非常想做出某种恶劣行为，但又压抑住了自己，那么阻止他行动的原因可能是：害怕受到惩罚或者报复；因为迷信，换句话说，就是担忧将来得到报应；出于对他人的同情怜悯之心，包括广义的慈善仁爱；出于荣誉感，亦即担心自己的名声受辱；出于正义感，也就是一种与忠实、真诚、善良等品质客观联系在一起的情感，并且伴随着一种坚定地维护它们的神圣崇高的决心。因为，它们是人与人之间一切自由交往的基础，因而通常对于他个人来说也是十分有益的。最后这种思想，实际上并不是作为一种思想，而是作为一种纯粹的感觉频繁地影响着人们。正是这种感情，经常鞭策人们去注重荣誉节操，以至于当某些不正当的巨大利益摆在面前的时候，他能够轻蔑地拒绝，并骄傲地宣称："我是一个高尚的人！"否则，一个贫穷落魄之人，如何在面对偶然获得的不义之财或者富人——正是这些富人的存在才导致了他的贫困，他们是那么看重自己的财产——的赠予施舍时，即使自己对这些东西有迫切的需要，尽管他完全可以不受由此带来的惩罚，却仍然能够拒绝接受呢？是一种什么样的思想，能从根本上促使这样的人坚持诚实品质的呢？这就是——他决心不把自己从那些高尚人士所组成的伟大团体中分离出来。这些高尚的人士，拥有整个地球作为财富，他们的法则畅行于整个世界。他深深懂得，哪怕一次不光彩的行为，都会将他永远地驱逐出这一高尚的团体。他当然不要这样！一个人应当把钱花在能为自己结出善果的土地上，为此，他不在乎做出牺牲。

而人们在做好事的时候——每一件好事中一个人的自身利益似乎都退居在他人利益之后，其动机则有以下几种：为了保护自己的潜在利益；因为迷信，也就是说，希望来世能够回报自我利益；出于同情；想要对别人伸出援助之手，换句话说，就是遵循“我们应该互相帮助”的准则，以及我们都愿意维护这一准则的信念，以便将来有一天我们需要时也能得到别人的帮助。康德所谓的一种善的行为仅仅是出于责任的动机，并且只是为了履行责任的这种说法，正如我们所看到的，毫无立足之地。康德自己也宣称，一种行为是否永远仅由纯粹的责任动机来决定，是值得怀疑的。我则极为坚定地确信，这样一种行为是永远也不会有的，它只是痴人说梦，胡言乱语。没有任何东西，可以真正地成为一个人行为的动机。当他用这类空话来掩饰自己的时候，实际上却永远要受到我在前面所描述的四种动机之一的影响。显然，在这些动机中，唯有同情最为真实、最为忠诚。

“善”和“恶”体现在性格中有一个多少的问题，也就是说，我们更愿意行善，而不愿意施恶。但毫无疑问，二者之间并没有完全这样清楚的区分。它们的区别仅仅在这一点上产生，即：是使自己的利益从属于别人的利益，还是优先保护自己的利益。如果一个人能够在两者间保持中庸，那么他就是公正的。但是，大多数人站在利益选择的路口时，都是距离自己的那一端更近了几公分。

性格上好或坏的根本原因，就我们所了解的关于它们的真实知识而言，在于这一点：性格不好的人在思考外部世界、尤其是外界中的生物时，内心总是不断地涌现出这样的情感：“那不是我，不是我，不是我。”——他们与这个人之间的相似度越大，他的这种感觉就愈加强烈。

相反，对于性格良好的人来说（假设二者性格的好坏都存在于一个较高的等级），内心中同样伴随着一种固定的思想。它犹如一首乐曲中的基本音调，持久地发出这样的情感：“那就是我，就是我，就是我。”由此，就生发出一种仁爱、慈善之心，一种期望帮助天下所有人的情愫；与此同时，还有一种愉悦、沉着、平和宁静的心境。这与性格不好的人的心中所感，是完全相反的。

不管怎样，这种差别只是现象的，尽管这种现象的差别也是根本的。但是现在，我们接触到了所有问题中最艰难的一部分：既然作为自在之物的意志是同一的，从形而上学的角度来看，它在其所有的表现方式中都是一致、同一的，那么为何一种性格与另一种性格之间会有如此巨大的差别呢？——一种是邪恶、残忍、狠毒的，一种是善良、仁慈、宽厚的，二者截然相反、对比鲜明。为何我们既有台比留、卡利古拉、杜米仙、尼禄等这样的暴君，又有安东尼、提图斯、哈德良、诺尔瓦等之类的仁主呢？为何在动物界中，甚至在一个高级的物种里，在某些个体动物中，也有这样一种类似的差别呢？——猫类的狠毒极其强烈地展现在虎的身上，猴子刁蛮、邪恶；狗和大象则代表着善良、忠诚和仁爱之心。显然，判断动物是否邪恶的原则，与对人的标准是完全相同的。

或许，我们可以在某种程度上限制一下这个问题的难度。即通过意识到：整个的差别到最后只是一种程度上的差别。在一切生物身上，都有着最基本的天性和本能，只是它们存在的程度和比例不同。但即使这样，也还不足以解释上述事实。

我们必须要再次回到理智与意志的关系上来，这是剩下的唯一可能的解释。无论如何，一个人的智力与其性格的优良之间，没有一丁点直接、明显的关系。的确，我们也许可以区分出两种不同的智力：理解力是根据充足理由律来把握事物的关系；认知力则是一种类似于天才的官能。后者可以更直接地行动，独立于充足理由律之外，并且超越了个体化原则。它是一种领悟、把握观念的能力，必定要与道德相关。但即使是这种解释，也依然有许多需要解决的问题。“好的心智很少有好的灵魂。”让·保罗曾经精辟地指出；尽管这话不能反过来说。确实，培根勋爵虽有杰出的心智，却没有美好的灵魂，因此他是个恶棍。

我曾经说过，时间和空间是个体化原则的一部分，因为只有它们才使得类似事物的多样性成为可能。但是，多样性本身也包含着种种变化。多样化和差异性不仅是数量上的，也是质量上的。质的多样性是如何存在的呢，尤其对于道德问题来说？或者是我犯了与莱布尼茨相反的错误？——他曾经错误地坚持“不可分辨的同一性”原理。

人们已经发现，造成智力多样化的主要原因，在于大脑和神经系统。这一事实在某种程度上为解释这一问题降低了难度。动物的大脑和智力，是严格地适合于它们的目标和需要的。唯有人类的大脑和智力，才会出现例外，不时地存在某种剩余，如果过量富足的话，就可能会产生天才。然而，道德的差异性似乎只是直接地根源于意志。否则，道德品格将不会高于或超越于时间，因为只有在个体中，理智和意志才能结合起来。意志是高于并超越于时间，是永恒的；性格是与生俱来的。也就是说，性格根源于同一种永恒性之中。因此，除了先验的阐释之外，对其再无其他解释。

也许在我身后，会有人紧跟而来、继续探索，为这黑暗的深邃点燃一盏明灯，照亮前进的道路。

观相论

一个人的外在反映了他的内心，他的面貌也可以揭示出他整个的性格特征，这个明显的假设被人们普遍接受，因此也似乎是可靠管用的。比如，以下事实就足以证明：人们总是热切地渴望能够一睹那些大善大恶之人、或成就了非凡事业之人的风采，即使未能如愿见到，也要想方设法从别人那儿打听他们到底长什么样。这就是为什么人们总喜欢去那些名人可能会出现的地方；也是为什么媒体，尤其是英国媒体，正在致力于将这些人的形象描绘得那么详细确切、惹人注目。然后，他们就会很快地被带到我们面前——通过画家、雕刻家或者摄像师之手，这种被视若珍宝的形象描述，以最完美的方式满足了人们的心理需求。这一观点同样也在这样的情形中得到证实：日常生活中，人们对于接触到的每一个人，都会仔细观察他的相貌，试图从他的外在特征隐秘地发觉到他的道德品性和智力才能。事实并非如某些愚蠢的家伙认为的那样，人的外表无足轻重。如果灵魂和身体是两回事的话，那么二者的关系就犹如一个人与他的衣服的关系。

人的相貌如同象形文字——当然，可以肯定是能够破译出来的，我们每个人都随身携带着这样一张完整的字母表。事实上，一个人的相貌通常能够比他的嘴巴告诉我们更多有趣的事情。因为人的面貌概括了所有他要说的内容，记录了他所有的思想和感情。而且，语言只能说出一个人的所思所想，他的面貌则传达了自然本身的思想。因此，每个人都是值得我们认真观察的，即使他们并不值得我们与之交谈。作为一种独立的自然思想，每一个个体都值得观察；最高的美也是如此，因为它是自然一种更高级、更普遍的观念——是自然在每个物种身上的思想。这就是为什么美在我们眼中是那么迷人——它是自然基本的、主要的思想；而个体只是自然附属的、次要的思想，是一种必然的结果。

私下里，人们都是坚持以貌取人的原则。虽然这一原则并没有错，但应用起来却有困难。运用这个原则的能力，一部分是天生的，一部分是从经验中得来。但是没有人可以完全、彻底地看透它，即使是经验最为丰富的人也难免会出差错。不过，这并不是相貌欺骗了我们（无论费加罗会说什么），而是我们自己欺骗了自己——在别人的面貌中读出了本来没有的东西。

观相术无疑是一门伟大高超、艰深奥妙的艺术，其原则绝不能从抽象的原理中学来。观相的首要条件，就是必须要从纯粹客观的角度来观察一个人，要做到这一点并不容易。只要有哪怕是一丝的主观色彩存在，例如，轻微的反感或偏爱，点滴的恐惧或希望，甚至我们自己强加在对方身上的观点印象，都会导致这张象形文字混乱变形。语言的声音只有不懂它含义的人才能听清，因为在思考语言含义的时候就不会注意到符号本身。与此相类，只有对陌生人——也就是说，很少见面或交谈、对其面孔还不熟悉的人，观相术才可以正确地运用。因此，严格说来，只有第一眼才能对一个人的面孔产生纯粹客观的印象，才有可能让我们破解他的性格特征。一种气味只有在刚接触的时候才会被我们感知，一种酒只有在喝第一杯的时候才能让我们品尝到它的真正味道，同样，只有在第一次看到一张面孔的时候，才会给我们以完整的印象。所以，如果你对自己的观相术很有信心，那就应该特别留心对他人的第一印象，并要铭记于心，甚至用笔写下来——假如这个人对你来说很重要的话。日后的相识和交往会让你逐渐忘记这一印象，但在将来的某一天它一定会被证实。

我们无需隐瞒自己这一事实，即第一印象一般来说都是令人极不愉快的。绝大多数人的面孔都是那么粗俗！除了极少数美丽、善良、聪慧的面孔——这是极为罕有的——之外，我相信，大部分的新面孔对于一个敏感的人来说，都会带来一种类似于冲击、轰动的感觉，因为一个陌生的、令人惊奇的复合体会引起人的不悦之感。说实在的，一般人的样子真是让人遗憾。有这样的人，他们粗俗鄙陋的性格、动物般的低等智力，都清楚地刻在脸上。人们忍不住要问，他们怎么可以带着这样一副面孔就出来，为何不戴上面具见人呢？不仅如此，有的面孔甚至让人只要瞥上一眼就会觉得难受。因此，我们不能责怪那些能够远遁山林、离群索居、逃避会见陌生面孔的痛苦感觉的人。对此形而上学的解释就是，每个人的个性都是与其生存经历相符合的，是由此形成的。如果还有人需要一个心理上的解释才能满足，那么请他躬身自问：对于那些一生都心胸狭窄，脑中充满卑下鄙俗思想，以及卑鄙邪恶、自私自利、嫉妒刻薄的欲望的人，能期望他们有什么样的面貌呢？这些思想和欲望，会在他的脸上刻下印痕，并将伴随他整个生命历程。而且，所有的这些痕迹，经过长期的不断重复，最终成为他脸上明显的皱纹和瑕疵。所以，大多数人的外表第一眼看来都会让人感到震惊，只有经过时间的积累，人们才能逐渐习惯一个人的面孔，即对这种印象的感觉已变得麻木迟钝，因而不再受其影响。

聪明睿智的面孔是岁月刻画的结果，是由面部无数个短暂的典型收缩、舒展而形成的，这也是为什么卓越理智的面孔只能是逐渐形成的原因，并且只有到晚年这些人出众超群的外貌特征才能显现出来，而在青年时期只是稍微露出一丝痕迹而已。但另一方面，这与前面所说的对初次见到的面孔感到惊愕正是一致的，即只有第一眼才能看到别人脸上真实完整的印象。若想得到一个纯粹客观、真实的印象，我们必须要与被观察者没有任何关系，甚至，如果可能的话，也绝不要与他交谈。因为谈话易让人们之间产生几分亲近、友好的感觉，把我们带入一种融洽互利的带有主观性的关系，这就会立即干扰我们做出客观真实的判断。因为每个人都想努力为自己赢得尊重或好感，而一个觉察到自己被观察的人会立即调动起所有的掩饰技艺，用他的故作姿态、虚假伪善及阿谀奉承等来迷惑我们，使我们最初得到的清晰印象瞬间消失。

俗语说，“日久见人心。”但其实应该说是“时日越久，越易被骗”。只有到后来这些恶劣品质暴露出来的时候，我们的第一印象才能得到证实。有时“深交的人”会是一个并不友善的对象，这种情况下，我们不能从他身上发现什么。与他人的进一步的交往熟悉是因为，对这个人的第一印象在警告我们，一经交谈，他的真实为人和性格，包括他的教养就都表露无遗；也就是说，不仅他的自然本性，而且他从整个人类身上获得的财富，都一并显露出来。他说的话有四分之三都不属于他自己，而是他从外部得到的；因此，我们常常惊讶于这样一个弥诺陶洛斯（希腊神话里人身牛头的怪物）竟然能够说人话。如果我们再作更进一步的认识，他脸上所揭示的残忍、野蛮的兽性，就会全部清楚地表现出来。所以，如果一个人天生具有观相的敏锐感觉，一定要小心注意在对人熟识之前所做的判断，那是真实可信的。因为人的面孔完全、精确地表达出了他是怎样的人，如果他欺骗了我们，那不是他的、而是我们的错。另一方面，一个人的语言只能说出他的思想，更多的只是他所学到的东西，或者只是他假装思考的东西。此外，当我们与其交谈的时候，甚至只是听到别人与其交谈的时候，我们的注意力就会从他们的面貌上移走了；而这却是本质的、根本上的东西，我们却忽略了它，我们只注意到它的病症和讲话时的表情。而这些却是被安排好的，所以只有好的方面显示出来。

一位年轻人被引荐给苏格拉底，请苏格拉底对他的能力进行测试。苏格拉底对他说:“请你说话，以便我能看清你。”他使用“看到”而非“听到”这个词，无疑是正确的。因为只有在讲话的时候一个人的表情尤其是眼睛，才会变得生动活跃，他的才智和能力也从面貌中得到了呈现。由此我们才能初步评估、判断出他的才智处在怎样的程度和水平，这正是苏格拉底在此故事中的目的。但另一方面，人们观察到，首先，上述原则并不适用于埋在人内心深处的道德品质；其次，根据人讲话时清晰的面部表情而获得的客观看法，又会因一种主观的观念而丢失，因为他与我们迅速形成的个人关系，会引起一种轻微的感情，使我们不能成为毫无偏见的观察者。因此，从这个角度来看，如果说“不要说话，以便我能看清你”，也许更为恰当。

若想从一个人的相貌中获得关于他本性纯粹、基本的把握，我们必须要在他独自一人的时候进行观察。任何社交和言谈都会在他身上加上本不属于他的影响，而且大多是对他有利的，从而拔高了他此时的行为和反应能力。相反，当他独自一人的时候，就会沉浸在自己的思想感情中，只有这时，才是他真正、完全的自己。此时，任何一双敏锐、具有深刻洞察力的观相的眼睛，一眼就可以抓住他整个人的基本性格特征。因为他的面孔表明了他所有的思想和努力，和他不可改变的命运，以及只有当他独处时才会意识到的东西。

观相术是了解人类的一个主要手段。因为人的面孔是他唯一无法施展其掩饰才能的地方，掩饰艺术只能局限于类似模仿的表情范围内。这就是为何我说观察一个人，一定要在与他交谈之前，在他独自一人、完全沉溺于自己的思想中的时候来进行。这一方面是因为，只有在这时才能简单、明晰地看清他的面相——在他说话的时候，一些外在的因素就会渗入，让他能够使用他所熟悉的虚假掩饰的伎俩；另一方面，是因为个人的接触，哪怕是最轻微的关联，都可能会令我们产生偏见，从而有损我们判断的公正性和客观性。

一般来说，在观相时，人的才智能力比道德品质更容易被识别洞察。前者显然更倾向于外在表现，它不仅反映在人的面孔和表情中，而且还体现在人的步态甚至是最轻微的动作中。我们也许从背后就可以分辨出一个人是愚人、傻瓜，还是天才。傻瓜动作慵懒、缓慢迟钝、麻木呆滞，每一种姿态都透出愚蠢；同样，一个人聪明智慧、勤奋认真的品质也会形之于外。所以，拉·布鲁耶尔说："没有什么比哪怕是最轻微、简单、难以觉察的行为方式更能表现出我们的本性了。一个愚笨的人，无论是他的来去、坐立、沉默或其他任何举动，都与聪明人截然不同。"这也许可以解释爱尔维修的这句话：平凡普通之人有辨别天才并回避他们的本能。

天才和愚人之所以这样不同，原因主要就在于，一个人的头脑容量越大、越发达，与之相联的脊椎和神经就越细小，他的智力就越高。不仅是智力，包括他肢体的灵活性和柔软性也同时很好，因为此时大脑对四肢的支配最为直接有力。因此，所有的东西都从属于一个神经系统，每一个动作也更能清楚地表达出它的目的。

与此类似甚至直接相关的就是，进化程度越高的动物，就越容易因某一处的受伤而死亡。以两栖类动物为例，它们动作迟缓呆滞、慵懒笨拙，虽然智力低下，生命力却很顽强。原因就在于，它们的大脑很小，因此脊椎和神经就显得粗壮。现在我们知道，步态和手臂的运动主要是大脑的功能，大脑的命令以及任何细微的改变，都是经过脊柱和神经的媒介而传递给四肢的。这就是为什么意识活动会使我们感到疲劳：疲劳的感觉和痛苦的感觉一样，都在大脑中有自己的位置，并不是像人们通常认为的那样，来自于四肢，因此意识活动会导致睡眠。但那些不是由大脑引起的运动，即心脏、肺腑等身体器官的无意识运动，即使不停地运转也不会让人产生疲劳感。思维与身体的运动一样，也是属于大脑的机能，大脑活动的特点在二者中都有表现。人们的性格也可以从其身体构造的情形看出来：愚笨之人行动起来如同木偶般呆滞缓慢，而聪明人的每个关节都是那么灵巧。

但是，人的面貌比姿态和动作更能表现出他的才智，脑袋的形状和大小，脸部肌肉的收缩和运动，尤其是眼睛——从蠢人细小如鼠、暗淡无光、呆滞如同死人般的眼睛，到天才神采飞扬、炯炯发光的眼睛，各种各样，形色不一。即使是最优秀的谨慎、明智之人，他们的相貌与天才的也有不同。前者要承受屈从于意志的重压，后者则不受此限制。

因此，我们足以相信斯夸扎菲克在其《比特拉克传》中记载的一则轶事，这件轶闻来自于约瑟夫·伯利维乌斯，他和诗人比特拉克处于同一时代。故事就是：一次，在韦斯康帝家族的宫廷，比特拉克和其他绅士、贵族汇聚一堂，伽雷阿佐·韦斯康帝让他的儿子（当时还是一个孩子，后来成为米兰的第一公爵）从在场的人士中挑选出最聪明的一位。这个男孩稍稍环视一周后，就拉着比特拉克的手把他带到父亲的面前，使所有的人都十分钦佩。大自然把她高贵的印记如此清晰地刻在了人类中的幸运儿——天才的脸上，就连一个孩子都能分辨出来。所以，我要提醒明智的国人，如果想大肆吹嘘一个极其普通的人三十年后会成为一名伟大的天才，那么千万不要选那种长着一副啤酒店小老板面相的人，就像某位哲学家那样。在那些人的脸上，大自然已经以她最清晰的笔迹写下了我们熟悉的几个字:“凡夫俗子”。

但是，对人的才智所作的这种判断并不适用于人的道德品质和性格特征，对后者的洞察要困难得多。因为这是形而上学的东西，藏在人内心中无比深远的地方。当然，道德品性也和人的生理构成、个体器官有联系，但并不像才智与其的联系那样直接、明确。因此，每个人都喜欢炫耀自己的才智，尽力在每一个可能的机会中展示它，将之作为自己向来都很满意的东西。但却很少随意地暴露他的道德品性，很多人甚至有意地将此掩饰起来，而大量的实践、练习也使这种掩饰手段日臻完美。与此同时，正如我在前面所述，卑劣的思想和无用的努力总会逐渐在人的脸上尤其是眼睛里烙下深深的痕迹。所以，在观相中，断定一个人绝不可能创造出不朽伟业极为容易，但要保证他不会犯下滔天大罪就难了。

阅读与书籍

一

无知只有在与财富结伴时才会显得可耻羞人。穷人为贫困和匮乏所迫，终日操劳，无暇读书和思考。而无知的富人却像禽兽一样，活着只是为了追求享乐——正如我们通常所见。他们不善于利用本来可以带来极大价值的闲暇与财富，同样为人责备。

二

读书时，是别人在代替我们思考。因为我们只是重复作者的思维过程，就像学童刚学写字时依着老师用铅笔写的字迹描画一样。因此，在阅读的时候，思维的大部分工作别人已替我们完成了。这就是为何当我们从专注于自己的思考转向阅读的时候，会明显地感到轻松。然而这时，我们的头脑也实际上成为别人思想的运动场了。所以，如果一个人读书甚多——譬如整天手不释卷沉浸于此，偶有空闲只做一些不费脑力的消遣，借以修养精神，长此以往就会逐渐丧失自己独立思考的能力。这就像一个总是骑马的人，终有一日会忘了如何走路。而许多学者就是这样，因读书太多而变得愚蠢。

因为，经常读书，稍有空闲就读书的做法，比持续的体力劳动更能麻痹心智——后者至少可以让人在劳作中还可以沉湎于自己的思想。久受外力压迫的弹簧最终会失去弹性，同样，如果我们的头脑不断地受到他人思想的压力，也会失去自己的活力。正如过度进食会损害肠胃并进而伤害到整个身体，太多的精神食粮也会使我们的头脑超负和窒息。因为读书越多，被读之物留存下来的痕迹就越少——此时我们的头脑就像一块被反复书写的黑板，密密麻麻、重重叠叠。如此，我们就不可能对读过的东西加以重温和回想，而只有通过重温和回想我们才能吸收这些东西。如果只读书而不思考，所学就会肤浅而不能生根，最后大部分被遗忘。实际上，精神食粮与物质食粮一样，我们能吸收消化的几乎不足五分之一，其余的则因呼吸、蒸发等方式而消耗掉了。

故而，书中的思想只不过是沙地上留下的足迹而已：我们也许能看到别人走过的路径，但要知道他一路上看到了什么，则必须用我们自己的眼睛。

三

作家们的风格多种多样，或说理透彻，或想象奇特；或善用譬喻，或妙用反衬；或大胆直率、讽刺犀利，或简洁明快、优美雅致；或表达机智灵巧，或风格纯朴清新……这些文学手法并非通过阅读他们的作品便可学到的。但如果我们本来就有这样的潜质，我们就可通过阅读而发现、唤醒它们，并逐步了解能把这潜质发挥到怎样的程度。然后，我们会顺应这种心理倾向，甚至大胆运用这些才能。我们可以从别人的例子中来鉴别运用这些才能的效果，由此学习到正确使用它们的技巧。只有这样，我们才算是真正地拥有了这种才能。这是阅读唯一可以培养写作能力的地方，因为阅读教会了我们如何运用我们天生的才能——当然，前提是我们本身已经具备了这种天赋。否则，就算读书也无济于事——除了学到一些冷冰冰、毫无趣味和生机的陈词滥调，仅仅成为一个肤浅的模仿者。

四

如同地层依次保存着远古年代的生物遗迹，图书馆的书架上也保存着历代人们的错误和谬论。和那些死去的生物一样，这些书籍也曾生气勃勃，名噪一时；现在则成为一块块僵硬的化石，只有那些研究古籍的人才会对它们稍有兴趣。

五

据希罗多德[①]说，波斯国王薛西斯望着他那一望无际的大军，想到百年之后，这些人将一无所存，不禁潸然泪下。而看着那厚厚的图书目录，想到十年之后将没有一本被人记起，谁又能不伤心落泪呢？

六

文学如人生。无论在哪里，都会看到不可救药的粗鄙群氓，如夏日里的苍蝇般拥挤攒动，玷污一切。同样，在文学的园地里，无数坏书就像蓬勃滋生的杂草，夺走了谷物的养料，使之干枯。它们原是为贪图金钱、谋求职位而写作的，却占据了读者大量的时间、金钱和精力——这些本该是投入到优秀的书籍和崇高的事业上的。因此，坏书不仅毫无用处，而且为害甚大。现在的文学作品，有十分之九都只是蒙骗大众、企图从他们口袋中捞取几个先令罢了。为了达到这个目的，作者、出版商和评论家联手合作，朋比为奸。

---

① 希罗多德（Herodotus，约前484—前425），古希腊历史作家，史学名著《历史》一书的作者。

一些所谓的文学家、多产的写作匠和为了面包而挥笔的雇佣文人，全然不顾时代的高雅趣味和真正的文化修养，拿一些时髦的话题引诱读者，训练他们养成与出版物同步的阅读习惯，以及同样的阅读趣味——即读最新、最近的书，以便他们在自己的社交圈里有足够的谈资。这虽是一个相当狡猾、异常恶劣的招数，但却效果显著。一些出自曾经享有盛名的作者，如斯宾德勒①、布尔渥②、欧仁·苏③等人的劣质小说及同类性质的作品，也是服务于同样的目的。许多读者整日阅读这些最新的书——实际只是那些极其平庸的作者为了赚钱而写的东西（唯此这类作品才会多如牛毛），但对古往今来世界各国那些为数不多的杰作却是只知其名而已，还有什么比这更悲惨的吗？尤其是那些每日推出平庸之人的拙劣之作的通俗文艺期刊，更是别有用心地抢夺了世人宝贵的时间；这些时间本应是投入到那些真正优美的作品中去，以增加人们的修养的。

因此，对于读书，“绝不滥读”的原则是非常重要的。阅读要精选，即使是当下引起所有人的注意、正被广泛传阅的书——如政治性或宗教性的小册子、小说、诗歌等等，也不要贸然拿来；虽然这些书轰动一时，甚至在其寿命的第一年（同时也是最后一年）一版再版。要知道，那些写给傻瓜看的东西总是能找到大量的读者。我们应把有限宝贵的时间用来阅读那些伟大的著作——它们的作者都是历史上最为出类拔萃的人（他们的不朽名声已表明了这一点）。只有这样的书才能给我们以熏陶和启示，让人开卷有益。

坏书读的再少也嫌太多，好书读的再多仍嫌太少。坏书是

---

① 斯宾德勒（Spindler，1796—1855），德国历史消遣小说家。

② 布尔渥（Edward Bulwer-Lytton，1803—1873），英国小说家和政治家。

③ 欧仁·苏（Eugène Sue，1804—1857），法国通俗小说家。

损害人们心智的精神毒药。

阅读好书的一个前提条件就是不读坏书：人生实短，我们的时间和精力原本有限。

七

有很多介绍或评论古代伟大思想家的书，大众很喜欢读这些东西，却不去阅读思想家本身的著作。因为他们只想阅读最新出版的东西；而且，“物以类聚，人以群分”，他们觉得当今庸人写出的肤浅、乏味的废话比伟人的思想更易理解、更富亲和力。不过，我很庆幸，在年轻的时候就读到了施莱格尔[①]这一良言警句，并从此将之作为我的座右铭：

> 要认真阅读真正的经典原著，
> 今人对它们的论述并无多少意义。

哎，那些平凡庸常的头脑是多么相似！简直是从同一个模子里刻出来的！相类情形下，他们的想法完全相同，从来没有不同过！这就是为何他们的观点总是那么狭隘、庸俗。而这些人所写的一文不值的垃圾作品，只要是新近出版的，就会有愚蠢的大众去追捧；伟大思想家的著作却被束之高阁，无人问津。

令人难以置信的是读者大众的愚蠢和反常，他们放着古往今来各个国家和民族最为高尚、稀有的思想著作不读，却津津有味地浏览那些每天像苍蝇一样产生的无数劣质书籍——这些书都出自于庸人之手，仅仅因为它们是油墨未干的最新印刷品。其实，这些作品从其诞生的那天起就应该被人鄙视和遗弃，就

---

① 弗里德里希·冯·施莱格尔（Ffriedrich Von Schlege，1772—1829），德国文学理论家、作家、语言学家。

像它们在几年后必然如此的命运一样。那时，它们将仅仅成为人们助谈的笑料，来嘲弄那曾经的荒唐年代。

因为人们总是只愿阅读最新的作品，而不愿阅读历代最好的作品，所以作家的思想也就局限在流行观念的狭隘圈子里，而时代也就在自己的泥潭里陷得越来越深。

八

无论在任何时代，都存在着两种并行发展却互不相干的文艺作品：一种货真价实，一种虚有其表。前者最终成为永恒不朽的作品，被那些为科学或文艺而生的人不懈追寻。它庄重、安静，发展极为缓慢——整个欧洲一个世纪也出不了十来部这样的作品；但却是永恒持久的。后者则为那些以科学或文艺而生的人所追随，它在众多追随者的喧嚣叫喊中飞速发展——每年市场上会涌现出千万种这样的作品。但几年之后，肯定有人会问：它们到哪里去了？它们那曾经异常显赫的名声又到哪儿了？这类作品犹如白驹过隙，生命短暂；而前一种作品则是永久恒常的。

九

如果买书的同时也能买到读书的时间，该有多好啊。但是，人们往往混淆了购买书籍与读书获知这两种意义完全不同的行为。

期望一个人能记住他所读过的所有东西，恰如要求他把吃过的所有东西都留在肚里。食物滋养了他的身体，书籍充实了他的精神，正是这二者使他成为自己的样子。如同身体只吸收它能同化的食物，一个人也只能记住他感兴趣[①]的东西，即符合

---

① Interest，兼有“兴趣”和“利益”的意思。

他的总体思想或利益目标的东西。因此，人们不会对任何事情产生客观的兴趣，也不能从所读中学到任何东西：他们将读过的东西忘得一干二净。

“复习乃学习之母。”任何一本重要的书籍都应该一鼓作气连读两遍。这一方面是因为在第二次阅读的时候，我们能更好地把握书中的整体内容，知道了结尾，才能真正地理解开端；另一方面，再次阅读的时候，我们也许会有不同的心境和意绪，由此从书中得到不同的印象——就好像在不同的光线下欣赏同一物体。

每一部作品都是一个人思想的精华。因此，阅读一个人的著作，总比与他交往获益更大——即使这个人有着最伟大的思想。就最重要的方面而言，阅读一个人著作的价值远远超过了与他交往言谈的价值。甚至一个普通人写出的东西也可能会给人以教益或消遣，值得一读——因为这些是他思想的精华，是他全部思考和研究的成果；而在与其本人交往时，也许会让人不甚满意。所以，读其书而不满其人，是有可能的。当思想文化的修养达到一定的高度时，就只能从书本上找到消遣和娱乐，而非从人那里寻求乐趣。

没有什么比古老的经典作品更能净化我们的心灵了。随便拿起一本经典，哪怕只读半小时，整个人就会感觉焕然一新，身心舒畅、澄净，精神超越、振奋，仿佛经过了山涧清泉的清洗净化。这是因为古老语言的完美特性，还是因为那些作品历经千年仍完好保存的作家思想的伟大？也许两者兼而有之。但我知道，一旦我们放弃学习古老的语言（现在已经有这样的趋势），一种新的文学作品就会产生，这种作品文字肤浅、粗野，毫无美感、价值——前所未有地糟糕。尤其是，德语这一具有古老语言不少优美特质的语言，将会逐步受到当代拙劣文人的破坏和摧残，变得越发贫乏和扭曲，直到沦为可怜的方言和粗话。

十

对于世界史来说，半个世纪总是一个相当长的时期，因为世事总是在变，新的事情总在发生。但同样的时间长度却不会为文学史带来多少变化，因为什么事情都没有发生（无知者的无谓尝试不算）。所以，我们仍然停留在五十年的那个地方，纹丝未动。

为了说明这一点，我们可以把人类知识的进步比作行星运行的轨迹。人类每取得一次显著的进步之后，就会很快地步入弯路，如同托勒密[①]体系的本轮一样，每绕行一周后就重新返回原点。但是，那些引领人类沿着轨道前行的伟大思想者，却不是按部就班地随着同时代人走在本轮上。由此可知为何身后名声的获得常常是以失去同时代人的赞誉为代价，反之亦然。

这种情况揭示了为什么大约每过三十年，科学、文学和艺术的时代精神就被宣告破产。在此期间，种种谬误愈演愈烈，直到被自己的荒谬压倒；与此同时，它们的对手已变得力量强大。于是，精神的大厦坍塌了；而随之又会出现与此相反方向的错误。表现事物发展过程中的这种周期性反复，正是文学史本该承担的真正使命；但大家对此却少有注意。此外，在这样相对较短的时期里，要收集远古时代的材料是很困难的；因为人们只有在观察自己同时代的事物时才最方便、最可靠。

文学的历史与人类文明的发展史是相同步的，在其博物馆内所陈列的大部分都是些毫无价值的文字怪胎。而对于那些为

① 托勒密（Ptolemaic，约 90—168），古希腊天文学家，“地心说”的集大成者。著有《天文学大成》。

数不多的本身完美的作品，我们完全没有必要到那里寻找。因为这些不朽之作仍然活着——犹如神仙永葆青春活力，在世界的任何地方我们都可以遇见它们。只有它们才能构成我所说的真正的文学；虽然在这文学的历史中包含的人物并不多。这一历史，我们在年轻时就早从知识渊博、修养良好者的讲述里知道了，而不是首先从各种教材、汇编中了解到的。

我希望有人能编写一部文学的悲剧史，记录下那些为各自的国家和民族带来自豪、荣誉的伟大作家和艺术家们，在生前是受到怎样的对待。这部历史应当揭示所有真正的、优秀的作品，与邪恶的、拙劣的作品之间所展开的无尽斗争。这部历史应当描述这样的事实：几乎所有真正的人类启蒙者和各种艺术的大师们都是殉道者。除了极少数的例外，这些非凡的人们都是在穷困潦倒中度过一生：无人赏识、同情，也没有弟子、学生，而名声、荣誉、财富只归庸碌无能之辈所有。他们的命运正如《创世纪》中以扫的遭遇：当以扫在外为父亲狩猎野味时，他的孪生弟弟雅各却在家里穿着以扫的衣服骗取了父亲的祝福。但尽管如此，对真理的热爱却支撑着他们坚持不辍，百折不挠，直到生命的最后一刻，这些人类导师的苦斗才最终落幕。那时，将有长生不朽的月桂花环向他们招手，对他们的赞美之声在大地上回响：

> 沉重的盔甲化为羽翼霓裳，
> 痛苦短暂，欢乐恒常。
>
> ——席勒《奥尔良的年轻太太》

关于几种文学形式的讨论

在戏剧这一最完美地体现了人类生存情形的文学形式中，对主题的展示主要有三个阶段，并相应伴随着不同的情节与场景的设置。

在第一阶段，也是最为常见的阶段中，戏剧只是一种生动有趣的艺术。吸引我们的是剧中人与我们相似的对个人目标的执着追求，以及由错综复杂的冲突、角色的出色表演和各类事件的意外发生而导致的剧情的跌宕起伏，当然还有贯穿全剧的机智、嘲讽。

在第二个阶段，戏剧变成了富有感染力的艺术。我们心中激起了对剧中英雄的强烈同情，戏剧引起了我们的共鸣。剧情转入悲惨的场景，不过，结局还是平和圆满、令人满意的。

在第三个阶段要使全剧达到高潮，这是最困难的。这里，戏剧的目的就是成为悲剧性的艺术。我们被迫身临其境，直接面对生存的巨大痛苦、强烈风暴和沉重压力。当帷幕落下，这一切的结局向我们揭示的就是人类所有努力和奋争的徒劳无功。

俗话说，万事开头难。但在戏剧中却恰恰相反，在这里，困难的往往是结局。这可以为无数出戏剧所证实：它们通常在第一、二幕表现良好、给人无限的希望，然后就变得混乱繁杂、拖沓延宕或摇摆不定——众所周知，第四幕尤其如此，最终，以一种牵强的、令人不满的或每个人都已预料到的陈旧方式结局。有时，戏剧的结尾也会极其糟糕、令人恶心，比如莱辛的

《艾米丽雅·迦洛蒂》等，让观众生气而归。

戏剧的结尾之所以如此困难，一方面是因为无论在何时何处，让事情陷入混乱纠缠之中总比再把它们从乱麻中拉出来要容易；另一方面也因为，一开始我们可以容许剧作家放手而做他喜欢的，但到结束的时候，就会对他有所要求和限制。因此，我们希望结局要么皆大欢喜，要么悲惨至极；然而人间事务很难这样轻易地转入某一个极端。然后，我们又期待结局要自然、恰当、合理、流畅，同时还要出乎所有人的预料。

这些要求也同样适用于史诗和小说的文体，但是戏剧更为紧凑简洁的性质，使这一普遍存在的困难更增加了难度。

“不能无中生有。”这在艺术中以及其他任何地方，都是一句真实的格言。在绘制一幅历史图画时，一位优秀的艺术家会以当今活着的人作为模特，从现实生活中获取人的面孔的基本素材，然后再按照美的原则或表达的需要，将其进行完善加工，使之理想化。我想，好的小说家应该也采用与此类似的写作手法。在刻画一个人物形象的时候，他们也是从生活中认识的某些人中提取一个大概的轮廓作为原型，然后再着手加工，将其理想化、完美化，使之符合自己的创造目的和意图。

一部小说对人物内心世界的描写越多，对外在生活世界的描写就越少，这样的小说往往就是一部优雅、崇高的作品；而内、外二者间的比例，也为我们提供了一种判断一本小说属于何类作品的方法，包括从《项狄传》一直到那些最粗俗简陋、最耸人听闻的骑士或强盗故事。事实上，《项狄传》几乎没有什么情节，在《新爱洛漪丝》和《威廉·迈斯特》中也没有多少情节；即使在《堂·吉诃德》中，也只有相对来说很少的情节，其余大部分都是一些平凡琐碎的、仅仅为了好玩才描述出来的内容。这四部作品，是所有现存小说中最好的了。

如果进一步地考察，就会发现，在让·保罗那些精彩绝妙的传奇作品中，那些很少以现实生活为蓝本的故事里却有多少关于内心世界的描写啊。即使在沃尔特·司各特的小说中，对内心世界的描写也远远超过对外在生活世界的描写，除非为了表现人物的思想和感情，才会出现对某一事件的叙述；而在拙劣的小说中，事件是没有什么意义而单独存在的。写作的技巧存在于以尽可能少的场景、事件的排列来展现人物的内心世界，因为真正引起我们兴趣的就是这种内心的世界。

小说家的任务不是讲述惊天动地的伟大事件，而是将一些微小的事件变得生动有趣。

在我看来与诗歌截然相反的历史学，对应着时间，如同地理学代表空间。从严格的意义上来说，历史学和地理学一样都不能被称为科学，因为它并不阐释世界的普遍真理，而只是处理一些具体的、琐碎的历史细节。历史学一直是那些既希望学到一些东西、又不愿付出努力辛劳的人所喜爱的一门学科，因为其他任何真正的学科知识，都需要耗费脑力、刻苦钻研。在我们的这个时代，历史学是很多人趋之若鹜的追求对象，每年都有无数关于这个学科的书籍出现就是证明。

我认为，假若阅读历史书籍无助于读者的思考，那么历史学就只是一些相似事物的不断重现而已，就像同样的玻璃碎片在万花筒中映现出来的图像一样，但是如果变换了组合方式，历史学家就不能产生这种浓厚的兴趣，也无法去评判历史了。不过，很多人抱有一个荒谬可笑的想法，就是把历史学视为哲学的一部分，甚至是哲学本身，他们幻想着历史学能够取代哲学的位置。

所有时代的绝大多数公众都对历史学有所偏好，这种偏好可以通过风行于社会上无处不在的谈话方式来说明。在谈话的时候，通常是一个人讲述了某些东西，然后另一个人讲述其他的东西，所以在这种情况下，每个人都确信受自己到了关注。显然，在这里如同在历史学中一样，每个人的头脑中都被塞满了一些具体的琐事末节。但在科学中，如同一切有价值的谈话一样，人的脑海中总会想到、深思某些普遍真理的问题。

然而，这种缺陷也并没使历史学丧失其自身的价值。人的生命是短暂的，它稍纵即逝，数百万的人类个体都得承受这样的命运，然后就被那大口张开、时刻等待着他们的遗忘怪兽所吞噬。因此，试图从世界的普遍毁灭中拯救出一些东西——如对某些有趣的或者重要的事件的记忆，以及对某一时期的主要特征和杰出人物的追忆等，就是一件值得赞扬的工作。

从另一个角度来看，我们可以将历史学视为动物学的续篇。因为对于其他所有的动物来说只需观察它们的种属就足够了，而对于人类来说则需要观察他们的个体，所以个体的事件也要研究，因为每个人作为个体都有他自身的特点。但由于人的个体和事件是数不胜数、无穷无尽的，因此历史学先天就有一种本质上的缺憾。在学习、研究历史的过程中，一个人学到的所有知识加起来，也无助于减少他还要继续学习的知识。而对于一门真正的科学来说，知识的完善至少是可以想象的。

当我们有机会接触到中国历史和印度历史的时候，那浩如烟海的素材和内容就会向我们揭示历史研究的缺陷，并迫使我们的历史学家明白：科学研究的目标在于从一中认识多，从任何给定的个例中找到普遍的规则，在于将人类知识应用到各民族的生活中，而不是没完没了地计数那些无穷无尽的事件。

有两种历史，即政治史和文艺史（文学和艺术的历史）。前者是意志的历史，后者是智力的历史。政治史是一个悲惨、恐怖的故事集，记录了大量的痛苦、斗争、欺诈和大规模可怕的谋杀。文艺史则到处充满了愉悦和宁静，好像这里只剩下了理智，即使它也曾经走过弯路。这种历史的主要分支是哲学史。其实，哲学史是文艺史的基调，甚至在文艺史的其他类历史中都能听到它的声音。这些深沉的音调指导着观点和意见的形成，而观点和意见又统治着这个世界。因此，正确理解的话，哲学是一种最为强大的物质力量，虽然其发挥作用的过程很缓慢。所以，一个时代的哲学就是这个时代历史的主旋律。

报纸是历史时钟上的秒针。与分针和时针相比，它不仅是由更普通、廉价的金属制成的，而且还常常走得不准确。

所谓的头条新闻不过是对现实中发生的戏剧性事件的高声朗唱。

各种形式的夸张，对于新闻写作和对戏剧艺术一样，都是必不可少的，因为新闻的宗旨就是让各种事件得到尽可能广泛的传播。所以，就其职业的本质而言，所有的新闻工作者都是危言耸听者；危言耸听也是他们让自己所写的东西产生轰动效应的主要方式。在这里，他们就像一群小狗，一有风吹草动，就赶紧狂吠不止。

因此，让我们小心谨慎地对待这种危险的传声器，以免它扰乱我们的理解力。我们应该认识到，报纸顶多算是一个放大镜，它所说的内容只不过是墙上的阴影。

笔之于思考如同手杖之于行走。但是当你不拿手杖的时候，行走会更加轻松；当你手中没有笔的时候，思考会更加完美。只有当一个人渐入暮年时，才喜欢拄起手杖走路，拿起笔来思考。

一旦一个假说在头脑中萌生，或者已在头脑中根深蒂固，它的生活历程就像一个有机体的生命一样：只有当外部世界的事物与其性质相近或对其有益时，它才可能将其同化；反之，如果外界事物与其性质不同且对其有害，那么，这个假说如同有机体一样，会排斥、扔掉它，就算被迫接受它，也会再次彻底摆脱它。

一位作家要想获得不朽的名声，必须要拥有大量的非凡杰作。虽然要想找到能够全部理解、欣赏这些作品的人很难，但在每个时代中总会有一些能够认识到一部分作品的价值的人。由此，他的著作将会流芳百世，尽管人们的兴趣总是在不断变化。

一位宣称自己的生命将延续到后世的作家，只能是一个在茫茫人海中徒劳地寻找同类的人，并且由于他的鲜明特征而显得与众不同。不仅如此，他还更像是流浪的犹太人，经历了几代的人世变迁后，他仍然处在高高的地位。如果不是这样的话，就很难说清为何他的思想没有像其他人的思想那样消失殆尽。

隐喻和直喻是很有意义和价值的，就其通过已知的关系来解释未知的关系而言。即使是最简单琐碎、几乎已成为寓言和象征的直喻，也以其最简略明白、显而易见的方式展示了某种关系。思想的发展根本上在于直喻，因为思想的产生需要通过一个合并事物的相似之处、忽略它们之间的差异的过程。此外，严格意义上的智能最终也取决于对各种关系的理解。一般来说，如果对两种相距甚远或性质迥异的事物加以比较，我们会更容易对其间的关系有一个清楚、纯粹的把握。如果一种关系只存在于某一个单独的事例中被我感知，那我就只能得到关于它的个别概念——即只获得了直观上的认识；但是如果这同一种关系存在于不同的事例中为我感知，那我就会得到关于其整体性质的一般概念，这是一种更深刻、也更完善的知识。

因此，既然直喻和隐喻是如此强大有效的知识工具，那么，如果一位作家的比喻不仅非同寻常而且恰当贴切的话，这种比喻就是他才智非凡的象征。亚里士多德也曾说，一位作家最重要的就是要拥有这种善用比喻的能力；因为这是一种不能后天习得的天赋，也是天才的标志。

论作者

首先，有两种作者存在：一种是因为有感而发，另一种则是为了写作而写作。即前者写作是因为觉得自己有一些值得分享的思想或经验；后者只是想赚钱，因此他们写作只是为了钱。他们的思考只是为了写作的需要，是写作中的一部分。这种人很容易被我们认出来：他们会极力把脑中的想法拉长，把文章写到最大程度的冗长；他们的思想半真不假、奇异古怪、牵强附会、摇摆不定；他们从来拒绝把话说得清楚明白，而是尽量晦涩难懂，以此摆出一副高深莫测的样子。所以，他们的作品缺乏清晰度和明确性，用不了多久，人们就会发现他们写东西只是为了填满纸页。这种情况有时也会发生在最好的作家身上，譬如，在莱辛的《戏剧艺术》中就偶尔有这样的情形出现，甚至在让·保罗的许多传奇故事中也有这样的充数之作。只要读者发现这一点，就应该立即把这些书扔开，因为时间是宝贵的。实际上，当一个作者一旦仅仅为了填满纸页而写作，他就是在欺骗读者；因为他是以有话要说的借口来写作的。

为了稿酬和版权而写作，本质上就是文学的堕落。除非一个人是纯粹因为有东西要写才动笔，否则他的作品将不值一读。如果在文学的每一分支，只有极少数的优秀作品存在，该是多么大的好事啊！但只要写作能赚钱，这种情况就永远不会发生。好像金钱被下了诅咒——任何一位作者，只要他一为了谋利而写作，就开始变质了。最伟大人物的最优秀作品，都是在他们不为任何目的而写作的时候诞生的。这里，一句西班牙谚语得到了很好的证明:“荣誉和金钱不可能在同一个口袋里找到。”文学之所以走到今天如此糟糕的困境，唯一的原因就是人们写作仅仅是为了赚钱。一个贫困潦倒的人坐下来写了一本书，读者大众们就愚蠢傻气地去购买它。这导致的次要后果就是对语言的破坏。

许多拙劣的作者是以公众的愚蠢来谋生，因为大众狂热地只阅读最新出版的东西。这里，我指的就是“新闻记者”(journalists)。这真是一个最合适不过的称谓！用平实简单的话来说，就是“雇佣工”(journeymen)、“计日工”(day-laborers)。

其次，也可以说有三种作者。第一种是那些光写作不思考的人，他们只是把对过去的记忆和往昔的回想写下来，甚至也许直接从别人的书中摘取素材。这一类的作者是最多的。第二种是边写作边思考的人，他们的思考是为了写作。这类作者也为数众多。最后一种就是先思考、后写作的人，这类人是非常罕见的。

第二类作者直到动笔时才开始思考，他们就像是随意出去走走的捕猎者，不大可能带许多猎物归家。相反，为数甚少的第三类的作者在写作时，则像是赶猎。这里，猎物是早就捉好的，被关在一个狭小的空间里，然后把成群的猎物放出来，让它们跑进另一个同样围起来的地方重新关起来。这些猎物是不可能逃脱的，猎人所要做的只是瞄准目标和开枪射击(记下他的思想)。这种捕猎是会让人有所收获的。

但即使在这为数不多的、在写作前已的确进行过认真思考的作者之中，也只有寥寥无几的人是真正思考过论题本身，其余的只是思考写过这类论题的书籍，和别人说过的话语。为了思考，后一类的作者需要前人思想更直接、更有力的刺激，别人的思想成为他们直接的主题。结果就是，他们总是受到前人思想的影响，因此永远难以写出具有原创性的文字。而前者即那些真正的创造者，则是受到论题本身的激发而思考的，因此他们对论题的思考也是直接、明确的。只有在这类作者中才能产生声名不朽的伟大作家。

当然，必须要明白，我在这里所谈的是那些探讨重大问题的作者，而不是讨论白兰地酿酒工艺的作者。

除非一个作者所写的东西是来自于他自己的头脑，也就是说来自于他自己的观察，否则他的作品就不值得一读。图书制造人、汇编者和平庸的历史作者，以及其他诸如此类的人，都是直接从书本中获取材料。这些素材被他们直接付诸笔端，在经过他们大脑的时候甚至无需检验、考察，更不要说精心推敲或校订修正了。（如果这些人中的每一个都知道自己所编写的书中的全部内容，那他将是多么地博学啊！）因此，他们的叙述散漫无边、模糊不清，哪怕读者绞尽脑汁地去试图理解他们的真正想法也是徒劳。其实，他们一无所想。他们所抄袭的书有时候也是同样的云里雾里、使人困惑迷离。如此，这样的作品就像从一副石膏模型复制出另一副石膏模型。到最后，安提诺乌斯①的塑像就变成了光秃秃的脸部轮廓，几乎难以辨认。让我们尽量少读一些汇编类的书吧。虽然完全避免它们有点困难，因为汇编类的书也包括那些在很小的篇幅内浓缩了世代累积的知识的教科书。

有的人认为最新出版的书总是更为正确，后来写就的作品在任何情况下都比之前的作品有所改进，变化通常意味着进步，

---

① 安提诺乌斯（Antinous，公元110年—130年），罗马皇帝哈德良的同性恋爱人。传说他是为了哈德良皇帝而把自己的生命作献祭，于是皇帝宣布安提诺乌斯为神，在帝国的多处场所竖立起他的雕像。

这种观点真是莫大的错误。真正的思想者、能够做出正确判断的人、认真对待自己事务的人，总是只占少数。世界上到处充斥着害虫，他们异常灵敏、警觉，可以随时拿来思想家经过深思熟虑的观点，然后不辞辛劳地以自己的方式修改、润色它们，弄得面目全非。

如果读者想要研究某一论题的话，千万不要匆忙拿起关于这一论题的最新书本，把自己的注意力局限在它们身上；不要以为科学总是在进步的，新书的写作肯定吸收利用了旧书的内容。新书对旧书有所借鉴，这是真的，然而是以怎样的方式呢？新书的作者常常并不能透彻地理解前人的作品，但又不愿直截了当地采用旧著的原话。所以，原著本来表达得更好、更清晰的字句——这是原作者根据自己对事物亲身、鲜活的知识写出的——被他弄巧成拙改得乱七八糟。新书作者往往忽略掉旧著中最精髓的部分、最生动的描述和最绝妙的评论，因为他们看不到这些精彩之处的价值，也感觉不到它们所蕴藏的丰富内涵；唯一吸引他的就是那些贫乏浅薄、平淡无趣的东西。

经常有这样的情形发生：一本优秀的旧著被一些拙劣的新作取而代之。这些新作大多是为金钱而写的，常在作者友人的吹捧、颂扬声中狂妄自负地出场。在科学领域中，一个人只有拿出新的东西才能为人瞩目、一举成名。而这最好的方法莫过于攻击某个已被公认为完全正确的理论，以为他自己的错误观点腾出位置。这种手段偶尔也能获得一时的成功，但稍后人们还会重新接受原来正确的理论。这些创新者不会严肃认真地对待任何事情，除了他们极其宝贵的自我：这才是他们一心想要突出、显示的。而且正如他们所想的，达到这一目的的捷径就是提出一个似是而非的悖论。他们贫瘠的、缺乏独创性的头脑自然地想到了否定既有理论的方法。于是他们开始否认、拒斥那些长期以来一直得到公认的真理，例如生命力的存在、交感神经系统的理论、（生物中）自然发生的学说、比沙[1]对情感作用和理智作用的区分等；要不然他们就想让我们回到极端的原子论等类似的理论中。因此，科学进程中的倒退是经常发生的。

这一类的作者属于那些翻译者的行列，他们不仅翻译别人的作品，还对此做出修改和纠正——我始终觉得这种行为太过无礼莽撞。对这样的作者，我想说：写出自己值得被翻译的作品吧，让别人的著作保持原样好了！

如果可能的话，读者应该阅读那些真正作者的作品，即那些有独创性的建树或发现的人的作品，或者至少是那些在某一领域内已为人公认的大师的作品。宁可购买别人用过的二手书，也不要读摘取它们内容的新书。诚然，在别人做出发现后增加一些新的补充是很容易的。因此，研究者在完全掌握了他所学领域的基础知识之后，也需要了解、熟悉对此领域知识的最新补充。而且，通常来说，下面的规律在任何地方都是适用的：即新的东西很少是好的，因为好的东西只会暂时是新的。

一本书的名字之于这本书，犹如信封上的地址和姓名之于这封信。换句话说，书名的主要目的就是引起公众中可能会对此书的内容感兴趣的人的注意。因此，它应该是寓意深长、耐人寻味的；根据书名的性质，它必须要简洁、凝练、含蓄隽永，若可能的话就用一个字来概括书的内容。一个冗长啰嗦的书名是笨拙的，同样，一个不知所云的书名，或者含义模糊的书名，甚至是虚假的、误导性的书名也都是很糟糕的。尤其是最后一种，将使这本书遭受和写错了地址的信件同样的命运。而最恶劣的书名则是那些偷窃来的书名，即这些书名早已被其他书所

① 比沙（Bichat，1771—1802），法国医学家。

采用。首先，这些书名是抄袭别人的；其次，它们是显示作者完全缺乏独创精神最可信的证据。如果一个人连为他的书起一个新名的创意都没有，那他更不可能为这本书赋予新的内容了。与这类剽窃的书名相类似的，是那些模仿的、也即半偷窃别人的书名。例如，在我出版了《论自然界中的意志》很久之后，奥斯特就写了一本《论自然界中的精神》的书。

一本书只是其作者的思想留下的印痕而已。这些思想的价值要么在于题材，即作者思考的对象和问题；要么在于形式，即作者思考的方式，也就是说，他是如何思考这些对象和问题的。

书的题材是多种多样的，而不同的题材和内容也给书带来了各种各样的独特优点。我所谓的题材是指在实际经验范围内的一切事物，亦即在最广泛意义上的历史事实和自然事实。这里探讨的这些题材和内容，其独特性质也被赋予在了书中；因此，这类书不论作者是谁，都可以成为重要的作品。

但就形式而言，一本书的独特性则是取决于写作的人是谁。书中讨论的题材也许是每个人都接触过的、为大家所司空见惯的，但是，对它们的处理方式及对其做出的思考则给予了此书的价值。而这些都取决于作者。从这个角度来看，如果一部作品是优秀的、无与伦比的，那它的作者也同样是出类拔萃的。由此可知，如果一位作者值得一读，那么，对题材的借助之功越少，他个人的功绩就越大。因此，题材越是寻常普通、广为人知，作者就越伟大。例如，古希腊三大悲剧作家都处理过同一主题的题材。

所以，当一本书被人称赞的时候，一定要注意它之所以获得名声的原因是由于题材还是形式，需要对这两种情形做出区分。

因其题材内容而显得重要的书，可能会出自于那些平庸、肤浅的写作者，写书是因为只有他们才有机会接触到这些素材。例如，那些描述遥远之地的旅行、罕见的自然现象或奇特经验的书，那些记录作者亲眼所见的历史事件的书，或者是那些他们花费了大量的时间和精力研究、探求原始文献而做出的书。

相反，如果一本书的题材是每个人都接触到的甚至是相当熟悉的，那么一切都将取决于形式了；也就是说，对这些题材所做出的思考赋予了这本书全部的价值。这时只有真正出色非凡的人才能写出值得阅读的作品。因为其他人只能想出人人都能想到的东西，他们只是写出了自己思想的印记，但是这个印记的原型已是每个人都拥有的了。

然而，公众更感兴趣的却是内容而非形式。正是由于这个原因，社会大众才普遍缺乏一种较高程度的文化。在对待诗歌的时候，读者大众把他们的这种偏好以最为可笑的方式表现了出来。他们不厌其烦地探求诗人生活中的各种事件或具体情形——而这些只是他作品的外在诱因。到最后，这些事件或情形甚至比诗人的作品本身还要重要。因此，人们更愿意读那些关于歌德的书，而不愿意读歌德本人的作品；人们宁愿去努力探究有关浮士德的传说，也不愿研读与此同名的剧本。当伯格宣称“人们将就‘莱奥诺拉究竟是谁’的问题写出深奥的专题论文”时，我们发现这句话也一字不差地应验在了歌德身上。因为我们现在已经有了大量关于《浮士德》诗剧和浮士德传说的学识渊博的专题论文。这类论文仍然是仅仅致力于剧本题材的研究。这种对题材甚于对形式的偏好，就像一个人买了件精美的伊特鲁里亚花瓶，不是为了欣赏它优美的造型或绚丽的色彩，而是为了对构成它的粘土和颜料成分做出化学分析。

这种试图通过手中的素材来产生效应、迎合公众的低级趣味的做法，在作品的任何价值都应当体现在形式方面的文学领域里——我指的就是诗化的作品，是最应该受到谴责的。尽管如此，试图通过所写作品的素材来吸引观众到场的拙劣剧作家并不少见。例如，这类作者并不惮于把任一方面的任何名人搬上舞台，尽管他的生活中完全缺乏戏剧性的事件；有时，甚至与名人直接相关的人物还在世，他们就迫不及待地开始上演了。

我在这里所指的题材与形式之间的区分同样也适用于人们的谈话。使一个人能够很好地与人交谈的主要素质，是他的理解力、洞察力，以及机智、灵活，这些构成了谈话的形式。但是用不了多长时间，对方的注意力就会转向他所说的内容了，也就是说，转向能够与他交谈的话题——即他掌握的知识。如果他的知识面非常狭窄，那他的谈话将毫无价值，除非他拥有非比寻常的属于上述形式方面的素质，因为他所谈的只是每个人都知道的日常生活琐事和自然常识。然而，如果一个人缺乏这些形式方面的素质能力，但却拥有大量的使他的谈话具有价值的丰富知识，那情形就正好相反了：这类谈话的价值完全取决于谈话的内容。正如西班牙那句谚语所说的："笨人对自己事情的了解远甚于智者对他人事情的了解。"

论风格

一个人的写作风格是他精神思想的外相，并且比人的外在面貌更能可靠地反映他的性格和品质。模仿别人的风格，就好像戴了一副假面具。即使这副面具非常好看，也会很快引起别人的厌烦和憎恶——因为它是死的，没有生命。所以，哪怕是一张丑陋无比、但却充满生气的面孔，也比这副面具要好。因此，可以说，那些用拉丁文写作、仿效古代作家风格的人，就好像戴着面具在说话。读者确实听到了他们说的话，但却无法看到他们的面容、表情，也看不到他们的风格。而对那些独自思考、以拉丁文写作的作者来说，情况则不同——他们的风格是很明显的。我说的这类作者就是那些从不屑于任何一种模仿的人，比如斯各图斯、彼特拉克、培根、笛卡尔、斯宾诺莎等等。风格上的矫揉造作犹如一个人在挤眉弄眼做鬼脸。此外，一个人写作所用的语言也是他所属民族的面相。而各个民族的面相——从希腊人的语言一直到加勒比岛人的语言，有着很大的风格差异。

要对一位作者作品的价值做出大概的评估，不需要直接了解他思考过什么论题，或者他对此说过什么话，这意味着要细读完他所有的作品。其实，只要知道他是如何思考的就足够了。作者思考的方式，反映了他思维的基本特征和大致品质，而这主要是由他的风格决定的。一个人的风格显示了他全部思想形式上的本性，而这一形式上的本性是始终如一、绝不会变的，不管他思想的主旨或性质有何变化：它好像是用来捏出他所有思想的面团。当有人问欧伦斯皮格尔走到下一个村庄还有多远的路程时，他给了一个似乎毫不适宜的答案："走走看。"其实，他是想根据这个人的步幅推算出他在一定的时间内能走多远。同样，只要我读上几页某位作者的书，就可以知道他能带我走多远。

由于心中明白我所说的这个道理，每个平庸的作者都尽力掩盖自己独有的自然风格。因此，他从一开始就被迫放弃追求纯朴、自然风格的努力——这种自然风格因此成为那些卓越天才的独特优势，他们知道自己的价值，并因此而充满自信。我的意思就是，这些平庸凡俗的作者绝不可能下决心仅仅按照他们的思想写作；因为他们有这样的一个想法，即如果这样做了，他们的作品很可能会显得非常幼稚和简单。但尽管如此，这样做也并非毫无价值。如果他们老老实实地创作，简单明确地把他们真正所思所想的一些东西说出来，那么，他们的作品还是可以让我们一读的；甚至在他们适当的领域内，还是有所教益的。

但是，他们却没有这样做，反而力图让读者相信他们的思想要比实际上的深远得多。他们对于必须要表达的东西，说得矫揉造作、冗长乏味、毫不自然；他们喜欢杜撰新词，写一些拐弯抹角、闪烁其词的套叠句子，掩饰自己的真实思想。这类作者就在既想传达自己想说的东西、又想掩藏这些东西之间摇摆不定。他们的目的是把自己的思想装饰一番，以显得十分渊博、高深，给人们留下这样的印象——他们所写的东西要比读者眼中所看到的更有内涵。他们要么以短小、模棱两可、似是而非的句子，零零散散地把自己的思想草草记下，似乎有更多的深意蕴含在里面，——这类作品中，谢林关于自然哲学的论著就是一个极好的示例；要么滔滔不绝、废话连篇，繁复、啰嗦得令人难以忍受，仿佛只有无尽的小题大做才能让读者理解他们句子的深刻含义，其实，这只是一些很简单的甚至浅薄琐碎的想法，——这样的例子大量存在于费希特深受欢迎的作品中，以及其他许多可怜的笨伯所编的根本不值一提的哲学手册中；要么试图以某种他们非常乐意采用、觉得很了不起的独特风格来写作，例如，那种标准的深刻、缜密、具有很强的科学性的卓越风格，令读者被这种冗长繁琐、又没有实际内容的句子折磨得头昏脑涨，——这种风格尤其可以在那些最厚颜无耻的黑格尔派哲学家的作品中找到；要么努力追求一种机智的风格，但看起来则似乎是他们的目标走得太远、显得疯狂怪诞；以及其他许多不一而足的情形。他们所有的这些努力都是为了掩饰他们写出的劣质东西，就好像掩盖小耗子出生的真相——为了避免暴露经过巨大的痛苦才诞生的这可怜的小东西，这常常让读者很难弄清他们真正要表达的是什么。他们写下没有任何意义的单词和句子，却希望别人能从中看出点什么。

所有的这些究竟是为了什么？不过是拼命努力把文字当思想贩卖罢了，就像一件商品总是不断地在寻找买家。这些作品通过奇怪的措辞、词组的转换、各种新词运用或旧词新用的词汇组合，以制造出一种作者智慧的假象，弥补他痛切意识到的自己在这方面的欠缺。

看到那些抱着这一目的的作者一会儿尝试这种风格，一会儿又换成另一种风格，好像他们戴着一张理智的面具，是多么地有趣！这面具也许暂时可以欺骗那些缺乏经验的读者，不过一旦它被发现只是一个毫无生命活力的死物，就会受到人们的嘲笑，然后就要换上一副新的模样了。这样的作者时而带着一种狂热的激情在写作，仿佛他喝醉了一般；时而，甚至就在接下来的一页，他又变得傲慢自负、严谨认真、引经据典、博学高深，他的行文拖沓冗长、凝重笨拙、咬文嚼字，就像已故的克里斯蒂安·沃尔夫所使用的文体，只不过披上了现代的外衣。存在最长久的面具是那种晦涩难懂、令人难以理解的文风，但这只在德国才有。它由费希特开创，在谢林手中得到完善，并由黑格尔发展至顶峰——效果总是相当不错。

没有什么比写出无人能懂的东西更简单的了，相反，也没有比用人人都可以理解的方式表达出深奥的思想更困难的事了。如果作者真有头脑的话，那我所提及的所有技巧和方法就都是多余的了。因为，他的思想可以使他真实地表现自己，而且，可以证实贺拉斯的这句话语：

> 良好的心智是良好风格的根源和开端。

但是那些我在前面所说的作者，就像是试图以许多种不同的金属来代替那独一无二、不可替代的黄金的钢铁工人。其实，作者最应当注意和提防的，是不要明显地极力展示自己是多么地富有思想，因为这会使读者怀疑他实际上很没有内涵。事实往往如此：一个人若对什么事情假装喜欢、冒充专家，就恰恰证明了他在这方面的缺乏。

这就是为什么说一位作者朴素自然是对他的赞美，因为这意味着他无需掩饰自己的真实样子。一般来说，自然朴实都是惹人喜爱的，矫揉造作则在任何地方都是令人厌烦的。实际上，我们发现，每一位真正伟大的作家都是以尽量纯粹、清晰、明确、简洁的方式来表达自己的思想。简单质朴一直被看作真理的标志，同时也是天才的标志。风格的美来自于它所表达的思想，但是对于那些伪思想家来说，思想的美却是因风格而获得。

风格只是思想的剪影，模糊或拙劣的风格意味着心智的贫乏或混乱。

形成良好文风的第一条规则就是，作者一定要言之有物；而且，这条规则本身几乎就包含了所有必要的条件。它的寓意是多么丰富啊！而对这一规则的无视则是德国哲学甚至所有思辨性文学写作的基本特征，尤其是自费希特以来。我们可以看到，这些作者都想显示出一副有话要说的样子，但事实上他们却完全没话可说。这种写作方式是由大学里的那些伪哲学家们带来的，现在它已到处盛行，甚至在当今第一流的文学名家中也能找到。它是那种牵强附会、含糊不清的风格之母，这种风格中的句子看起来有两种甚至更多的含义；也是那种冗赘、笨拙的表达方式，即法国人称的“僵硬的文风”之母；还是那种废话连篇、滔滔不绝的文风之母；最后，也是那种千方百计以喋喋不休的唠叨来掩饰作者思想的贫乏，像吱吱呀呀转个不停的风车一样令人头昏目眩的文风之母，这种文字可以让人读上几个小时也抓不住一点清晰、明确的思想①。然而，人们是温和宽容的，而且他们也习惯了一页页地翻阅各种这样的冗词作品，从不注意了解作者的真实意图是什么。他们误以为一切本来就是这样的，而不知道作者只是为了写作而写作。

与之相反，一位思想丰富的优秀作者，很快就可以赢得读者的信任：他是认真的、确实有东西要传达的，这使聪明、有头脑的读者能够耐心地跟随他读下去。因为这样的作者是真正的言之有物，所以他总能成功地以最为简单明了、直截了当的方式表达自己的思想。这是因为他的目的就是唤醒读者心中和他一样的思想、感情，除此之外，别无他意。因此，他就可以

---

① 在哈勒出版的《年鉴》(后来被称为《德意志年鉴》)中，有大量仿照这种风格写作的典型例子。——原注

和布瓦洛[①]一道宣称：

我的思想随时可以尽情表露，
我的诗句不管是好是坏，总是言之有物。

——致德·塞纳莱侯爵的书简诗

而前面所述的那些作者，用布瓦洛这同一首诗里的话来说，就是“言多却空洞无物”。这类作者的另一个特点，就是只要可能，他们总是竭力避免做出肯定的断言，以便留出后路在需要的时候摆脱困境。因此，他们从来都是选择以抽象的方式来表达自己的思想；而有头脑的作者则更多地采用具体的方式表达思想，因为后者可以将事物带入直观现实的范围之内，而直观现实是所有证据的来源。

有许多例子可以证明这种对抽象表达的偏好，其中一个尤其荒谬可笑的例子就是，在本应使用“导致”（to cause）或“产生”（to produce）等动词的时候，人们经常使用“以……为条件/前提”（to condition）一词。人们说“某物以……为条件”而非说“……导致它的产生”，是因为这是一种抽象的、不确定的说法，更少具体的含义；它说的是没有B则A不能发生，而不是说A是由B引起的。后路总是敞开的，这就很适合那些因私下里意识到自己能力有限而永久恐惧做出肯定断言的人。而对于其他人来说，这仅仅是一种倾向——即文学中的任何愚蠢花样和生活中的任何不良行径都会立刻被人模仿——的后果，这种跟风的倾向可以从这两者的传播速度之快得到证明。英国

① 尼古拉·布瓦洛（Nicolas Boileau Despreaux，1636—1711），法国诗人、文学理论家，被称为古典主义的立法者和发言人。其最重要的文艺理论专著《诗的艺术》被誉为古典主义的法典。

人无论是在写作中，还是在日常处理事务中，都是以自己的判断为依据，但是这种称赞放在德国人身上却是完全失实的。这种情形带来的后果就是，“导致”“产生”等词已在近年来的文学语言中消失不见，人们只使用“以……为条件/前提”的说法。这个事实值得提出，因为它是如此典型地荒谬可笑。

平庸的作者在写作时只是处在半意识的状态，这就足以证明他们心智的贫乏迟钝和作品的单调沉闷。说他们处于半意识状态，是因为他们自己都完全不明白自己所用字词的真正含义，他们只是从别人那儿学来现成的词汇，然后存入记忆，需要的时候拿出来而已。因此，当他们写作的时候，就更喜欢用既成的短语，而不愿自己重新组合字词。这就是为何他们的作品如此明显地缺乏清晰表达的鲜明思想。因为他们自身都缺乏明晰的思想，所以也无法在自己的作品中留下这思维清晰的印痕。取而代之的是什么呢？——是模糊不清、像谜一样令人困惑的字词组合，目前通用的短语，陈腐平庸的术语，以及时髦流行的表达。结果，他们写出的这种朦胧模糊的东西，就像用古老的字模印出来的文字，读来让人如在雾中，不知所云。

相反，聪明、富有头脑的作者在写作时，确实是在同我们讲话，这也是他能够激发我们的兴趣并与我们沟通、交流的原因。只有这些作者才能在完全理解词义的基础上来慎重地精选、组合字词。因此，他们的论述与上述那些人的论述相比，就犹如一幅真正绘成的画和一张用模板印刷出来的画相比。在第一种情形中，作者选用的每一个字、画家勾勒的每一笔，都有着特定的目的；而在后一种情形中，所有的一切都是机械地完成的。这种差异，在音乐中也同样可以观察到。正如利希滕贝格所说：加力克的灵魂似乎显现在他身体的每一块肌肉中。因此，是智慧的无时无处不在，彰显了天才作品的特征。

我已提到平庸作品的重要标志就是单调沉闷，根据观察，这种沉闷大致可以分为两类：客观的和主观的。当一部作品包含明显的缺陷问题时，就是客观沉闷的；也就是说，此时作者没有足够清晰的思想或见解可供传达。因为，如果一个人拥有任何明确的思想或见解，他就会产生要传达它们的目标，而且将全力以赴于这个目标的实现。于是，无论在何处，他所给予读者的思想、观念都是清楚、明晰地表达出来的。因此，他的作品既不会散漫无边，也不会毫无意义或杂乱无章，因而也不会单调乏味。在这种情况下，即便作者有了本质上的错误，这种错误无论如何也是经过仔细思考和认真推敲的，它至少在形式上是正确的，所以这一作品终归是具有一定价值的。但是出于同样的原因，一部客观上沉闷乏味的作品却总是没有任何价值的。

相比之下，另一种（即主观的）单调沉闷则是相对而言的：一位读者觉得一本书单调乏味，也许是因为他对书中讨论的问题不感兴趣，这就意味着他的智力、见识是有限制的。因此，最优秀的作品对于某些人来说也可能是枯燥乏味的；相反，最拙劣的作品也可能使某些人主观上认为很引人入胜，因为他们对书中论述的问题或者对书的作者产生了兴趣。

如果作者能认识到这一点：即虽然一个人应该尽可能地像伟大的天才那样思考，但在说话时却应该使用和常人一样的语言，那对他们将是大有裨益的。作者应该用普通的字词说出非凡的思想。但是他们做的却与此恰恰相反。我们发现他们总是试图用庄严高贵的字词包裹自己繁琐的观念，以最不寻常的措辞，最牵强附会、矫揉造作、奇特怪异的表达来包装自己平庸的思想。他们的句子永远像是踩着高跷在行走。他们如此喜欢这种夸大其辞的文风，在写作时也使用这种浮夸自负、虚张声势、装模作样的风格。他们的榜样就是莎翁《亨利四世》中的旗手毕斯托尔，他的朋友福斯塔夫曾经不耐烦地告诫他说，要“用世人通用的语言”说话。

在任何其他语言中都没有可与法语中“stile empesé”[①] 一词精确对应的表达，但这一文风本身则是更加常见。当它一旦与假装、做作相关联，就会在文学中表现出虚伪的高贵、傲慢的神态，不可一世、趾高气扬——如同在社会中一样，令人难以忍受。贫乏的心智就喜欢穿上这样的外衣，就像在日常生活中，愚人喜欢假装正经、拘泥于形式一样。

以拘谨、造作的风格来写作的人，就像一个人为了免于被人看作是普通平民而精心装扮自己一样，而真正的绅士即使穿着最破旧的衣服，也不会有这样的危险。从一个人喜欢炫耀华丽的服装和渴望一切都是崭新完美上就可以看出他是一个凡夫俗子，同样，平庸的作者也可以从他矫饰、浮夸的文风中看出。

然而，如果一个作者以为写作就应该完全像说话一样，那他就追随了错误的目标。因为，任何一种风格都应该遵循那种像格言、铭文一样精炼、简洁的要求，实际上，这是所有风格的本源。怎么说就怎么写，与说话像写作一样这两种相反的错误，都是应该受到指责的。因为用书面语言说话的人，会给人一种学究、迂腐的感觉，同时他的话也让人难以理解。

晦涩难懂、模糊不清的表达在任何情况下永远都是一个不好的标志。因为在百分之九十九的情形下，这都是由于作者思想的含糊不清所致，而这又几乎总是意味着作者的思想本身有某种根本性错误或自相矛盾之处。总之，它就是不正确的。当脑中涌现出一种正确的想法时，就会努力寻求正确的表达并很

---

① 意为僵硬的文体，不自然的风格。

快能够找到，因为清楚的想法很容易找到恰当的词语来表达。一个人若有能力想到某种东西，就一定也能够以清晰、易懂、明确的语言来表达它。那些构建了错综复杂、艰涩难懂、模棱两可的句子的作家，大多时候连自己都不知道要说的是什么：他们对此只有一个朦胧的意识，但还没有形成确切的思想。通常，他们的愿望是向自己和他人掩藏他们其实是无话可说的真相。他们希望自己看起来是知道那些本不知道的、想过那些本没想过的、说过那些本没说过的东西的样子。如果一个人真的有什么东西需要表达，他会选择模糊不明的方式还是清楚明白的方式来表达呢？甚至连昆体良①都说："受教育程度高的人写的东西往往更加清晰、更易理解；而一个人受教育的程度越低，他写的东西就越隐晦难解。"

作者应该避免使自己的词句像谜一样地令人迷惑不解，他应当清楚地知道自己对某些东西究竟是想说还是不想说。正是这种摇摆不定、犹豫不决的风格让很多人的作品寡然无味。只有当所谈论的事情是不合时宜的时候，这种规则才可以有所例外。

夸张的手法通常会造成与本意相反的效果，所以，虽然字词确实是表达思想使其被理解的，但对它们的使用也只能在一定的限度之内。如果词语的堆砌超过了这个限度，思想的表达就变得更加模糊不清。要找到这个适当的限度就是风格的难题和判断力的职责，因为太多的言辞反而会使目的难以实现。这就是伏尔泰所说"形容词是名词的死敌"这句话的含义。但是，正如我们通常所见，许多人都试图以洪水般滔滔不绝的废话来掩饰自己思想的缺乏。

---

① 昆体良（Marcus Fabius Quintilianus，约 35—约 95 年），古罗马时期的著名律师、教育家和修辞学家。

因此，我们应当避免一切的冗语，一切无意义的、不值得读者细读的拼凑起来的话语。作者应该珍惜读者的时间，照顾读者的注意力和耐性，让读者相信他写的东西是值得仔细研读的、花在他作品上的时间和精力是有回报的。删略掉一些不错的东西总比加上一些空洞的废话要好。赫西俄德的格言“过犹不及”（《工作与时日》）用在这里正合适。所以，如果可能的话，只要精华！只保留要点！读者自己也能想到的东西应一概不写。言多意少无疑是作者平庸的标志，言简意丰则是天才的标志。

赤裸的真理是最美的。它表达的方式越简朴，给人的印象就越深刻。之所以如此，一方面是因为这时真理能占据读者（听者）的整个心灵，使他不受到其他枝节思想的纷扰；一方面是因为在这里，读者（听者）觉得自己不会受到那些巧妙言辞的迷惑和欺骗，真理所说的一切都是来自于事物本身。例如，对于人生空虚的哀叹，还有什么比《圣经》中约伯的这段话：“人为妇人所生，日子短少，多有患难。出来如花，又被割下；飞去如影，不能存留。”更能给人以启示呢？

正因为此，歌德自然纯朴的诗歌远胜于席勒华丽修饰的诗作。也正因此，许多通俗的歌谣才那么感人心弦。正如在建筑艺术中过多的装饰是应该被避免的，在文学艺术中也应戒除所有的华丽藻饰、无用发挥和冗词赘句。总之，作者必须要努力追寻一种单纯质朴的文风。任何可有可无的字词的存在，都是有害的。朴实自然的法则是所有优美的艺术都要遵循的，因为越是简单的东西，越有可能显得崇高。

真正的简约在于永远只说那些值得说的东西，避免说那些人人皆知的琐碎细节的东西。这就涉及到对什么是必要的、什么是多余的做出正确的区分。但是，作者永远不能为求简约而牺牲清晰明了，更不能以忽略正确的语法为代价。为了少用一些字词而不惜削弱对思想的表达，或妨碍对某一长句的理解，就是可悲的弱智行为。然而，正是这种对假装简洁的盲目追求之风，在当今社会十分盛行，它把有用的词语删掉，甚至不顾语法和逻辑。很多作者为了省略一两个词，常将一个动词或形容词同时用在几个不同的句子里，让读者如同在黑暗中摸索一样阅读他们的作品。他们也在其他方面实践这种荒谬的语言简略法，以努力达到他们误以为的那种简约的表达和凝练的风格。由于省略掉了整个句子中的关键词，他们把这个句子变成了一个难解的谜，读者只能反复研读、冥思苦想去试图解开这个谜。

是思想的丰富性和重要性，而不是其他任何东西，赐予了风格简约的特性，使它既简洁明了又意味深长。如果作者的想法本身是重要的、清楚明白的、值得表达出来的，他一定会有足够的材料和内容来填充表达这些想法的复杂长句，并且使这些句子及其各部分都语法正确、词意完整，这样的话，就没有人会认为他的作品空洞、沉闷、拙劣、虚浮了。措词用语无论何时都应简明、含蓄，让思想得到清晰明了、平易适当的表达，甚至如行云流水般优雅的展开、流淌。

因此，作者与其缩短字词和语言的形式，不如扩展丰富自己的思想。如果一个人因病而变得瘦削，发现以前的衣服都很肥大，正确的做法不是剪短改小它们，而是应该将自己的身体恢复到之前的健康状况，这样衣服就会重新合身了。

这里，我要提及一种如今非常普遍的风格上的谬误，这种错误之风伴随着文学的逐渐没落和古老语言的被忽视，正呈上升之势——这就是主观性的错误。当一位作者觉得只要他明白自己想要表达的东西就足够了，而不理会努力琢磨他的意思想要理解他的读者时，就会犯这种错误。作者这时候就好像在唱一出独角戏，而这其实应该是一部对话体。而且在这场对话中，作者必须要表达得清楚明白，因为他无法听到对话者（读者）提出的问题。

因此，写作风格应该是客观的，而绝不应该是主观的。只有当作者写下的文字能够让读者直接、确切地想到他在写作时所想到的事情时，才是客观的。若要做到这一点，作者就必须始终牢记：思想也遵循着重力定律，它从头脑进入纸张比从纸张进入头脑要容易得多。所以，他必须要在后一方面多下功夫。如果作者这样做了，他的文字就会产生一种纯粹客观的效果，就像一幅圆满完成的精美油画。而主观风格的效果则不比墙上的斑点更有确定性，只有那些脑中突然被这些斑点激发出奇思妙想的人，才会以为它是一个影像，其他人则除了一片模糊的斑点什么都看不到。我们讨论的这种差异存在于整个的文学表达手法中，但也经常可以在一些个别的例子中发现。例如，在一部最近出版的作品中，我读到了这样一句话："我写作并不是为了增加现有书本的数量。"其实，这只是一句废话，而且它的含义也恰恰与作者想要表达的意思相反。

那些写作时漫不经心的人，从一开始就以这种方式承认了他本人并不十分重视自己的思想。因为只有当一个人确信自己的思想包含真理、十分重要的时候，才会深切地觉得需要以不懈的努力，勤勉认真地找到最清楚、最恰当、最有力的语言来表达它们，正如我们用金器或银器来放置那些神圣的遗物或无价的艺术珍品一样。正是这种感情，使得许多古代作家在写作时都是小心翼翼、认真细致。他们的伟大思想在其文字中存活了几千年，并因此而被冠以"经典"的荣誉称号。据说，柏拉图《理想国》的序言就曾经以不同的方式写了七遍。

正如衣冠不整暴露出一个人对朋友的不尊重，草率、马虎、拙劣的文风也显示出作者对读者的严重漠视，然后读者就以拒绝阅读这种书作为对他们的合理惩罚。这是特别可笑的现象，就是某些评论家常常用一种极端草率的风格——就是以赚取稿费为目的的风格——去批评别人的作品。这就像一位法官穿着睡衣和拖鞋走进法庭一样！如果看到一个人衣着邋遢、肮脏，我会在开始与他交谈之前犹豫一番；同样，在拿起一本书时，一旦发现作者写得草率、疏忽，我会立刻生气地把它放在一边。

写出好的作品应该遵循这样的原则，即一个人每次只能认真、清楚地思考一件事情，因而不能期望他人能在同一时间内思考两个甚至更多的问题。但是当作者将一个主要的复合句拆开，以插入语的形式填进复合句的空隙里，就产生了两个或三个另外的思想，这时他就是要求读者在同一时间思考多个问题，从而就毫无必要地、随意地扰乱了读者。而这，仍然主要是我的同胞——德国作者所犯的错误。虽然德语本身很适合这种写法，为这种情形的发生提供了可能，但并不能证明这种做法就是合理的。没有比法语散文读起来更令人轻松愉悦的文章了，因为法语的文章一般都避免了上述的毛病。法国人会尽量以最合乎逻辑、最流畅自然的次序串联起他的思想，将这些思想连贯有序地逐一呈现在读者面前，方便他们理解和思考，所以这其中的每一个思想都可以得到读者全神贯注的思考，而不会被忽略。相反，德国人则喜欢把多个想法编织成一句反复曲折、交叉的话，妄想一次能说出六种东西，而不是将它们一个一个地表达出来。他的目标应该是吸引和保持读者的注意力，但他不仅无视这一目标，而且还要求读者违反上述原则，让读者在同一时间里思考三四个不同的思想；或者，如果读者不可能做到这一点，那就让他的思想如一条细绳的振动那样迅速地变换。作者就以这样的方式为其“僵硬的文风”奠定了基础，然后加上以极度夸张、浮华炫耀的手法来表达最简单的东西，或者其他类似的修辞技巧，这种文风就获得完美的成功。

在那些复杂的长句中包含了大量的插入语，就像很多的盒子一只套着另一只，或者像是肚子里塞满了苹果的烤鹅，这确实首先为记忆力增加了不小的负担。然而，在这儿发挥作用的本应是理解力和判断力，而不是由于记忆力的活动而妨碍、削弱了它们作用的发挥。这种句子给读者提供的只是一些破碎的短语和散句，然后要求读者仔细地收集整理，再储存在记忆中，就像一封被撕破了的信件的碎片，只有收集到其他的碎片将信拼接完整后，才能理解原来的含义。读者被期望无需展开思考就可以一直阅读下去，甚至只需使用记忆力，在读完一句话之后就能明白它的含义并对获得的某些东西加以思考，因此这就要求他在能够理解任何东西之前得先死记硬背很多东西。这显然是错误的，并且滥用了读者的耐心。

而平庸的作者则明显偏爱这种风格，原因就是它让读者在耗费了很多的时间和精力之后，才能读懂那原本轻而易举就可理解的东西，这就让作者看起来似乎要比读者深刻、睿智得多。其实，这不过是上面提到的技巧中的一种，头脑平庸的作者无意识地、仿佛出于本能地以这些手段掩藏自己思想的贫乏，做出与实际恰恰相反的假象。他们在这方面的才智确实是惊人的。

把两个不同的思想交叉、重叠地放在一起，就像组成一个木制的十字架一样，明显是毫无道理的。但是当作者为了插入某些不同的想法而中断自己已经开始的话语的时候，就会出现这种情形。这样就给读者留下了一个毫无意义的半截句子，只有当句子真正完结的时候，他才能摆脱这种令人困惑的情形。这就好像一个人递给他的客人一只空盘子，让他满心期待着盘子里将会出现什么。逗号和用于页码注脚的记号及用于文章中中间的圆括号，属于同一个家族，所起的作用也相似。如果德摩斯梯尼[1]和西塞罗[2]也曾偶尔使用括号来插入句子的话，那他们若没有这样做肯定会更好了。

但是，假若插入语不符合句子的结构，却强行将其填入句子，导致句子支离破碎，那这种写作风格就变得荒谬绝伦了。如果打断别人的话是莽撞无礼的，那么打断自己的话同样如此。但是所有拙劣、马虎、草率的作者，那些眼睛只盯着黄油面包（为钱而写作）的人，却可以在一页作品中用上六次这种风格，并且还暗自欢喜。这种写作方法——如果可能的话，同时给出规则和实例是最好的——打破一个句子，然后在中间粘上另外一个句子。他们这样写作并非仅出于懒惰，而且还因为愚蠢。他们以为这样会让句子产生一种明亮的魅力，能给其表达的东西增添活泼和生气。但毫无疑问，只有在很罕见的情况下，这种句式才可以被原谅。

只有极少的作者采用建筑师的方式来写作：在开始建筑之前，就已画出了草图、制定出整个规划，连最微小的细节都仔细考虑，力争完备周详。而大部分人的写作则仿佛在玩多米诺骨牌一样。在这种游戏中，骨牌的布局一半靠谋划，一半靠运气，写作中句子的次序和连接同样如此。他们对作品完成后的样子和写作前制定的目标，只有一个大概的想法。许多人甚至连这个大概都不知道，就像珊瑚虫建造珊瑚一样，一句接着一句地辛勤劳作，只有上帝才知道他写的是什么。

如今的生活匆忙迅速、变化万端，这种生活方式也感染了文学，使其变得极度肤浅、草率。

---

① 德摩斯梯尼（Demosthenes，前 384—前 322 年），古雅典雄辩家、民主派政治家，后教授辞学。

② 西塞罗（Cicero，公元前 106—前 43 年），古罗马著名政治家、演说家、雄辩家、法学家和哲学家。

论学者

当人们看到数目众多、各种各样为培养人才而建立的学校等教育机构，以及大批的学生和教师时，也许会以为人类是如此地重视真理和智慧。但这也不过是骗人的表象。教师授课是为了挣钱，他们追求的不是智慧，而是拥有智慧的外表和名声。学生的学习也不是为了获得知识和敏锐的洞察力，而只是为了将来可以夸夸其谈、表现出气势和派头。每过三十年就有一代新人来到这个世界上——这年轻的一代对这个世界一无所知，但却渴望通过快速地学习人类几千年积累的文化知识的概要后，就可以超越前人、比他们所有人都更聪明。为了这个目的，他走进大学，拿起书本阅读——读那些和他的年龄、地位一样的新书。他所阅读的东西必须要简短，必须要是最新的！因为他自己就是新的。然后，他就开始讨伐攻击、批评非难。这里，我还丝毫没有提到那些以谋生为唯一目的的求学者。

各个年代的各种各样的学生和学者们，求学的目的一般来说只是为了获取资料、信息，而不是为了深入地了解世界。他们炫耀自己博学多才、知晓任何东西——诸如岩石、植物、战争、实验，以及所有存在的书籍的信息。他们从来不曾想到这些信息和资料只是深入了解事物的工具而已，它们本身只有很少的甚至完全没有价值；而要成为一名哲学家，关键在于他思考问题的方式。当我听到这些奇异非凡的学者及他们那令人吃惊的博学多识的时候，就会时常对自己说：“哎，他们阅读了那么多东西，哪还有工夫去思考呢?”当我真的看到有记载说老普林尼[①]总是在不断地阅读或让别人给他阅读，不管是在餐桌上，还是在旅途中，甚至在浴室里时，脑海中就不由得产生这样的疑问：难道老普林尼是如此的思想贫乏，以致要不断地将别人的思想灌输给他——就像一个痨病患者必须要吃炖肉汤才能维系生命吗？不论是他在作品中那种毫无分辨力的轻信，还是他那令人不可名状的反感，以及他那难以理解的、看起来就像是做笔记似的、异常省略字词的文体风格，都无法让我高度评价他的独立思考能力。

我们已经看到，大量的阅读和学习会有损自己的独立思考，同样，大量的写作和教学，也会让一个人对自己熟知的事物失去清晰、透彻的认识和理解，因为他已经没有时间去得到这样清晰、透彻的了解。所以，当他无法清楚地表达确切的知识时，就不得不用单词和短语来填补这个认识的空白。是这个缘故，而不是因为所讨论问题的枯燥，才使大部分的书读起来冗长乏味。俗话说，一位好的厨师能用一只旧靴子烧出一道可口的佳肴；同样，一位好的作家也能将最枯燥无味的东西写得妙趣横生、引人入胜。

对于绝大多数的学者来说，知识只是一种手段，而非目的。这就是为什么他们永远不能取得任何非凡成就的原因，因为要有所成就的话，他必须要把知识当作目的来追求，把其他一切事物甚至自己的生存本身，仅仅当作手段来看。因为一个人若不能为了某一事物本身而去追求它，这就只是不完整的追求。而真正的卓越，无论在任何领域，都只有在以事物或工作本身为目的、而不是将其作为达到进一步目的的手段时，才能取得。

---

① 普林尼（Plinius，23/24年—79年），世称老普林尼（与其养子小普林尼相区别），古罗马百科全书式的作家，以其所著《自然史》一书著称。

同样，任何人如果不是为了自己而寻求知识、并将此作为自己学习的直接目的、拒绝用他人的知识扰乱自己的心智，就永远不能在思想的领域内获得任何真正伟大、独创的成就。但是，一般的学者学习和研究只是为了应付教学和写作。他的头脑如同让食物不经消化就通过的肠胃。这正是为何他们的教学和写作都没有什么用途和价值。因为人们赖以得到滋养的不是那些未经消化的渣滓，而是由血液本身分泌出来的乳汁。

假发可谓是代表学者的最适当的标志，简单而明确。用一大堆的假发来装饰、美化缺少头发的脑袋，正如博学多识只不过意味着以大量别人的思想来装满自己的头脑。当然，这些并不能将自己的头脑装饰得美丽、自然，也不是任何时候都有用、并适用于一切目的的，其根基也并不牢固，当别人的思想用尽以后，也不能立刻得到补充——像自己的思想可以从自己的头脑中不断地涌出那样。因此，我们发现斯特恩在其《项狄传》这本小说中大胆地宣称："拥有自己一分的才智抵得上拥有别人十分的才智。"

而且，事实上，最渊博的学识与天才的思想比起来，也不过像是干枯的植物标本与自然界中鲜活的植物相比。新鲜的植物和原创的思想，有着不断流动、更新的生命力，永远清新年轻、生气勃勃、变化万端。古代作家的天真质朴，与他们的注释者的博学多识，没有什么比这二者之间更对比鲜明的了。

"业余爱好者，业余爱好者！"那些为了获取利益而从事某些学问和艺术，觉得这些行业可以赚钱才被吸引过来的人，就是以这种轻蔑的口吻，来称呼那些仅仅由于喜欢和热爱而追求某一门学问或艺术的人。这种轻视来自于他们的一种基本信念：除非被饥饿、匮乏所迫，或受到其他形式的贪欲的刺激，否则没有任何一个人可以真正地投身于某一门学问或艺术。而公众对此亦抱有同样的想法。因此，尊重“专业人士”、怀疑“业余爱好者”就成了一种普遍的现象。但实际上，“业余爱好者”把自己所研究的东西当作目的，而“专业人士”则纯粹将其当作一种手段。只有那些直接对自己从事的工作感兴趣，仅仅因为喜欢才投身于它、不懈地追求它的人，才会真正认真地对待它。也正是这些人，而不是那些仅仅为钱工作的人，才不断地创造出最伟大的成就。

在学术界中如同在其他领域一样，人们总是偏爱平常普通者——因为这种人沉默、谦虚，不会刻意显得比别人更聪明。而那些奇异非凡、古怪偏执的人则被视为一种威胁，人们联合起来反对他。哦，在这方面他们是如此地人多势众！

学术界的这种状况就像在美洲的某个小国一样，那里的每个人都只关心自己的利益，一心为自己谋求声望和权力，完全不顾国家、社会的整体利益，由此国家走向衰败。在学术界同样如此：每个人都只想突出自己、使自己引人注目，因为他要获得名声。人们唯一能够取得共识的事情就是，试图压制一个有机会显露自己的真正杰出的人物，因为他将是人们共同面临的威胁。整个学术界的状况如何，由此就轻易可知。

从古至今，在大学教授和独立学者之间，就是相互对立、敌视的关系，这种关系也许可以比作家犬和野狼之间的势不两立。因其所处的地位，教授享有生前就为同时代人所知的有利条件；而独立学者因其处境，则拥有能被后人推崇的优势。要想达到后一种目的，除了其他更为稀有的天赋以外，一定的闲暇和自由也是必需的。因为人类要花费很长的时间才能找到这两者中自己感兴趣的一方，所以，二者可以同时并进，各自从事自己的事业。

或许我们可以这样说：教授是从厩棚里获取食物的，这种方式很适合于反刍动物；而那种善于从大自然的手中获取食物者，则更适宜生活在自由空旷的野外。

人类所有的知识——不管是整体的还是某一分支的，其绝大部分只是存留于纸张上，也即作为人类的纸上记忆的书本上。只有一小部分在某一特定的时刻，才会真正活跃在某些人的头脑中。之所以如此，首先主要是因为人生短暂、生命无常；其次，也因为人们本性懒惰懈怠，耽于享乐。在每一代人匆匆而过的生命历程中，都只得到了能够满足自己生活需要的一小部分知识。然后他们就迅速消逝了，因此大多数的学者都是很浅薄的。接下来就是新的一代，他们满怀希望，却一无所知，一切事物都要从头学起。同样，他们也只是抓住自己所能把握到的东西，或者学到对其短暂人生有用的知识，然后依然销声匿迹。如果没有书写和印刷艺术的出现，人类知识的命运该会多么糟糕！因此，唯有图书馆才是人类可靠、长久的记忆，因为人类个体成员的记忆都是有所限制、残缺不全的。所以，正如商人不喜欢公开他的账簿一样，大部分学者也不愿意别人检验自己的知识。

人类的知识向各方面扩展、延伸，其无边无际的范围远远超出了我们的目力所及。对于那些一般来说值得掌握的知识，甚至没有一个人可以了解到千分之一。

知识的分支已扩展得如此繁多，因此，一个人若想“有所成就”，就只能专注于某一学科，不再理会其它学科的知识。在自己的学科领域内，他确实会超越一般的众人；但在其他领域内，他自己也属于这样的普通人。如果再加上这一点：即如今更为盛行的对古代语言的轻视——这些语言正随着一般的人文教育而被逐渐废止——而对拉丁文和希腊语仅有寥寥的皮毛知识是没有什么用处的，我们就会发现，那些在自己专业领域之外的学者，完全就是一个无知的笨瓜。

这样的专家学者就像是工厂里的工人，这个工人的一生都在生产制造某种特定的如螺丝钉、钩子、把手等某些机器或设备所需要的零件，在这方面，他的确是达到了一种异常熟练、灵巧的程度。这样的专家学者也可以比作一个只住在自己家里、从未离开过家门的人，在这里，他完全熟悉所有的东西：每一层台阶、每一个角落、每一块木板，就像维克多·雨果《巴黎圣母院》中的卡西莫多对圣母院大教堂的了解一样；但在家门之外，一切就都是陌生的、未知的。

对真正的人文教育和修养来说，具有多方面的知识和广阔的视野是绝对必要的；而对于在更高意义上的学者来说，全面、熟悉地掌握历史知识也是必要的。如果谁想要成为一名真正的哲学家，他的头脑就必须囊括人类的一切知识——哪怕是最偏僻、遥远边端的知识，否则，这些知识又能在哪里汇集呢？

第一流的思想家永远不会是上面所说的专家学者。因为真正的思想家是将整个存在作为他们的问题，对这个问题，他们中的每一个都会以某种方式为人类提供新的启示。只有这样的人才能担得起“天才”的称号，即那些将世界的整体、本质和普遍性作为自己的课题研究并取得伟大成就的人；而不是那些把自己的毕生精力花费在解释各事物彼此之间的特殊关系的人。

论拉丁文的研究

作为学者通用语言的拉丁文的逐渐废止，伴随着与民族文学密切相关的方言的兴起，已成为欧洲知识传播的一场真正的灾难。因为主要是通过拉丁语的媒介作用，欧洲才出现了大批的博学多才者——这些博学者会立即为某本新书的出版而欢呼。整个欧洲具有较强的思考能力和判断能力的人本来就为数很少，而当读者由于语言的不同而被分离、隔断时，这些头脑敏锐清楚的学者所起的良好作用就被大大地削弱了。这是一个极大的不利之处，但还有一个更大的不幸在后面，这就是古代语言将没有人去教授、学习。对古代语言的忽视在法国和德国正在迅速蔓延。

如果拉丁文真的在世界上消失，那么，我们就得说：别了，古典文学！别了，高尚的情趣和高深的思想！野蛮时代将会重现，尽管有铁路、电报和气球。我们将最终失去祖先所创造的这一文明。因为，拉丁文不仅是打开古罗马知识之门的钥匙，而且是直接开启中世纪及近代直至1750年左右的欧洲各国文化知识大门的钥匙。例如，9世纪的爱留根纳，12世纪索尔兹伯里的约翰，13世纪的雷蒙德·吕里，以及其他许多人，都是直接使用他们在思考学术问题时自然采用的语言来与我们交流的。

因此，虽然在时间上的距离非常遥远，但他们仍然离我们这么近：我们与他们直接碰触，可以真正地认识、理解他们。如果他们中的每一个人都使用他那个时代、那个国家的特有语言进行写作，将会出现怎样的情形呢？那对于他们所写的东西，我们现在应该连一半都看不懂。与他们之间真正的智力上的沟通将是不可能的。他们在我们眼中也许就像是遥远地平线上的阴影，或者，只能透过翻译者的望远镜看到他们大致的身影。

正是考虑到用拉丁文写作的优势，培根——正如他明确宣称的那样——在霍布斯的帮助下把他的《论文集》翻译成了拉丁语，并取名为《信徒祷文》。

这里，请让我顺便说一下，当爱国主义试图在知识领域里大力宣称其主张时，就犯了一个无法饶恕的罪过。因为，在那些涉及到所有人的纯粹人文的论题中，真理、悟性和美感应该具有独立的价值。如果一个人偏爱自身碰巧所属的那个国家，并让这种偏爱影响到他判断的公正，而且以此为理由亵渎真理，为了抬高本国普通人物的身价而贬低别国的伟大人物，那就没有比这更为傲慢无礼的了！尽管如此，抱有这种庸俗偏见的作者仍然存在于欧洲的每个国家中。也正是因此，耶里阿特在他妙趣横生的《文学寓言》的第三十三则中辛辣地嘲讽了他们。

在学习一门语言的过程中，主要的困难就在于要认识、了解它所表达的每一个概念，即使它使用的词语在自己的母语中还没有确切的对应词——这种情况经常发生。在学习一门新语言的过程中，人们必须要随着新的观念不断产生、范围不断扩大的状况，在自己的头脑中开辟一个新的概念领域。这样，他就不仅学到了单词，也得到了概念的认识。

这种情况在学习古代语言的过程中最为常见，因为，它的表达方式与现代语言之间的差异，要远远大于各国现代语言彼此之间的差异。这在以下的事实中可以表明：即在把作品翻译为拉丁文的过程中，必须要求助于不同的词语转换，而非仅仅使用原文中的语言。被翻译的思想必须要经过熔化和重铸，也就是说，要先对其分析解释，然后再重新组织。正是这样的过程，才使得古代语言的学习对人的才智教育贡献那么大。

由此可知，一个人的思想会随着他所使用语言的不同而发生变化。每学习一种新的语言，他的思想和观念都会经历一次全新的改观，产生一些细微的变化和差别。因此，熟识多种语言不仅有许多其他间接的优势，而且直接展示了一个人的精神文化修养，它可以突出显示概念在不同语言中的多面特性和意义的差别，从而不断地修正概念、使其成熟，并且还可以使思维更加敏捷。因为在学习多种语言的过程中，概念变得越来越独立于文字和语言。由于我在前面所说的那种差异，古代语言在这方面的影响作用，比现代语言更为巨大。

从我刚才所说的情况来看，很明显，以古代语言——其在语法的完善方面比我们的语言优越得多——来模仿古人的写作风格，是用母语熟练而完满地表达思想的最佳训练方法。而且，如果一个人想成为一名伟大的作家，他一定要做到这一点：正如在学习雕塑和绘画的时候，初学者在开始独自创作之前，必须要先通过临摹前人的伟大杰作来训练自己。只有通过学习拉丁文，一个人才能把措词用语当作一门艺术来看。这门艺术的材料就是语言，因此，语言需要以最为小心谨慎、微妙优雅的方式来处理。

这种学习的结果是，作者将会极其重视词语的意义和价值、次序和关联以及它们的语法形式。他将学会如何精确地权衡词语，并因此成为一名驾驭语言——这宝贵的工具不仅表达有价值的思想，更能保存这些思想——的专家。此外，他还将学会如何慎重地对待自己所使用的语言，因此就不会试图随意、武断地重塑语言。假如没有这种训练，一个人的写作就很容易沦为纯粹的废话。

完全无视拉丁语就像在雾天来到一个美丽的国家，视野受到极大的限制。除了近在眼前的事物，什么都看不清；就算在几步之外，一切事物也都隐埋在朦胧之中。但是拉丁语学者却有着广泛的视野，他拥抱现代、中世纪和古代一切的优秀文化；而且，如果他学习了希腊文甚或梵文，他的精神视野将会扩展得更为深广。

如果一个人丝毫不懂拉丁文，他就是个粗俗的人。即使他是个优秀的电机大师，而且在其坩埚中还有氢氟酸碱。

放松心灵的最好方式，莫过于研读古代经典。随便将任何一本经典拿在手上，哪怕只读上半个小时，你就会觉得焕然一新、神清气爽，身心得到了净化，灵魂得到了升华，精神更加强健有力，犹如干渴良久后得饮甘泉一般。这是因为古老语言极其完美表达的功效，还是因为那些作品历经千年仍保存完好、光辉照人的作家思想的伟大？或许两者兼而有之。但我知道，如果可怕的灾难降临，人们不再教授、学习古代语言，一种新的文学将会产生，这种文学粗野、肤浅，毫无美感、价值，前所未有地糟糕。

天才与美德

当我思考的时候，是这个世界的精神在努力表达它的思想，是大自然在尽力地认识与理解它自己。我努力追寻的并不是其他人的想法；而是我能把存在的事物变为已被认知、为人思考的东西。否则，它们既不能进入存在，也不能继续处于存在之中。

在物理学领域，水是一种简单的、因而也是一种最初的元素，这是一个已被人们坚持了几千年的无可争议的真理。同样，在形而上学的领域，自我是一种简单的、因而也是一种不可摧毁的实体，这一不争的事实被人承认的时间甚至更为久远。不过，我已经说明了，这一实体由两个完全不同的部分构成，即：形而上学的意志，这是一种物自体；以及认识的对象，这是物质的，仅仅只是一种现象。

让我举例说明我的意思是什么。以任何一座巨大、笨重又牢固的建筑为例，这个坚硬、沉重的庞然大物占据了多么巨大的空间啊。但我告诉你，它只不过存在于人的大脑的软组织里。只有在人的大脑中，它才有任何形式的存在。除非你明白了这一点，才能继续前行、走得更远。

的确，这个世界本身既是一个充满神秘的奇迹，又是一个物质实体的世界。我曾经看到它们中的两个。两者都是有重量的，均匀、对称且美丽。一个是翡翠花瓶，有着金色的花边和黄金手柄；另一个则是有机体，是一只动物，或一个人。我曾经充分地赞美了他们的外表，然后请我的随行天赋允许我检查它们的内部。我也这样做了。在这个花瓶里，我发现除了地心引力和一种以化学亲和力形式所表现的朦胧渴望外，什么都没有。但是，当我进入另一个世界时，却不知该如何表达对自己所看到东西的惊讶。它比迄今为止所有编造的童话、寓言故事，都更不可思议。无论如何，即使冒着无人相信的风险，我也要将它描述出来。

在第二个物体中，确切地说是在它的上端——称为头的部位，其外表看来与其他任何东西都一样：是一个占有空间的主体，具有重量等等特征。我发现一个物体，就跟整个世界一样，连同它存在于其中的整个空间，和它活动于其中的整个时间，以及最后一切填充于时间和空间的所有斑驳陆离和无限永恒的东西；不仅如此，最奇特的景象就是，我发现自己竟然漫步在它中间！我看到的根本不是什么图片；它不是西洋景，而是现实本身。这是真正确切、实实在在地能在一个物体内发现的东西，它并不比白菜大；有时，刽子手也许一下子就可以把它砍掉，于是突然间世界完全被黑暗的长夜所笼罩。我想，如果这些物体的头不是如雨后春笋般的滋长，如果不是永远有足够多的头，当这个世界要下沉至空无时，将它抓起，并且使它像球一样地运行，那么，这个世界就会消失。这个世界是它们完全共有的一个观念，并且它们用“客观性”一词来表达自己思想的一致和统一。

在这一景象面前，我感觉自己就像是阿尔德斯琼纳，见到了拥有上万只的手臂、眼睛和嘴巴的克利须那神①的真身，惊恐至极。

① 印度象征丰收和幸福的保护神。

当我看到这一广阔的景象，并且意识到它是由于我的大脑功能的运转而产生——也就是说，由时间、空间和因果性关系，聚焦于我视网膜的某一个点上而产生的时候，我就觉得我已经把它带在心上了。我有一种特别清楚的感觉：我自己的存在与这外部世界的存在是同一的。

没有任何东西能像梦一样对这种同一性提供如此生动的说明。因为在梦境中，其他人似乎与我们完全不同，他们拥有最完美的客观性，以及一种完全不同于我们的本质。这梦境常常让我们感到迷惑、惊讶、震动、害怕，但它仍然属于我们自己。甚至对意志来说，也是如此：它支撑着整个外部的世界，并且赋予其生命；这一意志同样存在于我们自身之内，并且只有在那里，我们才能立刻、直接地感知到它。但是，使这些奇迹变为可能的，乃是我们以及他人心中的智慧。因为正是智慧，把所有地方的现实存在划分为主体和客体；它是一个梦幻神秘、奇妙得无法形容、具有无可比拟的魔力的庄严大厦。

精神力量的不同程度，在天才和凡人之间划分出一条如此宽阔的鸿沟。这种不同，的确是取决于大脑系统的发育是否完善。但这一差别也是非常重要的，因为整个真实的世界——这个我们生存和活动于其中的世界，它的存在只与这个大脑的神经系统有关。因此，天才和普通人之间的差异，完全就是世界和存在的所有多样性的反映。人与低等动物之间的差别，也许同样可以这样来解释。

据说莫摩斯①曾经要求在人的胸部开一个洞。当然这只是一个寓言中的笑话，我们甚至无法想象这样一个想法可以变为现

---

① 莫摩斯（Momus），希腊神话中的嘲弄和非难指责之神，以挑剔众神和凡人的毛病为乐，后被宙斯逐出天国。他曾埋怨当初神创造人类时为什么不在胸部留一个洞口，那样的话就可以窥视人的内心了。

实。但是，若把人的脑袋和及其外壳等组成部分想象成为透明的，却是十分可能的。然后，天啊！我们将会看到大脑的大小、形状、特性和运动是多么不同！它们的价值大小又是多么不同！一个伟大的人物，应该乍看之下，如一个人胸口上的三颗星章一样，立即激发起人们的极大尊重。对于许多佩戴了星章的人来说，一旦摘掉了胸前的这些星章，他们该会变得多么悲惨！

天才智慧的人们，以及所有思想和理论素质要比他们的道德和实践素质完善得多的人们，简而言之，那些心智超越了性格的人们，不仅在日常生活事件中是笨拙、可笑的——正如柏拉图在《理想国》的第七章和歌德在《塔索》中所描述的那样，而且从道德的角度来看，他们也时常是软弱、可鄙的；甚至，他们几乎可以被称为坏人。在这方面，卢梭就给我们提供了一个真实的事例。不过，尽管如此，作为一切美德之源的卓越的思想意识，在他们身上比在任何行为高于思想的人身上，要强大得多；而且，也许可以说那些思想高贵的人，对美德有着更深的认识和了解，而其他人则在实践美德方面表现更好。思想高于行为的人们，对善与美的追求充满热忱，他们愿欣然地直飞上天。但大地上的恶劣因素阻碍了他们的自由飞翔，使他们不得不再次降落在地面。他们就好像天生的艺术家，没有任何技术的知识，或者发现对他们的手指来说，大理石实在太过坚硬。许多人对美德的热情少很多，对美德的深层认识更肤浅，但他们在实践中反而做得更好。他们看不起这些高尚的思想家，当然他们有权这样做。不过，行动者不理解思想者，思想者也转而轻视行动者，这并没有什么不公正。也许思想者更该受到责备。因为每个活着的人，基于他活着的事实，已经签署了生活的方式；但是他们更应该得到同情。他们得到了补偿，不是以美德的方式，而是以他们自己的方式；他们得到了拯救，不是靠功德，而是靠信念。

在任何方面都没有一点天赋的人们，丝毫不能忍受孤独：他们无法从对世界和自然的沉思中获得快乐。这是因为他们从来不会忽视自己的意志，因而也就看不到这个世界上的任何客观事物，只看到这些事物与他们本人及其意志的关系。对于那些没有这种关系的事物，他们内心不断地发出一种声音："它与我毫无关系。"这是他们灵魂乐曲中所有旋律的基本音调。因此，在他们眼中，所有的事物都披上了一层暗淡、凄惨、怪异和怀有敌意的外衣。他们似乎只对自己的意志稍微有些认知能力。实际上，他们的人生所拥有的，只是一种道德上、而非理论上的趋向，只有一种道德上、而非理智上的价值。低等动物总是垂首向地，因为它们想要看到的只是与自身利益有关的东西，而且它们永远不能从一种真正客观的角度来思考万物。无知的人们真正直立起来观看世界的情况非常少见。只有当他们被自身之外的某些理智因素所推动的时候，才会如此。

相反，那些拥有智慧或天才的人们，其性格在了解永恒事物的知识方面，比在运用意志力的有限主体方面，着力更多。他的知识并不完全由其意志所灌注，也不被意志所迷惑，而是超越了意志；他"不是女奴的儿子，而是自由之子"。在他的人生中所展现的，不仅是一种道德上的、而且是一种理论上的趋向。甚至可以说，他在某种程度上超越了道德。他根本不会有做出任何极大恶行的倾向，他的良心比普通人的良心也更少受到来自日常错事的压力。因为，他已经看透了，人生如戏。

天才与美德之间的关系，是由以下因素决定的。邪恶是意志的一个冲动，它的要求是如此强烈，以至于要通过否定他人的生命来肯定自己的生命。唯一对意志有用的知识，就是特定的结果一定是由特定的原因所产生的知识。天才本身就是一种知识，亦即思想的知识；这是一种无关于任何因果性原则的知识。那些专注于这类知识的人们，是不参与意志的事务的。不仅如此，每个投入到对这个世界的纯粹客观思考（这就是思想的知识所谓的含义）中的人，完全看不到他的意志及这意志的目标，并且不再过多地关注他本人的利益，而是变成了一个纯粹的、摒除了任何意志杂念的智者。

于是，在那里，对才智的专注远比对意志及目标的关注更占优势。这表明，人类的意志并不是他的存在中的主要成分，与其智力相比，它是薄弱的。强烈的欲望——这是所有邪恶的根源，绝不允许一个人抵达纯粹、无私地静思世界的一种境界，摆脱与意志的任何关联，例如形成天才的品质；但在这里，智力仍然是意志永久的奴隶。

既然天赋存在于思想观念的知觉能力中，而且富有天才之人对他们的目标有着深沉的思考，那么，也许可以说，只有眼睛才能称得上是天才的真实证据。因为在这沉思的目光当中，有着某些稳定的、生动明亮的东西。天才的眼睛，其瞳孔上的白色眼膜常常是可见的，例如歌德的眼睛就是这样。对于感情强烈、充满热情的人来说，同样的情形也可能发生，但却是由于不同的原因而产生。这两种不同的原因，通过眼球的转动就可以轻易地区分。毫无智慧之人对一个事物所表达出来的观念完全没有兴趣，而仅仅对这事物与其他事物的关系，以及最终与他们本人的关系有兴趣。因此，他们绝不沉溺于思考，或者只是浅尝辄止，很少将其目光长时间地投注于任一事物之上。所以，他们的眼睛显示不出我所描述的那种天才的标识。甚至，普通的庸常之人所做的与沉思凝视恰好相反——他是窥视。如果他在看什么东西，那便是在窥探它。尤其当他为了看得更为清楚，而眯起眼睛时——这是他常常做的，我们准能观察到他的窥探。当然，没有任何真正的天才会去做这样的事情，至少不会养成这样的习惯，即使他是近视眼。

以上我所说的，足以充分地说明天才与邪恶之间的冲突。然而，事实可能是，甚至常常是这样的情况：天才身上显示出一种强有力的意志；而且，就像几乎没有天才会变成十足的流氓无赖一样，他们也不大可能成为完美无缺的圣人。

请让我来解释一下。美德并不完全是意志的实有弱点；确切地说，它是通过对意志最内在本质的了解，亦即对世界知识的了解，而施加于意志暴力的一种有意制约。这种对世界的认知，这种只有通过观念才能交流的最深的内在本质，对天才和圣人来说是共有的。两者之间的区别在于，天才通过他自己选择的某些描述方式来呈现他的知识，其成果就是艺术。而圣人在这方面，则没有掌握相应的才能；他只是直接将自己的知识应用于自己的意志，于是其意志就被导向了对世界的否定。对圣人来说，知识仅仅是到达某一目标的一个手段；而天才则仍然停留在知识的阶段，自乐在其中，并在他的艺术中通过描述自己所知道的东西来揭示知识。

在物质组织的层次中，意志的力量伴随着智慧能力的相应成长。一种高等程度的知识，例如存在于天才中的知识，首先要有一种强有力的意志；不过同时，这一意志要从属于智力。换句话说，智力与意志同样强大，但智力在两者中则是更强的。除非，如同在圣人中发生的情况一样，智力被立即应用于意志；或者，像艺术家那样，智力在其自身的重构中找到乐趣，意志仍未受到抑制。任何可能丢失的力量，都是因为纯粹客观的智力占据优势。这种智力只关注对观念的沉思，而不是像庸者或坏人那样，完全埋头于意志的对象。当天才不再沉溺于对观念的沉思，他的智力又重新应用于意志及其对象时，意志将再次焕发出它全部的力量。因此，天才经常有十分强烈的欲望，而且酷爱感官声色之乐，易于发怒。不过，他们通常不犯大罪。因为，当获得这种犯罪的机会时，他们能辨认自己的观念，并且清楚、逼真地看清这个观念。于是，他们的智力就对准了这一观念，赢得了对意志的主导权，并且像圣人那样改变了意志的方向。因而，犯罪就被中止。

所以，在某种程度上，天才永远拥有圣人特性中的某一部分，因为他是具有相同资质的人；同样，圣人在某种程度上也永远拥有与天才相同的一些特征。

我们通常所认为的和善温厚、脾气很好的性格，与圣人的高尚道德应该是要区别开来的。因为它包含着意志的弱点，而其智力的弱点则稍微不那么显著。在这里，体现在观念中的对于这个世界的较低水平的认知，就足以控制其本身的薄弱意志。天才和圣人与好脾气相去甚远；好脾气的所有表现，本质上都是虚弱的。

抛开以上我所说过的不论，至少这些是清楚的。以时间、空间和因果性的形式显示出来，又再次消失、在现实中空无一物，并通过死亡揭示了其虚无的这一恶性的、毁灭性的现象就是意志。但是那没有显现出来的，不是现象之物的，反而是实体。那使表象成为可能的，不受因果律原则支配的，因而没有空虚的或化为乌有的存在，却在一个充满痛苦的世界中永葆不变，就像暴风雨中的一道亮光，并因此，而摆脱了一切的痛苦和不幸的这种东西，——我想，它就是智慧。拥有智慧多于意志的人们，从其最大部分来说，就从虚无和死亡中解脱了出来；并且这样一个人，在其本质上就是天才。

正是由于他生活着、工作着，这个生来就富有天分的人，为了所有人的利益而完全牺牲了自己。因此，他也就没有再为个体做出某种特殊牺牲的义务，并且可以拒绝别人应当得到满足的许多要求。他的痛苦和他的所获，比其他所有人都要更多。

推动天才精益求精地工作的源泉，并不是名誉。因为名誉这种品质太不稳定、可靠；而且近距离看时，毫无价值。“再多的名声也弥补不了为取得名声所付出的辛劳。”这种源泉同样也不是从工作中获得的乐趣，因为他付出的努力要远多于这种乐趣。这种源泉，毋宁说是一种独特的本能。由于这种本能的驱动，天才会以某种永恒的形式，来表达他们的见闻和感受，而并未意识到任何更深一层的动机。

显而易见，由于这种本能导致个体为了其种族的利益而牺牲自我，使个体更多地是为种族、而非为自己生活，所以这种冲动与人类特有的性冲动某种意义上的限制有些类似。我这里所谓的限制，指的是控制对另一性别的某些个人的冲动，借以维护人类种族的利益。那些容易受这种冲动影响的人们，是因他们对彼此的热恋之情，以及由此而被强加的种种不利条件——简而言之，是因婚姻制度，而为人类牺牲自己的。他们可以说是为种族的利益，而不是为个人的利益服务的。

天才的本能，是以一种更高的方式，为观念行事，而热恋之情则为意志行事。在这两种情况下，对于那些以某种方式服务于人类利益的个人来说，都有其特殊的快乐或痛苦来体验；并且他们生活在一种更富力量的状态中。

天才下定决心，以他自己选择的方式为族群利益生活，这种方式既不合适，也没有被要求另寻他途为之。奇怪的是，一个人的名声用两种方法，都可以使其永垂不朽。

在音乐中，最优美的曲子最难理解。它们仅适于专业的或受过训练的人。它们包含很长的乐章，只有经过曲折婉转犹如迷宫似的曲调后，才能发现其基本音调。对天才来说，也是如此。只有经过挣扎、怀疑、错误，以及无数的反思和犹豫不决之后，这些伟大的人物才能达致平衡。只有最长的钟摆，才能使振幅最大。庸人很快就向自己与世界妥协，进而僵化腐朽；其他人则朝气蓬勃，并且一直充满生机，运动不止。

天才的本质或要素是衡量智力的一个尺度，这一尺度远远超过了衡量个人意志标准的要求。但这仅仅是一个相对性的尺度，通过降低意志的水平，或者提高智力的水准，就可以达到。有些人虽然拥有远大于意志优势的智力，但是并没有真正意义上的天才。诚然，他们的智力超过了大部分的普通人——尽管不是在任何方面都是如此，但他们的意志力却非常薄弱。他们没有强烈的欲望，因而他们更多地关注纯粹的知识，而非对任何目标的满足。这样的人拥有天分；他们聪明智慧，同时又非常高兴、知足。

能够给人带来幸福的那种清晰、明朗、愉悦、理智的精神头脑，取决于建立在他的智力和意志基础之上的关系——在这种关系中，智力占有主导地位。但是，天才以及伟大的头脑则取决于个人智力与他人智力的关系——在这种关系中，天才和伟人的智力远超他人，并且同时，他们的意志也要相应地更为强大一些。这就是为何天才与幸福未必同时存在的原因。

当个人因忧虑或嘲弄而心烦意乱，或者受到强烈愿望和欲望的折磨时，他所拥有的天赋和才华就被束缚，不能活动了。只有当一个人无忧无虑、无所欲求的时候，他体内才有天赋、才华充分发展的自由空间。只有到那时，万般桎梏才被消除，纯粹的精神——这一纯粹的、认知的主体——才保持不变。因此，如果一个人有点天分的话，那么，就应该让他保护自己免受痛苦的煎熬，远离忧虑，克制欲望；但是那些实在不能抑制的欲望，就让他去充分地满足吧。这是他可以最大限度地利用自己的宝贵存在，谋求自我快乐与世界利益的唯一方法。

因为需求、希冀或者欲望无法满足而与其做斗争，对于某些人来说这是件好事：如果他们会因没有这些忧虑缠身而感到无聊厌烦，进而染上恶习的话。但这对于另一些人来说，则并非好事：如果他们通过好好利用自己的时间，就可结出数百年才能一见的硕果的话。正如狄德罗所说，这样的人，“不仅仅只是一个道德的存在。”

机械定律不适用于化学领域，化学法则也不适用于有机生命蓬勃发展的领域。同样，对普通人有益的法则，也无益于常人以外的特殊之人；普通人所乐在其中的，也不会为他们所喜欢。

是一种永恒持久、绝不间断的敏锐活力，构成了卓越的心智。这一活力所指向的目标是次要的；它与这里所谈之心智的优越性并没有实质性的关系，而只对拥有这种优越性的个人有着重要的意义。教育所能做的全部工作，就是确定这种活力发展的方向。这就是为什么一个人的本能天性比他所受的教育，更远为重要的原因。因为，教育之于天赋才能，就犹如蜡像鼻子之于真实的鼻子一样；或者像月亮、地球之于太阳一样。由于所受教育的缘故，一个人所说的并不是他自己所想，而是他人已经思考过的，他只是通过一种训练学到的内容；一个人所做的，也并不是他想去做的，而是他一直习惯于做的事情。

低级动物在许多方面，能够表现出比人类更加智慧的行为。例如，找到回家的路，辨别个体等等。同样，现实生活中，在许多情况下天才要比普通人笨拙得多，其处世能力和适应能力与后者远无法比较。不仅如此，正如动物绝不会做出严格意义上的蠢事那样，平常人也永远不会暴露出如天才那般程度的愚笨。

普通人完全被归入存在的领域；相反，天才则主要生活、行动于知识的领域。这就产生了双重的区别。首先，一个人只能成为一件事物，但他可能了解无数的东西。因而，在某种程度上，通过参与斯宾诺莎称之为“客观存在”的东西，他得以与这些事物融为一体。其次，这个世界，正如我在其他地方所说过的那样，表面上看起来很好，实际上却糟糕透顶——因为苦难是一切生命存在的条件。

由于以上两个区别中的第一点，普通人的生活本质上就是一个无比巨大的烦恼。因此，我们看到富人竭力与厌烦和无聊作斗争却无法缓解，穷人也因为贫乏、困境而苦苦挣扎却徒劳无功。而从这两个区别中的第二点可知，普通人的生活充满了沉闷、混乱和始终如一的重压。但在天才的额头，则散发出欢乐、明朗的个性光芒，即使他的悲伤远比普通人深切、沉重得多，却依然能够容光焕发，就像阳光穿透乌云。当天才和普通人遭受一样的痛苦折磨时，他身上的这种特质就表现得最为显著。这时，他就像一个人，独自发笑，看着荒野间的走兽；与之相比，后者终其一生，活得是那么沉重、乏味。

天才的一大苦恼就是，在同样的标准尺度下，别人认为他是无比伟大、值得钦佩的，他却觉得那些人是十分渺小、可怜的生物。在其整个漫长的人生，他都不得不去压制自己的这种观点；而且，通常来说，平常人也同样抑制他们的那种意见。与此同时，天才命中注定要生活在一个凄凉的世界，在那里他找不到一个同类，好像这是一个除了猴子和鹦鹉，就没有任何其他居民的孤岛。此外，他总是被幻觉所困扰：从远处看，猴子怎么那么像人？

庸人以伟人的缺点和错误，为一大乐事；而伟人想到与他们的同类关系，也同样懊恼。

一个天才或伟人真正的高贵和尊严，使他高于别人并值得他人尊敬的品质特征，根本上就在于这一事实，即人类本性中唯一纯洁清白、未受玷污的部分——智力，在他心中占据着优势地位，并且一直保持这种优势。反之，在其他人那里，则只有邪恶的意志，和刚刚能够指导他迈步前行的智力——这种智力极少有超过的时候，却常常不足，此外就一无所有。——这有什么用呢？

在我看来，天才或许源于在追溯往事时记忆的某种完美性及生动性。因为只有凭借记忆——这使我们的生活成为严格意义上的整体的记忆，我们才能对人生获得更加深刻、全面的理解。

心理散论

每一种动物，尤其是人，为了在这个世界上生存和发展，都需要在其意志和理智之间达到某种一致和平衡。通过自然形成的这种均衡越是真实、准确，他的一生也就过得越发轻松、安全、舒适愉悦。同时，即使是一个大概接近这个确切点的比值，也足以保护他免遭毁灭。因此，这种适当、准确的均衡比例存在着一个有限的范围。正常的比例解释如下。因为理智的目标就是为意志指明道路、引导方向，所以，意志的内在动力越是强烈、凶猛、热情，与之相应的理智就必须越加完善、明确。这样，强烈的愿望、炽热的激情、激烈的情感才不会使人误入歧途，或者驱使他做出一些欠缺考虑、铸成错误甚至毁灭自己的事情。而当一个非常强烈的意志结合了一个非常薄弱的理智时，这种情况就会不可避免地发生。相比之下，一个迟钝麻木即意志软弱无力的人，只需少量的理智就可以了；而一个温和有度的人则只需配以中等、适度的理智。一般来说，意志和理智之间任何的比例失调——亦即对上述正常比例的任何偏差，都会导致人的不幸。不论是意志多于理智，还是理智胜于意志，结果一样。当理智的发展达到了一种非正常的强度、形成与意志完全不成比例的绝对优势时，虽然这是构成真正天才的一个本质条件，但实际上对于生活的需要和目标却是完全不必要的，甚至还是有害的。这就是说，年轻时，作为天才的他们在把握客观世界时有着充沛的精力，同时伴随着丰富的想象和经验的缺乏，这就使他们的头脑易于接受夸张的想法、虚幻的东西，由此形成一种偏执古怪、异想天开的性格。然后，随着年岁的增长，虽然他们获得了经验教训，这种心理状态也会逐渐消失，但他们永远也不会在平凡世界和日常生活中得心应手，也不会像那些只具有普通智力的人一样随波逐流；事实上，天才经常更容易犯一些奇怪的错误。因为普通人在自己观念和理解事物方式的狭窄范围内，能够完全驾轻就熟，这个领地里没有别人可以控制。他的智力始终如一地忠实于他最初的目的，即为意志服务，因此理智不断地为此目标努力，从未逾越这一方向。而天才，正如我所说，本质上是乃是“理智过剩的怪物”；与之相反，那些激烈、冲动、又无心智的人，那没有头脑的野蛮之人，则是“理智缺乏的怪物”。

求生意志构成了一切生物最深层的内在核心，这在最高等、亦即最聪明的动物身上表现得最为明显，因此，从其身上我们可以清楚地观察到求生意志的本质。因为在比较低等的动物身上，这种意志表现得不是那么明显，而且客观化的程度很低。但是高等动物——也就是人，则具有理性，理性进而带来谨慎思考，由此而至的就是人类的伪装掩饰能力，掩饰又立即给意志的活动蒙上了一层面纱。只有在人的感情和欲望爆发的时候，意志才会撕掉面纱而呈现出来。这就是为什么当激情表露时，总能带给人信心——不管这种激情是什么。出于同样的原因，激情也成为诗人表现的主题和演员的拿手好戏。而我们对猫、狗、猴子等动物的喜爱，是因为它们的意志表现得毫不掩饰，它们那种纯粹天真、单纯无邪的表达方式给我们带来了许多的乐趣。

看到那些自由自在的动物无拘无束地率性而为，寻觅食物、照顾幼雏、相伴嬉戏，我们会感到一种多么独特的乐趣！它们总是顺从天性，该做什么就做什么，能做什么就做什么。即使只是一只鸟，或者一只河鼠、青蛙，我也可以愉悦地看它半天；如果是一只刺猬或黄鼬、一头狍子或麋鹿，那就更好了。动物之所以能给人带来诸多快乐，主要是因为它们呈现了单纯简朴的人类本性。

世界上只有一种会虚饰的生物，那就是人。其余的一切生物都是真实、诚挚的，它们毫不掩盖自己，真实地表达自己喜怒哀乐的感情。关于这种根本差别的象征性或寓言性表述就是：所有的动物都是以其最自然的状态生存，因此当我们看见它们的时候就会觉得很快乐；至于我而言，我的心常常飞向那些动物，尤其是那种自由的野生动物。相反，人却在自己丑陋衣物的遮蔽下变成了一个怪物，形象令人反感，再加上那种不自然的苍白肤色——这是他违反自然的食肉习惯造成的，以及饮酒、抽烟、放荡纵欲和各种疾病，他简直就是大自然的一个污点！也许希腊人正是对此有所感悟，才把所需衣物限制在最少的范围内。

人们把许多事情的发生归因于习惯的力量，其实应该说是出于我们与生俱来的性格的恒常不变性，由此使我们在相似的情形下总是做出同样的事情；不管是第一次，还是第一百次，都是遵循着相同的必然性。而习惯的力量，实际上完全是因懒惰而来的，它希望免去我们的智力和意志在做出新的选择时可能会面对的麻烦、困难和危险，所以我们每天都在重复昨天做过的，甚至已做过上百遍的事情，而且也很清楚这样做将会达到的目的。

但是，事情的真相藏在更深一层，我们不能停留在表面的印象，而应该做出更清楚的解析。用机械手段推动物体时产生的惯性力量，在因动机刺激而运动的物体身上，就变成了习惯的力量。我们纯粹出于习惯的力量而做出的行为，事实上没有任何在特定情形下会产生的那种具体的、独立的动机，因此我们在行动时根本不用思考。只有第一次的行为才有动机，之后它就变成了习惯，并足以使这种行为继续下去。就像一个物体被推动之后，不需要新的推力便可以持续不断地永远运动，只要它不受到阻力。动物的情形也是这样，驯兽就是强加给它们某种习惯。马儿无需驱使就能心甘情愿地拉车前行，这种行为仍然是它第一次拉车时受到鞭打所产生的效果，因为惯性定律，就成为习惯延续下来。所有这些实际上并不仅仅是比喻而已，这是事物相同的意志，因其客观化程度的不同，在相同的运动规律下，所表现出来的不同形式。

“祝您长命百岁”是西班牙一句很常用的问候语，祝福别人长寿也是全世界都通用的一种惯例。这一祝福的来源并不能从生命本质的知识中找到，而是存在于人类的本性——即求生意志中。

每个人都希望自己死后仍能被人记得，更有很多人汲汲渴望于身后的声名，在我看来，这都是源自对生命的执着。当看到自己与现实生存的一切可能都被割断时，人们就奋力追求一种仍然能够获得的生存，即使那只是一种理念的——也就是说，虚幻的生存。

对于任何我们感兴趣的或正在从事的工作，我们都或多或少地希望能够尽快完成。我们急不可耐地盼望着事情的结束，当它完成后，我们就会很高兴。一般来说，只有对那总的结束，也就是所有结局的结局，我们才希望离得越远越好。

每一次分别都犹如提前体味到死亡的滋味，而每一次重逢则仿佛预先体悟到复活的感觉。这也就说明了为何本来彼此冷漠的人，时隔二三十年之后重新见面，会感到那样的欣喜。

亲友的死亡使我们感受到的深切悲痛，来源于这样一种思想：我们觉得每个人身上都有一些不可言传的、为他自身所独有的、因此也是无可替代的东西。“每个人都是独一无二、无法形容的。”这一点也适用于动物个体。一个人若无意中造成了自己喜爱动物的死亡，那他将感受到最沉痛的悲伤，动物垂死的模样会使他陷入无尽的痛苦。

我们可能会为敌人或对手的死亡而感到悲伤，甚至在过了很久之后——就像哀叹朋友的死亡一样，因为，我们缺少了他们见证自己的成功辉煌。

有时，好运的突然到来也会轻易地给我们带来灾难，因为，幸福或不幸取决于我们的需求和所得之间的比例关系。因此，对于既有的或确知将要拥有的幸福，我们不会感受太多。因为所有快乐的本质都是否定的，只具有消除痛苦的作用。而另一方面，痛苦或不幸却有着肯定的本质，能够直接被人感知。在拥有了幸福或有确切的希望拥有它之后，我们的期望会立刻升高，并且对拥有更多的幸福、更大的希冀的欲求也会增强。但如果我们屡屡遭受不幸的打击，欲求已经降到最低的限度，那就无力承受突然而降的好运了。因为缺乏原有需求的中和，这时的好运似乎就具有了肯定的效果，并且发挥出它全部的力量。因此，就很容易使我们的头脑分裂，造成致命的结果。这就是为什么，如众所周知的那样，在向人宣布重大喜讯的时候一定要小心谨慎。首先要让他产生对好运的期望，然后向他展示实现期望的前景，然后再一点点地、逐步地完全把消息传达给他。每一部分的揭示都减轻了这个消息的效力，因为人有了预先的期求，情感上为此保留了足够的空间。据此，我们也许可以说，我们对于好运的胃口是没有底限的，但是它的入口却很狭窄。不过，上面的论述并不适用于突然降临的不幸。因为希望总在对抗着它们，所以不幸很少是致命的。而在好运来临时，恐惧并没有扮演类似的抗衡角色，因为我们本能地更倾向于希望，而非恐惧，正如我们的眼睛总是首先转向光明而非黑暗。

希望就是将自己渴望某事的发生误认为它很可能会发生。或许没有人能摆脱这种愚蠢的心态，它扰乱了理智对事情发生的可能性的正确评估，甚至可以使人把仅有千分之一的机会发生的事情也视为很有可能发生。意料之外的不幸就像是一个快速的致命打击，而不断破灭又不断重生的希望则像是长期、缓慢的死亡折磨。

放弃了希望的人，同样放弃了恐惧，这就是“绝望”一词表达的含义。一个人相信他所希望的事情，是很自然的，因为他渴望它，所以相信它。如果他不断地遭受到命运的严酷打击，他的这种有益和具有安抚作用的独特天性就会被泯灭，那他将会走到一个反向的极端，就是相信他不希望的事情一定会发生，而他希望的事情则永远不会发生。这实际上就是我们所说的绝望情形。

我们常常错估他人，这并不总是由于我们判断的失误，而是在于，正如培根所言的“智力并不是一盏不烧燃油的灯，它需要意愿和感情的供应”；也就是说，从一开始，一些细微的琐事就不知不觉地使我们对他人产生了好感或偏见。此外，原因同样在于，我们并不能一直相信自己在他人身上发现的品质，而是由这些品质推断出其他的品质，而且我们认为，这两类品质要么是不可分割的，要么是水火不容的。例如，我们从某人的慷慨推断出他的正直，从虔敬推断出忠诚，从谎言推断出欺骗，从欺骗推断出盗窃，等等。这就为许多判断上的谬误敞开了大门。一方面是因为人的本性是奇特多样的，一方面是因为我们的观点失于片面。人的性格确实是始终如一、前后连贯的，但其总体素质的根源埋藏得太深，所以我们无法从一些特定情况的个别零星素材，就推断出哪些品质可以共存，哪些不可以。

在所有的欧洲语言中，人们都用“person”一词来表示个体的人，这种无意识的用法非常恰当。“persona”在拉丁文的本义中是指演员所戴的面具，而显然没有人愿意展现他的真面目——我们每个人都戴着一张面具，扮演一个角色。总之，整个社会生活就像是一出持续上演的喜剧，杰出优秀者会觉得无趣乏味，平庸愚昧者却乐在其中。

我们常常会脱口而出说一些可能对我们不利的话，但对那些使我们显得荒唐可笑的事情却沉默不语，因为此时后果会立马显现。

任何受到不公平待遇的普通人，内心都会燃起一股复仇的欲望之火。并且，人们经常说，报复是甜蜜的。许多只是为了享受报复而造成的牺牲已完全证实了这一点，这些报复完全没有为曾经遭受损害的人作出补偿的意图。半人半马的怪物涅索斯生命的最后时刻，是在精心策划一场极为聪明巧妙的复仇，因此它的死亡是甜蜜的；否则它就在痛苦中死去了。这种观念在贝多洛蒂被翻译成三种语言的小说《两姐妹》中，以一种更加现代、更为可信的方式表述了出来。沃尔特·司各特把人类倾向于复仇的天性描述得有力、贴切：“复仇是以地狱之火烹调的美味佳肴。”我现在尝试为复仇做出心理上的解释。

自然、或偶然、或命运带给我们的痛苦，并不像别人的专制意志强加给我们的痛苦那么令人难以忍受。这是因为我们把自然和命运看作是世界最初的统治者，我们知道，它们降临到我们身上的痛苦和不幸，同样也会降落在别人身上。因此，在遭受出自这类源头的痛苦时，我们对人类共同命运的哀叹一般多于对自己命运的哀叹。相反，由别人的专制意志给我们带来的痛苦，除了本身的疼痛和损伤之外，更有一种特别的辛酸、苦涩。因为这使我们意识到别人的优越——不管是在体力上还是谋略上，和相比之下自己的无能。假若有补偿的可能，造成的伤害、损失可以弥补；但那种额外的苦楚，即“我必须忍受你这些”的想法，往往比损伤本身带来更大的伤害，只有通过复仇才能消解。因为给伤害过我们的人加以伤害，不管是靠力气还是谋略，我们展示了自己的优越，由此抹去了他原先的优势。这使我们的内心得到了它所热切渴望的满足。因此，一个人的高傲和虚荣心越是强烈，他复仇的渴望也就越发热切。但是，正如所有的愿望在实现之后都或多或少地让人觉得只是一种假象，复仇的愿望也是如此。预想中的快乐因同情而变了味道；不仅如此，完美的报复还会撕碎我们的心，折磨我们的良知，因为复仇的动机已不再活动，剩下的只是我们罪恶的证明。

一个没有实现的愿望所带来的痛苦，远远小于因后悔遗憾而带来的痛苦。因为前者面对的是无限广阔的开放未来，后者却是无法挽回的过去。

对人来说，金钱是一种抽象的幸福。因此那些再也没有能力享受具体幸福的人，就只有把整颗心放在金钱上面了。

阴郁（情绪不好）和忧郁在性质上是截然不同的，忧郁比阴郁更与幸福相关。忧郁吸引人，阴郁赶走人。

疑心病不仅使我们对现在的一切产生一种毫无缘由的恼怒和不快，不仅使我们头脑中充满对凭空杜撰的不幸未来的无端恐惧，而且还会导致我们对自己过去的行为进行不公正的指责。

疑心病会让人总是在寻找那些可能激怒他、折磨他、使他不安的事情。原因就是内在的病态抑郁，然后再加上内心里一种变化无常的不安。当二者都达到其最高的程度时，那结果就是导致自杀。

人们变得铁石心肠是因为，每个人都有或自认为他有足够多的烦恼要去承受。所以，当人们忽然处于幸福的生活状态中时，就会变得比之前慈善、慷慨。但是一直处在幸福生活状态中的人，则与之相反。因为他们已经远离痛苦，所以不能再对之感同身受。因此，穷人有时候比富人更加仁慈慷慨、乐善好施。

另外，人们的好奇心——这从他窥伺、探听别人的事情中可以看出——则是因为无聊（无聊与痛苦是人生中相对应的两极）的缘故，尽管嫉妒也经常对好奇心的产生有所帮助。

有时，对于同一事物，我们似乎想得到，又似乎不想得到。所以，我们对它既感到高兴，又感到忧虑。例如，假若我们必须要接受一个决定性的考验，它的成功对我们来说具有重要的意义，那么我们就会既渴望又害怕考验时间的到来。如果考验是时间推迟了，我们就会同时既开心又担忧。因为虽然延迟令人失望，但它同时也让我们得到了暂时的放松。当我们期待着一封包含重要决策内容的信件，而它又迟迟没有到来时，我们也会有这样的感觉。

在这样的情形中，确实有两种不同的动机在控制着我们的情感：一种是较为强烈、但也更为遥远的动机，就是希望经得起考验，并获得有利于我们的结果；另一种是较为微弱、但距离我们更近的动机，就是希望停留在现在平和、安宁的状态中，不受打扰，因此可以继续享有希望中的成功所带来的快乐，虽然这成功是不确定的，但至少要好过现时可能出现的不幸结果。所以，这种时候，在我们的精神世界中也发生了和物质世界中同样的情形：近在眼前的小目标会遮蔽距离较远的更大目标。

我们个人生活的经历和事件，就其真正的含义和关联而言，就像一幅粗陋的镶嵌画。如果站得太近，就无法辨认出画面呈现的内容，也不能领会到它的深意和美丽。只有站得稍远一些，它的含义和美感才能进入人的视野。同样，对于我们生命历程中的那些重要事件，在它们正在发生或刚刚发生后不久，我们通常并不能了解它们之间的真正关联；只有在经历过一段很长的时间之后，我们才能清楚明白。

这是因为我们需要想象力的放大效果，还是只有在远处观看才能获得事物的总体印象？是因为情感会将人的思绪拉向远方，还是因为只有经验教训才会让我们的判断力成熟起来？或许这些原因都有吧。但有一点是确定无疑的，就是：只有在许多年之后，我们才能以正确的眼光看待别人甚至自己的行为。在个人的生活中是这样，在历史上也同样如此。

为什么尽管世界上有着无数面镜子，却没有一个人能真正了解自己的模样，也无法在脑海中描述出自己的形象，像描述朋友、熟人的模样那样？这是迈向“认识你自己”（刻在德尔斐的阿波罗神庙的箴言）的目标时第一步就会遇到的困难。

无疑，造成这样的部分原因就在于，一个人只能直视镜子并保持静止不动，才能从镜中看到自己；然而，此时富有深意的眼神运动、他的面孔的真正神采与特征，在很大程度上已经丢掉了。但是与这种身体上的不可能性相对应，在我们心理上也存在着类似的不可能。一个人不能像注视别人那样凝视自己镜中的影像，而这却是客观看待自己的前提。这种客观的看法建立在“我所看到的人并不是我”这样深刻成熟的思想之上，即作为道德个体的人，在注视自己时一定要摆脱自我中心主义。只有从这种纯粹客观的角度来看，一个人才能觉察自己身上所有真实的缺陷；只有这时，他才能看清自己的真实面貌。否则，当一个人站在镜前观看自己时，身旁那个自我主义的一面就会不停地向他耳语：“这不是别人，而是我自己。”这就起到了一种

“不要碰我”的警告作用，妨碍他以一种纯粹客观的眼光看待自己。缺少了那种挑剔恶意的目光，要客观地了解自己似乎是不可能的。

没有人能知道自己做事情和忍受痛苦的能力如何，除非有机会运用和发挥这些能力。就像是看着如镜般平静安详的一泓湖水，你想象不到它可以从岩石间咆哮、翻滚着奔腾而下，或者像喷泉一样腾飞、跳跃到高高的天穹；就像是寒冷的冰水，你不能知道它内在蕴含着多少热量。

奥维德的这一诗句：

> 其他的动物都弯腰俯卧，眼观大地。

本来只是用来描述动物；但就其比喻和精神意义而言，却不幸地可以适用于绝大多数的人类。人们的思想和愿望完全致力于追求身体的快乐和物质的利益，或者因与此二者相关而变得重要的其它个人兴趣；而根本没有超出这些范围的兴趣。这不仅表现在他们的生活方式和言谈话语中，而且同样表现在他们的外表、面相、步态以及手势中。他们身上的一切都在大声宣呼：“面向大地吧！”因此，以下的诗句：

> 他唯独赋予人高昂的面孔、庄严的表情，
> 并命令人们以喜悦的眼神眺望星空。

并不适用于他们，而只适用于那些更加高贵、更富美质的人，那些真正思考和观察周边事物的人——虽然这些人只是人类中的少数。

为什么“普通”一词就表达了轻蔑之意？而“不同寻常”、

“非同凡响”、“与众不同”却表达了赞叹之情？为什么一切普通的东西都遭人蔑视呢？

“普通”一词就其本意而言，指的是对于整个人类来说是普遍共有的，也就是说人类内在所固有的东西。因此，一个人如果没有什么超越人类共有之外的品质，就是一个“普通人”。“平凡”的人是一个比较温和的表达，它较多地用在智力素质方面；而“普通”一词则更多地涉及到人的道德素质。

一个与千百万的同类毫无差别的个体，有什么价值而言呢？千百万？不对，应该是无穷无尽、不可计数的人，从大自然永不枯竭的源泉里绵绵不断地涌现出来，就像打铁匠的铁砧上迸发出的无数火花。

因此，很明显，一个人如果没有超越自己种属所共有的品质，就只能限制在整个同类的生存范围之内，而不能要求享有别样的生存。

我曾不止一次地论证过：动物只有种属的性格，唯有人才具有个体的性格。然而，在大多数人身上实际上只有很少的个体性格，他们几乎都可以被归为一类，“只不过是样品”。他们的欲望和思想，如同他们的面孔一样，都是整个种属所共有的——至少是他们所属的那一类所共有的，因此，他们就是普通、平凡、微不足道的，并数以万计地生存着。而且，一般说来，你可以相当准确地预料到他们的所言、所行。他们没有个人的标记，就好像工厂里批量生产的物品一样。

如果，他们的本性就是融在种属的本性之中，那么，他们的生存不应该也是这样吗？因为人的本性和生存仅仅是种属的本性和生存，所以，平庸这一诅咒把人降到了动物的水平。当然，任何高贵、伟大、崇高的事物，其本性已决定了他们只能孤立于这个世上——在这里，除了上面提到的经常使用的“普通”二字，找不到一个更好的词语来形容什么是平庸、凡常了。

如果我们的精神松懈、无力的话，就会觉得生命如此短暂、渺小、转瞬即逝，任何事情都不能让我们为之激动，任何事情对我们来说都无足轻重——即使是快乐、财富甚至名声，不管已经失败过多少次，我们也不会丧失更多。相反，如果我们精神高度集中，就会觉得生命如此漫长、重要，如此严肃庄重又充满艰难险阻，以至于我们不得不全身心地投入其中，以求获得一份生命的奖赏、开展自己的人生计划。后者是经验的人生观，亦即格拉西安所说的“要认真对待生命”；前者则是先验的人生观，奥维德“一切并不是那么重要”是对此的较好表达，而柏拉图的这句话——“没有什么人或事值得我们牵肠挂肚。”无疑是说得更好。

第一种心态的产生，是理智超越了意识的结果。这时，理智摆脱了纯粹为意志服务的束缚，能够客观地看待生命万象，因此就必然会洞悉生命的徒劳和虚无。相反，在第二种心态中，意志统治了一切，理智的存在仅仅是为了照亮通往欲望目标的路途。一个人的伟大或渺小，取决于上述两种人生观哪个占优势。

毫无疑问，很多人认为自己一生的好运是由于他们脸上常常挂着愉快的笑容，因此而赢得别人的好感。然而，我们还是要小心谨慎为好，最好能切记哈姆雷特的名言：“一个人可以尽管满面都是笑，骨子里却是杀人的奸贼。”

具有杰出伟大才智的人，往往并不惮于承认或显露自己的缺点和不足。他们把这些视为自己已付出代价的东西，甚至认为这些弱点对他们来说是一种荣耀，而非耻辱。如果这些缺点是与其卓越才能密切相关的——是必不可少的条件，情况尤其如此，正如乔治·桑所说的：“每个人都有因自己的美德而带来的瑕疵。”

相反，那些具有良好的品格和无可指责的头脑的人，却绝不承认自己的些许弱点和不足，而是小心谨慎地把它们遮掩起来，而且对任何涉及到这些缺点的言论都分外敏感。这是因为他们的全部优点就在于没有缺点，因此，这些缺点一旦暴露出来，他们立刻就会声名受损、无地自容。

对于才智平庸的人来说，谦虚只不过是诚实而已；但对于才华卓越的人来说，谦虚就变成了虚伪。因此，后者如果坦承自己应受的尊重，也不掩饰知道自己拥有非凡能力的事实，那么，这与前者的谦虚是同样诚实、合理的。对此，华列日斯·马克西姆斯在其《论自信》一文中有很好的阐述和事例。

甚至在接受训练的能力方面，人类也是超过其他一切动物的。伊斯兰教徒是这样受训：每日面向圣地麦加膜拜五次，从不间断。基督教徒所受的训练，则是在某些特定的场合下手画十字、默然垂首等。所以，宗教本质上来说就是训练艺术中的真正杰作——因为它是训练人们的思维方式，而且，众所周知，这种训练的开始是越早越好的。如果在人的六岁之前就开始严肃认真、反复不断地向他灌输某样东西，那么，不管这东西有多么明显的荒谬之处，都可以在他的头脑中扎下根来。因为对人的训练和对动物的训练一样，要想完全成功只有从小抓起才行。

贵族被训练为只把自己的名誉看作最神圣的东西，认真、严格、坚决地遵从骑士制度的愚蠢法则，甚至在必要的时候不惜为信仰而死，把国王当成天神一样高贵。我们对他人的彬彬有礼和客套称赞，尤其是对于女士的周到殷勤，以及对于他人的出身、地位和头衔的尊崇，也都是人为训练的结果。同样，我们对于那些针对自己的不利言论所表现的不悦，也分别有着习惯的表达。英国人把别人称自己不是绅士的言语视为极大的侮辱，如果说他是个撒谎者，就更严重；而法国人不能忍受别人称他是懦夫；德国人则最讨厌别人说他愚蠢。很多人被训练为可以在某些方面表现得诚实正直，但在其他地方却毫无诚信可言。所以，许多人不会偷窃钱财，但却可以间接地抢走他所喜爱的一切东西；许多商人可以无所顾忌地欺骗顾客，但却决不会做出偷窃财物的行为。

医生只注意人类身上所有的疾病，律师只观察人类身上所有的罪恶，神学家只留意人类身上的所有愚昧。

舆论同样遵循着钟摆摇动的法则：如果它越过了重心的一端，就必须以同等的距离返回另一端。只有经过一段时间之后，它才能找到真正的立足点，保持静止不动。

空间距离会使事物看起来变得渺小，因为它缩小了事物，从而也消去了事物的缺陷和不足。这就是为什么在缩小镜或针孔照相机里的所有东西，都比它们在现实中好看得多。过去的时间距离也会产生同样的效果。很久之前的场景和事件，以及参与其中的一切人物，成为愉悦的回忆，因为记忆已经把那些无关紧要、令人不快的细节过滤掉了。现在的时刻就没有这样的优势了，在我们眼中它似乎总是有所缺陷的。

在空间中，近在眼前的小东西也会显得很大，如果距离太近的话，它会遮住我们的整个视野。但只要我们站得稍远一些，它又会显得细小了，直至最终消失不见。时间同样如此。日常生活中的烦恼琐事，总能激起我们的情感、焦虑、苦恼、热情，因为它们就在眼前，所以显得那么巨大、严峻而重要。但是，一旦永不疲倦的时间长河携走它们，将它们带到一个遥远的地方，它们就变得无足轻重了；甚至不值得回想，被我们很快忘记。因为只有当它们距离我们很近的时候，才会显得重要。

我们只是不时地学点新东西，但却整天都在遗忘。

我们的记忆就像一把筛子，随着时间的推移和长久的使用，留下来的东西越来越少。年龄越大，我们如今仍在交付给记忆的东西就流逝得越快；而那些年轻时就被牢牢记住的东西，则保留了下来。这就是为什么一个老人的记忆越往回走便越清楚，而离现在越近，却越模糊。此时，他的记忆就像他的眼睛一样，变得远视了。

有时，似乎毫无缘由地，久已遗忘的场景会突然浮现在我们的记忆里。在很多情况下，这也许是由于一种微妙的、几乎难以令人觉察的气味的复发，这种气味就跟当年场景中我们感觉到的一模一样。众所周知，气味比其他任何东西都更容易唤醒记忆，所以通常情况下，只需一点极其细微的气味因子就可以唤起一系列的联想了。

顺便提一下，视觉与理解力有关，听觉与判断力有关，而正如我们在这里看到的，嗅觉与记忆力有关。触觉和味觉则是现实的，取决于真实的接触，二者没有理念性的一面。

记忆还有这样一个特点，即轻微的醉意常常可以增强对往昔时光和过去情景的回忆，可以比在清醒状态下更清楚地回想起当时一切相关的情况。而另一方面，人们对在醉酒时所说的话、所做的事，却不能像平时那样清晰地回忆出来，甚至，当一个人醉得厉害时，对当时的情形是完全记不起来的。因此，可以说，醉酒有助于对往事的回忆，但当前的事却不易记得。

算术是唯一可以用机器来进行的思维活动，这就证明了它是所有思维活动中最低的一级。举例来说，如今在英国已普遍使用计算器，仅仅是为了人们的方便。但所有对有限数和无限数的分析，根本上都是建立在计算的基础之上。因此，我们也许可以估量一下“数学家的深刻意义”，利希滕贝格曾这样嘲笑他们："这些所谓的数学教授们，利用世人的单纯无知，骗取了思想深刻的美誉，这与神学家的自认圣洁极为相似。"

通常来说，才智超群的人与智力很低的人的相处，比与智力中等的人的相处要好很多。出于同样的原因，暴君与平民、祖父母与孙儿辈，都是天然的盟友。

人们独处的时候就会觉得无聊，对此我并不感到意外。他们在一个人的时候甚至都不会笑，因为觉得这是一件愚蠢的事情。难道笑容只是给予他人的一个信号吗，就像单词一样只是一个纯粹的符号？正如泰奥弗拉斯（亚里士多德的学生）所言，是想象力的缺乏和思维的无趣乏味，使人们在独自一人时难以发笑。动物不管在独处时、还是在群聚时，都是不笑的。

厌世主义者尼森在单独一人的时候笑了起来。有人看到了，就问他为什么独自一人时还会笑。这让尼森觉得很惊讶，但还是回答说："这正是我笑的原因。"

不去剧院看戏的人，就像是一个梳妆打扮时不照镜子的人，——但是，若不征求朋友的意见就做出决定，则会更加糟糕。因为一个人尽管可以对一切事情都有正确、精准的判断，唯独对自己的事情却不行——这时他的意志会扰乱理智的判断。因此，在处理自己的问题时一定要寻求忠告。就像医生可以治好别人的病，却医治不了自己；所以在他生病时只能求助于同行。

日常生活中的自然手势，例如伴随生动的谈话而出现的手势动作，本身就是一种语言，而且，它的运用要比文字语言的运用更为广泛。至今为止它都是一种独立于文字之外的语言，并且在所有的国家都是一致的；虽然各国都是根据自己民族性格的活泼程度来使用手势的。在个别国家，如意大利，人们的手势语言多了少许只属于当地的习惯、传统手势，因此这些只具有地方意义。

手势在世界范围内的普遍使用，类似于逻辑和语法，因为它表达的只是交谈的形式而非内容。不过，手势与逻辑和语法也有区别。因为，它不仅与智力有关，更与道德有关，也就是说，手势反映了意志的活动。因此，手势伴随着交谈，正如准确渐进的低音伴随着主旋律，同样起到了增强谈话效果的作用。

关于手势的一个最有趣的现象就是，不管交谈的话题和内容如何，只要交谈的方式相同，那么同样的手势也会一遍遍重复。因此，当我从窗口看到外面有两个人在交谈时，尽管听不到他们说的哪怕一个字，我也能够清楚地明白他们谈话的大致内容——换句话说，就是谈话的形式和类型。这也许可以明显地看出是说话者在据理论争，提出他的理由，然后加以论证、强调，最后胜利地得出他的结论；或者是说话者在讲述自己遭受的不公，以强烈愤慨的语言清楚形象地描绘出对手的愚蠢和顽固；或者是说话者在大谈自己已计划好并付诸实施的宏伟蓝图，讲述如何取得成功，或因运气不佳而导致失败；或者是说话者在坦承自己对面临的困难一筹莫展、无能为力；或者是说话者在叙述自己如何及时地识破针对他的邪恶阴谋，并通过行使自己的权力或动用武力而粉碎了这些阴谋，惩罚了始作俑者；等等不一而足的类似情形。但是，手势真正传达给我的是抽象意义上整个谈话的本质内容——不论是道德方面的，还是智力方面的。也就是说精髓——真正的实质性内容，不管谈话的内容是什么，谈话的主题是什么，都是保持同一的。

正如前面所述，这一问题中最有趣的就是，即使是完全不同的人，在表述同一种情形时使用的手势也是完全相同的。就像是语言中的文字，只是会根据口音和教育的不同而稍有变动。当然，这些被普遍使用、遵循固定形式的手势语言，并非是约定俗成的结果。它们是自然的、原始的，是一种真正的自然语言，也许是后来因为模仿和习惯而被固定下来。众所周知，对手势语言的研究是演员甚至大众演说家义不容辞的责任。这种研究必须要注重观察和模仿别人，因为手势语言没有可依循的抽象规则；除了一些相当普遍的指导性原则，例如，手势不能跟在话语之后，而应走在话语之前，以便宣告话语的到来，唤起听众的注意力。

英国人对手势语言有着一种特殊的蔑视，并视其为有失体面和粗俗平庸的东西。在我看来，这只不过是英国人过分讲究的一种愚蠢偏见而已。手势语言是大自然赐予每个人的，也是每个人都能理解的。因此，倘若仅仅为了满足那种被大肆称赞的绅士感觉而抛弃它、禁止它，实在是一件令人可疑的事情。

在大多数情况下，人类的幸福犹如一片片树林，只有远观才会觉得很美。一旦我们走近树林并置身其中，原先的美感就消失不见了。——我们不知道那种美去了哪儿，因为在我们的周围只有树木。正是基于此理，我们才常常羡慕别人的处境。

独自思考

一

哪怕是再大的图书馆，如果它藏书丰富但却杂乱无章，其实际用处就反不如那些规模虽小却条理井然的图书馆。同样，如果一个人拥有大量的知识，却未经过自己头脑的独立思考而加以吸收，那么这些学识就远不如那些虽所知不多但却经过认真思考的知识有价值。因为，只有当一个人把他的所知结合各方面来考察，把每一真知相互比照之后，他才能真正理解、掌握这些知识，并使其为己所用。一个人只能对自己知道的事情加以仔细思考，因此他必须要学习新东西；但是，也只有那些经过深思熟虑的东西才能成为他的真知。

一个人可以随意地阅读和学习，却不能随意地思考。正如火的燃烧需要风助，思考活动也必须要通过对某一问题产生兴趣才能激发和维持。这种兴趣可能是纯粹客观性的，也可能完全是主观性的。主观兴趣存在于和我们个人有关的事物中；客观兴趣则只能在那些天性喜欢思考的头脑中才能找到，对这类人来说，思考就如呼吸一样自然，但是这样的人十分罕见。这就是为何大多数学者很少对事物产生客观兴趣的原因。

思考与阅读会对人的精神产生不同的影响，其差别之大令人难以置信。因此，这就愈发加大了人们之间本来就存在的思想差异——因为天性的不同，导致有的人热爱思考，有的人喜欢阅读。阅读是把某些外来、异质的思想强加于我们的头脑，这些思想与我们的精神是不相吻合的，就像印章强行在石蜡上留下印记一样。因此，我们的头脑就承受了完全来自外在的压力，一会儿思考这个，一会儿考虑那个，既非出于本能，亦非因为喜欢。而在思考时，人们只是由着自己的兴致来进行，或许是外在的环境，或许是对往事的追忆，而引发了当时的兴致。他周围的直观环境并不像阅读那样强行将一种单一确定的思想塞进他的头脑，而只是提供某些材料或契机，促使他思考那些符合其天性和当时心绪的事情。这就是为何大量单纯的阅读会使我们的精神丧失灵敏性，就像是一根弹簧连续不断地受到重压就会失去弹性。如果一个人不想动脑思考，最保险的办法就是一旦空闲了就拿起一本书。这就解释了何以博学多识常使很多人变得比原来更加愚蠢麻木，并阻碍他们的作品获得成功。正如蒲柏所说，他们始终是：

不停地阅读别人，却从来不会被别人阅读。

学者是成天阅读、研究书本的人。而思想家、天才，以及那些照亮世界、推动人类发展的人，则是直接运用世界这本大书的人。

二

实际上，只有自己本身的根本思想才具有真理和生命力。因为，只有这些才是一个人能真正、完全理解的。阅读别人的思想，如同吃别人的残羹剩饭，或穿陌生人丢弃的旧衣。

通过阅读获得的思想与自己心中萌发的思想相比，正如史前植物的化石遗迹与春天里蓬勃茂盛的植物相比一样。

三

阅读只是独自思考的代替物。阅读时，一个人本身的思想是在被别人的思想牵引管束。

此外，很多书籍都无甚益处，除了向我们表明错误的路径如此之多，如果一个人听从这类书的引导，就会误入歧途。但是，受其天赋指引的人，亦即独立、自发、正确思考的人，却拥有能够找到正确方向的罗盘。因此，一个人应当只有在自己的思想源泉干涸的时候才去读书——即使是最优秀的头脑也会经常发生思维停滞不前的情况。

因手拿书本阅读而赶跑自己的原创思想，不啻是冒犯神灵的罪过。这就像是逃离大自然，而去博物馆观看植物标本，或从铜版雕刻中欣赏风景一样。有时，当一个人花费了大量时间苦思冥想、分析总结后，就会获得一种真知或见解；虽然他也许可以在一本书中轻易地发现这种真知和见解，但是由他独自思考而获得的真理的价值，却比书中得到的高出百倍。因为，只有通过自己独立思考获得的知识，才能融入我们的思想体系，成为整个思维体系的一个鲜活部分，并与整体保持一种完整、坚实的联系。只有这种知识才能让我们彻底地理解其前因后果，并带有我们思维方式独特的色彩、印象和痕迹；才会在我们需要的时候及时、快速地出现在我们的头脑中，根深蒂固、永不消逝。可以说，歌德的两句诗在这里完全适用，并可以得到很好的解释：

> 我们必须要流汗努力，
> 才能继承拥有祖先的遗产。

独自思考的人只是在形成自己的见解之后才知道与权威暗合，此时的权威也同时增强了他们二者的力量。而那些书本哲学家则从权威和其他人的观点出发，以此构建出一个自己的思想整体；所以他们就像一个由杂乱零部件组成的机器人，使人不能明白其内部构成。相反，独立思考的那类人，就像是由自然创造的活生生的人。他的思想受到外部世界的灌输，然后开花结果，产生思想的结晶。

单纯学来的真理犹如粘附在我们身上的一条假肢、一颗假牙、一只蜡制的鼻子，或最多像是移植别人的皮肉而成的器官；而由独自思考获得的真知，则像是自然天生的四肢，真正地属于我们。这里，我们触及到了思想家和单纯的学者之间的根本差别。因此，独自思考的人所获得的智力学识就像一幅精美的画，生动、形象，光、影准确，基调鲜明，色彩和谐。反之，单纯的学究所获得的才能学识则像一大块调色板，上面布满了五彩斑斓的各种色彩，虽然以最为合理有序的方式来排列，却仍缺少和谐、关联，毫无深意。

四

阅读是在用别人的、而非自己的头脑来思考。自己的独立思考是要努力形成一个连贯的整体、一个系统，即使它不是严密、完备的。没有什么比孜孜不倦地不断阅读，让别人的思想源源不断地进入自己脑中更为有害的事了。这些思想来自于不同的头脑，属于不同的体系，带有不同的色彩，永远不能使它们汇成一个统一的思想、学说、观点或信念，相反只能在头脑中塞满巴比伦式的语言混乱；由此头脑中过量地充斥着这些干扰，被剥夺了清晰明确的判断力，甚至陷入紊乱无序之中。这种情形在许多学者身上都可见到，这使得他们的理解力、判断力和实际处世能力均不如很多受教育不多的人。后者通过以往的经验、与别人的交往以及少量的阅读，从外部世界得到了一些知识，且使这些知识从属于并融入于自己的思想。

科学的思想者和受教育不多的人一样对待知识，而且是在更大的程度上这样做。虽然他需要很多知识，因而必须大量阅读，但他的头脑却可以足够强大地控制、吸收这些知识，能够将其并入自己的思想体系，使其服从于他有机统一、广阔无限的洞察力。这就是说，他的思想像一架管风琴的低音主调，始终统领着一切，永远不会被其他的声音所淹没，像纯粹的学究遭遇到的情形一样：在他们头脑里面，各种各样的音乐曲调互相冲突，基本的音调已完全消失。

五

那些将一生的时光都花在了阅读中并从书籍中获取智慧的人，就像是从旅行者的描述中了解一个国家的详细状况的人。这些人可以提供关于这个国家的很多信息，但实际上他们对此地的真实情况并没有连贯、清晰、透彻的了解。而那些一生致力于沉思的人，则像是亲自到过某个国家的人。只有他们才真正知道自己所谈的事情，他们对此地的状况完全了解，说起来如数家珍。

六

普通的书本哲学家与独立思考的思想家相比，犹如研究历史的人与亲身经历历史的人之比，后者是以自己的切身经验和直接理解来讲述事情。

因此，所有善于独立思考的思想者在根本上是一致的，他们之间的差别只是在于持有观点的不同。但是如果事件本身并没有什么不同的话，他们的言论也将相同，因为他们只是表达了自己从事物的客观角度观察到的内容。由于作品中有些章节的似是而非，我经常犹豫着是否要将它们公之于众，后来却在古代先贤的作品里发现了与己相同的观点，心中就会涌出由衷的惊喜之情。

而书本哲学家则只会告诉大家，这个人的说法是什么，那个人看法如何，另一个人有何异议，等等。他把这些观点反复比较、再三权衡、批评鉴定，努力寻得事情的真相——这一点很像是批判的历史学家。例如，他将试图研究莱布尼茨是否曾经是斯宾诺莎的追随者等这样的问题。有兴趣者可以在如下两本书中找到证实我这段话的显著实例，这就是赫尔巴特的《道德和自然权利的分析阐释》，及其《关于自由的通信》。一个人竟如此费尽周折、自寻麻烦，无疑会让我们感到诧异。因为很明显，只要他专注于事物本身，略加思索便可很快达到目的。

但是这里有一个小小的困难需要克服：思考这种事并不能取决于我们自己的意志。一个人只要愿意就可以随时坐下读书，却不能随时坐下思考。思想如同客人，我们不能随自己高兴去召唤他们，而只能耐心等待他们的到来。对某一问题的思考，若有适当的外部刺激、内在心境和专注精神和谐、巧妙地结合起来，就会自动涌现出来；而这种情形，恰恰是那些书本哲学家似乎永远不会遇到的。

这个道理可以从有关我们个人利益的事情中得到说明。如果我们必须要对这样的一件事做出决定，那我们不可能在某一特定的时刻坐下来，仔细分析原因，做出抉择。因为，通常在这种时候，我们的思想根本难以集中，而是常常游离到其他事情上面；当然，有时对这件事的厌恶之情也是产生这种现象的原因。这时我们不能强迫自己，而应该静待合适的心绪自然出现。它的出现是不期而至，甚至是一再重复的。在不同的时段，我们会有不同的心情，由此就常常会以不同的眼光来看待同一事物。这是一个深思熟虑的漫长过程。因为，思考的任务必须分步骤进行。如此，许多之前被忽略的东西会重新引起我们的注意，厌恶之情也消失了，因为近距离地审视之后，我们会发现事情比初看时容易忍受多了。

理论问题的思考同样如此：我们必须要等待恰当的时机，即使最伟大的天才也不能每时每刻都在独自思索。因此，把思考之外的空余时间用来阅读是可取的做法。正如我说过的，阅读是对独自思考的替代物，它可以借别人的思考为我们提供精神材料——虽然常以一种与我们自己的思维完全不同的方式。出此原因，一个人也不应该读书太多。这样，我们的头脑才不会习惯于思考的替代物，因此而忘却了认识事物的能力；才不会习惯于踏上别人已经走过的道路，遵循别人的思路而忘记自己的思维。当然，更不应该仅仅为了读书而完全放弃对现实世界的关注。因为，引发人们思考的时机和心境在现实中会比在书本中更频繁地出现；眼前可见的真实世界的原始状态和强大力量，是引起我们思考的天然对象，比任何事物都更能激发我们的思考。

考虑到这些情况后，真正的思想者与书本哲学家很容易被区别开来就不会令我们感到惊讶了：因为思想家身上都带有诚挚、坦率、本真的印记，带有他所有思想和表述的个人信念。相反，书本哲学家拥有的知识都是一些二手货，他的思想如同到处收集来的破旧布片；他精神麻木、语言空洞，像是一再印刷的复制品。他的文风充满了传统的陈词滥调、庸俗的用语及当前所谓流行的词汇，像是一个因为没有自己的货币，而只能流通外国货币的小国家。

七

单纯的经验和阅读一样，并不能取代思考。纯粹的经验与思考的关系，犹如进食之于消化吸收的关系。当经验吹嘘说只有通过它的发现，才推动了人类知识的进步时，就像是嘴巴扬言整个身体的生存只是它的功劳。

八

有思想之人的作品与其他庸人作品的区别，就在于它主题鲜明、内容明确的特点，及由此而来的清晰、流畅。因为这些人明确、清楚地知道自己想要表达的是什么，不管是以散文、诗歌或者音乐的形式。而普通之人却没有这种果断、清晰，因此二者之间就很容易区分开来。

具有最高思想能力的人的特征是，他们对事物的判断都是直接、明确的。他们说的任何东西都是自己思考的结果，其表达见解的方式中也完全显示出这一点。因此，这些人像精神王国的王侯一般，拥有无可辩驳的权威。而其他人只是处在从属的地位，这从他们那缺乏自己特色的表达风格中就可看出。

因此，每个真正独立思考的人，在精神领域内俨然是位君主。他是绝对权威的，高于所有其他的人。他的判断如同君主的法令，源自于其至高无上的权力，由他直截了当地表达出来。这样的人不盲从于权威，就像君主不接受别人的命令；对这样的人来说，没有什么是可以令他信服的，除非经过他自己的证实。相比之下，那些头脑庸俗的普通大众，随波逐流于各种各样的流行观点、权威说法与世俗偏见之间，使自己的思维受到限制，就像是那些默默服从法律和命令的平民。

九

那些急不可待地搬出权威的意见来解决存在争议的问题的人，在用别人的思想和见解来代替自己的思考时，的确是非常高兴的——因为这正是他们所欠缺的。这样的人数量众多。因为，正如塞内加[1]所说："每个人都喜欢相信甚于判断。"

这些人在争论中使用的武器通常就是所谓的权威：他们以之互相攻击，若有谁卷入了这场辩争，最好不要用逻辑和论证来捍卫自己。因为对付这样的武器，那些人会像长角的西格弗里德[2]，陷入让人毫无思考和判断能力的洪水之中。于是他们就搬出自己的权威，作为"因敬畏而有效的论据"，然后高喊胜利的呼声。

十

在现实世界中，哪怕它被认为是多么的美丽、愉悦和迷人、惬意，我们还是不得不受制于万有引力的定律来活动，一生都在不停地克服它。但在精神的世界里，我们是摆脱了肉体束缚的精灵，不再受重力的控制，也没有了贫困之苦。

这就是为何一个完美充沛的精神头脑，在某一神妙时刻从其自身中所得到的快乐、幸福，在现实世界中是完全找不到的。

十一

浮现在脑中的思想，犹如站在眼前的恋人。我们幻想着自己永远不会忘记这一思想，自己的恋人也永远不会变心。但是，

---

① 塞内加（Lucius Annaeus Seneca，约前 4 年—65 年），古罗马时代著名斯多葛学派哲学家。

② 西格弗里德（Siegfried），德国中古神话传说中的英雄。

眼不见，心不想！最精妙的思想如果不及时写下，也会有被遗忘的危险，再也无法挽回；最心爱的人如果我们不与之结婚，也难逃被遗弃的命运。

十二

思想者的大多思想对其本人来说都是很有价值的，但是在这些思想中，只有极少部分才具有产生强烈反响的力量，也就是说，在被写下来之后能够吸引读者兴趣的思想并不多。

但是，真正具有价值的是，一个人可以完全自发、独立地思考。思想家也许可以被分为两类：为自己思考的人，和仅仅为他人思考的人。前者是天才，他们的确在独立思考问题，他们是真正的哲学家，只有他们才是认真、坦诚的。而且，他们存在的全部快乐和幸福，就在于思考。后者则是诡辩家，他们希望被人看作思想家，想要从别人那里寻求自己期待的幸福，他们的努力、用心也只是在这一方面。一个人属于这两类中的哪一派，通过他整个的表达方式和方法，就可以很快看出。利希滕贝格①是第一类中的典范，赫尔德②则明显属于第二类。

十三

当我们想到存在的问题是多么的巨大和迫切——这模糊暧昧、充满痛苦、转瞬即逝、如梦似幻的存在，是如此之大、如此之近，以至于它一旦被感知，其他任何问题和目标都显得黯然失色、不足挂齿。当我们看到几乎所有的人（极少数的除外）

---

① 利希滕贝格（Lichtenberg，1742—1799），18世纪下半叶德国的启蒙学者，杰出的思想家、作家、政论家。

② 赫尔德（Herder，1744—1803），极具影响力的德国哲学家、文学评论家、历史学者。

都对这一问题不甚明了，甚至对此毫无察觉，只是费力忙碌于其他的事情；仅仅为当下而活，甚至不能稍微长远一点地考虑自己个人的将来；他们或者明确地对此问题不予理睬，或者通过某些流行的形而上学体系的帮助而接受人生，并为此感到满意。当我们认真考虑上述这些，就会得出这样的观点：说“人是思考的生物”只是在一个相当遥远的意义上而言；这样，我们就不会再为人类任何轻率无脑和愚蠢笨拙的特性而大吃一惊了。而且，我们会意识到，虽然人类的智慧和视野确实超过了动物——它们的整个一生像是连续的当下时刻，不知道将来，也不了解过去——但是，这种超越也没达到人们惯常认为的那种程度。与此相应，我们常常在与大多数人的交谈中发现，他们的思想像被切断的干草般支离破碎，使得他们想要稍微延伸一下谈话的思路，都是不可能的。

如果这个世界上生活的都是有思想的生物，那么各种各样的噪音就不会被如此普遍地容忍了——它们确实是毫无意义、令人厌恶。如果大自然打算让人思考的话，就不应当赐他双耳；或者，至少应给他配备一副严密的耳朵，就像令人羡慕的蝙蝠的耳朵那样。然而，事实上，人与其他生物一样，也只不过是可怜的动物，他的力量也只是被预设好了仅仅能维持自己的生存。因此，人类的耳朵需要随时张开，提醒自己注意迫害者的接近——不管白天还是黑夜。

泛神论略谈

一神论和泛神论之间的分歧，也许可以用一种寓言的或者戏剧的形式来表现。假设有两个人在米兰剧院的正厅后座观看一出戏剧，因对正在上演剧目的不同理解而发生了争议。其中一人坚信他是在吉罗拉莫著名的木偶剧院里，欣赏着由导演一手操纵的提线木偶戏。“噢，你大错特错了，”另一个人说，“我们是在德拉·斯卡拉剧院，台上的是舞台监督和他的演员们。他们和你眼前看到的人一样是真实的，诗人自己也扮演了一个角色呢。”

我反对泛神论的主要理由是，它什么也没说。把世界叫做“上帝”并不意味着解释了世界，只不过是用一个与“世界”同义的多余的词语丰富了我们的语言而已。不管你说“世界就是上帝”，还是“上帝就是世界”，结果都是一样的。如果你从“上帝”出发，把它当作经验中存在的东西，并且必须要对“上帝”加以解释，他们就会说“上帝是世界”。你在某种程度上似乎得到了一个解释，就把一无所知的事物转化为一知半解的事物来说；然而，这也只是一个字面上的解释。反之，如果你从现实的事物即“世界”入手，说“世界是上帝”，显然等于什么也没说，或至少是在用一种更加陌生的事物来解释一种不知道的事物而已。

因此，泛神论是以有神论为先决条件的。只有从一神论出发，即把上帝当作一种已很熟悉的事物，你才能得出上帝与世界同一的结论；而你这样做的目的就是以一种体面的方式把上帝赶走。换句话说，你并不是从需要解释的“世界”出发的，而是从已经给定的“上帝”出发的，而且你不知道他到底是什么，所以就以“世界”来代替他的角色。这是泛神论产生的根源。如果客观地看待世界本来的样子，那就没有人再梦想着把它看作上帝了。再说，这肯定是一个非常笨拙、愚蠢的上帝，如果他最好的娱乐方式就是这样的话：即把我们的世界变成这样一个丑陋庸俗、破败不堪的地方，无数的人们生活在忧虑、痛苦之中，只有靠着互相的倾轧才能获得短暂的生存；无数的百姓忍受着无尽的灾难、贫穷和死亡，比如成千上万的黑人奴隶，或者欧洲三百万的纺织工人，他们饥寒交迫，在潮湿的住所里或阴暗的厂房里过着悲惨的生活。这对上帝来说是多么大的消遣啊，就此而言，他确实应该重新习惯于另一种生存方式了。

因此，所谓从一神论到泛神论是一个很大的进步的说法，如果我们对其认真看待、并且不是简单地把它看作对以上所述那种虚假的否定的话，就会发现，这只不过是从一种未经证实、难以置信的东西过渡到一种绝对荒谬的东西而已。不论我们赋予“上帝”这个词语的概念是多么地模糊不清、松散混乱，但有两个属性却不与其不可分开的，这就是最高的权力和最大的智慧。如果认为赋予了这些品质的上帝，会使自己承担上面所说的那些职责的话，就是万分荒唐的。另一方面，一神论仅仅是未被证实的东西；如果难以将这无限的世界看作是一件个人的工作成果，因此个体的上帝，就类似于我们从动物界的经验中得到的东西，这还不算是一个绝对荒诞的想法。那么，至善全能的上帝应该会创造出一个充满痛苦的世界，是完全可以想象的，尽管我们不知道他为何要这样做。与此相应地，我们发现如果人们把最高的善归之于上帝时，就为上帝建立了不可思议的智慧本性，以此作为宗教学说逃避被指责为谬论的庇护所。而泛神论，则认为造物主本身就是这充满无尽痛苦的世界；而且，在这个小小的世界里，上帝随时都可以死去，并且完全出于他自己的意愿，这是很荒谬的。把世界视为魔鬼也许更为合适、正确，就像一位令人尊敬的作者在其不朽名著《德意志神学》中的一章所说的那样："因此，恶魔与自然是一体的。哪里的自然是没有被征服的，哪里恶魔的对手也是没有被征服的。"

显然，泛神论把"上帝"的名字给了"轮回"①，而这同样的名字又被神秘主义者赐给了"天堂"②。然而，后者对"涅槃"陈述了比他们所知道的更多的东西；佛教则不是这样，佛教相应的"涅槃"只是一种相对的虚无。只有犹太教、基督教和穆斯林教才给了"上帝"适当、准确的意义。

现在经常能听到这样一句话："世界的目的就是它本身。"不知道这是泛神论还是简单的宿命论对世界所作的解释。但是，不管是前者还是后者，这一表述只是从一种物质的观点来看待世界，而遗漏、忽视了它的道德意义。因为若不把世界视为达到更高目的的手段，就无法设想它的道德意义。认为世界只有物质意义而无道德意义的想法，简直是最反常的头脑中涌出的最可笑的谬误。

---

① Sansara，（印度教、佛教所指的）生死疾苦等之轮回。

② Nirvana，天堂，极乐世界。

人生智慧之警句

头脑简单的普通大众认为，人生是某种无限永恒、无条件存在的东西，并将其看作是完美无缺的，期望可以毫无遗憾地度过一生。在做事的方法与原则方面，博学多才的人同样如此：他相信自己的原则和方法是绝对完美和客观有效的。所以，一旦找到某些方法和原则，他就会立即把它们运用到实际的情境中，然后依据使用结果或者赞成它们，或者宣判它们无效。但是，幸福和真理不是通过这种方式能得到的。这里，给予我们的只是幸福和真理的幻象，并激励我们去行动。普通人孜孜不倦地追逐幸福的影子，思想家不辞辛苦地追求真理的影子。尽管两者都只是虚无的幻象，他们还是要尽可能多地抓住它们。人生是一门语言，某些真理只有通过它才能传达给我们。假若能够通过其他方式来获得这些真理，那我们也就没有生存的必要了。因此，明智的谚语和审慎的格言永远不能弥补经验的缺失，也绝不能成为生活自身的替代品。不过，谚语与格言的作用仍然不可轻视，因为它们也是属于人生的一部分；不仅如此，它们还应该受到极高的尊崇，而且被看作是别人从真理之书中摘抄来的零星散页，因为它们透露出了这个世界的精神。但是，它们的书页永远不是完善无缺的，也绝不能代替真实生活中的声音。当我们思考人生或者真理之书，它们所说的与谚语和格言所说完全不同的时候，就更加不能以其代替现实生活的呼声了。就像在五旬节讲道布义、教诲众生的使徒们，似乎每个人都是在用自己的话来说教的[①]。

在你自身中辨认真理，在真理中认识你自己。与此同时，你将会惊奇地发现，你一直以来苦苦追寻的精神家园，让你魂牵梦萦的家园，就完完全全地存在于你现在所站立的地方，万分仔细、格外真实。正是在这里，你找到了尘世的天堂。

使我们几乎不可避免地成为笑柄的，是我们过于严肃认真地看待逝去的时光，仿佛它真的一定有我们想象中的那种重要性。只有极少数的伟大天才能够超脱这一弱点，不是被人嘲笑，而是自己发笑。

在人生中灿烂、美好的日子里，我们不应忘记忧郁烦恼、愚钝沉闷的处境，要在心中永存当时的记忆，从而学会在那种处境中该如何正确地行事。在忧郁烦恼、愚钝沉闷的日子里，也要记得欢乐美好的时光，并懂得在那时应该谦虚谨慎。因为，我们通常是依据自己最好的、最辉煌的时刻来评价自己的；而那些愚蠢乏味、悲惨痛苦的时候，则被我们认为是不属于自己的部分。但是，牢记它们，可以教导我们学会宽容、谦逊。

请一定要记得我的话，亲爱的朋友，要聪明一点。人们大都是完全以自我为中心的，不能客观地看待一切事物。如果你有一只狗，并希望让它喜欢你，然后幻想着它肯定能够觉察到你众多优秀、高贵的卓越品性——哪怕只能看到其中的一个，由此就足以使它全身心地挚爱你。如果你这样幻想，那我说，你肯定是一个傻瓜。只需时而拍拍它、爱抚一下，给它点什么东西吃；至于别的，随便你乐意怎么做，它丝毫都不会在意，就能对你无比忠诚、全心全意。现在，请相信我，对于人来说

---

① 五旬节，或称收割节，是犹太人的三大节期中的第二个节期，及后成为基督教的圣灵降临日。据《新约》记载，耶稣“复活”后第四十日“升天”，第五十日差遣“圣灵”降临，圣灵倾注到门徒们的身上，使其能以圣神的口气传教。

也是这样——完全如此。正如歌德所说:“人和狗，都是卑鄙低贱的可怜虫。”

如果你问这些卑劣可耻的家伙为什么会这么幸运，原因很简单，就是：在他们自身，他们什么都没有；对他们自身而言，他们什么都不是；他们也没什么为了自身的追求。他们拥有的价值仅仅只是相对性的，他们只是为了别人而存在；他们自身从来都只是手段，而不是目标和终点；他们只是用来迷惑他人的诱饵。我不认为这一规则是可以有任何例外的，也就是说，完全的例外情形是不存在的。的确，有些人——虽然这样的人是十分罕见的——享受某些自我反省的时刻；甚至，也许还有人在一百次的主观活动中才享受少许的客观时刻。但是，一种更高的享受主观自我的完美状态几乎从来没有发生过。但是，不要把自己视为一个例外。审视你的爱情、友谊，仔细思考你的客观判断是否大部分都是伪装变相的主观判断，考虑你是否能够充分适当地承认一个并不喜欢你的人的良好品质。然后学会宽容、大度。虽然这有点令人恼火，但这是你的责任。因为人类都是那么地以自我为中心，所以你要认识到自己的缺陷和弱点。你知道，你不能喜欢一个对你表示不友好的人；你也知道，除非他喜欢你，否则他在任何时候都不会对你表示友好，而只有你先对他表示友好，他才会喜欢你。那么，就去这样做吧，对他表示友好。你虚假违心的友好逐渐会变为真正的友好，你自己的弱点和主观判断一定蕴含有某些假象。

这确实是关于礼貌的一个先验的理由，但我还能给出一个更深层次的原因。

请仔细考虑，机遇，与谬误——它的兄弟，愚蠢——它的姑母，邪恶——它的祖母，一起统治着这个世界。在每年每日，大大小小的机遇，使大地上每一位子民的生活充满痛苦——包括你。不过，也正是依靠这种邪恶顽劣的力量，你才获得了自己的兴旺和独立。因为，它拒绝了成千上万的人，把他们想要的东西给了你，给了像你这样幸运的少数人。记住这一切，你就不会再表现得好像机遇的赐予是你理应享有的，而会认识到给了你青睐恩宠的是多么反复无常的女霸主。因此，当她突发奇想要剥夺对你的某些甚至全部赐予时，你就不会为她的不公正感到大惊小怪；而会认识到，机遇所给予你的东西，又被它拿走了。如果需要的话，你将会发现，这一力量从来没有像现在这样对你来说是那么不令人喜欢。因为，她或许不仅处置了她所给你的一切东西，而且处置了你自己诚恳辛苦、来之不易的所得。

但是，如果机遇仍然那么偏爱你，给了你比几乎所有人都多的东西。那么，就幸福欢欣吧！不要为拥有她的最高赏赐而挣扎不安，合理适当地运用它们，将其看作从一个反复无常的主子那里得来的财产，明智、妥善地使用它们。

亚里士多德在一切事情上坚持的中庸原则，是不适合道德律的——虽然这是其意图所在；但是，它也许可以轻易地成为世俗智慧中最好的一般原则，成为获取幸福人生的最佳箴言。因为人生充满了不确定性，在各个方面都有那么多的苦恼、重担、痛苦和危险，以至于只有小心翼翼地掌握航向，避开暗礁险滩，才能圆满完成一个顺利平安、快乐幸福的人生航程。一般而言，对于我们所知道的不幸的恐惧，会迫使我们陷入与之相反的不幸。例如，孤独的痛苦驱使我们进入社交人群，社交的不快又将我们推入孤独；我们用一种令人生畏的举动换来轻率的自信，等等。为了避免一种灾难而冲进与之对立一端的灾难，不啻为一种愚蠢的标志。

或者，我们以为自己能够从某一事物那里找到满足，于是将所有的努力都倾注在它的身上，从而忽略了那些能够轻易让我们获得满足感的上百种愿望。一次的疏忽与错过，会带来另一次的错过，由此反复无穷，痛苦也就无止无休。

因此，中庸与对什么都无动于衷，是世俗智慧的极好法则。

我们常常发现，有着丰富阅历的人在与完全陌生的人交往时，是最坦率诚恳的，虽然他对后者丝毫没有任何兴趣。之所以这样的原因在于，经验丰富的人知道，无论人们处于何种关系，要让他们彼此之间坦诚相待几乎都是不可能的。但在他们之间总有着或多或少的联系，因为他们都在寻求自己的利益——不管是眼前的还是长远的。他们对此甚为遗憾，但又明白事实的确如此。因此，他们离开自己身边熟悉的人们，匆匆闯入一个毫不相识的陌生人怀中，开心、自信地向他敞开自己的心扉。因此，像那些僧侣之类远离了这个世界、成为尘世的陌生者的人，是最好的求取建议、忠告的对象。

只有通过相互克制和自我否定，我们才能与别人共事、交谈。因此，如果我们非得与别人交流的话，就只能抱着一种顺从的感觉来进行。如果我们追寻社交，那是因为我们想要获得新鲜的印象：这些印象来自于外部，因此对我们来说是陌生的。如果一个人不能觉察到这一点，并且在寻求与别人的交往时，不愿意遵守顺从的态度和精神，完全拒绝否定自己；甚至，要求与自己截然不同的他人，无论在任何时刻都正好是他所希望看到的样子，要符合他所受到的教育程度，或与他的才智和心情相一致——这样的人，我认为，是在与自己相矛盾。因为，一方面他想找一个与自己不同的人，正是因为这个人的不同之处，他才想找他——为了寻求社交和新鲜的感觉；但同时，他却又要求这个另外的人，必须完全类似于他想象中的对象，这个对象只是按照他自己的心绪、想法虚构出来的，没有任何的思想，只有附加上的他自己的思想。

女人很容易陷入这种主观性；当然，男人也不能完全摆脱它。

有一次，在抱怨人生的空幻、虚无时，我对歌德说过这样的话：当一个朋友和我们在一起时，我们对他的看法，与他不在我们身边时，我们对他的看法，是不一样的。他回答说："是的！因为那个不在场的朋友是你自己，他只存在于你自己的头脑中。而那个在身旁的朋友则拥有他自己独特的个性，依据他自己的原则行事、活动，而这些原则又不能总和你自己设想的相一致。"

拥有良好的顺从、忍受的精神，对人生的漫长之旅来说，是最为重要的前提条件。这种精神的获得，必须要从种种不断破灭的希望中来提取。而且越早这样做，我们以后的人生旅途就越顺利。

一个人不能在内心深处与自我取得完全的和谐一致，他怎么能够满足呢？因为，只要有两种声音在他心中交替说话，那么必定有一个是正确的，一个是错误的。因此，他就总是抱怨个不停。但是，有没有一个人是完全同自身和谐一致的呢？不，这种思想本身不就是一个矛盾吗？

一个人可以获得这种内在的和谐统一，这几乎是所有哲学家们提出的于理不通、自相矛盾的假设之词①。因为，一个人只要活着，就会不可避免地与他的自我作斗争。虽然他只能彻底、纯粹地成为一种类型的人，但他又幻想着成为其他的一切事物，并且深信这种可能性是确实存在、不可剥夺的。如果他已经选择了其中的一种生活，但是其他的一切可能性都还是在一直为

① 赛涅卡曾说："我要大胆地宣称，最高的善就是灵魂的和谐。"——原注

他敞开的，而且不断地要求得以实现；那么，只要他还想继续做自己想成为的人，他就不得不时刻与其他的可能性保持距离，压制它们甚至消灭它们。例如，如果他只想要成为一个思想家，而不想从事演艺或者做生意，那么，虽然后者的可能性不会因此而立刻全部消失，但是，只要这个思想家的念头活着，他就会每时每刻不停地扼杀在他内心中活动着、跃跃欲试的“人”，总是在与他自己打仗。仿佛他是一个怪物，刚刚被砍掉一个脑袋，立刻就又长出一个新的脑袋。同样的道理，如果他决心成为一个圣人，他就必须扼杀掉自己那贪图享乐、沉溺声色的个体本我；只要还活着，他就要坚持这样做。他并不只是一次地扼杀自己，而是在整个人生中，都不得不持续这样做。倘若他决定要成为一个享乐的人，不管通过什么方式获得享乐，那么他终生就要与一个渴望纯洁、自由、神圣的内在自我作斗争。因为后者的声音一直存在，他必须不断地压制、扼杀它。人类对任何事情都是如此，一会儿是他的这一面占了上风，一会儿是他的另一面得了胜；他自己本身就是这战场。如果他的一面不断地得胜，那么另一面就会不断地挣扎。因为不论是哪一方面，都是与其自身紧密相连的，作为一个人，他是拥有许多矛盾的可能性。

在这样的情形下，内在的和谐一致怎么可能得到呢？它既不能在圣人身上找到，也不存在于罪人中。或者，可以说，事实上每个人都不可能完全是这个人，或完全是那个人。因为，他们只是凡人——在人生舞台上的不幸者、抗争者和角斗士。

当然，一个人所能做的最好的事情，就是辨识出他的哪一部分在失败的时候会感到最痛苦，然后设法让它总能获取胜利。要做到这一点，他只需运用自己的理智——这是一座永不枯竭的思想宝库。让他通过自己的自由意志，去承受另一部分的失败带来的痛苦，这是性格。因为人生的战场不能摆脱任何形式的痛苦，生命的战斗不经过流血是不会轻易结束的。不管在何种情况下，一个人都必须遭受痛苦；因为他既是战败者，又是战胜者。人生就是如此。

聪明的人在与人交谈时，通常不会太考虑自己向对方说了什么话。因为此时他确信自己不会说出将来后悔的话。他很确定自己不会完全袒露心声，也不会错误地做出轻率的举止、言行。但是，他的谈话也绝不会多么有趣。

智慧的人则恰恰与此相反。在他对人谈话的时候，常常演变为仅仅是他一个人的独白。而且，时常会出现这样的情形：与他交谈的对象为了弥补自己从属的地位，就只有静静地等待智者说话，以期从中窥见他的秘密。

如果一个人有很多朋友，就证明他拥有高贵的美德和真正的价值：没有什么比这一设想更能暴露出人类的无知了。仿佛人们是依据价值和美德来给予别人友谊的！仿佛他们不是像狗一样，热爱那轻抚它几下、给它点肉吃的主人，此外就绝不会为任何事情而烦恼了。懂得如何溜须拍马、哄人高兴的人，即使他们是最卑鄙顽劣的流氓无赖，也会拥有许多的朋友。

相反，具有卓越禀赋的人，甚至天才，则只能拥有极少数的朋友。因为他们清澈明亮的眼睛，能很快地发现世上一切的缺陷和可恶之处，他们强烈的正直感又总是不断地被这些缺陷的广泛存在和丑陋恐怖而激起愤怒。只有在极其必要的时候，才能迫使这样的人抑制住自己疾恶如仇的感情，或者甚至去为这些缺点而粉饰。因此，一个天才或伟人是不可能赢得个人的爱戴的（我们在这儿说的并不是依靠权威赢得的尊敬），除非上帝赋予了他坚不可摧的快乐天性，一个眼神就足以使这个世界看起来变得美丽。或者，除非他已经成功地逐渐按照人类的本来面目来看待他们；也就是说，正确、合理地，将一个傻瓜看作傻瓜。要想达到这样的高度，我们必须期待孤独。

我们永不满足的主要根源，在于自我保护的心理冲动。这一冲动进而演变成一种自私自利的心理，并让我们养成了这样一种准则：即我们应该永远专注于自己所缺乏的东西，然后就可以努力地去获取它们。因此，我们总是在不断地寻找自己缺乏什么，将心思完全放到自己想要的东西上面。但是，这一准则也使得我们心安理得地无视忽略了那些我们已经拥有的东西。所以，一旦我们得到了什么东西，就不会再像从前那样关注它了。我们很少能想到自己拥有什么，而总是想着自己缺少什么。

这种自我主义的准则，在帮助我们获取达到心中目标的方式手段这一点上，的确有其优点。但同时，它本身也破坏了自己的最终目标——亦即满足感。就像寓言故事中讲的一只熊，为了杀掉一个人鼻子上的苍蝇，而拿石头来砸他。所以，我们应该等待需求和匮乏的自动到来，而不是去寻找它们。这样，我们的精神自然会感到满足；反之则苦恼不安。

当一个人只希望成为他自己的时候，他的内在本质与其自身就是和谐一致的。也就是说，他不但通过经验了解到自己的优势和弱点，而且能够发挥优势、避免缺陷，而不是弄虚作假，试图向人炫耀自己并不具有的优势。这种内在的和谐，能够培养出平易随和、理智清醒的性格。原因就在于，任何创造一个人、给予他精神和身体素质的东西，都只不过是他意志的体现；实际上，也就是他所想要的东西。因此，妄想成为不同于自己的人，就是一个人最大的矛盾之处。

性格奇特、脾气乖僻的人，只有在一些奇异、特殊的情况下才能感到快乐幸福，例如适合他们天性的场合，如同普通、常见的情形只适合于普通的人一样。而这样的特殊情形只有以极为不寻常的方式才能出现，例如：他们碰巧遇到了一群与自己性格不同、但仍然完全适合自己性格的陌生人。这就是为什么具有罕见或奇异品质的人，很少快乐的缘故。

人的一切快乐都是来源于对自己能力的运用和意识。而一个人所能感到的最大痛苦，莫过于察觉到自己的无能为力。因此，找到自己拥有哪些方面的能力，缺乏哪些方面的能力，对每个人来说都是十分必要和有利的。然后，让他发展自己那些卓越突出的能力，尽力将其发挥到最大程度；让他追求这些能力引导的有益之路。而且，即使他不得不违背自己的意愿，也必须让他避免走那条自己不擅长的、力所不及的道路。这样，他就会经常愉快地意识到自己的长处，而很少痛苦地感觉到自己的弱点。由此，他将会过得很幸福。但是，如果他孜孜不倦于一种与自己的优势完全不搭的工作，那他就会体验到尴尬、耻辱；而这也许是一个人所能感到的最大痛苦了。

不过，任何事物都有两面性。一方面，如果一个人在自己能力不足的领域缺乏信心，永远不愿尝试冒险，那么他就会甚至连如何运用自己仅有的一点能力都不去学习。另一方面，在一个他自信能够取得一些成绩的领域，他又会完全不付出努力，因此也体会不到任何快乐。这总是令人难以忍受的，因为一个人在追求人类幸福任一过程中，是必然伴随着痛苦的。

一个孩子对于自然法则的残酷无情和毫不动摇，是毫无概念的，对于一切事物都要坚守自己本来面目的顽固方式也是完全无知的。小孩认为，即使没有生命的东西也都应该服从他。也许是因为觉得自身与大自然是融为一体的，或者是因为丝毫不了解这个世界，他认为自然本来就应当是友善的。因此，当我还是个孩子的时候，曾有一次把自己的鞋子扔进了盛满牛奶的大桶里，然后有人发现我正在祈求鞋子能够自动跳出来。只有在认识到动物的凶恶、危险时，一个小孩才知道防备它们。但是，在我们积累了成熟完备的经验之前，我们是不会知道人的性格是难以更改的：任何恳求、劝告、榜样或利好，都不能使一个人放弃他自己的思考或行为方式。但是，另一方面，由于自然法则的必然性，每个人都不得不遵循他自己的行为方式和思考方式。并且，无论我们怎样引导，他都一直保持原样不变。只有当我们真切、明白地了解到这一事实之后，我们才放弃劝说别人，或试图改变别人，让他们按照我们的方式来思考。相反，我们转而会试着去适应他们的思维方式，只要他们对我们而言是不可或缺的；而如果我们不能忍受他们的方式，就会选择远离他们。

最后，我们终于意识到，即使在单纯的智力问题上——尽管它的法则对一切事物都是平等的，而且与客观思想对立的主观思想并没有真正进入个体——都没有足够的确定性可以说明，任一事物的全部真理能够传达给每一个人，或者，任何一个人都能被说服或被逼迫去承认这一真理。因为，正如培根所说："人的智慧之光，因兴趣和热情而变得多彩。"

正是因为所有的幸福快乐都有着消极否定的特性，所以，当我们生活舒适愉悦的时候，我们并不能真切地意识到这一点。一切似乎都悄悄地、轻柔地从我们身边掠过，直到这种美好的时光结束之后，我们才能感受到它们的消逝。然后，一种积极肯定的感情——匮乏、不足的心理告诉了我们，那已消失不见的快乐。直到这时，我们才蓦然发现，我们没能紧紧地把握住曾经的幸福。于是，我们就饱尝自我谴责和贫困匮乏的双重之苦。

一个人所享受的一切欢乐，以及他所珍视的每一份友谊，几乎都是建立在幻象的基础上的。因为，一般来说，随着知识和见闻的增加，它们是必然消失的。不过，在这里，如同其他地方一样，一个人应该勇敢地探求真理，并且永不疲倦地进行让自我与这个世界相互和解的努力奋斗。不管有什么样的事发生在他的左右、周围，——哪怕是一个幻想或假象，只要能令他高兴，也可以让他鼓起勇气继续前行，不畏惧面前广袤沙漠的艰辛。只有一件事他必须确信无疑，那就是：无论在任何情况下，当梦幻的面纱揭开之后，他都不会发现自己有任何内在价值的缺失。否则，就犹如看到了揭去面纱的戈耳贡[①]，会立即要了他的性命。因此，如果一个人想永远保持清醒、不抱幻想的话，就要让他在内心深处感到自身的价值。因为，这种自我价值的缺失感，不仅是最大的，而且也是唯一真正的痛苦。所有其他精神上的痛苦，通过自我价值的肯定和确认，不仅是可以治愈的，而且还是能够立即缓解的。确信自己价值的人，能够在痛苦中静静地坐下来反思，而不会完全陷入悲观失望之中。即使他没有任何乐趣，没有快乐，也没有朋友，他依然可以相信自己、依赖自己。明确、清晰地意识到这一优势，可以给我们带来极大的安慰；这种安慰比尘世上的任何祝福都要更加可贵。反之，如果一个人确信自己是毫无价值的，那么世界上的任何人或事物都将无法解救他。他所能做的，就只是欺骗他人、或者大声喧哗扰乱他人，以将此掩盖。但是，这两个权宜之计，是不会支撑很久的。

我们应该永远保持目光远大，志向高远。如果我们被琐碎小事所牵绊，就会感到困惑忙乱，不能正确地看待事情。暂时的成功或失败，以及它们所带来的影响，根本算不了什么。

学会了解自己，清楚地认识到自己最想要的是什么：即与

① 戈尔贡（gorgon），希腊神话中的蛇发女妖，看到她面貌的人就会化为石头。

我们的幸福最直接相关的东西，然后是第二、第三、第四等等依次与幸福密切相关的东西。要做到这样，是多么困难啊！

如果没有这种认知，我们的人生就是没有规划的，就像一位船长没有指南针。

崇高的忧郁引导我们深信，所有的快乐享受和人类的一切都是毫无价值的。因此，我们觉得没有什么值得追求憧憬的，而是感到人生只是一种负担，这一负担我们必须要一直承受，直到那并不很遥远的终点。这种心理状态，比任何不足、渴求的状态都要更为幸福。后者是永远不会让人感觉这么快乐的，而只会让我们把世界上的种种幻象当作真正有价值的东西，并且孜孜不倦地去努力得到它们。

这是我们从经验中学到的一个真理。它是明确的、先验的，其中一个是幻想的状态，另一个是富有真知的状态。

是结婚好还是不结婚好，这个问题在很多情况下等于是说：爱情的烦恼会比生活的焦虑更为持久吗？

婚姻是自然给我们设置的一个圈套。

结了婚的诗人和哲学家，会因此而受到这样的怀疑：他们只是在追求自己的幸福，而不是出于对科学和艺术的爱好与趣味。

习惯就是一切。因此，保持冷静平和、处之泰然自若只是一种期待养成的习惯。如若一个人不需要培养就拥有这样的习惯，那么这对他来说就是一个极大的优势。

“个性是有关幸福的最大要素。”由于痛苦和无聊是人类幸福的两大敌人，大自然就赋予了我们个性来抵御二者的攻击。我们可以用愉快的天性抵挡痛苦（这种痛苦在精神上比在肉体上出现的更多），可以用聪明才智来躲避无聊。但是，愉快的天性和聪明才智是并不相似的；甚至，在很大程度上它们也许是不相容的。正如亚里士多德所说，“天才都是忧郁的。”开朗愉快的人只是表面上聪明。因此，好的一方面就是，每个人都天生拥有抵御痛苦、无聊中任一不幸的能力；糟糕的一点就是，每个人具备的这种能力与他所遭受的不幸通常是不相对应的。

没有谁的一生可以逃脱痛苦和无聊的折磨。如果一个人所遭受的不幸，恰好是与大自然赐予他的较强能力相一致的，那么这对他的命运来说，就是一种特别的恩惠。也就是说，如果命运让一个非常开朗愉悦的人去承受许多痛苦，将大量的闲暇时间给予聪颖异常、才智非凡的人；而不是相反。因为，如果一个人是聪明智慧的，他就会感受到双倍的甚至三倍的痛苦；一个天性愉悦但并不聪慧的人，则会觉得孤独与闲暇是难以忍受的。

在思想领域，荒谬和反常一直是这个世界的主宰，其统治只有在某些短暂的时期内曾暂时中断。艺术领域同样不能例外：真正的优秀作品很少被发现，也更加难以受到人们的称赞，而只能是一次次地被那些愚蠢乏味、矫情做作的东西排挤出来。

在行为领域，也是如此。柏阿斯说过，“大多数的人都是坏的。”美德在这个世界上，犹如一个陌生人。无尽的自私自利、狡猾与恶毒，永远是日常生活中的常态。在这一点上欺骗年轻人是错误的，因为这种欺骗只能使他们将来觉得，老师是欺骗他们的第一人。如果想通过告诉学生别人都是善良的好人，而达到把他培养成为一个更好的人的目的，那就是失败的。如果告诉他，大多数人都是坏的，这个世界期待着你变得更好，这样反而可以更有效。在这种方式中，他至少可以带着敏锐的眼光和明智的预见进入社会，而不是经历了痛苦之后才发现自己的老师是错误的。

所有的无知都是危险的，大多数的错误都必定付出沉重的代价。一个人头脑中的错误如果到死都未被发现、没有受到惩罚，那他一定是运气好。

每一次成功对我们都有着双重的有益作用。除了给我们带来特殊的和物质的利益之外，成功还让我们确信：这个世界和命运，以及我们内在的守护神，对我们还并不算坏，也不似我们曾经想象的那样阻碍我们的美好前程。总而言之，成功激发了我们努力生活下去的勇气。

同样，每一次不幸和失败，在相反的意义上，也具有一种双重的令人沮丧抑郁的作用。

如果我们不是全都超级地对自己有无限的兴趣，那么，人生就会变得很无聊，以至于没人能忍受得了。

在世界上的每个地方，在任何情况下，只有依靠强力，才能做成一件事情。但是，力量大多掌握在坏人的手里。因为，因为卑劣可鄙到处都是，数量多得令人可怕。

为什么总是专注于从当下得到最大的快乐，而这当下是我们唯一可以确定的所有，是愚蠢的呢？我们的整个生命，不过是一个放大了的“现在”，在其本质上是如白驹过隙、稍纵即逝的。

由于自己的个性以及所处地位的影响，每个人的观念和想法都毫无例外地具有一定的局限性。其他人同样有局限，虽然情况不同。但是，如果一个人了解了他人的局限之处，就可以通过让别人感觉到自己的缺陷和不足，而迷惑他、羞辱他，使他羞愧、窘迫——即使那个人要远远优秀于他。精明狡猾的人常常利用这种情况，去获得一种虚假的、暂时的优势。

唯一真正的优越是心灵和品格上的优越，其他一切的优越都是虚假的、伪装的、短暂的。当有人试图在真正的优越性面前卖弄炫耀的时候，能让他们知道这一点，该有多好啊。

整个世界就是一个大舞台，
所有的男男女女都只不过是演员。

一点不错！不管一个人自身是多么地独立，他也必须要扮演一个角色，这个角色是命运通过决定他的地位、教育和处境等，从外部强加给他的。在我看来，这一真理最直接的应用就是：在生活中，如同在舞台上一样，我们必须要分清演员和他所扮演的角色。亦即，将一个人的自身和他的地位与名声区别开来，将他本人和职位、处境强加给他的角色区分开来。最好的演员扮演乞丐，最差的演员扮演国王，这是多么常见的情况！同样的情形，也可能发生在现实生活中。一个人若混淆了演员本身和他的角色，必定是很粗心。

我们的生命是如此贫乏，以至于世界上的任何财富都无法使其变得富有。所有的快乐源泉很快都会枯竭，我们努力追寻一个长流不息的快乐之源，是完全徒劳无功的。因此，对于我们的幸福来说，只有两种方式来使用我们的财富。我们要么将之用于浮华炫耀，满足于那些被我们的虚假荣耀所迷惑的人们给予我们的廉价尊重；要么，通过节约一切对自己无益的开支，使我们的财富增加，以便构筑起一个日益结实、完好的抵御不幸和匮乏的堡垒。因为，人生虽然鲜有乐趣，却有着无穷丰富的灾难和邪恶。

正是因为我们真正的、最深的存在是意志，所以只有通过它的活动，我们才能获得一个关于存在的清晰意识，虽然这一过程几乎总是伴随着痛苦。因此，存在本质上是痛苦的。许多人希望做好充分准备的人，将其每日生活依照极为规律、单调、明确的习惯来安排。他们用这种方法，避免了意志活动产生的一切痛苦。但在另一方面，他们的整个存在也变成了一系列毫无意义的场景和图片；他们几乎意识不到自己的存在。尽管如此，只要有足够的改变来防止过度无聊感觉的产生，这依然是最好的与生活结算的办法。如果缪斯女神赋予了一个人某一相宜的职业，以使充满在他意识中的众多图片有些意义，而且这些意义与他的意志毫无关联，——这样就更好了。

只有生活在一个满是傻瓜的世界中，一个人才能成为智者。

杂喻

在一片丰稔的田地里，我来到一个被许多纷乱无情的脚步践踏过的地方。放眼而望，无数的庄稼整整齐齐，每一株都是那么地直立挺拔，谷穗中满载着丰收的喜悦。可在这些谷物中间，我却看到了一簇簇五颜六色的小花，红的、蓝的、紫的，遍地绽放。它们自然地长在那里，带着可爱的小小叶片，看起来是多么美丽！但是我想，它们完全没有一点用处：又不结果实，只不过是莠草罢了；仅仅因为无人铲除才得以幸存。然而，如果不是这些小花，在这空旷的谷地里也就没有什么可以令人赏心悦目的了。它们是在人们生活中占据重要地位的诗歌和艺术的象征，仍然是有所裨益的，而且有些是像谷物一样同样可以结出果实的。

在这个世界上的确有一些真正美丽的风景，但其中人类的形象却丑陋不堪，最好还是别看他们吧。

苍蝇应该被看作是大胆无耻和无礼莽撞的象征。因为当所有其他动物都对人类避之唯恐不及，甚至当人类尚未接近便要逃走时，苍蝇却正飞落在人的鼻尖上。

两个在欧洲旅行的中国人第一次走进剧场。其中的一个什么都不做，只研究剧院的舞台设置，成功地发现了它的工作原理；另一个则尽管语言不通，却想立即弄懂剧情。从这两人身上，你就可以明白天文学家和哲学家的区别。

只停留在理论上而从未付诸实践的智慧，就像一朵重瓣的玫瑰：虽色泽鲜艳、香气馥郁，却终会凋谢、没有种子。

没有不带刺的玫瑰。但有刺的也并不都是玫瑰。

一棵普通的苹果树，枝繁叶茂，开满银花。在它背后是一棵挺拔的冷杉，高耸着黑色的锥形树冠。“看看我这满身的无数繁花，你有什么能与我媲美，总不会是那墨绿色的针叶吧？”苹果树说。“是的。”冷杉回答，“但是当冬天来临，你就没什么可骄傲的了，我却依然如故。”

一次，当我在一棵橡树下采集植物时，发现在一片高矮相似的植物丛中，有一株异样的小苗，颜色微暗，枝叶茂密，茎干挺直。当我触摸到它的时候，就听到它语气坚定的声音：“让我独自留在这里吧。我不适合做你的标本，像这些大自然只赋予一年生命的植物一样。我是一棵小橡树。”

那些对后世影响深远的人，同样如此。当他还是个孩子，或是青年、成年时，乃至他的整个一生，都生活在同伴之中，和他们很相像，看起来很平凡。但是，让他独自一人吧，他会不朽的。时间将带来那些懂得他的价值的人。

乘坐气球飞向天空的人，并不会感到自己在升高，而只能看到地面在不断地下沉。

只有洞察到奥秘真谛的人，才能真正理解它。

对一个人形象大小的估计，会受到你与他之间距离远近的影响。但是，根据你所观察的是他的身体高度还是精神高度，却会有两种截然相反的结果。你离得越远，他的外在形象就变得越小；而其精神形象则变得更加高大。

大自然为她的每一件作品披上了一层美丽的修饰外衣，就像梨或李的表皮上那层柔软芬芳的粉霜。画家和诗人不遗余力地要揭示出这种修饰的美，将它们储存在自己的作品中，供我们闲暇时欣赏。其实，在我们尚未认识生活本身之前，就已深深地沉醉在这种美中了。之后，当我们亲眼目睹了大自然的作品时，这种修饰就消失了：艺术家早已用尽了它，我们已提前领略过它。因此，世界呈现在我们眼中的就常常是粗俗简陋、毫无魅力，甚至可以说是令人厌恶。还是让我们自己去发现这种修饰比较好吧。这就意味着我们不应该仓促、大量地享受它；我们不应有完整的画作，完美的诗篇。我们应该以亲切、愉悦的眼光来观看一切事物——即使现在也有自然之子以这样的眼光观看万物，他们并没有在艺术的帮助下预先品尝审美的愉悦，也没有过早地领略生命的美妙之处。

美因茨大教堂被它周围的建筑如此紧密地包围，以至于简直找不到一处地方来观赏它的全貌。这是世界上一切伟大或美好事物的象征性特色。它应该只为自身而存在，但在很长的时间内却被误用于其他目的。人们从四面八方拥到这里，想从教堂中获得帮助和施舍，妨碍、破坏了教堂的作用。当然，这并没有什么值得惊讶的。因为在一个充满需求和不完美的世界里，人们将抓住一切可以用来满足自己欲求的东西。任何事物都避免不了这种命运，甚至那些仅在欲望和需求被暂时遗忘的瞬间片刻才会产生的、只为自身而存在的真和美，也不例外。

那些公共机构尤其说明和证实了这一点——无论大小、贫富，无论建立在哪个年代或国家，这些机构都有助于维护和促进人类知识的发展，并且，一般来说可以为那些提高人类崇高精神的道德努力提供帮助。不管这些机构设立在什么地方，人们很快就会以希望进一步追求那些特殊目的为借口，来悄悄接近它们。而其实，他们只是受欲望的驱使，企图获取更多的利益，以此来满足自己某种粗俗、卑鄙的本能。因此，在知识的各个领域里我们都会遇到很多骗子。他们根据环境的不同而随时变换身份，但实际上对知识本身一无所知，而仅仅致力于获得知识的皮毛，然后用来满足他们自私、卑俗的目的。

每个英雄都是参孙。强者总是遭受弱者和众人的阴谋，如果他最终失去了所有的耐心，就会与他们同归于尽；或者像小人国里的格列佛那样，被无数个小人打倒。

一位母亲让她的孩子们读伊索寓言，期望能教育和启迪他们的心灵。但他们很快就把书送回来了，那个年龄最大的早慧孩子说出了自己的看法："这根本不是我们读的书，它太幼稚、太愚蠢了。你不能让我们相信狐狸、狼、乌鸦还会说话，我们早已过了读这种书的年龄。"

从这些充满希望的年轻人身上，我们可以看到未来开明的理性主义者的影子。

在一个寒冷的冬日里，一群豪猪为了取暖而挤作一团。但是，它们身上的刺互相刺痛了彼此，于是被迫散开。然而，天气的寒冷又使它们聚在一起，然后刺痛又使它们分开。最后，经过反反复复的靠近与分散，它们终于发现最好还是彼此之间保留一点距离。同样，社会的需求也把人像豪猪一样赶到一起，但人类生性多刺、难以相处的特性又使他们互相排斥。最终，人们发现唯一可容忍的交往条件是适当的距离，这就是文明礼貌、举止文雅的礼仪规则。那些违反这些规则的人将会受到严厉的警告——用英语格言表示就是："请保持距离。"通过这样的安排，取暖的共同需要虽然只得到适度的满足，但也不会刺痛对方了。而一个体内不缺乏热量的人则宁愿留在外面，这样，他既不会刺痛别人，也不会被别人刺痛。

要么孤独，要么庸俗

能够自我满足，感到万物皆备于我，无所欲求，并可以说“我的拥有就在我身”——毫无疑问，这是构成幸福的首要因素。亚里士多德的这句话：“幸福意味着自我满足。”是值得反复玩味的。事实上，同样的思想在尚福尔（法国作家）那一绝妙警句中也有表达：“幸福不是轻易就可获取的东西。它只存在于我们自身，而不可能在别处找到。”

因为一个人不能确切、放心地依靠任何人，除了自己之外。而且生活的重负和不便、烦恼和危险——这些都是产生在与他人的交往中，不仅是难以计数的，也是无法避免的。

通往幸福之路的方法，没有比追求世俗狂欢、奢侈豪华的“上流生活”更为错误的了。因为这种方式的全部目的，就是将我们悲惨的人生转变为接连不断的享乐、欢快和愉悦。这一过程不可避免地会导致失望和幻灭感的产生，同样伴随而来的还有人与人之间的互相欺骗①。

所有的社会团体都必然要求成员之间的互相迁就和忍让，这是它存在的首要条件。这就意味着，一个群体的规模越大，就越容易变得枯燥乏味。一个人只有在自己独处的时候，才能成为真正的自己。如果他不喜欢孤独，那么他也不会热爱自由；

① 正如衣服遮蔽了我们的躯体，谎言也为我们的心灵蒙上了一层面纱。面纱是始终存在的，只有通过它，我们才能时常猜出一个人的真实思想。就像通过衣服的大小，可以判断出一个人大致的体型一样。——原注

因为只有当他独自一人的时候，他才是真正自由的。拘谨和约束在社会中是始终存在的，就像影子一样无法摆脱。一个人的个性越独立，就越难承受在与他人的交往中所做的牺牲。一个人对孤独的喜爱、忍受或逃避，是与他个人价值的大小成正比的。在独处的时候，可怜的人会感受到自己全部苦难的重担，智慧的人则喜欢这种孤独的崇高和伟大。简而言之，每个人都将成为他自己。

进一步而言，如果一个人在大自然的级别中所处的位置很高，那他感到孤独就是自然而然、不可避免的。这对他将是大有好处的，假若他周围的环境不会干扰他的这种感觉。因为，如果他不得不面对许多与自己性格不同的人的话，那么这些人就会扰乱他的心神，破坏他精神的宁静。事实上，他们将会使他失去自我，并且拿不出任何东西来补偿他的这种损失。

虽然大自然在人与人之间的道德与智力方面定下了广泛的差异和巨大的区别，但是社会却无视、抹消这些差别。甚至，它更设立了种种人为的差别来代替自然的——如社会地位和等级，并且这些差别和大自然设定的往往大相径庭乃至截然相反。这种安排的结果就是，提升了那些被大自然置于较低地位的人，贬低了少数在大自然中居于较高位置的人。因此，后者通常逃避社交聚会，因为那些地方都是被无数平庸者把持统治地位的。

社会群体对才智卓越之人造成的危害就是，每个人都享有平等的权利，由此导致人们期望相同的要求和权利。而同时，才智能力的悬殊则意味着他们对社会做出贡献的力量是不同的。所谓的“文明社会”承认一切的权利和要求，唯独不承认智慧——这似乎是一个被禁止的东西。社会要求人们对各种各样的愚蠢和麻木、沉闷和反常表现出无限多的耐性，而个人的美德却不得不请求别人的原谅，才能存在，或者完全将自己隐藏。

因为卓越的才智和思想，其存在本身就构成了对他人的冒犯和损害，尽管它无意这样做。

在所谓“文明”的社会中，最糟糕的不仅在于它让那些不值得我们称赞或喜爱的人与我们相伴，而且还在于它不允许我们成为真实、自然的自己。为了社会的和谐，它强迫我们扭曲、萎缩，甚至完全改变自己的模样。充满智慧和思想的谈话——无论是严肃的还是幽默的，只能适合于有思想、有才智的社会群体。但在普通人眼中，它则是枯燥无趣、令人厌恶的；要取悦这些人，它必然要变得平庸不堪、沉闷乏味。这就需要有一种极度自我否定的行为。为了变得与他人相像，我们不得不放弃四分之三的自我。当然，他人的认同和好感会弥补一些我们在这方面的损失。但是，一个人的价值越大，就越发现他所得到的远远没有他失去的多，天平总是偏向那借账的一方。因为与他交往的那些人通常都是无力还债的，也就是说，从他们那儿所得到的除了无聊、烦恼和不快，或者强加的自我否定之外，别无他物可补偿他的损失。因此，大多数社会群体的实质都是这样的。若有人愿意放弃它以换取孤独，那就得到了莫大的好处。

不仅如此。由于真正的、卓越的精神和思想很难见到，即使偶然出现了也令人难以见容，为了替代它，社会就任性随意地采用了一种虚假的东西作为优越性的表现，这种东西在本质上是约定俗成的、并建立在任意随性的基础上的，它仿佛一种传统般在高级的社交圈子里传递着，并像一个口令一样可以随时更改。这里所指的就是上流社会的时髦或风尚。但是，一旦这种优越性与真正的优越性发生碰撞，它的弱点就会暴露无遗。进一步说，就是“当时髦进入时，常识也就隐退了。”[①]

---

① 法国谚语。

除了自己，一个人不能与其他任何人——甚至包括他的朋友和伴侣——达到最完美的和谐。因为，人与人之间个性和气质的不同总是会带来某些程度的不协调，即使只是极为轻微的不协调。那种完全、真正的内心平静，灵魂的绝美安宁，是这人世间所能给予我们的仅次于健康的最高恩赐，它只有在孤独一人的时候才能获得。而要长久地保持这种心境，唯有完全隐居才能达到。这样，如果一个人自身有任何伟大而丰富的思想，那么，在这个悲惨的世界上，他的这种生活方式本身就是所能找到的最大幸福。

直截了当地说，无论友谊、爱情、婚姻的纽带多么牢固，一个人最终只能关注自身及自己的幸福，最多延伸到他的子女。一般来说，一个人越不需要与人们打交道，不需要与他人保持一种亲密的工作关系或私人友情关系，就会生活得越好。孤独和寂寞确实有其不利之处，这是一目了然的，就算你不能一下子就感觉到这种坏处，也至少知道它是存在哪里的。相反，在这一方面，社交生活的不利之处则是潜在隐藏的。虽然它使你与他人的交往仿佛像是一种愉快的消遣，但是却会造成巨大的、并且常常是难以弥补的危害。所以，青年人需要从小就训练承受孤独的能力，因为孤独是幸福、安乐的源泉。

据此，一个人只有完全依靠自己，并从一切事物中感悟到自身，才能生活得十分幸福。对此，西塞罗说过这样一句话："一个完全依靠自己、所有东西都存在于他自身的人，是不可能不幸福的。"一个人自身拥有的越多，别人所能给予他的就越少。正是这一自我满足的感觉，阻止了那些自身具有伟大价值的人去为了与世人的交往而付出巨大的牺牲，更不要说去主动寻求这种交往而实行自我的否定了。出于截然不同的感觉，普通人则是喜欢社交、谦让温顺的，因为对他们来说，忍受别人的陪伴要比忍受自己的孤独更容易。此外，在这个世界上，真正具有价值的东西并不会受到应有的尊重，受到关注的则往往是没有价值的东西。因此，归隐立刻成为一个人具有高尚品质的证明和结果。对一个自身具有价值的人来说，如果他能尽量减少自己的种种欲求，以保持或扩大他的自由，能够尽可能地减少与他人的接触——因为在这世上，一个人是不可避免要与他人建立某种关系的，那么他就拥有了真正的智慧。

我已经说过，人们之所以喜欢社交是因为他们缺乏忍受孤独的能力，亦即忍受他们自己的小社会的能力。他们无法忍受孤独，变得厌恶自己。正是这种灵魂的空虚使他们热衷于和人交往，到国外旅行、观光。他们的头脑僵化、思想呆滞，无法自己活动起来，所以，他们试图赋予它一点活力，例如通过喝酒提升精神。有多少人仅仅因为这个原因而变成酒鬼！他们总是在寻找某种自己能够承受的最强烈的刺激，亦即通过与自己同类的人的接触和交往而获得的兴奋和刺激。如果不能达到这种目的，他们的精神和思想就会因不堪重负而沉沦，他们也会陷入一种悲惨的萎靡浑噩中[①]。这样的人，或许可以说，其自身中只拥有一小部分的人性，需要将许多的这类人性的碎片聚合起来，才能达到适当的数量，获得某种程度的人的意识。一个

① 众所周知，当不幸和灾难降临到绝大多数人的头上时，我们就会觉得更容易忍受。似乎无聊也被看作是一种不幸了，因此人们聚在一起，共同抵抗它。正如对生命的热爱其实只是对死亡的恐惧一样，人们对社交的渴望也不是直接依赖于对社会的喜爱，而是出于对孤独的恐惧。与其说人们寻求的是有人相伴的愉悦快乐，不如说他们是在努力避免独处时的凄凉和可怕，躲避其思想意识的单调贫乏。为了逃避孤独，他们会做出任何事情，甚至迁就糟糕的同伴，容忍一切社交聚会都存在的压抑感和沉重负担。但是，如果对于这种社交的厌恶超过了对孤独的反感，那么人们就会逐渐习惯孤独，对其直接后果漠然无视。他们会不再觉得孤独是一件坏事，而是勇敢面对、泰然自若，不再热衷于与人相交。这一方面是因为他们只是间接地需要别人的陪伴，一方面是因为他们已经习惯了独处所带来的好处。——原注

人——确切地说，一个出类拔萃的人，不是代表人性的一小部分或点滴碎片，而是代表一个完整的统一体：他的自身是完满的。

在这一方面，平庸的大众就好比是由俄罗斯号角组成的管弦乐队奏出的音乐。每只号角仅能发出一种音调，把这些号角恰当地凑在一起、协调配合才能演奏出乐曲。从单独一只号角所发出的枯燥乏味的音调，就可以清楚地明白大多数人思想的平庸单调。有多少人似乎毕生只有一种顽固不变的观念，除此之外，就没有其他思想存在的余地了。因此，我们很容易理解为何人们是那么无聊，以及为何他们热衷与人结交，为何他们喜欢加入到人群中去——即为何人类是如此地热爱群居、交际。正是一个人本性的单调乏味，才使他觉得孤独难以忍受。“凡愚皆苦于厌诸己。”（赛涅卡）愚者饱受其本身的愚蠢所带来的疲累重负。只有把很多的人放在一起，才能奏出像样的乐曲。

一个智慧卓越的人，则像是一位音乐大师，无需任何人的帮助，仅仅用一种乐器——如一架钢琴（这钢琴本身就是一支小型乐队），就可以演奏出美妙的音乐。这样的人自身就是一个完美的小世界。其他人需要多种乐器相互配合才能演奏的乐曲，他一个人就可圆满完成，仅仅依靠其思想意识的完整统一。就像钢琴一样，他不属于某个交响乐团：他是一位独奏者，更适合单独演出——也许在寂寞中孤独一人。如果要与他人合作演奏，他也必须是像乐队中的主音，或者如歌唱时定下声乐的主调。那些喜爱社交的人或许可以从我的这个比喻中获得某些教益，并把它作为一项普遍的规则记下来：交往对象的质量欠缺在某种程度上可以通过交往人群数量的增加得到弥补。如果你的同伴聪慧明智的话，有他一个就足够了。但是，如果你周围只有平庸普通的人、只能和他们打交道，那么与他们中的许多人同时交往就是个可行的办法，这样，通过他们的联合协作，还是会产生某些益处的——沿用号角乐器的比喻来说。但愿上帝赐予你无比的耐心，以忍受这种苦役！

我已经提到过的精神的贫乏和灵魂的空虚，是造成另一种不幸的原因。当一些更加优秀杰出的人为了实现某些高尚的理想目标而组成一个团体时，结果几乎总是无数的群氓蜂拥过来，就像害虫一样，到处都是——他们的目的就是试图摆脱无聊，或者自己天性中的一些其他缺陷。对于任何有助于达到这一目的的事物，他们都会立即毫不犹豫地抓住，丝毫不加以任何的辨别。于是，有些人就会悄然溜进或者强行闯入这一团体。然后，要么很快将其全部毁灭，要么将其变得面目全非，到最后与组成这一团体的初衷背道而驰。

人们喜欢社交的原因并不仅仅在此。寒冷的日子里，大家拥挤在一起以互相取暖；同样，你也可以通过与他人的思想交流来温暖自己的心灵。不过，一个自身拥有无比丰富的精神热度的人，是不需要这样做的。我曾经写过一则小寓言来阐释这一点，读者可以在其他地方找到[①]。一般来说，一个人对社交的热衷程度是大致与他思想价值的高低成反比的。因此，说“某某”非常不喜欢与人交往，就等于说他是一个才智非凡的天才。

对这样天赋异禀的人而言，孤独是具有双重益处的。首先，这可以让他与自我为伴；其次，他可以避免与别人为伍。后者是一个尤其珍贵的优势，因为在与世人的交往中，有那么多的束缚、烦恼甚至危险。拉布吕耶尔说：“我们所有的不幸都是由于无法忍受独处。”热衷与人交往的确是一件非常危险甚至致命性的事情。因为这意味着与很多不同个性的人相交，而人的本

---

① 在叔本华《附录与补遗》的第二卷最后一章。见本书《杂喻》一文中的最后一则关于豪猪互相取暖的寓言。

性大多都是道德败坏，智力愚钝或乖张的。不喜交际其实就是不在乎这样的人。而且，假若一个人自身拥有足够的精神内涵，能够免除与这些人交往的必要性，那这无疑是一大幸事。因为，几乎我们所有的不幸和痛苦都是来自于与他人的交往，这种交往也破坏了我们内心的宁静。我已说过，心灵的宁静对我们的幸福来说，是仅次于健康的第二要素。而没有足够的独处时间，心灵的宁静是不可能获得的。犬儒主义者为了获得无所牵绊、心神空净的至高幸福，放弃了自己所有的财产。为了获取这种幸福而放弃社会交往，也是一个人所能做的最明智的选择。贝纳丹·德·圣比埃[①]有句非常精妙又十分中肯的话："节制饮食是为了身体健康，舍弃社交会使心灵宁静。"因此，若有人能够尽早地适应孤独甚至喜欢独处，那他就犹如得到了一座金矿。当然，这不是每个人都能做到的。社会交往的首要原因是人们之间的相互需要，当需求得到满足之后，无聊又会驱使人们聚到一起。如果不是因为需求和无聊，一个人也许就会选择孤身独处。虽然这样仅仅是因为：每个人都自认为他很重要——似乎自己是世界上唯一的人的这种感觉，只有在独处的时候才能得到。但是，在现实生活的纷乱繁杂、压力重负中，这种自尊自傲很快会枯萎、消失，在每一步都受到沉痛的打压。从这个角度也许可以说，孤独是人类原初、本真的自然状态。在这种状态中，人们都像亚当一样欢欣愉快，享受符合其天性的欢乐幸福。

但是，亚当不是并没有父母吗？所以，在另一种意义上来说，孤独并不是人类的自然状态。因为，当一个人来到世上时，就有父母、兄弟、姐妹与他相伴，也就是说，他是处在一个群

---

① 贝纳丹·德·圣比埃（Bernardin de Saint Pierre，1937—1814），法国感伤主义代表作家。代表作有《保尔和薇吉妮》等。

体中，而并非孑然一身。因此，对孤独的热爱并不是人类本性的一种原始特征，而是经验和反思的结果。而经验和反思反过来又依赖于才智能力的发展，随着年龄的增长而增加。

一般来讲，对社交的喜爱程度与人的年龄大小成反比。如果让一个年幼的小孩独自待上几分钟，他就会吓得大声哭喊；稍后，将一个小孩独自关在屋里就是对他的严厉惩罚。年轻人之间很快就能建立起和睦友好的关系，很容易凑在一起，他们中只有少数几个气质高贵的人才偶尔喜欢一人独处——但如果独自待上一整天，他们也会厌烦的。成年人则可以轻而易举地做到这一点，对他来说，长时间的独处已经很容易了；而且，年龄越大，他就越能够独处。而对于一位耄耋老者来说，他的同伴和朋友都已逝去，他对生活的乐趣要么漠不关心，要么毫无感觉，于是独处正好适合他的需要。就个人而言，离群、隐居的心理倾向总是与他的智力发展成正比的。

正如我说过的，这种倾向并不是一种纯粹自然的东西，它并不是出自于人类本性的直接需要。它只是我们生活经验的结果，是我们对自己真正需要的东西进行反思的产物；进一步说，它更是我们对大多数人道德和智力方面的悲惨本质做出深刻洞察之后的产物。最糟糕的就是，在人们身上，道德的缺陷和智力的不足紧密相连，二者联手作祟，由此导致各种令人不快的情形都会产生。于是，我们与大部分人的交往不仅是不愉快的，而且是令人难以忍受的。因此，虽然这世上存在着许多糟糕透顶的东西，但最糟糕的还是莫过于社交。甚至连伏尔泰，这个最善交际的法国人，都不得不承认："在这世上到处挤满了人，却没有一个值得我们与之交谈。"彼特拉克为他对孤独的喜爱提出了与此相似的理由。这个温和伟大的诗人，对隐居的热望如此强烈，持久。他说：

我一直在寻求孤独的生活，
河流、田野和山林它们明白。
我试图逃离那些渺小、浑噩的灵魂，
他们已迷失了通往光明的天堂之路。

在彼特拉克优美宜人的著作《论孤独的生活》中，他同样论述了对孤独的追求，这似乎是齐默曼那本著名的《论孤独》一书的滥觞。尚福尔以其一贯的嘲讽口吻，提到了热爱孤独和隐居只是一种次要的、间接的个性特征。他说："人们在谈论一个独居的人时，会说他不喜欢与人交流。这种说法就犹如一个人不愿意在邦迪森林[1]行走，我们就说他不喜欢散步一样。"

在波斯诗人萨迪的诗集《蔷薇园》中，你会发现他也表达了同样的观点："从此之后，我们告别了人群，选择了隐居之路。因为，独处才有安全。"安格鲁斯·西里修斯，这位温文尔雅的基督教作家，以他独特的、充满神秘色彩的语言表露出了同样的情感：

希律王是我们共同的敌人，
上帝通过约瑟夫告知我们危险的存在。
我们从伯利恒飞到埃及，从凡尘俗世走向孤独隐居。
灵魂逃离吧！否则痛苦和死亡就等待着你。

布鲁诺也宣称自己是一位隐居之友。他说："在这个世界上，那些想要体验神圣生活的人，总是异口同声地呼喊：看哪！我将漂流远方，我将独栖荒野。"在我已引用过的《蔷薇园》一书

① 巴黎市郊一片充满危险的小森林。

中，萨迪这样描述自己：“我厌恶大马士革的朋友。我逃进耶路撒冷附近的沙漠隐居，寻求与动物为伴的生活。”总之，所有普罗米修斯用更好的泥土塑造出来的人，都表达了这一相同的见解。在那些本性最丑陋、最低级，唯一的共同性就是平庸、浅薄和无聊的凡夫俗子身上，这些卓越高贵的人能找到什么愉悦呢？对那些无法提升至较高的水平，无事可做，因而就只把别人也拉到自己水平的人——因为这就是他们的目标，优秀的人又能希望获得什么乐趣呢？因此，高贵的气质情感才是引起孤独、隐居倾向的根源。

流氓无赖总是喜欢交际的，这更为不幸。一个人品质是否高贵的主要标志，就是他无法从与别人的交往中得到乐趣。他越来越倾向于独处，而且随着时间的流逝，他会逐渐明白：除了少数例外，在这世上只有两种选择——要么是孤独，要么是庸俗。或许这话让人听起来很难接受，但是即使安格鲁斯·西里修斯——这位充满了温柔和爱意的基督圣徒，也不得不承认这句话的真实性。他说：

无论孤独多么痛苦，
也千万不要变得庸俗。
因为那时，你将会发现
世界到处都是荒漠。

对于精神伟大的天才来说——他们是人类的真正导师，不关心与他人的长久交往是一件很自然的事，就像是一位校长从不愿意加入到他周围孩子的喧闹、嬉戏一样。这些伟大导师的职责，就是引导人们跨越谬误的海洋，到达真理的天堂，亦即将人类从粗野、庸俗的黑暗深渊中拉上来，将他们带入文明和教化的光明之中。伟大的天才生活在这个世界上，但却并不真正属于这个世界。从很早的时候开始，他们就感觉到自己与他人有明显的区别。但是要随着岁月的迁移，他们才能逐渐清楚地认识到自己的地位。然后，生活方式的真正归隐，更使他们的孤独倾向得到加强；没有人可以靠近他们，除非有谁能从普遍的平庸粗俗中解放出来。

从以上论述中可以明显地看出，对孤独的喜爱并不是人类本性的一种直接、原始的冲动，而是一种间接的、逐渐生长形成的东西。它是伟大灵魂的显著特征，在与自然欲望的抗争中发展成长，并要不时地抵抗魔鬼靡菲斯特的诱惑和劝说。靡菲斯特蛊惑你抛弃忧郁沉闷、使人心灰意冷的孤独，以换取与人交往的共同生活。他说，即使是最糟糕的人，也能给你一种人类的友情：

> 不要再玩弄你的忧伤，
> 它像秃鹰吞噬你的生命。
> 即使你跟下等的人们来往，
> 也会感到并没有离群①。

孤独是伟大卓越之人的共同命运——尽管他们有时也会为此悲叹痛惜，但仍然总是选择孤独，因为这种不幸要远远小于庸俗的不幸。随着年龄的增长，人们越来越更容易地说出这句话:“敢于成为明智的人。”60 岁之后，人们对孤独的喜爱就成为一种真正的、自然的本能了。因为到了那个年纪，一切因素的结合都有助于对孤独的偏好。最强烈的欲望和冲动——即与女

① 歌德《浮士德》，第一部，第 1281—1285 行。——原注

人交往的喜好——已经冷淡下来，很少或基本不再发生影响。正是暮年的无性状态，为一个人达到某种自我满足的境界奠定了基础，并逐渐消解了与他人交往的全部欲望。此时，无数的幻象和愚蠢行为都消失不见了，人生中忙碌、活跃的日子也大都结束了，一个人再没什么可期待的了，也没有什么计划和打算了。他所属的那一代人也大都消逝了，周围涌现出新的一代人，年轻的一代认为他完全不属于当下的生活。年龄越大，时光的流逝就越是飞快，于是我们更希望把剩余的时光奉献给精神生活，而不是投入到现实生活中。因为，只要我们的头脑仍然具有思考的能力，那么，我们已经积累的丰富的知识和经验，加上我们通过运用自身能力所获得的才智技巧，就会使得我们对任一问题的研究比以往任何时候都更加容易和有趣。无数之前朦胧不清、云山雾罩的东西，现在都变得清晰了；曾经觉得需要克服重重困难才能得到的结果，现在也可轻易地获得了。经过长久与人交往的经验，我们已不再对他们抱有多高的期望。因为我们发现，总体来说，人们并不值得我们与之亲近；而且，除了少数极其罕有、幸运的例子之外，我们遇见的只是本性有所缺陷的人，对于这些人我们最好是敬而远之、安静离开。我们不再会为生活中的惯常幻象所迷惑。并且，对于一个人，我们可以很快看清他的本质，因此几乎很少愿意再跟他作进一步的接触。最后，孤独——即与自己为伴——成为一种习惯，似乎它已是我们的第二天性，尤其是当我们从青年时期就开始与孤独为友。从前我们为了摆脱对社交的热望而选择的对孤独的喜爱，现在已经变成我们的自然属性——这种简单的品质与我们生活的适宜，好比是如鱼得水。这就是为什么每一个拥有独特个性的人——他异于众人、鹤立鸡群，因此必然孤独——在年老的时候都会感到，他的处境已不像年轻时那样压抑沉重。

事实上，暮年的这种真正的特权和好处，只有当一个人拥有了丰富的才能和智慧的时候才能享有。在某种程度上，每个人都可以享受晚年孤独的这种幸福，但是只有精神真正卓越的人才能最大程度地享有。相反，只有那些异常贫乏低劣、粗俗平庸的人，到了晚年还依然像年轻时那样热衷于交际。但是此时，他们已不再适合这个社交群体，因此已成为一种累赘，被人们勉强容忍；而在先前，他们可是极受欢迎的。

年龄的大小与我们对社交的喜爱程度成反比，这一点对教育有很大的帮助。一个人越年轻，就越需要广泛学习各方面的知识。而且，也只有在青年时期，大自然才为人们提供了一种互相学习的体制，所以即便只是与别人的简单交流，年轻人也能从中学到很多东西。从这个角度来看，人类社会就像一所庞大的教育学院，它依据的是“贝尔-兰开斯特制”[①] 的教育方法，对立于以书本和学校为手段的教育制度——这种人为的、违背了大自然法则的方式。所以，这是一个非常恰当的安排，即在年轻的时候，每个人都应该在大自然提供的“学校”中努力学习，做一个刻苦勤奋的学生。

然而，正如贺拉斯所说:“世上没有什么是完美无瑕的。”或者，用一句印度谚语来说:“没有无茎的莲花。”所以，虽然独处有诸多好处，但也有一些小小的缺陷和烦恼。当然，这些缺点与社交的坏处相比，还是微不足道的。因此，任何自身具有真正价值的人，他独自一人生活要比与其他人在一起更加轻松愉悦。但是，在孤独隐居的许多不便中，有一点却并不容易引起

---

① 英国国教会的牧师 A. 贝尔和公谊会的教师 J. 兰开斯特所创行的一种教学组织形式，亦称“导师制”，流行于 19 世纪初。这种教学方法的思路，是教师先教会年长或成绩较好的学生（称作“导生”），由他们担任教师的助手，将其刚学会的知识内容再转教给其他学生。

我们的注意。这就是：当人们整日闭门不出时，其身体对外界环境的改变就会变得极为敏感，哪怕一阵小小的冷风就能使其生病。同样，我们的情绪也是如此：长期的离群索居会让它变得异常敏感，以至于最不值一提的小事、最轻微的一句话、最不经意的一瞥，都足以使我们心生不安、烦恼，甚至受到伤害。而这些琐屑小事，对那些生活在纷繁嘈杂之中的人来说，是完全不会注意到的。

如果你因为发现人类社会是如此的不尽如人意，而感到自己更加适合于遁入孤独，那么你就是一个不能长期忍受孤独的沉闷压抑的人，尤其在你年轻的时候。对此，我建议你养成这样的习惯：把部分孤独带入到社会交往中，学会在人群中保持一定程度的孤独；不要立即说出自己的想法，也不要太过在意别人所说的话；勿对别人有太多的期待，无论在道德上还是才智上；对于他人的看法，应加强锻炼自己无动于衷的冷漠态度和感觉——这是培养值得称道的宽容品质的一个最切实可靠的方法。假如你做到了这些，那么即使你生活在众人当中，也不会与他人有过多的联系和交往：你和他们的关系将是纯粹客观的。这一预防措施将使你与社会保持必要的距离，不至于离得太近，而且也能保护你免遭社会的污染乃至伤害[①]。从这个意义上而言，社会就像一团熊熊烈火，明智的人与其保持适当的距离来取暖；而不是像傻瓜那样靠得太近，灼伤自己，然后就逃离到寒冷的孤独中颤抖，大声抱怨那灼热的火苗。

---

① 这种节制的、具有保护性的与人交往的方式，在莫拉丹值得一读的剧本《咖啡厅，或新喜剧》中，已经有过戏剧性的描写，主要是由剧中人之一 D. 佩德罗来说明的，尤其在第一幕的第二场和第三场中表现了出来。——原注